场域与格局：江苏儿童文学新版图

谈凤霞 著

南京大学出版社

图书在版编目(CIP)数据

场域与格局 : 江苏儿童文学新版图 / 谈凤霞著. --
南京 : 南京大学出版社, 2022.5
ISBN 978-7-305-25282-2

Ⅰ. ①场… Ⅱ. ①谈… Ⅲ. ①儿童文学－文学研究－
江苏－现代②儿童文学－文学研究－江苏－当代 Ⅳ.
①I207.8

中国版本图书馆CIP数据核字(2022)第001751号

出版发行　南京大学出版社
社　　址　南京市汉口路22号　　　邮　　编　210093
出 版 人　金鑫荣
项 目 人　石　磊
策　　划　刘红颖

书　　名　场域与格局 : 江苏儿童文学新版图
著　　者　谈凤霞
书名题签　汪　政
责任编辑　邓颖君
装帧设计　城　南
封面图标设计 朱清之

印　　刷　江苏凤凰数码印务有限公司
开　　本　787mm×960mm　1/16开　印张 22.25　字数 390 千
版　　次　2022年5月第1版　2022年5月第1次印刷
ISBN 978-7-305-25282-2
定　　价　148.00元

网　　址：http://www.njupco.com
官方微博：http://weibo.com/njupco
官方微信号：njupress
销售咨询热线：(025) 83594756

关于本书和致谢

首先需要说明的是，本书《场域与格局：江苏儿童文学新版图》有别于“江苏新文学史·儿童文学编”中的第三卷（“江苏儿童文学史”三卷由江苏省作协委任我负责主编）。虽然二者的研究对象都是江苏儿童文学在二十一世纪的前二十年左右的发展状况，但二者的性质、内容和体例并不相同。前者偏于创作评论，后者属于文学史，二者虽有关联，但尽量避免交叉重叠，而是力求相互补充，这是此二书着眼的区分。

《场域与格局：江苏儿童文学新版图》基于我多年前完成的江苏省社科基金项目“江苏当代儿童文学创作动向研究”，早在江苏省作协启动“江苏新文学史”项目工程之前就已经和南京大学出版社签约，后因我在美国访学而推迟了出版。此书在之前的课题结项文稿基础上有所更新，汇聚了我近些年来关于江苏儿童文学研究的文章，大多评论已在刊物发表。作为“引言”的《哺育心灵的江苏儿童文学河流——世纪之交的江苏儿童文学品位》写于2004年，曾以另一题目在《上海新书报》发表，此乃我对江苏儿童文学的第一次朦胧的眺望。上编是“综论”，纳入了多篇江苏儿童文学年度综述，收录于各年度《江苏文学蓝皮书》，可以大致呈现近十年来江苏儿童文学的轨迹和风貌。下编是“散论”，主要是对于江苏儿童文学作家和作品的散点评论，有些是对于文学史上作家概述的进一步深入阐释，也增加了对近些年新作的阅读印象，此外还加入了对江苏出版的外国儿童文学经典作品和当下新作的评论。作为“代后记”的《看那路上的牵牛与荆棘》是写于 2016 年的一篇旧作，是对自身儿童文学研究道路的一瞥。总之，谨以这本姗姗来迟的小书，进行新世纪江苏儿童文学的巡礼。

在这里，要感谢照耀和温暖征程的许多师友。感谢我在儿童文学研习道路上的启蒙导师郁炳隆教授，他学识渊博、讲课风趣，在南京师范大学开辟了儿童文学阵地，我在读本科和硕士时都选修了《儿童文学》课程。还记得最后一课的那个下午，当慈祥的郁老师把讲台上一堆儿童文学研究著作交托到我手上时，我满怀感恩和忐忑地捧起这一沉甸甸的“接力棒”，决心不负瞩望、薪火相继。感谢我读硕士和博士时的导师朱晓进教授对我从事儿童文学研究的理解和支持。感谢硕果累累的江苏儿童文学作家们和南京市琅琊路小学语文特级教师周益民老师，为我写作年度综述和江苏儿童文学史提供丰富的资料。感谢早就结识的江苏少年儿童出版社的刘健屏、章文焙、颜煦之、祁智、郁敬湘等前辈给予的热忱帮助。感谢南京大学出版社的石磊总编、刘红颖编辑和邓颖君编辑的关注，使本书有幸付梓。感谢江苏省评论家协会主席汪政先生题签书名。感谢南京艺术学院硕士朱清之为本书封面设计图标。最后，也感谢我亲爱的家人们和家旁的扬子江，愿能舍得拿出时间去看四季江水共长天一色。

此书正标题为“场域与格局”，场域会生成格局，格局也会影响场域，场域与格局相辅相成（文学如此，人亦如此）。本书考察江苏场域中最近二十年儿童文学的发展格局，祝愿江苏儿童文学在未来拓展更为宽广的美学场域，构建更为博大的思想格局！

写于 2021 年 2 月 19 日，南京长江之家

目 录

引言：哺育心灵的江苏儿童文学河流
——世纪之交的江苏儿童文学品位

我一直这么以为，儿童文学如一条温存清澈的河流，潺潺的河水会荡涤心灵的尘垢，给枯涩的心灵以润泽，给混沌的心灵以澄明，给贫瘠的心灵以滋养，给软弱的心灵以坚韧。优秀的儿童文学之河流淌的是永不枯竭的真善美的水流。

从二十世纪八九十年代以来，江苏成为一个重要的儿童文学发源地，从这里源源不断地延伸出许多条风景各异的河流，有程玮的《走向十八岁》《少女的红发卡》等，有刘健屏的《我要我的雕刻刀》《初涉尘世》《今年你七岁》等，有金曾豪的《魔树》《青春口哨》等，有曹文轩的《山羊不吃天堂草》《草房子》《红瓦》《根鸟》等，有祁智的《芝麻开门》《迈克行动》等，有薛屹峰的《南洋狂蜂》《鳄踪》等，有黄蓓佳的《我要做好孩子》《今天我是升旗手》《我飞了》及《中国童话》等出色的作品。江苏的孩子们是幸运的，这一片丰饶的乡土已经拥有了一大群优秀的儿童文学作家，他们自觉地为孩子们书写着丰富多彩、千姿百态的故事，以故事的汤汤河水去传达真善美，去呈现感动、抚慰、激荡孩子们正在成长的心灵。我们不妨从世纪之交的江苏儿童文学作家作品来做一番管中窥豹的寻访。

一、成长之真

心灵的成长并不是一个简单的过程，儿童成长的路上有着许多不为大人所了解的困惑、苦闷和煎熬，甚至有些时候，孩子处于一个人孤单挣扎的境地之中。成长涉及自我意识的确立，涉及世界观、价值观、人生观的建立，还涉及朦胧的两性感情的萌芽等众多看似简单实则艰难的事情。儿童文学作家们努力去捕捉、表现孩子性格与思想成长过程的真实状况，让儿童读者从作品里看见自己生活的影子，看见自己的“不孤单”，并在阅读共鸣中寻找成长的出路。而这出路，往往是儿童文学作家们用自己的生活体验和心灵经验通过艺术形象来给予的，里面包含着成人作家的关爱与期盼。如刘健屏在短篇小说《我要我的雕刻刀》中塑造了一个有阳刚气的小男子汉形象，他用儿童小说这把“雕刻刀”来雕刻中华民族下一代觉醒的自我意识和独立的个性。曹文轩的《草房子》更是写出了孩子成长中的许多忧伤和在忧伤中的成长，桑桑在目睹了人间不幸、踏破生死界限后，身心经历了一场双重的蜕变，从少不更事逐渐走向了通达明理；而遭遇了家庭巨大变故的杜小康，在经历了各种苦难的打击之后，最终艰难地站立起来，毅然面对厄运，独立而尊严地成长。黄蓓佳的《我要做好孩子》写小学生金铃为了做一个让家长和老师满意的“好孩子”付出的种种努力，真实地反映了孩子面临的压力和抗争，也让小读者体会成人对孩子成长的逐渐理解、信任和接纳。这些现实题材小说的真切描绘，给在成长困境中的儿童读者们带来勇气和信心，给他们孤寂或许还有些迷惘的心灵以温暖和方向。

二、心灵之善

关于儿童文学的宗旨，俄罗斯伟大的文学批评家别林斯基认为儿童文学可以发扬大自然赋予儿童的人类精神的各种因素，发扬他们的博爱感和对无尽事物的感觉。茅盾强调儿童文学应当助长儿童本性上天真纯洁、憎恨强暴与同情弱小等美质。秦文君在谈创作理想时也认为儿童文学虽然形式相对单纯、没有触目的理念，但其内涵必须蕴含不朽的道德力量，表达出人类的所有情感和本质。无论是别林斯基所说的“博爱感”，还是茅盾所说的“儿童本性上的美质”、秦文君所说的“不朽的道德力量”，都与心灵之“善良”相关。相比那些偏重于揭示丑恶的成人文学，儿童文学更多的是表现善良，力求把这种温暖人心的热度传递给儿童，并由儿童传播到整个人类社会。“悲悯情怀”一直是曹文轩文学内涵的一种追求，对苦难的体会、对不幸者的同情，让孩子单纯的心变得宽厚。如果说男作家的作品传递的是一种深沉的爱意，而女作家的儿童文学作品则更多地传递一种温柔的爱意，如黄蓓佳的儿童小说常常着意表现孩子之间友善的情感，互相关怀和帮助，显得纯真而美好。在《中国童话》里，她对传统民间故事内涵的渲染之处流露出她对善良、正义和爱的礼赞。《小渔夫和公主》浓墨重彩地表现小渔夫的善良和正直，他无私救护弱小动物，为了结束公主的残酷游戏而不惜冒着生命危险去接受挑战，而动物们对他的报答、公主为他而做的改变则充分证明了善良、爱心的感化作用。真正的儿童文学作家都是有童心、有爱心、有责任心的创作者，他们对善的表现、对爱的张扬，能够鼓励孩子勇敢地维护善和无私地付出爱。尤其在这样一个仍有战争发生、饥饿存在的世界，培养孩子们博爱的心，播撒人文关怀的种子，会给重建世界和平与人类幸福的未来带来希望。

三、诗意之美

儿童文学并不因为读者对象主要是儿童而降低美学追求，相反，正因为是儿童，所以更需给予美感的陶冶，从小就培养他们敏锐的审美感受能力。曹文轩在长篇小说《红瓦》的后记中提出“美感和思想具有同等的力量”，他非常推崇诗意。儿童文学里要包蕴诗意的东西，作家要挖掘儿童生命形态、生活状态中的诗意，要触摸到由童心延及的人性最根本的层面，并且自然、朴素或优美地流进孩子心田。《草房子》是诗意的，开篇的序言就铺垫了诗意的调子：“秋天的白云，温柔如絮，悠悠远去；梧桐的枯叶，正在秋风里忽闪忽闪地飘落；这个男孩桑桑，忽然觉得自己想哭，于是就小声地呜咽起来。”这诗意来自几乎蕴含在每个人身上的那份纯美而忧伤的感情，来自桑桑在生死之际想到的“是不是所有的人，都是在这一串串轻松与沉重、欢乐与苦涩、希望与失落相伴的遭遇中长大的”感悟，来自淡雅与洁净的语言及语言后面洁净隽永的情味。或许是因为生在江苏这样一个鱼米之乡，灵秀风水的濡染带来了江苏作家们的诗意情怀。金曾豪在《魔树》中即便写到阴暗的争斗，也没忽略诗意地描绘环境，其中有一段非常精彩：“风也柔柔，浪也轻轻。月亮瘦得像苇叶。星星像刚出壳的小鸭，啄破蛋壳，颤颤巍巍地发黄。”这种独特的想象赋予普通景物以浓郁的温馨的诗意。黄蓓佳的《中国童话》也注意语言的华美、表达的诗意，她在代后记中说：“想给孩子们的，就是一次华美的阅读享受。用饱满和浓烈的文字，引领他们走进民族的历史，走进人类在童真稚拙的年代里想象出来的天地，同时也领略到中国的汉文字之美。”诗意是一种优雅的人生品位和文学精神，诗意的流淌使儿童文学更加美丽动人，被诗意浸润的儿童心灵也将变得优雅而美丽。

四、游戏之乐

创作儿童文学，在其中放入“意义”的同时，不能忘记孩子的天性——游戏，儿童文学的河流应该有几分活泼调皮，让孩子在河里尽情嬉戏。儿童文学的特有体裁——童话等幻想文学本身就带有游戏的性质，因为想象，尤其是天马行空的幻想就是一种创造性的游戏。别林斯基强调儿童文学中的幻想要素，认为幻想是儿童心灵的主要本领和力量，是心灵的杠杆，是儿童的精神世界和存在于他们自身之外的现实世界之间的首要媒介。幻想是儿童心灵的自由飞翔，是创造力的原始萌发，儿童文学作家可以让孩子在游戏的快乐中去领会真善美的存在。遗憾的是，从体裁来看，世纪之交的江苏儿童文学作家的创作集中在贴近现实生活的儿童小说方面，而幻想类的童话创作相对较少。而且，在现实小说的创作中，轻松快乐的幽默精神也较为缺乏。或许是由于强烈的责任感的敦促，江苏儿童文学作家更多选择了庄重、严肃与优雅，而放弃了一分悠游、俏皮与洒脱。关于儿童文学的“游戏”精神，我们若把江苏的儿童文学创作和它邻近的两个儿童文学创作或出版大户——上海、浙江两地做一比较，会发现后二者的“幽默”风格系列相对较多。比如上海作家秦文君创作的《男生贾里》《女生贾梅》《小丫林晓梅》等系列作品，贴近当代都市孩子的生活现实和心理现实，语言幽默诙谐，风格轻松明快，童心盎然、妙趣横生。她的“小杜齐”系列、“小香咕”系列也都活泼生动、欢快幽默。儿童文学研究者兼作家的梅子涵的“李拉尔”系列等，讲的虽是孩子的日常生活，却能表现得活色生香，故事颇具游戏性，且富有智慧。陈丹燕的《我的妈妈是精灵》是一部非常优秀的幻想小说，幻想离奇而美丽，尽管故事带有伤感色彩，但叙述中仍带有一定的幽默性，故事十分好看而且感人。这种自由的幻想精神、幽默意识，不仅跟作家个性相关，大概也和上海这样一个现代、前卫、热闹的城市气质有关。浙江儿童文学创作虽然似乎没有像江苏、上海那样壮大，但是浙江少年儿童出版社对儿童文学的标举也是花样迭出，曾集束性地出版了一批原创幽默儿童文学，这套丛书反映了他们对“幽默”这种审美情趣的看重，从中可以看出少儿读物出版走向跟出版人对儿童文学的理解和审美眼光也密切相关。游戏精神是人的自由生命力的表现，是儿童的一种天性，这种天性决定了他们对天马行空般无拘无束、轻松活泼、智慧迭出的幽默的钟爱，在幻想中能够解除禁锢，在幽默中可以释放沉重。阅读可以成为一种充满愉悦的审美游戏，一方面可以借阅读张扬自由的生命力，另一方面在无功利的游戏心态中领会到的内涵也会更自然、更真切。

学者朱自强对儿童文学性质的定义切中肯綮：“儿童文学是以儿童为本位，走进儿童的生命空间，在认同和表现儿童独特的价值观的同时，引导着儿童进行生命的自我扩充和超越的文学。”①优秀的儿童文学就是这样一条凝聚着诸多美质、流淌进儿童生命空间的河流：它“清”——清醇、清澈、清新、清越；它“温”——温柔、温暖、温馨、温润；它“丰”——丰盈、丰厚、丰美、丰茂；它“趣”——情趣、意趣、乐趣、风趣。这样的“河流”可以直接开启孩子的心灵闸门，在真善美的浸润中潜移默化地开拓孩子的心灵河床，使他们的心灵之河变得清澈、温存、宽阔且激越！

（此文曾以另一题目发表于 2004 年 11 月 19 日《上海新书报》，收录时略作改动。）

①朱自强：《儿童文学的本质》，少年儿童出版社，1997，第 136 页。

上编

江苏儿童文学发展综论

第一章 新世纪江苏儿童文学发展格局

哪里有对童年人生的真切关怀，哪里就可能有儿童文学的繁荣。在中国儿童文学一个多世纪的发展征程中，江苏儿童文学作家功勋卓著。一代代江苏作家在他们钟爱的儿童文学园地辛勤耕耘，用对童心的悉心呵护、对童年的现实关注、对时代社会的精神呼应、对艺术的用心经营，给孩子们培育了一座座草长莺飞的童年花园。

纵观中国现代儿童文学的百年发展历程，可以看到，江苏儿童文学在各个时期都有重要建树，包括儿童文学创作、儿童文学翻译、儿童文学理论批评、儿童刊物编辑、儿童文学教育、儿童文学阅读推广等诸多方面。“五四”时期真正发现了“儿童”，确立“儿童本位”的现代儿童文学观念，在之后二三十年的发展中，一大批江苏儿童文学作家推波助澜，陈衡哲、叶圣陶、张天翼、陈伯吹、贺宜、陶行知、陈鹤琴、钟望阳、陈白尘、孙佳讯、梅志、董林肯等，在童话、儿童诗歌、儿童小说、儿童戏剧等方面开疆辟土，成为当时整个中国现代儿童文学的中流砥柱。在中华人民共和国成立以来的这些年的发展中，江苏儿童文学更是鲜明地成为全国儿童文学创作界的一方重镇，人才辈出，佳作迭现。

金燕玉在《江苏儿童文学50年发展之回顾》一文中，对1949—1999年的江苏儿童文学进行全方位扫描，分门别类地概述了老、中、青和新生代作家构成的四大创作梯队的成就，指出二十世纪末的江苏儿童文学已经与北京、上海的儿童文学创作形成了三足鼎立的局面。①

进入二十一世纪，儿童文学出版日益成为一种声势浩大的文化产业，催生和培育了大批创作者，江苏儿童文学的作家队伍也在不断壮大。从二十世纪八九十年代起就活跃于儿童文学文坛的江苏作家，依然执着耕耘于儿童文学的园地，不断开疆辟土，卓有建树。在二十一世纪踏上儿童文学文坛的江苏中青年新秀众多，并且逐渐形成了又一股中坚力量。新世纪以来，江苏儿童文学创作的体裁广泛、阵容庞大、实力雄厚。在小说创作界，汇聚了黄蓓佳、程玮、李有干、刘健屏、曹文轩、金曾豪、颜煦之、薛屹峰、范锡林、高巧林、马昇嘉、章红、祁智、王巨成、盛永明、戴中明、韩青辰、曹文芳、饶雪漫、周洁茹、胡继风、赵菱、顾抒、范先慧、郭姜燕、王春鸣、田俊、张晓玲、徐玲、邹抒阳、邹凡凡、殷建红、李志伟、庞余亮、严正冬、肖德林、戴中明、孙玉虎、曹延标、储成剑、王旭、赖尔、赵锐、徐琴（笔名余今）、谈凤霞等作家；童话和幻想小说创作界，代表作家有王一梅、郭姜燕、沈习武、丁捷、顾鹰、孙丽萍、苏梅、龚房芳、赵菱、顾抒、范先慧、杨海林、孙玉虎、张小鹿、张明明、朱云昊、张月等；散文和报告文学创作方面，有金曾豪、高巧林、颜煦之、韩开春、丁捷、曹文芳、赵菱、韩青辰、王巨成、章红、赵锐、周益民等；儿童诗歌创作者有高恩道、巩孺萍、祁智、丁云、顾红干、任小霞、冯

①金燕玉：《江苏儿童文学50年发展之回顾》，《江苏社会科学》1999年第5期。

云等。近些年，曹文轩、余丽琼、巩孺萍、张晓玲、黄蓓佳、王一梅、曹文芳、孙玉虎、徐玲、苏梅等多位作家还参与了图画书创作的文字撰写；图画书创作中成就斐然的插画家有朱成梁、周翔、姚红、王祖民、郁蓉、贵图子、陶菊香等。此外，江苏儿童文学创作队伍中也出现了一些优秀的少年作者，如吴现好、丁一诺、董玥、孙清越等，涉猎小说和诗文写作，洋溢鲜明的青春气息。在老中青少四代作家中，老一辈作家体现了深厚的现实主义精神和艺术功力，中青年作家具有敏感的艺术触觉并锐意探索，实力可观。黄蓓佳在为《江苏儿童文学新十年》（此书编选江苏儿童文学代表作家在二十一世纪第一个十年中的佳作）撰写的前言《我们的队伍》中，用诗意的语言赞赏江苏儿童文学队伍：

> 这是我们江苏文坛上，一支最值得尊敬和自豪的队伍。这也是我们江苏文学园地里，一片最鲜艳最丰腴的美丽花丛。勤奋、踏实低调是我们这支队伍的特点。所有的人，因为喜爱文字而写作，因为着迷于儿童文学的透明和纯净而写作……我们最喜欢的事情就是，各自沉浸在儿童文学的世界中，在文字的海洋里徜徉和漂浮，慢慢地、慢慢地享受只属于我们的快乐。有时候，我们像一个建筑师，着迷于搭建一座儿童文学的宫殿。有时候，我们又像一个预言家，在通往未来的无数条道路中，替孩子们寻找最理想最光明的那一条。[①]

这段抒情道出了儿童文学作家的信念，也强调了儿童文学创

①江苏省作家协会儿童文学工作委员会选编：《江苏儿童文学新十年》，江苏凤凰少年儿童出版社，2014。

作的价值和成就。事实上，这不仅是对二十一世纪的江苏儿童文学作家的赞美，也可以用来形容百年发展中的江苏儿童文学开创者、建设者们筚路蓝缕、薪火相继的巨大贡献，即“在通往未来的无数条道路中，替孩子们寻找最理想最光明的那一条”。

江苏儿童文学在二十一世纪继往开来，呈现出繁花盛开的局面，为“中国式童年书写”拓展疆域，形成了鲜明的江苏地域文化特色。诸多小说、散文、童话、图画书创作充溢了地域性气韵，也呈现出较为鲜明的创作个性。综观各种体裁的成就，儿童和少年小说创作最为突出，包括众多的长篇小说和中短篇小说，校园题材、家庭题材、乡土题材、城市题材、战争历史题材、跨文化题材等给江苏儿童文学带来了斑斓的色彩和不同的质地。幻想文学的创作成就也颇为引人注目，在文体上全面开花，有重新加工的民间童话、哲理童话、抒情体童话、热闹派童话、寓言童话、科学童话等。儿童散文的题材内容和文体较为多样，如自然乡土散文、童年忆旧散文、青春成长散文、儿童教育散文、域外游记等，尤其是出现了多部反映儿童现实生存境遇的报告文学。江苏儿童诗歌园地中有多位童心盎然的诗人，涉猎儿歌、童谣、抒情诗、童话诗、哲理诗、散文诗等。图画书是中国儿童文学在新世纪的一个重要生长点，江苏图画书的创作也风生水起，随着图画书文类意识的自觉，创作阵营不断扩大，诸多作家加入图画书的文字创作行列，打造优秀的文字故事底本，插画家也不断摸索，形成了具有自身特色的插画风格。江苏儿童图画书在故事题材、表现形式、媒材手段和艺术风格方面丰富多彩，推进了中国原创儿童图画书的发展。

相比二十世纪，江苏儿童文学创作在进入二十一世纪的近二十年来成果更为丰硕，屡获国际和全国重要奖项，如国际安徒生奖、全国优秀儿童文学奖、中宣部“五个一工程”奖、陈伯吹国际儿童文学奖、冰心儿童图书奖、冰心儿童文学新作奖、宋庆龄儿童文学奖、青铜葵花奖、丰子恺华文儿童图画书奖、信谊图画书奖以及各种书展作品奖等。其中，曹文轩于2016年获得国际儿童文学界的最高奖“国际安徒生奖”，他是首位获得此奖的中国作家，他的获奖极大地提升了中国儿童文学的国际影响力。获得全国优秀儿童文学奖或中宣部“五个一工程奖”的江苏作家有曹文轩、金曾豪、程玮、黄蓓佳、祁智、王一梅、韩青辰、王巨成、韩开春、胡继风、孙玉虎、郭姜燕、徐玲等。江苏儿童文学不但获奖作家众多，而且获奖作品种类齐全，涵盖长篇小说、短篇小说、童话、散文、报告文学、图画书等各类体裁。江苏是文化大省，儿童文学作品评选历来受到重视，省级的“紫金山文学奖”也设有儿童文学一项。自2000年以来，祁智、王巨成、刘晶林、温蒙、黄蓓佳、马昇嘉、王一梅、巩孺萍、李有干、金曾豪、章红、王旭、胡继风、任小霞、杨海林、赵菱、韩开春、龚房芳、沈习武、韩青辰、曹文芳、荆歌等先后获得此奖，并有多位作者屡次获奖。南京、苏州等另有各种市级奖项，如“金陵文学奖”“叶圣陶文学奖”等。2017年，以曹文轩荣获“国际安徒生奖”为契机，为进一步促进儿童文学的繁荣发展，江苏省设立了全国性奖项“曹文轩儿童文学奖”，该奖项每年评选一次，分设有“作家创作奖”和“少年创作奖”。

文学发展与出版事业休戚相关，江苏少年儿童文学的发展也离不开出版社的积极推动。江苏凤凰少年儿童出版社、江苏教育出版社、江苏文艺出版社、南京大学出版社、南京师范大学出版社等组成了儿童文学的出版大军。其中，江苏凤凰少年儿童出版社的贡献尤为卓著，旗下有多家少儿刊物，如《少年文艺》《东方娃娃》《东方宝宝》《儿童故事画报》等，致力于发现和培植文学新人，是儿童文学重要的发表阵地，对江苏儿童文学的发展起到了推波助澜的作用。该社组织出版多种江苏儿童文学精品书系，如“曹文轩纯美小说系列”“黄倍佳倾情小说系列”“程玮少女红书系”“周末与爱丽丝聊天系列”“刘健屏儿童文学精品书系”“年华璀璨儿童文学书系”等。其中，“年华璀璨儿童文学书系”是江苏省作协为献礼新中国成立 70 周年组织的重大文学题材创作工程，计划以 100 本系列丛书的形式推向市场。第一辑 20 本丛书通过二十世纪 50—70 年代、80—90 年代（改革开放新时期）以及 2000 年以来 10 岁左右孩子的成长故事，刻画不同时代 10 岁孩子的精彩人生和喜怒哀乐，生动再现新中国成立 70 年来祖孙三代人的童年生活和成长历程。另一家重要的少儿文学出版机构是南京大学出版社，它自 2017 年以来将少儿出版作为一个重要方向，成果丰富。南京大学出版社精选国外儿童文学名家名作和获奖作品，已引进出版儿童文学作品（主要是儿童小说和图画书）百余种，同时也积极开拓国内原创儿童小说和图画书出版选题思路：一是关于中国经典儿童文学作品，如“大师童书”系列、“课本里的大师”系列等，包含了汪曾祺、叶圣陶、张天翼等名家经典作品。二是注重开发当代优秀儿童文学作家作品，如与程玮、金曾豪、周锐等建立深入合作，深耕重点作家重点作品，成套系推出，反映当下中国孩子的日常生活和他们所关心的问题并予以积极引导。三是出版具有中国特色和时代精神的少儿读物，关注赓续红色血脉选题，如出版“红色经典儿童文学书系”。四是扶持原创绘本，注重讲好中国故事，弘扬民族精神，如反映国家保护动物生存现状的“保冬妮绘本珍兽馆”等，并有《东拉西扯》入围2019年国际无字书大奖，是中国作家第一次获此殊荣。作为以出版学术著作为本的高校出版社，南京大学出版社对儿童文学格外垂青，以多元并进的方式助推了江苏儿童文学出版的繁荣。

这里尤其值得一提的是，多位少年儿童文学出版人对江苏儿童文学事业发展做出的重要贡献，其中不少社长、总编、责编本身就是儿童文学创作者，他们对于儿童文学既知根知底又高屋建瓴，在江苏儿童文学事业的建设中薪火相继、孜孜以求。诚如兼出版人与作家于一身的刘健屏在其儿童文学精品书系的后记中所言：“我一直以一种感恩的心情注视着当今的儿童文学。且不说我在苏少社任文学室主任及副社长时，推出一套套丛书，推动着儿童文学的创作和发展；即便调至文艺社、人民社，我依然亲任责编，不间断地出版儿童文学作品。我所以执着地做着这些，完全缘于无法抗拒的儿童文学情结。我曾经说过，我与儿童文学有着持久的难以割舍的牵挂，我愿意成为一个特别亲近孩子而又懂得尊重童年的人，我愿意为捍卫今天孩子的幸福而继续忙碌，因为这样的忙碌能使我的快乐得以继续。”①正是这样的赤子之心和责任担当，引领着江苏儿童文学创作和出版阵营的格局拓展，也使江苏儿童文学在全国成为一个重要的风向标。

二十一世纪以来的江苏儿童文学创作承载了反映时代和地域童年的使命，见证了江苏城乡童年生活的变迁和童年的成长，张扬儿童和文学的主体性，以多种样式的文学作品参与了对“中国

①刘健屏：《我要我的雕刻刀》，江苏凤凰少年儿童出版社，2017，第212页。

式童年”的体认与建构，大部分作家重视儿童文学的美学气象、艺术品格乃至个性风格的创建。江苏儿童文学在二十一世纪的前二十年虽然取得了很大成就，并且形成了自身特色，但不可否认的是，总体创作存在良莠不齐的状况。二十一世纪以来的儿童文学在很大程度上受到销售市场的极大影响，创作跟着市场走，导致出现了批量生产的泡沫性作品，一些看似红火的儿童文学畅销书的文学品质实则堪忧，儿童文学创作题材的大量重复和平庸化等问题需要警惕。儿童文学作家在创作中要注意其审美精神、生命态度和文化意义，不能把儿童文学当作浅表化和平易化的写作，需要树立对写作的敬畏心。刘健屏在1986年烟台举行的全国儿童文学大会上的发言《“灵魂工程师”及其他》至今依然具有警醒作用：“当代生活在急剧变化。这为儿童文学思想内容的更趋丰富、艺术形式的不断创新提供了可能性。如果我们对急剧变化的生活没有足够的认识，那未免显得太迟钝了。生活的变革必然带来文学的变革，生活是创作的源泉。变是一定得变，一定会变，非变不可！……我们的眼睛应该尽可能地不要迷乱在生活和艺术的旋转之中，要尽可能地寻找到自己，走自己的路。在生活中我们要走自己的路，在艺术上也同样应该走自己的路。如果我们各人根据自身的特点各自找到了比较正确的路，充分发挥自己的创作个性，我想我们的儿童文学也就繁荣了。”[1]无论是对于儿童文学创作，还是儿童文学的出版，都要勇于和善于认识并挑战时代生活的“变革”，寻求属于自身发展的独特道路。

①刘健屏：《灵魂工程师及其他》，《儿童文学评论（第二辑）》，重庆出版社，1988。

第二章 江苏青年儿童文学作家的探索

进入二十一世纪，一群青年作家携带新鲜的气息登上江苏儿童文学文坛，形成了江苏儿童文学阵营中一股不可小觑的新生力量。或许是因为儿童文学包含了深浓的母性关怀，为儿童写作的女作家数量居多，江苏儿童文学界优秀的青年女作家有顾抒、赵菱、张晓玲、范先慧、邹抒阳、邹凡凡、王旭、孙丽萍、顾鹰、余丽琼、庞羽、赖尔、张明明等，青年男性作家相对较少，主要代表有孙玉虎、许敏球、严正冬等。大多数青年作家自觉地突破自己，将江苏儿童文学的道路拓展得更为宽广，创造了斑斓多姿的儿童文学风景线。

从二十世纪八九十年代以来，李有干、曹文轩、金曾豪、黄蓓佳等创作的江苏儿童文学形成了鲜明的地域文化特色，江苏青年作家对此也有传承，用熟悉的故土来构建形形色色的文学地标。乡土题材在青年作家的笔下丰富多彩，风格各异。赵菱的长篇儿童小说《父亲变成星星的日子》《风与甘蔗园之歌》《大水》《星空下的河流》《云上的村庄》《我的老师乘诗而来》等涉及现实中和历史上的乡土，书写一方乡土养育的亲情、友情和人间真情。《父亲变成星星的日子》对于美丽的地方风景、风物、民歌以及善良的人情都有着诗意的描绘，用温情而灵秀的笔墨将男孩龙川对逝去的父亲的思念写得深情动人。《风与甘蔗园之歌》呈现的是大自然和纯真的童年记忆在作者心底的浅吟低唱，用唯美的笔触描绘了一个不无童话色彩的甘蔗园以及多个亲友的生命姿态和境遇。真正代表赵菱小说品质发生重要飞跃的是她的《大水》，以地处黄泛区的黄凤阔百姓们与泛滥的大水进行的斗争为情节，在大灾难中凸显人性的光辉。这部作品标志着她从轻盈唯美的浪漫抒情小说向厚实的现实主义小说转型，以朴实有力的细针密线来增加生活的质感，展现民众在大灾难中的仁义情怀和坚韧品格。她从相对狭窄的个人体验式写作走向更为宽阔的集体经验性写作，文学气质从诗意飞扬走向平实有力。作者以散文笔致描写黄河岸边、豫东平原的风土人情、时令物候等地域色彩，以方言曲调、民间传说等的融入增加文化内涵，在中国儿童文学地图上增添了一个多灾多难也多情多义、有大爱大暖的地理坐标“黄凤阔”。

另一位笔力颇健的青年作家张晓玲的乡土长篇小说《隐形巨人》安设“大鱼镇”作为故事发生地，以少女陈喜为叙事者来讲述家庭、乡镇和一群少年成长的故事。这是一部关于原谅、救赎和爱的成长小说，生活的画卷在三个少年的对抗、交锋、融汇中徐徐展开。故事中的少年个个都有自己的光明与阴影，作者用悲悯之心、朴素自然地写出了他们一次次的挣扎和震颤。《隐形巨人》是相当成熟的一部乡土儿童小说佳作，主要得力于作者发掘苦难及人性的深度及其艺术表现的火候，语言质朴干净而又意蕴丰满，细节刻画有雕塑感且饱含深情，坚硬中有湿润和柔软，沧桑中有热烈和温暖，渲染中有含蓄和克制，沉重中有轻灵和诗意。淮安作家严正冬的短篇小说集《绰号时代》中，地理环境成为富有意味、十分重要的一个隐含角色。他以家乡的一条江淮老街为原型营造的“秀水街”作为故事发生的环境，且以远离家乡后的成年口吻来回溯童年。这种回忆带来“滤镜”效果，但是在他的笔下不是美化，而是多了一种审视的意味。伙伴之间的游戏、秘密、朦胧的情愫以及孩子的死亡等，都和这条老街混合在一起，现出时代环境，也赋予童年以生活的实感。严正冬的小说注重描画街道或村庄的形象，也刻画其内在的精神气息，这是孩子生命成长的水土，融进了孩子的气血脉搏。秀水街上这群在野性的混乱中奔突的孩子是严正冬小说的一种个性化标志。

在城市中长大的江苏青年儿童文学作家致力于城市书写，尤其是生长或长年工作于南京的作家对于南京的书写十分倾心和用力。这些青年作家用深情和激情写出南京的今生前世，让孩子们去感受南京古城的文化气韵、历史气象和现代气息。顾抒的长篇小说《城墙上的光》和《寸锦寸光阴》均以南京为背景，《城墙上的光》将现实与幻想糅合在一起，通过双线结构书写南京这座六朝古都的文化底蕴、历史变迁和一代中国孩子的精神成长。主角熊猫寻找女孩名字的过程是少年对纯粹童年的寻找，是对披肝沥胆的情谊的寻找，也是对破茧成蝶的成长的寻找。《寸锦寸光阴》以黑簪巷和云锦公所连缀起小云着迷的云锦传统工艺文化，随之引出的历史与现实生活的画卷在南京旧城南的黑簪巷徐徐展开。从云锦公所的老人、失业的中年织工和传承云锦工艺的小云三代人，反映传统文化和人物在时代变迁中的命运与选择，表现对中华民族优秀传统文化的传承，对梦想及人与人之间美好情感的追求。范先慧的长篇小说《沉睡的大桥》贴近地气，留守在河南乡村的男孩跟随打工的父母来到南京城，他对繁华的城市倍感新奇又觉疏离寂寞。贯穿故事的一个主题元素是长江大桥，作者不厌其烦地对长江大桥进行细致描绘，人物的生活经历、内心情意和秘密愿望与大桥工程相联系，大桥修建工程所代表的时代之“刚”和对安居乐业的渴望之“柔”巧妙融合。

近些年还有多位青年作家将笔触探向南京的战争历史，如许敏球的《1937少年的征途》和赖尔的《女兵安妮》都以南京大屠杀惨案为背景来构筑南京的悲壮。《1937少年的征途》采用少年洛桐第一人称的受限视角进行叙事，从对战前南京安宁生活的悉心描摹转至对战争灾难的沉痛刻画，以两个相依为命的少年一路逃亡的遭遇来见证和挞伐日军侵略的罪行，讴歌南京军民舍身为国的血性气概，表现少年在颠沛流离中的成长。小说第一部分以南京为核心地点，对南京城市地理风貌和文化景况的描绘细致真实，复现了1937年南京古城的悲惨境遇，把人们对于这座城的爱与痛糅合其中。这部小说另一个贡献是将南京大屠杀幸存儿童的逃亡故事和中央大学动物西迁的历史相结合，彰显了中国文人的抗战精神，也增加了故事的历史感、真实感和厚重感。《女兵安妮》从外国女孩安妮的视角来描写日本侵略者在南京犯下的滔天罪行以及中国人民前赴后继、英勇抗战的故事，呈示战争给儿童造成的心理创伤，透视战争的残酷与人性的闪光，谱写了一曲党领导下中华儿女与国际友人并肩为世界反法西斯而战的英雄赞歌。对于南京形象和人文底蕴的多维度呈现，是江苏青年儿童文学作家相比前辈作家的一大贡献，由此构造了独特的文学地理空间。

2013年起，中国儿童文学界开始倡导“中国式童年书写”，一些敏锐的青年作家对于中国传统文化的关注也日益增长。赵菱的长篇小说《霓裳》用写实笔法描述洛阳城的盛唐气象和乐坊故事，传达历史常识和文化情怀。她对花朝节、千秋节等历史场景描绘细致，让读者身历其境。小说以音乐为主要元素，对于唐代乐曲如《春莺啭》凤凰曲的渲染活色生香，表达了对于中华传统文化的礼赞。《梨园明月》则选择她家乡河南的历史悠久的豫剧，女孩月秋自幼喜欢豫剧，为了实现能出演英姿飒爽的穆桂英、花木兰的梦想而勇敢地面对各种挑战，将孩子的成长与习练传统戏曲歌舞艺术的过程相结合。定居法国的南京籍作家邹凡凡创作了跨文化小说，“奇域笔记”系列以历险为经，以文化为纬，文化是故事架构上的藤萝之花且繁花似锦，故事之风吹过时则花枝摇曳。“奇域”之“奇”，在于“古董”文化本身之奇，该系列涉及了中国的围棋、乐俑、古画、瓷器、建筑和远古文明等琳琅满目的文化知识。“奇域”之“域”涵盖时间和空间维度，时域上的文化探索囊括过去的悠久历史、现在的文化寻求和未来的人文科技，地域上的文化探索既有中国文化名城，还跨越国界到人类几大文明发源地。“奇域笔记”系列是邹凡凡在走笔西欧之后的一次自觉的文化回归，她对自身民族和异域文化进行跨越和沟通。此外，对于传统文化的谱写不仅在上述现实题材小说中，也活跃在天马行空的幻想文学中，如顾抒的“白鱼记”系列、范先慧的“炎黄家族”系列等。

青年儿童文学作家的一个突出共性是对于少年成长的书写，他们细腻地表现少年在生活中的历练和化茧为蝶的蜕变，作品洋溢着鲜明的青春气息，这在赵菱、张晓玲、顾抒、范先慧、邹抒阳、王旭、许敏球、孙玉虎、严正冬等大量的长篇或短篇少年小说中表现得缤纷多姿。赵菱初期的作品多写少男少女的青春故事，如《黛绿色的好时光》《少年周小舟的月亮》《如果星星开满树》

《我们那年的梦想》等，聚焦少年的性格和精神的成长。这些少年经历着生命中纯真的快乐与隐秘的伤痛，他们往往从恐惧、逃避变得勇敢、坚韧。她的小说将友谊中的欢喜或痛苦和年少时期纯真的梦想与坎坷都做了真切的描绘，少男少女之间微妙的友谊和萌动的爱情给作品笼罩了一层浪漫而梦幻的色彩，流淌着温柔的甜美和淡淡的苦涩，具有清丽而忧伤的风格，给中国儿童文学增添了一份对少年情怀诗意灵动的书写情调。张晓玲的长篇小说《此岸·彼岸》真切地书写高中生赵非情窦初开的经历，一个感情丰富兼具独立性和理性的少女形象跃然纸上。邹抒阳的短篇小说《108室的幽闭少女》《谁在谁的目光里》等追求故事细节的真实，深刻地揭示少年曲折幽微的心路历程。王旭的中短篇小说集《纯真年代》以校园、青春故事为主，有其清新与真实之感。女作家更善于少女心事的描绘，而男性作家则对于男孩的成长书写更为用力，如许敏球的《昨日少年歌》、孙玉虎的《我中了一枪》、严正冬的《五月之光》等，男孩的阳刚不屈的气质渗入字里行间。严正冬以直面的姿态去"清理"童年和少年往事，能深入骨髓地写出少年内心的苦闷、伤痛乃至隐藏的"恶"。严正冬的成长主题短篇小说语言敏锐犀利，笔如解剖刀，贴着人物心灵游走。

在小说之外，江苏青年儿童文学创作的另一个重要阵地是幻想文学，包括童话和幻想小说。这些童话的文类丰富多样，就幻想手法而言，有超人体童话、拟人体童话、常人体童话等；从故事内容和风格而言，有内涵深邃的哲理童话、诗意优雅的抒情体童话、风趣幽默的热闹派童话。孙丽萍、顾鹰、任小霞、万修芬、孙玉虎、张明明等对于童话创作情有独钟，多年来持续创作长篇或短篇童话，作品大多具有丰富的情趣和柔美的风格。孙丽萍著有《蝴蝶的雨衣》《住在围巾里的歌》等十余部童话作品，温柔的爱、自然和情感的美是其不变的主题，作品充满灵性和诗性，文字优美纯净，想象飞扬灵动，以轻盈婉约的意象营造如诗如画、丰富多姿的童话意境。顾鹰有长篇童话《风之国》、短篇童话集《阁楼上的熊皮外套》《和山妖一起数星星》等多部，以温情的想象表达对生活、情感、生命乃至死亡的思索。万修芬的童话代表作有《什么都有的集山》《收集名字的小孩》，幻想的延展使得爱与寻找的主题更加丰富多元，其文字有着不事雕琢的天然美，情感缓缓铺陈，笔致流畅从容。孙玉虎的童话代表作主要有《遇见空空如也》，以一座“空空如也”的房子来代表孩子失去亲人后内心的空洞，对死亡和亲情的理解与表达充满了隐喻意味。

多位小说作家也兼及童话创作，赵菱著有长篇童话《厨房帝国》《故事帝国》《飞猪侠》和短篇童话集《小白的奇幻夜》等，在风格上延续其小说创作的温婉柔美的特色。《厨房帝国》运用关于灶马的民间传说，这个美丽而深情的幻想故事讲述了遗忘、守护、友谊、牺牲与成长，弥漫着青春的忧伤和芬芳的诗意。之后创作的《故事帝国》更多体现出对东方文化情韵的追求，对人物角色的命名即显现了古典倾向，爱吃诗词歌赋来颐养情性的小绿猴也代表了作者对典雅的中国传统文学的倾心，但真正使故事风生水起的则是作者丰富奇妙的幻想和内含的哲理底蕴。《飞猪侠》则是一部关于梦想、友情与勇气的童话，活泼幽默。范先慧的《若伯特的孩子》以精巧的结构讲述了一个深邃感人、寓意深刻的母子故事，运用对比、映衬的手法设置悬疑和冲突，对母爱的思考与表达赋予这个故事饱满的情感张力。

青年作家的系列幻想小说为江苏儿童文学增添了瑰丽的色彩，

顾抒在“夜色玛奇莲”系列之外创作了“白鱼记”系列小说，后者着重书写“中国文化之中的孩子”，讲述了先秦时代两个少年医师探索生命真相的故事，他们俩在治病救人、探险求真的过程中成为生死之交。故事的时间穿越古今，穿插了大量中国历史文化的典故，使得故事有古风雅韵。“白鱼记”的故事各自独立又环环相扣，在故事讲述中多采用聊斋笔法，善于设置盘根错节的悬念、营造冷幽森寂的氛围，人物层叠交错，故事扑朔迷离。范先慧的中华姓氏文化日记体小说“炎黄家族系列”充分显示了“悬疑推理”和“中文本土文化魔幻”这两个鲜明特色，小说以炎黄家族四千多个姓氏为契机，以一个神秘的上古庭园为背景，讲述一群迷失的少年在法术师黄丝结的帮助下寻找自己的姓名和来历而得到成长的故事。她的幻想小说着意将神话、姓氏、茶道、诗词等多种传统元素融入纷繁绮丽的想象，集穿越、玄幻、校园生活等流行元素于一体，复活上古传说，并渗透现代人文价值观以赋予其新的意义。

在文学艺术殿堂的朝圣中，青年作家往往拥有强烈的探索意识，锐意探索新的叙事方式和文体风格。赵菱的小说行文轻婉雅致，情感细密而诗意盎然。《父亲变成星星的日子》在结构上注意穿插照应，将奇幻的山林传说、精灵故事等融入现实叙事，增添了富有神秘或唯美气息的内容，在传奇色彩中不失生活的本真。张晓玲的小说善于切入人物深层的隐痛，用包容的姿态看待苦难和治愈伤痛，她的《隐形巨人》以孩子内心的隐形巨人为重要意象，贯穿人物的命运轨迹和情感脉络，通过其释放与外化的过程，引领主人公直面内心的恐惧、孤独和罪恶，获得走向未来的力量。孙玉虎初期有实验小说集《我中了一枪》，之后的短篇小说《楼梯上的光》则是一个转折点，在很小的事件里安排了很宽广的生活内容，但不直接写出，而是留给读者自己去体会和想象，在个体经验表达和读者接受之间找到了一个可以共情的艺术平衡点。顾抒《城墙上的光》的叙事形式的突破意义似乎更甚于内容价值，是以亡灵叙事将童话和小说进行混搭的一种实验性创作，充分发挥了迷幻式写法。迷幻的魅力在于可以引人入胜，使阅读成为一种“破案”甚至和作者叙事进行博弈的过程。顾抒的小说喜欢走亦真亦幻路线，追求奇奥，在现实故事的主线发展中巧妙地融合另一个时空的故事，呈现出充满妙想的灵动风格。她的创作形成了顾抒式的“秘境小说”，注重悬念，风格诡谲，诗意玄幻而跳脱。范先慧的幻想小说具有丰盈不拘的想象能力，而在结构幻想故事时显示了严谨的推理能力，抽丝剥茧般地解开重重谜团，形成了“魔幻推理小说”一派，小说语词绚丽灵婉，具有古灵精怪的气质。

江苏青年儿童文学作家大多自觉地求新求变，思路开阔，敢于另辟蹊径，尝试新的书写策略和技巧，营造新的境界和风味。这些作家逐渐形成了个人化风格，具有了比较鲜明的辨识度，获得了多种突破性成就。不过，就创作体裁而言，江苏青年儿童文学作家的成果主要在小说（包括长篇与短篇）和童话领域，儿童散文、儿童诗歌和科幻文学方面则较为稀缺。作为当今幼儿文学主力的绘本创作开始风生水起，文字创作方面，余丽琼撰文的《团圆》、张晓玲撰文的《躲猫猫大王》、孙玉虎撰文的《其实我是一条鱼》等是佼佼者，文字简约而意蕴丰厚；在插画方面，也出现了以贵图子的《大船》、周雅雯的《小雨后》等自成一格的优秀绘本。

文学是时间的艺术，作家创作既需要时间去淬炼成金，文学成果也需要接受时间的考验。江苏青年创作者在儿童文学园地辛勤耕耘，近些年来不断取得丰硕的成果，但仍需要沉下心积累，在对经典文学的学习和对儿童生活与心性、人生经验和智慧的用心捕捉和提炼中，拓展创作格局，提升艺术品质。

第三章　开放在现实中的诗意之花

关于儿童文学，无论从其美学效应还是潜在的教育功能而言，可以有很多种比喻，大多倾向于“阳光雨露”“种子花果”“星辰灯火”等，这些美则美矣、巧则巧矣，然而这样轻盈的比喻遮蔽了儿童文学本身应该具有的深广力度。很多儿童文学作者都是怀着播撒沐浴万物的阳光、点亮夜空的星光或指引方向的灯光之类的明亮心意而创作，因而赋予儿童文学以温暖和明媚的质地。但是儿童文学不是发生在真空中的故事，它需要用独特的艺术方式去揭示社会、历史、文化、日常生活和个体生存等的脉络、纹理和气息。这样的儿童文学写作能超越花园之限，走向浩荡的河流、峻峭的山脉甚至是犀利的闪电。无论是对现实还是幻想的书写，儿童文学创作都要力求含蕴深广。

一

综观近些年来的儿童文学创作，现实题材的儿童小说向来题材丰富、数量庞大，在 2013 年度的江苏儿童文学成果中，现实小说仍占据突出地位。广义的儿童小说，若从读者年龄段来区别，可分为适合小学中低年级的儿童小说和适合小学高年级及以上的少年小说，前者多表现富有童趣的儿童生活故事，后者多表现少年曲折的成长经历。在偏于低龄段的儿童小说创作中，连云港作家曹延标出版了“一年级的小壮壮”系列和“辣丫头小铃铛”系列，属于近年来红火的、以杨红樱的“淘气包马小跳”为代表的小学校园小说类型，“辣丫头小铃铛”系列以乡村顽童来拓展了之前多关注都市淘气包的故事领域。这类故事追求童趣和亲和力，但是在主题意蕴的深度和人物形象塑造的丰富性上较为欠缺。

比之相对轻浅的儿童小说，少年小说在表现范畴和力度上都要更为深广。2013年度江苏长篇少年小说的创作引人注目，主要有黄蓓佳的《余宝的世界》、徐玲的《我和老爸的战争》、赵菱的《少年周小舟的月亮》等。黄蓓佳是中国当代儿童文学创作界的一个重镇，她的第十四部长篇儿童小说《余宝的世界》不仅是儿童文学的一枚硕果，同时也超越了一般儿童文学的视野。黄蓓佳不满于当下儿童的浅阅读状态，用自己的笔锐意开拓出一个具有毛茸茸的生活质感及沉甸甸的人生分量的“世界”。这部小说聚焦的是生活在“天使街”的民工子弟，但不囿于孩子，乃是以十一岁的男孩余宝为圆心，并以余宝一家为核心内环，辐射到他们周围的人事。“天使街”是城市外来族底层生活的缩影，作者以其细致、真切的笔触来展现余宝生活的外在世界，人们生活得困苦、卑微，虽有算计但又不失敦厚，迸发着在贫穷中抗争的渴求及人性中的光彩。题目所言的余宝的“世界”还涉猎这个“鬼眼男孩”成长中步步惊心的内在世界。作者匠心独运地以一个偶然事件——余宝陪父亲出车途中目睹了一桩车祸，肇事车正是父亲老板的车——作为故事的由头来铺排一场渐转渐强的旋涡，旋涡的中心是少年余宝充满疑惑、惊恐、哀伤和担忧的心灵世界。小说在叙事上巧妙地以少年主人公懵懂而又不乏深沉的口吻道出了复杂而沉重的现实世界在孩子心中的投影及其所激起的波澜。在对死亡、生命价值、道德与人性的探秘与考量中，少年的心灵获得有刚性、有韧性的成长。这部直面现实的厚重之作以其结实而饱满、温情而不失苍劲的写实风格掷地有声，成为曹文轩的《草房子》之后中国当代儿童文学又一座重要的里程碑。它具有高度的思想和艺术价值，跨越了儿童文学与成人文学的美学领域。极富生活质感与悲悯情怀的《余宝的世界》可与同样书写儿童在苦难中成长的美国小说《布鲁克林有棵树》、巴西小说《我亲爱的甜橙树》相媲美。《余宝的世界》获得首届上海国际童书展"金风车"最佳童书奖、第三届中国政府出版奖图书提名奖。黄蓓佳之前的儿童文学作品已陆续被译介到境外，《艾晚的水仙球》在韩国翻译出版，《草镯子》《白棉花》由香港木棉树出版社出版。

曾以《流动的花朵》获中宣部"五个一工程"奖的苏州作家徐玲创作出版了《我和老爸的战争》，是其"我的爱"系列小说的第二部（第一部是《我会好好爱你》）。这部小说"献给全天下所有的老爸"，小说以男孩赵子牛的视角来叙事，以他和刚出狱的父亲之间的矛盾为轴心，逐层揭示内在的怨与爱、纠葛的"结"与"解"。徐玲擅长人物心理的细腻刻画，这是一部重视感情分量而又将分寸拿捏得当的作品。有别于《我和老爸的战争》着眼的亲情之路，赵菱的《少年周小舟的月亮》留意于少男少女之间的情谊。作者构思巧妙，将小蝶和周小舟的现实友情与他们自编的野猫之城的幻想故事相互交织，深入、曲折地表现了少年情谊中相互理解的快乐、彼此鼓舞的美丽与种种误会所致的哀伤。少年小说大多以少年主人公的第一人称展开叙事，以更好地表现其个人内心的成长，但不同性别、不同性格的叙事者会呈现出不同的风格，这部小说以心思敏感、细密的少女为叙事者，由此带来了细腻、优美、温柔而忧伤的风格。小说给予少年情谊“温柔的注视”，给中国儿童文学增添了一份对少年情怀诗意灵动的书写情调。此书版权被输出到马来西亚。

以报告文学《飞翔，哪怕翅膀断了心》等作品获得中国作协第七届全国优秀儿童文学奖的韩青辰在2013年度出版了“纪实励志精品系列”，包括《碎锦》《蓝月亮红太阳》《像蝉一样疯狂》《一尘不染》四部。作者以自己多年深入采访所得为素材，精心创作了关注青少年健康成长为主题的纪实文学，内容涉及儿童成长中遭遇的种种险滩，表现儿童生命承受的种种磨难，不仅有令人触目惊心的萎谢与歧途，也有激励人心的奋斗与追求。这一系列作品可作为“健全青少年人格的白皮书”，作者在前言《我祈祷，那没有伤痕的童年》中深刻道出：“童年伤痕来自父母、家庭、社会，更来自我们自身的无知、软弱、懈怠和懒惰。”韩青辰的纪实文学系列蕴含着真切关注及引领青少年成长的博爱之心和思想力度，且具有丰盈、高超的艺术表现力，每一篇作品都如水晶般晶莹剔透、光影流转，为中国儿童文学领域开拓了“美文”性质的纪实文学的阵地。她的长篇纪实文学《使者》获得江苏省第八届精神文明建设“五个一工程”奖。

动物小说是近年来江苏儿童文学作家掘进的一个领域，主要代表有苏州作家金曾豪和宿迁作家沈习武。金曾豪之前的动物小说有《密林追踪》《警犬66号》《醉狐》《流浪猪》《虎兄狗弟》《独狼》，另有一部作品《紫色的猫》获苏州首届“叶圣陶文学奖”。这部小说讲述一只乡下小猫在城里的遭遇，以小猫贝拉与不同人物先后的交往反映动物对于人类关爱的希求，也批判了人类残害、侮辱动物的行径，体现了作家对于动物生命形态的理解和尊重。沈习武的动物小说风头颇健，继之前的《母豹出山》《男孩的狐狸》《雪獒》《天使派来的狗》《西施在等你》《男孩的狐狸》《野猪孤儿》《母狐救子》（此书获首届上海国际童书展"金风车"最佳童书奖）之后，又结出了三枚硕果：《双鹤飞舞》《家有忠犬》《雨林象踪》。他不断拓展笔下的动物种类，描绘了湿地上的丹顶鹤、密林中的大象、家养的忠犬等动物的生存状态和特有的生命境界，尤其着意于表现动物与人类的亲密关系，寄寓着人类与动物和谐相处的美好诉求。这些动物小说笔法细致、笔端含情而又笔力雄健，体现出男性作家的阳刚风格。

除出版长篇儿童小说，江苏儿童文学作家还在全国各级各类儿童文学刊物上发表了许多优秀的短篇小说，如马昇嘉的《香妹的痛》、韩青辰的《花皮球》、赵菱的《纯白心事》、吴正毅的《夏日的伦巴》、龚房芳的《我知道，你时刻警惕着》、徐继东的《猫头和他的小小文具店》等，从不同的维度来表达对儿童成长的深切关怀。另外，一些作家历年来的优秀中短篇儿童小说也结集出版，如黄蓓佳的《会跳舞的摇摇》《黄蓓佳经典温情小说》、王巨成的《两个人的学校》、盛永明的《会看病的班长》《买个妈妈回家》《心底的一个秘密》、金曾豪的《小鹿波波》《书香门第》，就读于淮阴中学的高三学生董玥出版了小说、散文、随笔的合集《十六岁的天空》。这些结集出版的精选作品突出地反映了作家各自的创作特色，风格多样。

二

儿童文学对现实世界和幻想世界兼容并包。在幻想题材创作方面，江苏作家的童话和幻想小说也呈现了繁华的风貌。专心创作低幼童话的作家主要有王一梅、龚房芳等。王一梅的童话创作在当代中国童话领域已颇有建树，2013 年结集出版的主要有“月亮河的漂流屋”系列、“爱与成长”系列等多部作品。她的童话故事多以动物为主，想象活泼，富有童趣，风格轻盈，情调温柔而俏皮，细节饶有意味，常用丰富的奇思妙想无痕地“化开”带有教育性的主旨。龚房芳也在童话园地笔耕不辍，她在多个儿童文学刊物连载童话，2013 年出版了长篇童话《月亮车》《寻找一只叫兔子的熊》，童话集《格子与米小朵》《想打喷嚏的兔子》及寓言集《只想躺在床上的鱼》，其童话作品常与现实联系又能别出心裁，如短篇《牵狗的树在散步》通过关系特殊的树与狗从城市到乡下的感受变化，暗含了对社会文明和自然生命的对比性反思，谐趣中有讽刺。她的长篇童话《豆粒鼠》被改编成动画片在中央电视台动漫频道播出，其担任编剧并为主题歌作词，从文学文本到动画作品的转变更有助于增强其影响力。

当今幻想类儿童文学中发展较为强劲的体裁是幻想小说，比起童话，它更注重现实与幻想的融合。江苏儿童文学作家致力于亦真亦幻的长篇幻想小说的创作，在题材方面多方拓展。龚房芳著有校园题材的“奇迹校园”系列（包括《报告教官》《神秘的班草》《魔力运动会》《奇妙“驴”行》四册）。尤为热衷于幻想小说创作的是李志伟，出版了《再见梦之谷》《幻眼神童》及“魔法仙之玉”系列（包括《幸运石之谜》《人在妖途》《仙魔大决战》

三部）。“魔法仙之玉”是作者用心经营的“以中华神话为背景的东方仙幻”，以神仙学校的小学生酷卡和人间普通男孩大奇为线索人物来串起天上的仙界、地上的人界和地下的妖界，围绕护玉与夺玉展开了正义与邪恶的较量，大奇的性格也在风云变幻的历险中逐渐成长。作者力图在这部具有本土文化色彩的幻想作品中体现中华文明的“魂”，在西方幻想小说席卷而来的全球化时代，这一民族化追求的方向很有价值，作者有意识的努力十分可贵,但小说中类型化的传统形象与现代时尚及无厘头谐谑的混合，显得想象的质地不够奇崛，个别情节的品位尚欠醇厚。

值得称道的还有两部在题材和风格上具有开拓性的幻想小说。许敏球的《海盗的女儿》切入了中国儿童文学少有涉及的海洋题材，以瑰丽的想象展现了波澜壮阔的冒险故事。作者将女孩海拉寻找十二个爸爸、与黑男爵斗争的情节安排得跌宕有致，并以来自海洋的海拉和来自陆地的男孩陆平之间的冲突折射了不同文化养育的不同性格。故事中不仅蕴含充满真爱的温情，而且还张扬一种快乐的游戏精神，使得这部气势恢宏的长篇变得节奏分明、轻松好读。赵菱创作的《厨房帝国》则显现了女作家温婉柔美的风格，她的首部长篇幻想小说延续其少年成长书写的清新、优雅、细腻的抒情特色。女孩小棠在童年伙伴蟋蟀琥珀哥哥的引领下进入了神秘的厨房帝国，领略了那里的奇景美食，还遇见了一个身份不明的男孩珍贵，小棠为了解开他的身世之谜、把他带回人间历经艰险。这个关于遗忘、守护、友谊、牺牲的温情故事是充满诗性情怀的幻想精品。

三

从二十世纪初冰心的《寄小读者》以来，儿童散文成为儿童文学的重要支流。2013 年江苏作家的儿童散文创作成就斐然，大部分都是生于苏北的作家关于苏北童年与乡土的书写。

茅盾文学奖得主毕飞宇的《苏北少年“堂吉诃德”》是明天出版社 “我们小时候”书系中的一本，入选 2013 中国童书榜年度最佳童书奖。作家自述在家乡兴化乡村长大的经历，以“衣食住行”“玩过的东西”“我和动物们”“手艺人”“大地”“童年情境”“几个人”为七个章节来有选择地展现一代人的境况和岁月，融个人童年、自然世界与社会历史于一炉。作者努力追求事实的“真实”，既灌注了深沉的情感，又矗立着冷峻的理性。作者成功地把握了回忆中情感书写的“分寸”，毫不回避地旁证了荒唐的历史，更为可贵的是文章还内含着严厉的自剖与反思，如全书末篇《陈德荣》一文结尾的自省：“你想心安理得，你就得小心你自己。”作者回忆的目光绵远、深情而又犀利，讲述的口吻质朴、俏皮而又机警，对于岁月、大地、人事的印象呈现饱含了思想和艺术的智慧，文笔洗练、洒脱，意味隽永、深刻，是成人文学作家捧献给儿童的大气之作，可以让孩子们在上一代人的童年之河里得到经验的涤荡与情思的浸润。

善于以优美的散文之笔写苏北乡村童年的盐城作家曹文芳在其“香蒲草”“水蜡烛”系列小说之后，又创作了散文集《肩上的童年》。《肩上的童年》前两辑“褪色的荷塘”“南来北往的雁”主要写妹妹曹文芳与哥哥曹文轩之间的童年故事。作者用一支轻盈的笔，蘸着乡村灵动的河水，抒写了纯真、有趣的童年往事及朴素而亲密的兄妹情意。作者的回忆温情四溢，不仅描绘了自己的童年经验，也摹写了少年哥哥的真实经历，《药罐子》《肩头上的电影》等都可看作曹文轩的小说《草房子》《青铜葵花》的“本事”注解。书中辑三“天堂的烛光”是对已故的父亲的回忆。父亲曾是爱校如家的小学校长，并引领一对兄妹踏上文学寻梦之路，在《写作的梦》《〈草房子〉——写给父亲的纪念》等文章的字里行间都流淌着对父亲的敬意与怀念，笔致淡远而饱含浓情。曹文芳的散文语言如溪水般潺潺汩汩地流转，细节如雨滴淅淅沥沥地播撒，节奏轻巧而情味绵长。

专事散文创作并在当代儿童散文创作领域崭露头角的是淮安地区作家韩开春，他的散文集《虫虫》获得第九届全国优秀儿童文学奖，并获首届“江苏大众文学奖”特等奖。他在潜心创作了关于“花”的散文集《陌上花开》关于“虫”的散文集《虫虫》之后，又开辟了关于“鸟”的写作领域，在《钟山》（长篇小说2013年B卷）长篇专号“非虚构副刊”发表一组（12篇）写鸟的散文《雀之灵》，以细致的观察和精微的体悟，从自然万物抵达社会人生，思想独到，笔力深厚。张佐香是淮安地区另一位专心致志写散文并曾获孙犁散文奖等多种奖项的作家，她的第一部散文集《亲亲麦子》由江苏文艺出版社推出。张佐香散文虽并非有意为儿童创作，但其质朴平实而诗意浓郁的表达却能为孩子所欣赏。她以一颗亲近自然之心、包容天地之心、感恩生活之心，描写自然万物与朴素人生，并领悟蕴藏其中的情与理，如《亲亲麦子》《燃烧的油菜花》《母爱如棉》等篇，由植物的生命形态感悟人类生命可以汲取的精神或情意。她的散文格调清新、文笔雅致，着意于提升生命与艺术的高远境界，但有时表达太过“饱满”

或“绚烂”，若以“跳脱”“平淡”出之会更耐人寻味。相比儿童文学的其他体裁，以“真”为核的散文这一文类最能跨越儿童与成人的界域，为儿童与成人所共赏。

江苏儿童文学创作中，儿童诗歌方面的创作力量较为单薄。龚房芳在《小熊维尼》等刊物上发表风格活泼的儿歌，她的作品《大豆》获得第四届全国优秀童谣获得作品成人组一等奖。淮安作家董蕾的作品集《萤火虫》收录了她的诗歌和散文，表达淳朴，童真洋溢。儿童诗歌是一种看似轻浅却颇有难度的写作，不仅需要一般创作所需的灵心慧性，还更需要盎然的童心，并以浅语抵达深境。儿童绘本/图画书是近年来尤受关注的儿童文学门类，但因为需要文图结合的要求而使得创作周期较长，2013年度的成果较为欠缺。

第四章　锐意、多元的创造与拓展

江苏儿童文学园地在2014年可谓百花齐放，无论是叙事类的小说、童话、报告文学还是抒情类的诗歌、散文以及图画书等都争奇斗艳，散发出或馥郁或清雅或素朴的芬芳。

首先需要一提的是江苏作协儿童文学委员会组织的两大集体性文学创作的出版：一是与江苏凤凰少年儿童出版社联合编选《江苏儿童文学新十年》，作品编选范围新世纪10年（2000—2010）江苏儿童文学作者发表在省级以上报刊的作品，体裁有小说、散文、童话、诗歌、寓言、幼儿文学及长篇节选等，上、下两册共计70万字，这是江苏儿童文学队伍在新世纪代表性创作成果的重要汇编。二是与江苏人民出版社合作邀请28位儿童文学作家分赴全省各地，采写“百名美德少年”优秀事迹，出版了“第二届江苏省美德少年文学故事丛书”，美德少年的真实事迹被细腻生动地表现，正如84岁高龄的盐城作家李有干采写后的感想所言：“平凡的孩子，做出不平凡的事，小苗会成参天大树。”这套纪实性的丛书对儿童读者来说富有感染力和影响力。

一

2014年度江苏儿童小说的成就不凡，出版的长篇小说就有二十多部。韩青辰的《小证人》、祁智的《小水的除夕》、金曾豪的《凤凰的山谷》是乡土题材的力作。韩青辰以蚌病成珠般的毅力铸就了一部关于童年心灵跋涉的厚重之作，其殊异之处亦是重要之处在于：它是中国儿童文学史上一部直逼童年灵魂隐处的带有某种“反田园”色彩的长篇小说。作者以其富有担当的勇毅，以其包含痛苦的宽容，以其切近而简劲的笔力，刻画了童年生命经历的“痛”。小说用十分细腻的笔致呈现了主人公小女孩冬青敏感丰富而又备受煎熬的内心，她独自承担来自同学的种种凌辱，凭着孤单的一己之力去努力反抗。小说对于童心“逆变”的揭示十分深刻，作者以庄重的姿态书写童年，将孩子和大人都写得立体逼真，把听得见的怒吼或哀号以及听不见的呻吟与叹息，把看得见的笑与泪甚或带泪的笑与隐忍的泪都宛然呈现，动人心弦。《小证人》是当代儿童文学的重要收获，为多偏于轻软质地的儿童文学提供了厚重的质素。祁智的第一部长篇乡土小说《小水的除夕》以自己的故乡靖江西来镇作为故事发生地，主要从男孩小水的视角讲述二十世纪七八十年代的民风人情和同伴故事，蕴含着对于故乡的温情眷顾，跳动着童年活生生的脉搏，或轻快，或狂放，或沉郁，或悠扬，并以此虚实相生、疏密有致地建构了一个纯真而敦厚的文化地标——“童年的西来街”。这部小说获得全国第十三届精神文明建设“五个一工程”奖，同获此奖的还有金曾豪的生态小说《凤凰的山谷》，凤凰的山谷承载着田园牧歌式的梦想。小说着力于描写美好宁静的山村生活，结尾部分转向城市入侵者带来的毁损。作家赞美原生态的自然生命，借小黑公鸡愤怒的鸣声来批判人类的贪婪给自然带来的灾难。作者在《自序》中谈道："人类和大自然应当是有过一个古老的契约的，相约着创造自然的生命美和生命的自然美。"全书笔调清新质朴，故事内藏力度，是生态儿童小说的一个独特建树。

儿童在生存逆境中的艰难成长也是江苏儿童文学作家的瞩目所在。沈习武的《高跷上的天使》以平实的笔触和细腻的温情讲述了一个女孩的坎坷经历，失去双脚和小腿的林小雪从美丽而脆弱的天鹅公主变为踩着高跷助人的勇士，经过痛苦的挣扎变得坚强而宽容。这是一个关于爱和包容、勇敢和承担的励志故事，叙事真挚动人。高巧林的《送你一枝迎春花》写进城民工子弟的遭遇，塑造了一个勇敢懂事、心地善良、追求尊严的女孩迎春的形象。小说以迎春为核心，连接起其他民工子弟和富有优越感的城市孩子的冲突，连接起成人世界中各色人等的品行，辐射面较为开阔。徐玲的"我的爱"系列小说又增添了《我想和你在一起》《我要努力去长大》《等你在千里之外》等作品，聚焦于"亲情之爱"的表现。王巨成的小说数量较多，有《爱的花儿》《成长的旅行》《勇敢吧，一可》以及"震动"系列的第四部《像王子一样高贵》。"震动"系列前三部各有侧重地写了孩子身体或心灵的疼痛与成长，第四部描述的是人性的尊严，故事以合唱团为主线，讲述了灾难中受到伤害的孩子们走进了合唱团，在音乐和关爱的感召下成长为陌生而崭新的自己，这是一部传递正能量的成长小说。

与中年作家对儿童沉重的现实生活的关注不同，青年作家更多倾情于表现青春期少男少女青涩的成长，这类长篇小说的代表作有赵菱的《如果星星开满树》、许敏球的《昨日少年歌》等，前者书写的是四个舞蹈班女孩和五个学武术的男孩的豆蔻年华，每个人物都个性分明。主人公是富有文学才华的清纯女孩小光，故事主要以她和周围人的关系展开，将友谊中的欢喜或痛苦和年少时期纯真的梦想与坎坷都做了细腻婉转的表达。小说延续了赵菱作品一贯的轻灵而忧伤的气息和唯美的情调，注重意境的营构，题目本身就是一个梦幻般的意象，寄寓了作者对美丽的年少时光的眷恋。《昨日少年歌》的内容和风格与《如果星星开满树》颇为相近，不同的是以十六岁的男孩林夏为主人公，讲述了几个少年对校花木菲的追求以及相互间暗暗的角力，林夏和木菲共同喜欢的音乐是这部小说的一个重要氛围，同时也巧妙地暗含了情节的发展。男孩为中心的叙事多了一些阳刚之气，但因失落而带来的忧伤仍然氤氲其上，小说能注意刚柔并济。相比西方当代少年成长小说（如《麦田里的守望者》《我就是要挑战这世界》等），后者更多以客观冷峻或幽默讽刺的笔法来直面现实成长，而前者更倾向于表现诗意的少年情怀，社会性层面涉及不多。

小学校园故事是近年来的文学热点，章红的畅销系列“放慢脚步去长大”中的《杨等等的顽皮时光》《杨等等的成长时光》以自己和女儿为原型，将小学女生杨等等成长中的顽皮、快乐及苦恼都生动地呈现，也塑造了一个希望女儿能根据个性自由成长然而又受教育体制影响而摇摆、矛盾的母亲唐妮的形象，渗透了作者对于教育的深沉思考和智慧。章红对“不焦虑、不惩罚、多鼓励、慢慢教”的养育态度的倡导，与她的家教新作《慢慢教，养出好小孩》的教育理念相契合，叙事笔调温婉亲切。身为小学英语教师的杨筱艳在出版了“我们班的哈皮事儿”（获上海最佳童书奖）等一系列儿童小说之后，又创作了《著名小孩麻战战》

《你好小二班》《奇幻二人组》《绿绿和他的小果子》等。她的教学工作给她提供了丰富鲜活的素材，常以小学老师的视角来讲述小学生之间或和老师之间发生的多彩故事,具有真切的生活感，故事贴近童心、妙趣横生，具有轻盈活泼的喜剧色彩。同样身为小学教师的曹延标出版了“一年级的小壮壮”第二辑，包括《老师欠我几分钟》《我是一个好孩子》《衣兜里的鞭炮声》《借我一个手指头》，孩童气息浓郁。

除了新出版的长篇小说之外，还有一些重要的文集出版。黄蓓佳的少儿作品文集20卷由山东人民出版社出版；“章红‘纯真时光’系列”由江苏凤凰少年儿童出版社出版，含《放慢脚步去长大》《白杨树成片地飞过》《踏上阅读之路》《那年夏天》《木雕面具》等6本，徐玲的短篇小说集有《亲爱的白羊座》《最接近天堂的地方》《我的名字会长大》《31天忽视被爱》《幸福的女主角》《千里马等待伯乐》共6本。短篇小说集另有马昇嘉的《十五岁的愿望》、戴中明的《云聚云散的日子》、王巨成的《真的喜欢你》《男孩的方式》、曹文芳的《盛开的栀子花》等。此外，发表于《儿童文学》《少年文艺》《读友》等重要儿童文学期刊的短篇小说也成果众多：许敏球的《红房子》以简洁有力的笔触写了在父亲去世之后，顽强的母亲带领孩子克服困难，建起了属于一家人的红房子，塑造了一个在苦难中挺立的母亲形象，该篇获得《儿童文学》擂台赛铜奖。章红的“青春纪实”《我们都不完美，但成长必须继续》以少年们的第一人称讲述各自深陷的困境，对最躁动、最脆弱因而也最需要给予特别关注的成长阶段予以真实的传递。徐琴的《初夏》《桃子的四叶草》写的是乡村儿童令人心酸的成长，故事多有转折，以金锁留意的茅针、桃子收藏的四叶草为贯穿性意象，给现实故事渗透进清扬之气，重而不滞、哀而不伤，文笔简约而坚劲。代表性作品还有马昇嘉的《一只布鞋》《喜欢在心里》《向弟弟开枪》等，风格纯朴，富有力度。赵菱的《遗忘的颜色》、范先慧的《深白色》、王旭的《坏小孩》等也都巧妙别致，各具个性。

在写实文学方面，王一梅的纪实小说《一片小树林》则是以小学校长为主人公，讲述一代师范生的教育梦想，塑造了一个踏实肯干、无私奉献的乡村教育者朴实而光辉的形象。王巨成《星星点灯》是根据全国妇联"关爱留守儿童先进个人"许芩创办"星星点灯"留守儿童合唱团的真实经历创作的报告文学。作品采用小星星等几个孩子的故事与许芩的故事并行的复线结构，展现了"星星点灯"合唱团一路走来给乡村孩子生活带来的翻天覆地的变化，也塑造了创办人许芩心怀理想的担当、为留守孩子的成长无私付出的感人形象。

二

相比现实主义的小说，幻想文学因为拥有想象的翅膀而可以飞得更轻灵、更自由。江苏儿童文学作家中主要致力于童话创作的有好几位都在钟灵毓秀的苏州地区，代表作家有王一梅、顾鹰、孙丽萍等人。王一梅的童话有《木偶的二十五个年轮》《变色龙先生》《一只恐龙和一百只鸟》等，其中最动人的当属《木偶的二十五个年轮》。马戏团里的老木偶老杉头因衰老、失去掌声而黯然神伤，在蓝鸟的带领下开始寻找之前的记忆，感受到了爱与友谊带来的生命愉悦，故事写得情深意长、耐人寻味。连续创作了《风之谷》《和山妖一起数星星》等优秀童话的常熟作家顾鹰的中篇童话《小瓶盖的春天》讲述长了一双大脚的小妖小瓶盖在学校受到嘲笑和冷落的遭遇，她以勇气和爱为自己找到了幸福的春天，单纯的故事中蕴含了人生至理。2014 年她还出版了系列短篇童话集，包括《请进山猫的雏菊花铺》《小妖怪的彩色糖纸》《兔子爱吃胡萝卜》《黑小妖的幸福魔咒》《变成精灵的男孩》共 5 本，想象晶莹而轻灵，荡漾着母性的柔美。以《蝴蝶的雨衣》登上文坛的童话新秀孙丽萍 2014 年出版童话集《住在围巾里的歌》，作者写作姿态很是恬静，如她所言："生活里诗意的微光就是有生命的童话的种子，我很耐心地等，等待它们在心里发芽、拔节，不紧不慢地长出青翠的藤蔓，开出不可预知的花朵。这一过程，不仅成为我和童年重逢的契机，并且依然成为生活本身闪光而生动的部分。"该集子收录了 16 篇童话，无不充满诗情画意，阳光、清风、溪流、花朵等成为童话中的风景，笔致温婉、细腻，追求光明和辽阔，"住在围巾里的歌"本身就是永远温暖的童年之歌。

赵菱继 2013 年的幻想小说《厨房帝国》之后创作出版了一部长篇童话《飞猪侠》。两个有着与众不同的梦想的朋友合作发明了"飞猪号"飞机去实现梦想，这是关于勇气、梦想和友谊的故事，文笔清新而活泼。徐州的龚房芳出版了多本童话集：《长尾猴的挠痒痒店》《如果一只獾遇到另一只獾》《旅行鼠的日记》以及《不一样的数学故事》等，故事新颖，俏皮好读。沈习武出版了童话美绘版《鼠小七历险记》和童话集《狐狸的集市》，这些以动物为主角的幻想故事，体现了真切而生动、跳脱又细致的艺术表现力。2014 年度还有一本特殊的童话集，是童话作家麻丽华和她 4 岁的儿子向怿夫的微童话集《四季的星星车》，孩子爱用想象描述自己对世界的感知，母亲把他的描述记录下来并加以润色，成就了有趣的童话。如《萤火虫》："萤火虫在夜里飞，它提着灯笼在找什么？萤火虫在草丛里飞，它是草丛里的星星吗？飞飞飞，找找找。哦，萤火虫没有提着小灯笼，它也不是草丛里的星星。萤火虫就是萤火虫，它飞来飞去是在找它自己，那个亮亮的飞来飞去的是它睁大了来找自己的眼睛！"这种新颖的想象和认知超越了大人们习以为常的思维，以其别出心裁的感受呈现了儿童独特的心灵王国。

比起立足于表现一次元世界的童话，幻想小说表现现实与幻想二次元世界，故事性更强，表现手法往往也更为多元。2014年，李志伟的《玫瑰山物语》和王巨成的幻想小说《故事呼啦啦地飞》均获首届"大白鲸世界杯"原创幻想儿童文学奖三等奖。前者是带着悲壮色彩的传奇，呈现了独特的幻想奇趣，文字流畅而瑰丽；后者以形貌怪诞的故事折射社会现实，寓庄于谐，既有幻想文学的丰富想象又显出批判现实的思想深度。王巨成的另一部幻想小说《再见，摩天轮》以写实为底色而融入些许魔幻元素，讲述的是关于"长大"的命题。女孩乐陶陶在寻找失踪的——其实是提前长大了的男生路小西的过程中经历了失望、愤懑和反抗，对长大后变得肮脏的成年人生发出了批判。故事主要基调较为忧伤，但作者刻意安排一对活宝型侦探增加喜剧气氛，故事的层次因此而丰富，但经营的痕迹较为明显。顾鹰的长篇幻想小说《狗先生》涉及"死亡"这个沉重的主题，故事中的男主人公鲁明意外丧生，他的灵魂牵挂妻女，借助幽灵界的神奇力量，让家犬达达变为自己的形象去安抚家人，后又将灵魂强行留在达达身上，直至最后才放心地离去。故事情节曲折起伏，温暖而有趣，鲁明一家、神出鬼没的大帽儿幽灵、忠诚而智慧的家犬以及有情义的流浪猫等形象丰富。这部幻想小说蕴含了生命与爱的意义，可与英国儿童小说《天蓝色的彼岸》相媲美。

范先慧和顾抒的幻想小说体现了扑朔迷离的幻想和推理能力。被称为“悬疑精灵”的范先慧的魔幻神话日记体小说“黄丝结笔记”系列在继《封神之兽》《狐仙的智齿》之后又出版了第三部《玩偶之家》，她喜欢从中国传统文化中汲取养分。故事开头以一桩神秘莫测的纵火案营造贯穿全书的悬念，劫后余生的人形玩偶“我”找到了住在经天路101号的上古神祇后裔黄丝结，将“我”的现实遭遇和阅读采用皇帝历纪年的黄丝结笔记故事交叉结合，读来悬念迭起、惊心动魄。作者处处伏笔且能抽丝剥茧般地解开重重谜团，结构故事的能力十分出色，表现的是一场贯穿命运的守望和等待。小说充满灵气，作者着意在幻想文学中融入上古传说故事和旱魃形象等中国元素，并加入现代人的价值观，写出焕发本土气息的幻想之作。顾抒的《夜色玛奇莲》系列此前已出版八部，2014年又出版了最后两部:《毛豆邂逅咪咪的玻璃屋》和《毛豆邂逅白色恶魔》，现实与幻想相互缠绕，少女与兽的世界被表现得神秘绮丽，又寓含了哲理的思索，有对现实的批判、对人性的反思，贯穿这个奇幻推理小说系列的主题是对爱和梦想的守护。小说想象丰富而文思细密，笔法洒脱而又能环环相扣，具有明快的现代叙事节奏和悬疑元素，故事扣人心弦。她的短篇幻想小说《树叶糕团铺》讲述了孤独的少女和狐狸化身的少年之间的友情，情节亦真亦幻，细节别具一格，语言精致，风格诗意，其生花妙笔之下似乎总有一抹成长中的忧伤与对于爱的渴望在潺潺流淌，即便故事的“肤色”有些清冷，但其“心跳”却充满温情。这些年轻作家在幻想小说方面的独到用心决定其会有长足的发展。

三

在诗歌被成人读者边缘化的时代，儿童诗歌却往往能以其轻巧美妙的姿态步入儿童读者心中。已出版有《再见，雪孩子》《自然儿歌》《窗前跑过栗色的小马》等儿童诗集的巩孺萍 2014 年又出版了两本儿童诗集。《变来变去的妈妈》包括五辑“苹果树下”“变来变去的妈妈”“一只蟋蟀的歌”“梧桐花落满了地”“住在花里的小人”，这些诗歌都是从儿童视角出发的儿童化的表达，描绘了儿童眼中的美妙世界、儿童的情感与想象，充满童心童趣，追求画面感和语言的韵律感。配图诗集《我的第一本昆虫记》巧妙地把昆虫的形象和特征与对于现实和人生的情思相融合，如《蜉蝣》一诗：“一只小蜉蝣，不吃也不喝。它的伤心事，谁也不愿说。早上才出生，午后就不能活。可怜的小蜉蝣，因为生命短，你才要快乐。”值得一提的是，这本诗集附有英文翻译，版权输出美国。其他作家的单篇儿童诗歌主要有马昇嘉的《你们为什么还不醒来》等，龚房芳的童谣《中国结》获全国优秀童谣二等奖。

儿童散文方面的一个重要收获是老年作家颜煦之的《我的人生关键字》，是作者的人生回忆录。作者潜心研究汉字，著有《谈古说今嚼汉字》《一字一世界》《我的人生关键字》《丁呱呱学汉字》等 20 余本有关汉字文化的著作。这部散文体回忆录也跟汉字有关，全书分为上下两册，共 169 篇，上册是童年忆旧，可看作儿童散文。每篇都以对一个汉字的解析作为怀人记事的归结或由头，人生故事和汉字知识相融合也相得益彰，汉字解析往往有画龙点睛之作用。这种构思是一种独特的创造，作者以风趣幽默的笔触娓娓道来，在怀人记事中寄寓深沉的人生和社会感慨，对于老师、母亲、玩伴等人事的叙写尤为动人。全书充满趣味性、知识性和真挚动人的人文情怀，是朴实而老道的力作。高巧林的散文集《手语》收入作者近年来精心创作的部分儿童散文作品，文笔优美，情感充沛，擅长以一个中心意象巧妙地串起丰富的人生，比如爷爷的木门、父亲的背、母亲的“黑蚕茧”等，童年回忆与成年感慨的结合，赋予了作品更深厚绵长的情感意味。2013 年以散文集《虫虫》获得全国优秀儿童文学奖的韩开春将焦点从虫转向了鸟，发表多篇散文如《鸦族》《四鸟集》《飞鸟二题》《云雀　白头翁》等，单篇散文代表作还有殷建红的《捉虱子》《荷塘雾色》等。在寓言文学方面，身为当代寓言名家的钱欣葆创作寓言多篇，他笔下的故事贴近生活、生动活泼，深层寓含道德训谕或哲理启迪，语言简洁，风格凝练，兼具文学性和可读性。

图画书创作领域 2014 年获得好评的主要有巩孺萍撰文的“没想到”婴儿创意绘本系列（14 本），文本是小童话或儿童诗，如《路》描写了各种路，“有的路风景很美 / 有的路看不到出口 / 有的路要用手走 / 有的路望不到头 / 有的路很宽很宽 / 有的路只能一个人走……有的路在我们心里 / 只有梦里才能去走”。这首诗融具体与抽象、写实与写意于一体，言近旨远。图画则用各种动物的路途来铺叙，用盲童对路的探索来做结，构思巧妙，童趣与意味兼备。这个系列轻妙纯美的创意赢得了普遍的认可，版权输出到法国、瑞典、越南、阿拉伯、马来西亚等。《东方娃娃》杂志是国内最早做绘本的儿童刊物，主编周翔是国内重要的绘本艺术家。他创作的《荷花镇的早市》《一园青菜成了精》《耗子大爷在家吗？》

等屡获大奖，2014 年他创作了一个知识绘本《上厕所》，在大陆和中国台湾地区同时出版。这个绘本创意独特，取材自孩子感兴趣的生活化主题。作者穿越古今，纵览妙趣横生的厕所发展史，让孩子领略人类生活智慧的演进，以幽默简洁的笔调引发孩子探究科学的好奇心，从小细节中领略大科学。这本拙朴可爱的优秀之作获评“2014 中国童书榜最佳童书”。

第五章　在简单与丰富中徜徉

2015 年度的江苏儿童文学创作总体上不是很丰富，但也不乏成就斐然的佼佼者。在各类文学奖的评选中，有多部作品（包括 2014 年出版的）获得大奖，显示了江苏儿童文学创作颇为骄人的实绩，但是在儿童文学题材、主旨和艺术的深广开掘和精细处理上亟待新的突破。

一

从出版数量来看，儿童小说依然占据多数。2015 年新出版的长篇儿童小说的题材主要还是以都市校园为主，活泼快乐是其基调。祁智的“芝麻开门”系列四册《蝌蚪会跳舞》《猫头鹰逃亡》《麻雀会唱歌》《小金鱼飞翔》延续了他此前的小说《芝麻开门》中的人物形象，讲述了一群孩子为领养不同动物而发生的趣事，每本书均以动物为名，围绕共同的“放生”主题，表现孩子们对于小动物的好奇心、爱心以及团结、感恩等品格，格调幽默，语言洗练，寓教于乐。小学校园生活故事的系列小说还有杨筱艳的“我们班的哈皮事儿”“马尾辫姐姐和大耳朵弟弟”“小侠齐咚呛”等系列，徐玲的“糖果校园”“现在是女生时间”系列以及“我的爱”系列之《全世界请原谅我》。曹文芳的“喜鹊班的故事”系列则开辟了幼儿园题材领域，她从几十年的幼教经历中提炼出玲珑有趣的故事。每本书以一个孩子的视角讲述，多层面地描绘了鲜活而立体的人之初的生活和心灵风景，塑造了一群性格各异的幼儿形象，为中国儿童文学人物画廊增添了真实的而非理想或观念中的幼童新角色。

反映中学校园生活的长篇小说涉猎的题材内容相对更为复杂。《红风筝》是王巨成“震动”系列之五，红风筝是象征着用热爱战胜苦难、要放飞希望的成长意象。小说从中学生宋佳玲与刘新的视角来展开，开篇以日食和大雾拉开泗坪镇流言的序幕，宋佳玲姨妈手中的骨灰盒则是一个等待揭秘的悬念，而镇上关于怪病的流言也考验着人心。王巨成的“震动”系列小说，从2010年出版的第一部关于少男少女在“5·12”大地震中突围的故事开始就彰显了他的特色：注重挖掘题材的社会性，同时也注重营造充满青春气息的故事性和情节设置的悬念感，注重刻画人物的性格与深入揭示人性。他不避讳现实中的灾难和伤痛，作品人物多有原型，如《红风筝》中身患白血病而有着阳光之心的女孩项一鸣，隐藏着艾滋病秘密、为了关照孩子而与死神拼力赛跑的成人孔兰等，作者从原型人物身上看到了热爱生命所迸发的力量，将之融进作品去“震动”读者。《红风筝》和前四部一样都具有直面现实的力度感，给成长传递正能量。擅长悬疑幻想小说的范先慧创作了写实性校园小说《雨过天晴》，全书结构分为两部分，分别以因绑架事件而失去记忆的妹妹夏雨和被绑架多年后才找回的姐姐夏晴为叙事视角，上篇妹妹的叙事重在现实并铺展悬念，下篇姐姐的叙事则多涉回忆并逐层解开悬念，题目“雨过天晴”暗含了经历风雨见阳光的成长主题。作者运用悬疑元素使得故事悬念迭起，但人物之间的关系过多地用了巧合，虽可以使故事更“有戏”，但会有失真感。擅写少年情怀的赵菱在《少年周小舟的月亮》《如果星星开满树》等青春小说之后又创作了风格属于同一系列的《我们那年的梦想》。

都市校园小说大多具有时尚气息，节奏多明快，情节多戏剧性，而乡土儿童小说更倾向于抒情性和散文化，更追求情调之“美”。盐城籍作家曹文轩、曹文芳兄妹和其老师著名儿童文学作家李有干联袂出版“感恩系列”诠释感恩，“感恩是回报、是赞美故乡，是我们以文字的形式给这片土地带来荣誉，也是我们向家乡呈献的一份礼物”（曹文轩语）。三人的作品都写到残酷人生里的温暖、善良、包容和坚持。曹氏兄妹的作品秉承一贯的水乡情调，述说深情动人的故事。曹文轩的小说集《桂花雨》中收录的短篇基本都聚焦于孩子在困境中艰难突围的成长，如《黑魂灵》写一个弱智的孩子和老人、濒死的鱼鹰、河流等之间的关系，涉及了生与死这一深沉的主题，并且用优雅而不失力度的笔致表现了生的高贵和死的尊严，体现了对于生命的尊重。曹文芳的小说集《风铃》收录《风铃》和《石榴灯》两个大中篇，均选取十岁左右小女孩为叙述者，写富有乡土气息的童年生活和成长感受，表现乡土人情并关注乡村边缘人物，在洋溢乡情之美的温暖中也蕴藏了哀伤。《石榴灯》的故事以灯儿对生日的探求为线索，写了多种人生情态，结尾出人意料，揭开爷爷对孙女冷漠的原因竟是源于他对夭折的五妹的深情和对养大小女孩的担忧。曹文芳的文笔轻灵细腻又不乏切实的人生观照，接续并丰富了她之前“水蜡烛”系列轻盈透明的审美品格。

2015年评选了首届“青铜葵花儿童小说奖”，此奖由曹文轩与人民文学出版社、天天出版社通过曹文轩儿童文学艺术中心共同设立，曹文轩指出：“道义、审美、悲悯情怀等大概是这一奖项永恒的取向。”赵菱以山乡儿童为主人公的小说《父亲变成星星的日子》获金葵花奖，这部小说的主干情节是边远矿区男孩龙川的成长故事，在父亲因矿难而死之后，龙川担起了照料母亲和妹妹的责任。这部关于死亡、苦难主题的小说并不沉重，作者选择以美妙的情怀来化解悲痛。小说结构上注意穿插和照应，故事主干之外有缤纷的枝叶摇曳，作者将奇幻的山林传说、精灵故事等融入现实叙事，龙川身边朋友们的人生经历也增添了富有神秘或唯美色彩的内容。小说对于美丽的地方风景、风物、民歌以及善良、美好的人情都有着诗意的描绘，不少细节独特而真切。小说的整体风格较为空灵唯美，但有些地方过于写意和雅化，若能加强对于生活的粗糙质感的表现，则作品会具有更为朴素而深入人心的厚重感。

科幻和武侠题材的儿童小说是当下新兴的门类，但是江苏儿童文学对于科幻的涉猎较少，杨筱艳的“外星男孩历险记”系列开始踏入此领域。创作武侠题材的作家主要是范锡林，他自2010年出版武侠童话系列《鉴剑大师》《神指门》《功夫树》以来持续耕耘，2013年又出版少年传奇小说系列《小神侠奇破百锁箱》《毒客小子》《我的师傅是魔侠》等，将传统的武侠和悬疑小说相结合，注重传统色彩和民族气息，追求“中国味”。他喜欢写系列故事，每一个故事像一颗颗独立而完整的珍珠，它们之间又有着一脉相承的关联，串成别具一格、光彩夺目的珠链。他新近创作的“刀剑一条街”系列同样引人入胜，将故事安设在江南古镇，具有江南文化情蕴。《变形剑》《分水剑》《点金剑》等篇对于各种奇剑的想象十分神妙，以少年与剑之间的故事来表现其性格和人格的成长变化。作者不仅写少年剑客的经历，也写刀剑铺铸剑师的气度和信念，推崇“剑怀仁心”的武侠境界。小说语言简洁，人物个性鲜明，情节跌宕起伏，想象新奇超拔。范锡林的少年武侠小说以潇洒豪放与温柔敦厚兼容并济的江南特色而独具一格。

当下儿童文学出版市场中，虽然长篇小说尤其是系列小说成为营销的宠儿，但是弊病也日益明显，主要表现为题材内容大量重复，思想意蕴流于浅薄，艺术表现缺乏个性也不够讲究。相形而言，短篇小说更为自觉地对思想和艺术进行深入追求，江苏多位儿童文学作家在此方面用力甚勤，在《儿童文学》《少年文艺》等重要儿童文学杂志上发表精心打磨的短篇小说，代表作品有韩青辰的《龙卷风》、严正冬的《伤心绿报亭之歌》、顾抒的《森林里的森森和林林》、马昇嘉的《瞎审》、高巧林的《扯眼裁缝》、徐琴的《听听花开的声音》《只是不说》、赵菱的《未完成的蓝色信笺》、范先慧的《奶奶的镯子》等，另有章红的青春纪实故事《肖潇的故事》《在同伴中成长》也描述了当代少年的真实生存形态。韩青辰的小说创作一贯以质感与美感并重的现实主义为追求，她的长篇小说《小证人》获得2015陈伯吹国际儿童文学奖、金陵文学奖儿童文学奖，2015年出版长篇小说《小侦探》《哆来咪，我爱你》，短篇小说《龙卷风》获得“周庄杯”全国短篇小说大赛一等奖。《龙卷风》是一篇有着“龙卷风”般“扫荡”力度的作品，题目“龙卷风”暗喻了少年人成长中被裹挟进猛烈呼啸、肆意席卷美好的教育风暴，作者用充满勇气和体贴之笔写出了当代中学生在学校和家庭中充满无奈、叛逆和挣扎的青春困境，揭示其内心的激流与旋涡、碰撞与击打，无论写孩子在羞辱和压力之下选择的轻生还是女儿与母亲之间难以融通的矛盾，都针针见血地写出了真切的“痛感”和刺目锥心的“伤痕”。作者直面当下严峻的教育现实：“我没有编故事，我饱含心酸与祝福地写，目的是期待改良。我多希望教育早日回归春风化雨，润物无声——教育不是赛场不是商场不是刑场更不是屠宰场！”这篇小说以理解和悲悯传递了中学生内心压抑的声音，以责任和担当对扭曲的教育环境发出了尖锐的抨击，可以说笔带“血泪”。顾抒的小说创作另辟蹊径，走的是亦真亦幻的路线，呈现出充满妙想的灵动风格。2015 年她出版短篇小说集《蓝花井的咕咚》，《圈》获得陈伯吹国际儿童文学奖单篇作品奖。她的短篇小说《森林里的森森和林林》《布若坐上公交车走了》都着意于表现孩子隐秘的内心世界，如孤独、幽怨等情感。作者的构思别出心裁，运用曲笔去婉转地表现。主人公森森和他笔下画出的朋友林林、吉影和她一起讲故事的朋友布若的关系其实都是孩子和心里的另一个自我的交往，其冲突与和解也暗示着孩子对于自我和相关人事的理解。顾抒作品的灵气不仅鲜明地表现在她独特新奇的艺术想象上，还突出地体现在她结构故事的才能上，她十分用心地经营“讲”的艺术，讲述特点是叙事表面波澜不惊，没有什么跌宕多变的情节，但其实静水流深，能将人物内心深处的忧伤等感觉层层渲染，且常将实写和虚化相交融，以至于令人难辨真假，直到最后才会恍然大悟。她以不拘泥于日常和现实的跳脱之心创造了一个清新隽永、奇巧别致的艺术世界。短篇儿童小说对于故事的凝练性、表现的精致性、手法的新颖性等都提出了很高的要求，需要创作者去除浮躁而沉静地用心。

二

2015 年江苏儿童文学的其他文类也均有一些成功之作，尤其是一些笔耕不辍的老作家在经年累月的积淀中打磨精品来增添亮色。

江苏童话创作的主力军多为中青年作者，女作家有王一梅、苏梅、龚房芳、顾鹰、孙丽萍等，男作家主要是沈习武、杨海林、李志伟、孙玉虎等。苏梅著有长篇童话《打中一颗星星》及短篇童话集“胖胖猪乐园”系列，沈习武出版《看守迷宫的猫》，短篇童话的优秀作有孙丽萍的《生日快乐，林小鹿》《我的风朋友》等以及顾鹰的《妈妈曾经变成一只鸟》《天蓝色的桔梗花》等。女作家的童话风格大多充溢着温柔和慈爱，而男作家童话更多一些阳刚和幽默气息。年逾八旬的老作家李有干加盟童话领域，出版长篇童话《白毛龟　绿毛龟》（列入“感恩系列”），讲述一只坚韧不屈的乌龟“坦克”的成长故事，乌龟坎坷而坚韧的一生经历中也融入了时代和人心的变迁。童话传递了友爱、坚强、勇气等力量，也深入浅出地呈现了老作家沉淀的人生思悟，给童话创作增加了岁月带来的厚度。担任《儿童文学》编辑的孙玉虎是近年崭露头角的新秀作家，此前他的作品多次获得信谊图画书奖文字佳作奖，2015 年他的童话《遇见空空如也》想象新颖，巧妙地呈现了人物心理情感的转变，获得中国台湾地区儿童文学牧笛奖。

相比风行的儿童小说和童话，针对低幼读者的儿童故事这一文类偏居一隅。儿童故事不同于儿童小说，前者不以塑造立体人物形象为重心，而是着力于故事本身之趣和讲述之巧。一辈子跟儿童文学打交道的老作家颜煦之对于儿童生活故事向来情有独钟，故事集《欢欢和茜茜》是当代儿童文学界难得的儿童故事精品。这个生活中的“老顽童”善于发现儿童言行的种种天真、幽默、善良，反映晶莹剔透的童心世界，充满了对于儿童心性的理解和欣赏。他讲故事娓娓道来，语言亲切晓畅，比如《好好奶奶的好宝宝》的开头：“好宝宝这名字，听起来多亲热！这名字谁起的？是好好奶奶。好好奶奶是谁喊的？是好宝宝。”这样的口吻俨然是直接跟面前的幼儿在讲故事，浅显而有趣。他能把短小的故事处理得曲折而简净，结尾往往出人意料而耐人寻味。《我来陪陪你》中呱呱去楼上陪伴刚丧偶的李爷爷，本想让他别难过，结果因为看到李爷爷的眼泪而禁不住“陪着”大哭，反而让李爷爷来安慰他，结尾写道：“就这样，呱呱陪李爷爷哭了一会儿，又默默地坐了很久很久……”朴素简单的讲述表现了呱呱的懂事和体贴，也映照了老年丧偶的哀痛，情味绵长。颜煦之的功力在于用寥寥数语就将孩子的稚气、憨气和灵气形神毕现，在看似浅显的小故事中蕴藏感人的情意和率真的机趣，追求返璞归真的艺术品格。钱欣葆在寓言园地笔耕不辍，故事体式短小、构思精巧，如发表于美国《世界日报》上的《爱面子的老海龟》层层递进地讽刺了顽固的虚荣心理。他的八本以思想品质为主题的小学生寓言故事在台湾地区出版，其作品具有或隐或显的教育旨意。

散文作为非虚构文学，以“真”为魅力吸引儿童去了解大千世界。由成人创作的儿童散文大多为童年记事或对自然风物的感悟。苏州作家金曾豪的散文集《田园江南》是之前《蓝调江南》的姊妹篇，收录《高家竹园》《小湍和牛》《男孩子的黄梅雨》《田野歌手》等二十三篇散文，书写作家童年时期的乡村生活，以孩子的视角来展现江南的乡土风光和人文风貌，语言自然亲切，蕴含对于乡村的朴素亲情和对于生命的引申思考。如《赤脚走在田埂上》的文尾延伸及生命和泥土的关系："泥土记不清它曾经长过多少茬庄稼了，也记不清养活过多少辈的人了。一切生命从泥土出发，又回归于泥土。生命不过是泥土的现世。女娲用泥土创造人类的神话不但是一个伟大的神话，还是一个伟大的寓言。"他的散文具有浓郁的田园生活气息，唤醒人们对于乡村、自然的家园意识。淮安作家韩开春在散文集《虫虫》之后转向对于鸟类和水族的书写，代表作《雀之灵》获得第二十四届"东丽杯"全国孙犁散文奖单篇类一等奖第一名，发表"水精灵"系列散文，以黄尖、鲶鱼、黑鱼等为题展开对于生物习性的描写和人文阐释。高巧林也热衷于散文创作，《村前的小河》《老屋上的天窗》《奶奶的草屋》等晕染着淳朴的乡土忆旧气息，而范先慧的散文《箸》风格迥异，以一对筷子的故事来讲述志向与命运的哲理关系，风趣幽默而言浅意深。谈凤霞和孙清越合著的两本随笔集《剑桥彩虹·开》和《剑桥彩虹·阔》是母女留学英国剑桥时的生活纪实，每本书依照彩虹的光谱"赤橙黄绿青蓝紫"分为七章，文笔优雅细腻，以生动的童年现场展现在英国的学习和行游中的收获与成长，彰显生命应有的色彩，并渗透对于中英儿童教育的思考，旨在呼唤"给孩子一个彩虹般的开阔童年"。

2015 年江苏绘本的创作出版有几部特别之作。《老轮胎》是《东方娃娃》杂志社推出的原创绘本精品，贾为撰文、朱成梁绘图，后者是第一届丰子恺儿童图画书奖首奖作品《团圆》的画者。《老轮胎》讲述了一只老轮胎的贯穿生命历程的故事，其人生魅力不仅在于它随车驰骋的辉煌岁月，而且更在于当车子老旧报废后，它依然葆有的闯荡世界的向往、激情和毅力。这是关于领略生命风景、追求生命价值的人生篇章，有历经磨难、韶华难再的沧桑感，更有宽广坦荡的襟怀和温柔通达的心意。画家以刚柔并济的笔墨来表现。当老轮胎撞上石块后再不能奔跑，停下来后成了老鼠、青蛙们的快乐天堂，而它也会分享这份快乐；季节荏苒，它的怀抱里有过夏日的雨水、冬天的白雪，也有春天的鲜花，给老轮胎带来了最喜悦的生命感悟："我从来都没有想过，有一天我会怀抱这么多的花！它们挤挤挨挨，照亮了我的眼睛。我已经淡忘了那个我曾经向往的世界，只知道——现在，在这里，我很幸福！"书中所画的黑色老轮胎像一只只眼睛，画家巧妙地用各种色彩和大小构图来彰显其心情和神韵。诚如江苏另一重要的绘本作者周翔所言："连续多幅对页上的深情的'眼睛'，饱含着老轮胎对生命的热爱、期望、眷恋和奉献。老轮胎受困于原野，但那只不灭的'眼睛'里跃动着他自由高贵的灵魂，在与我们相望，在呼唤我们、和我们对话。"这个绘本的情节跌宕有致、情境丰富生动、细节繁密有趣、意蕴深刻含蓄、文字简约而图画延展，极富表现力和冲击力，是近年来中国原创绘本的优秀之作，完全可与世界经典绘本相媲美。

另一个特殊绘本是"和平鸽绘本"系列的领衔之作《南京那一年》，由南京的历史学家张宪文和叶兆言、范小青、黄蓓佳、赵本夫等八位作家以及武建华、周翔、朱成梁、姚红等九位画家共同演绎 1937 年的南京，描述"一座城的美好与毁灭"。绘本采用历史元素，以 1937 年日历上富有代表性的八个节日、节气和特殊的日子为序，上半部分选择元宵节、清明节、端午节、大暑来表现南京地方风俗和风景，笔调和画风大多轻盈欢欣，表现战前南京人曾有的安逸祥和的生活，一些篇章也渗入了历史忧思，如范小青撰文的“端午节”篇末由热烈转向沉重：“尤其是1937年那个端午，那个南京的端午，火红的日子被厚厚的阴云遮盖，欢喜的情绪被山河破碎的噩梦重击。1937年的这个端午，它知不知道，一场正在酝酿着的人间惨案，几个月后就降临在南京了。”此书下半部分写中秋节、重阳节、下元节一直写到日军破城日，凄风苦雨的气息更加深重，画面色调也转为沉闷压抑。这是一部集体创作的绘本，虽然不同作家和画家的风格各具个性，但具有整体感，全篇文思先扬后抑，构图先暖后冷，全景、近景画面错综对照，彰显了和平的美好及其被毁灭的惨痛。这是一个饱含地方风情和文化历史分量的绘本。

还有一套非严格意义上的绘本是“世界金奖童画·诗”系列。江苏睢宁是儿童画之乡，该系列选择九十九幅获得世界金奖的儿童画，由巩孺萍为这些儿童画配上儿童诗。巩孺萍近年来的儿童诗歌多与图画交集，她作为文字作者创作的图画书《我的第一本昆虫记》获评第二届 “上海好童书”，“没想到”婴儿创意图画书系列获评“2015年桂冠童书”。这个新的系列是为获得世界金奖的99幅儿童画的画配诗，三本分别为“童年篇”“梦想篇”“乡村篇”。这些儿童画充满想象力和创造力，是儿童对于自然、生活、世界的独到理解和表达，趣味盎然。巩孺萍的诗歌不仅表达儿童画呈现的景象和趣味，还以天真的儿童口吻写出孩子们的心声，传递画外之情、增添画外之意，语言简洁活泼，洋溢着温柔生动的爱意和异想天开的机趣。如儿童画《树林深处是我家》这幅反映农村孩子快乐的课余生活的水粉画，画面上孩子们在树林边草地上拉圈唱歌、做游戏，色调明快，作者所配的诗歌为《娃娃的歌》：

“树林静悄悄／娃娃的歌声多美妙／大树认真地听着／记下每一个音调／好在黄昏的时候／唱给要睡觉的／小鸟宝宝。”诗歌的重心将图画中的儿童转移为大树，创设了童话般的美妙情境。书中的儿童画与儿童诗相得益彰。绘本作为二十一世纪以来儿童文学的热门文类越来越被更多的儿童文学作家所重视，一些文学作品被改编和提炼成绘本故事，如绘本《肩上的童年》源于曹文芳的散文集《肩上的童年》。苏梅出版“超级想象系列”童话绘本和“安全启蒙系列”绘本等。当下作为某一主旨性系列绘本创作中，要警惕一个普遍问题：不要因为过于强调教育功能的负载而导致图文艺术的忽略，要重视这一文类本身的美学品质。

此外，旅欧的两位江苏籍作家程玮和邹凡凡也以其宽广的文化背景和生活阅历奉献了独到的创作并在国内斩获奖项。旅德的程玮先后创作“周末与爱丽丝聊天”系列和“周末与米兰聊天”系列各五本，以德国老太太和中国小姑娘之间的聊天形式来表现中西文化各自优长，培育中国孩子的国际视野和民族情怀。她翻译的德国作家迪米特尔·茵可夫的儿童小说《我和小姐姐克拉拉》全译本获首届“德译中童书翻译奖”。旅法的邹凡凡近年创作出版了多部涉猎外国文化或名人故事的作品，她从2012年起连续三年出版“秘密三部曲”——《列奥纳多的秘密》《贝克街221号的秘密》《黑骑士的秘密》，是分别以法国、英国和意大利为背景的少年冒险故事，充满异域风情，成为单本销量十万的畅销书。2015年她出版《邹凡凡号旅行列车——第一站法国》及“另类名人传”系列，第一季四本是《天才大爆炸——达·芬奇与文艺复兴》《科学达人秀——牛顿与启蒙时代》《光影魔术手——莫奈与印象派》《海上游骑兵——哥伦布与大航海时代》，获江苏省优秀科普作品二等奖，其中“牛顿”与“哥伦布”两本获2015年冰心儿童图书奖，显示了她在科学、艺术、历史等方面的丰富涵养和追求新异的文学表现力。另外值得一提的是与儿童文学阅读相关的一本书——小学语文特级教师周益民的《童年爱上一本书》，集理论学养和教学经验于一体，对教师和父母如何伴读给予了具体的可行性建议。儿童文学的深入接受与有意识、高水平的阅读指导密切相关。

在当今儿童文学创作出版竞相逐利的市场环境中，秉持对于儿童文学艺术本身的虔诚之心是创作精品的根本姿态，如何超越——包括超越自身而非不断灌水和批量复制，也需要作家们保持清醒的头脑去反思、去挑战，不仅用才气，更要用勇气和耐心，去寻找和尝试多种攀登的可能性，发现儿童文学这一看似简单的山岭所生长的各种植被和隐藏的山石洞窟，呈现其丰富或深邃的景象与意味，打动自己，也打动大小读者。

第六章 追求从容与精致的冶炼

综观2016年江苏儿童文学的创作，多种文类上各有一些值得瞩目的收获。文学成果的质地向来不仅跟作家本身的文学修养和艺术造诣有关，更关乎作家的写作态度及其底子里的人生态度。儿童文学虽然主体读者是儿童，但也是需要生活厚度、思想深度和美学醇度的艺术。在儿童文学的市场效应甚嚣尘上的时代，一些江苏儿童文学作家仍能恪守艺术的基点，从容地创作，给中国儿童文学不断增添新的气象和风度。

一

带有乡土气息的现实题材儿童小说向来是江苏儿童文学引人注目的地域性特色成果。2016年此类创作的长篇有曹文轩的《蜻蜓眼》、黄蓓佳的《童眸》、胡继风的《就像一株野蔷薇》、赵菱的《风与甘蔗园之歌》、徐玲的《如画》、王巨成的《别让一条狗哭泣》、殷建红的“少年寻根小说三部曲”等。

2016年中国儿童文学界的一个重要历史性事件是江苏籍儿童文学作家曹文轩凭借其数十年来对儿童文学艺术品位的孜孜以求，

摘取了“国际安徒生奖”的桂冠，这是首位中国作家获此殊荣。之前亚洲已有四位日本作家获得国际安徒生奖，而曹文轩则以其“水样的诗性”书写又给世界儿童文学增添了一种扎根深厚的优美的东方情调。《蜻蜓眼》的书名即是象征性的意象，与他之前的诗性写作一脉相承。这是一部具有历史纵深感和沧桑感的儿童小说，题材上有新的开掘，以发生于二十世纪上半叶的异国恋情为故事缘起，以女孩小梅的成长为主要故事线索，来讲述她的法国奶奶奥莎妮和中国爷爷的浪漫婚恋、一家人在时代浩劫中所经受的冲击和相濡以沫的情意，尤以小梅的视角呈现了法国奶奶始终秉有的人性中的优雅与高贵。曹文轩在创作中对于“意境”“诗性”“忧伤”“浪漫”“情调”“感动”“和谐”等要义的一贯奉行，可见其对具有沉静格调的雅文学之醉心。他认为一个作家的创作，生他养他的土地是他永远的资源，而他思考的问题则应该是世界的；题材是中国的，主题却应当是人类的。这一立足于“民族/国家”与“世界/人类”的双重思考，体现其从切近出发而抵达旷远的追求之境。

与《蜻蜓眼》偏于疏朗的写意风格不同，黄蓓佳的《童眸》显示了针脚绵密的写实之力。这部小说是作者将自己刻骨铭心的童年记忆在漫长的岁月中精心酝酿的成长诗篇，由四首儿歌巧妙地连缀起四个故事：《灰兔》《大丫和二丫》《芝麻糖》《高门楼儿》。儿歌和故事，或者说序曲和主旋律，二者之间有呼应，但更多则是对比，故事的内容因为之前儿歌的单纯和轻扬而更加显得斑驳和沉重。故事地点也有一个温厚的名称“仁字巷”，虽然这里的生活遍布艰辛，甚至不乏险恶，但有仁义传递。它不仅体现为好婆、赵家妈妈等大人们在邻里之间相互帮助的厚道，还更体现为孩子们在磨难中渐渐自觉的体谅和那稚嫩的肩膀上过早开始的担当。孩子们的故事主要从线索人物小女孩朵儿的视角展开，透过她那双干净而明亮的眸子，呈现了在她生命中来了又去的白毛、马小五、二丫、细妹、闻庆来等孩子所经历的各种坎坷与辛酸。这双童眸，映照了善与恶，冷酷与温柔，磨难与承受，无奈与挣扎，妥协与抗争，呻吟与呐喊，怯懦与勇敢。故事中的几个孩子形象都色调杂陈，显现了作者所体察到的童心与人性的多面和幽曲，因为作者洞悉："所有成年人的善良、勇敢、勤劳、厚道、热心热肠，孩子们身上都有。而那些成年人该有的自私、懦弱、冷血、刁钻刻薄、蛮不讲理、猥琐退缩，孩子们身上也有。"《童眸》真切地烛照了藏匿心底的伤与痛，映现了暖人心扉的温与爱以及逼人心眼的力与美。作者具有手到擒来铺展日常画卷的高超本领，小说的语言炉火纯青，无论描写还是叙述都朴实而凝练，洗尽铅华而光彩自生。在当代中国儿童文学界，难得有儿童小说能把童年的生活写得如此充满人间烟火气，将繁衍着笑与泪、爱与恨的粗粝的童年人生真实呈现。《童眸》被徐鲁誉为"一代少年的成长秘史"，何平认为"黄蓓佳不是为某个观念在写作，而是为了一种生命的需要。这应该是最本色的写作"。就其人生的掘进度和艺术的精致度而言，《童眸》无疑是中国当代乡土儿童小说领域中一部成熟的力作。

宿迁作家胡继风的《就像一株野蔷薇》继承了他之前《鸟背上的故乡》等质朴的乡土之风，同时又有新的超越。作者自称创作这部以苏北贫困中学为故事背景的小说有两个"奢望"："首先奢望把这个作品写成一首歌，一首很美很美的歌，献给所有曾经或者正在坚守乡村的老师们"，"然后，我奢望把这个作品写成一种力，一种非常非常强大的力，献给有梦想和所有坚守梦想的孩子”。但小说没有陷入主题先行常会带来的概念化桎梏，而是以其不乏幽默的跳脱之姿创造了这类现实书写的新境界，营构独特的“美”与“力”。小说采用第一人称叙事，从主人公“我”即初中男生胡大毛的视角来讲述求学经历。多个教师形象是作家所着意塑造的“用生命发光发热的人”，但是作者没有将之神圣化，而是还原其本色，如因学生考不好而和学生们一起哭的姐姐般的张老师，悉心照料学生吃住、厚爱学子的慈父般的朱老师，放弃县城工作而来穷乡僻壤支教的大学生程老师等。作者希冀传递的“力”则主要渗透于以胡大毛为代表的孩子们不畏困苦的奋斗之中。同样，作者也并非将这些孩子塑造为单纯的励志模范，而是呈现其生活和性格之杂色以及成长之变化。同学之间温暖人心的友谊也真切动人，如为了给胡大毛增加营养，同桌捉蜜蜂给他吃蜜，女同学给他稀有的苹果，这些故事细节写得朴实有趣。

胡继风在后记中谈及文学基于生活又高于生活的创作原则时打了一个颇为乡土的比方：如果把作品比作“绸缎”，则作者所经历的刻骨铭心的人和事甚至算不上“丝”或“茧”，而是“桑和蚕”，“桑和蚕在绸缎上了无痕迹，又无处不在”。艺术创作的关键难处就在于如何将这桑和蚕变成绸缎，并且以绸缎之形令人触摸之时又生真切的桑蚕之感。作者在提取生活原型时，力求保持并锤炼其质感，以白描笔法勾勒场景，简洁而有味。在小说形式上，作者曾几易其稿，为的是把故事写得“好看”。“故事性”是儿童小说创作的一个根本追求，故事性不仅由故事本身奠定，同时也由如何讲述故事的方式决定。胡继风的这一自觉突破给他的小说带来了文体和风格上的新变。全书由三十一个相对独立又连成一体的故事构成，情节上避免了盘根错节，结构上也避免了拖泥带水。故事起落之间，内在的情志似断实连，虽没有声色绚烂的波澜壮阔，却涟漪迭起而动人心弦。小说以“我”来讲故事给“你”听的口吻，着力于动态概述而忽略静态描写，在诚恳的叙事中又糅合了苦中生乐式的调侃，行文常用短句，跌宕多变。每个故事的标题显得拙朴而又有悬念，如“眼泪是心里化掉的冰”“一颗贼星贴着地面奔跑”“有一粒药可以治疗遗忘”等，每篇故事的结尾则力求收束得干净利落又留有余绪。作者在故事情绪的把握方面不重渲染，而将泪与笑拿捏有度，给素来端庄的乡土儿童小说平添了几分幽默的机趣，但结尾关于“野蔷薇”的卒章显志式的点题过于直接。

赵菱的乡土小说《风与甘蔗园之歌》在文风上与胡继风的《就像一株野蔷薇》大相径庭。赵菱近年来的小说创作，无论是其现实书写还是幻想故事，已逐渐形成了她醒目的个人化风格：飘逸空灵、诗意隽永。《风与甘蔗园之歌》与日本童话家安房直子的童话集《风与树之歌》的情韵接近，这部小说同样也有着童话般的轻盈、绵柔和忧伤。故事写的是住在琴溪镇上红房子里的小女孩郑起舞在外公、外婆和小舅舅的宠爱中快乐地生活，她结交了城里来的爱编故事的男孩小熊，并成为彼此的“应话仙”，可是后来却不得不分离。小舞被突然出现的妈妈带回城市里陌生的新家，远离了曾经游戏的甘蔗园，而外公的去世以及和小熊的重逢则唤醒了她对童年家园的再度爱恋。作者用唯美的笔触描绘了一个不无童话色彩的甘蔗园以及多个亲友的生命姿态和境遇。尤其令人赞叹的是作者那支描绘自然的生花妙笔，她对于大自然的色彩和气味感觉敏锐且有生动鲜活的表现力，灵气飞扬。抒情小说往往善于营造意境、渲染情绪，而对人物复杂性的塑造和情节严密性的推敲上则可能会有所不逮，如对于小舞的身世之谜和她父亲的冷漠性格缺乏合情合理的铺陈交代。此外，有些地方的叙事聚焦存在偏离，主要表现为尚在幼年的“我”有时被赋予更为年长的少女情思，不够自然贴切。这部小说被列入“红帆船纯美小说”系列，这类小说在酿造纯美之际需要提醒自己不要过多剥离生活的真实，但作家对于艺术之“美”的讲究值得嘉许。

对于城乡儿童的生活和心灵走向的关注，是徐玲小说写作的一个焦点。在创作了以流动到城里的孩子为主角的《流动的花朵》之后，她的新作《如画》则反向讲述了“流动的花朵”回归乡村的选择，引领孩子对比性地发现城市的幸福和乡村的幸福，进而找到自己心灵的归宿。故事的背景具有当下性，以美丽新农村建设为崭新的时代面貌，“如画”是主人公爱上的新农村的小女孩的名字，也暗合了新农村建设带来的“江山如画”之社会意蕴。也许由于受主题的牵制，某些情节转变和人物形象存在概念化倾向。另一位苏州作家殷建红创作的“少年寻根小说三部曲”包括《十图桥》《百步街》《千河镇》，同样也是贴近现实、关注当下之作。三部曲以男孩刘敢的成长经历为线索，先后以方前村、斜塘镇、苏州工业园区为故事背景，巧妙地串起了园区从改革开放初期以来的历史嬗变，表现奋发图强、创新求变的时代精神，蕴含了作者对家乡的挚爱，也渲染了温暖的人间真情和对理想的憧憬。作者将少年在“寻根”中的“成长”这一主题演绎得富有层次和格调，不仅是少年生命从懵懂到稳重的成长，而且也连带反映了水乡人民和地域文化的蜕变与发展。作者十分留意描写苏州的传统文化，也涉及环境保护、文化开发、生态平衡等现实问题，挥洒地方文化特色，使其具有了较为饱满的历史和文化质地。王巨成的长篇小说《别让一条狗哭泣》并非动物文学，而是以一条狗的遭遇来写拆迁和乡村的消失，在抒发乡愁之际也揭示当下不古的世道人心，而不变的则是孩子们对待狗的友善之心，寄寓着作家对充满真诚和温爱的人道情怀的呼吁。

生长或生活于江苏这一片土地上的作家对于乡土书写情有独钟，创作的短篇小说也大多凝眸于此。祁智在长篇乡土小说《小水的除夕》（获2016年陶风图书奖）之后，继续写着以西来为地域、以小水为视角的各种乡土故事，短篇小说《大鱼》《树上的陈光》等尤其出类拔萃。《大鱼》的故事看似平淡细碎，实则惊心动魄。无论是小水对大鱼的无私呵护，或是大鱼求生的意志和挣扎，还是贫困的捉鱼高手老鬼对大鱼的觊觎及其心愿未遂的遗憾，都令人于无声处听惊雷。《树上的陈光》写小水和同伴们从捉弄“逃学”的陈光到理解了躲在树上的陈光对上学的渴望，悬念解开之际亦是令人心碎之时。祁智以浅淡的笔调和果决的勇气在故事发展到高潮之时令它戛然而止，余音绕梁。他的这些短篇乡土小说的笔致磨砺得十分洗练，结构相当简约平实，不浮夸，不矫饰。故事先如平地缓坡，最后则奇峰突起，在这落差之间生出饱满的张力，蕴含着作家对人物个性和命运的深沉体恤，情思不外露，更不铺张，显现了作家驾驭文字和故事的高超本领。高巧林的短篇小说《芦苇丛中的惊喜》一如既往地以他非常熟悉的江南水乡为背景，情节蜿蜒曲折，笔带水色。他2016年出版了中短篇小说集《飞过城市的野鸽》和《树洞里的眼睛》，以其素朴的文风和深厚的情意见长。韩青辰以短篇小说《龙卷风》获得2016年陈伯吹国际儿童文学奖，她的另一力作《莲蓬》获第五届“周庄杯”全国儿童文学短篇小说大赛一等奖。《莲蓬》虽然不是直接写她创造的苏北“王园子”为背景的故事，但依然存留王园子气息，写的是从王园子出来的一对母女的情感际遇。故事中多次出现的物象“莲蓬”是诗意化的象征，蕴含着咀嚼并包容人生苦难之后的精神升华。小说的结构和语言都很精致，将少女如青莲蓬般隐秘的心事和母亲如黑莲蓬般的人生磨难交错穿插，成功地塑造了隐忍而坚韧、善良且宽宏大度的母亲形象，焕发着人性、母性乃至神性的光辉。赵菱的《云村》获华语儿童文学中国故事短篇创作邀请赛（2015）成人组金奖，这是豫中平原上古风犹存的村落故事，讲述丸子锅家的松林、杉林两兄弟在父亲摔伤后的担当和成长。她对松林炸丸子和杉林画风景的描写细腻而灵动，对古风乡情亦表现得温蔼清新。徐琴的《左美的夏天》则鞭辟入里，借少女的哀怨与痛惜直指人性中的恶毒，同时也展现民风之淳朴。各种乡土题材的儿童小说丰富了江苏儿童文学的地域色彩，对于乡土生命的各种真切书写摇曳着质朴的人生风姿。

儿童小说的另一大题材领域是校园生活，关注孩子们的心性成长，王巨成、徐玲、刷刷、杨筱艳等写了一系列作品。擅写中学生故事的王巨成2016年创作了多部长篇，除了上文提到的《别让一条狗哭泣》之外，另有《十五岁的夏天》《谁的眼泪在飞》《足球圆溜溜》《八十四的奇迹》《亲爱的乌龟》《歌飞了，山笑了，路远了》以及中篇小说集《向阳花女孩》。《十五岁夏天》塑造了一个迷途知返的中学少年形象，作者浓墨重彩地写出少年与父母的冲撞、与同学的纠葛以及不择手段的赚钱经历，充沛地表现了少年主人公所受的虚荣心的折磨和戕害，直至结尾的一场事故才彻底扭转了他的观念，但这一转变的设计似乎有些仓促。经常深入校园的刷刷创作了《向日葵中队》和“女生宝典”系列。《向日葵中队》关注特殊儿童的成长环境，作者以南京市山西路小学校园的真实校园生活场景为背景，讲述张小西和同学们陪伴自闭症女孩莫离共同成长的故事。作者用心经营故事的结构，向日葵既是中心意象，也是情感线索。小说的主旨是“给孤独一个爱的拥抱”，故事的格调明亮温暖，在孩子们的转变中充溢着积极向上的氛围。这部小说获得“2016 年桂冠童书”。身为小学老师的作家们写起小学生故事更是“近水楼台”，杨筱艳创作了“小侠齐咚呛”系列（共三册）以及“马尾辫姐姐和大耳朵弟弟”系列之《他是我弟弟》，儿童气息浓郁，风格幽默俏皮。曹延标创作了“二年级的小壮壮”系列（共四册），徐玲在“糖果校园”系列之后又创作了“美味校园”系列（共四册）、“现在是女生时间”系列（共四册）。此外，徐玲还继续致力于亲情主题的小说创作，有“亲情小说”系列（《永远第一喜欢你》《每天我都在想你》《总想回到你身边》《我要努力去长大》）和“至爱亲情”系列（《我的纸片人爸爸》《我的雪映草姐姐》《我的王子哥哥》），另出版了以成长和爱为主题的十多部短篇小说集，产量壮观。其他小说类型的创作主要有范锡林的武侠小说等，他的《鉴剑大师》在中国台湾地区出版，另出版中篇小说《江湖第一店》与《神功小双侠》。战争题材小说方面，近几年只有 2015 年出版的金曾豪的《沙家浜小英雄》，后继乏人。2016 年《金曾豪少儿文学集》（15 卷）的问世，显示了江苏儿童文学老一辈作家长年耕耘的丰硕成果。

2016 年江苏短篇儿童小说创作较为多样，发表于《儿童文学》《少年文艺》等重要刊物的其他短篇小说代表作还有马昇嘉《三伯的宠物》、韩青辰的《星星的桥》、冯云的《老屋》、王巨成的《刘通刘通，我爱你》、王旭的《绿蜻蜓发卡》、赵菱的《黑暗中的琴声》、顾抒的《城墙尽头的我和二兔》和《野蜂飞舞》、范先慧的《云上的琉璃》、邹抒阳的《娘娘你好，娘娘再见》、龚芳芳的《梦里说话算数否》等，在题材和写法上各具特色。顾抒2016年出版了两部短篇小说集《致爱丽丝》和《抽屉里的玛格丽特》，她在《城墙尽头的我和二兔》中写两个孩子之间的疙瘩和友谊，结尾用元小说的方式点明"二兔是我同学们的合体"，接着又宕开一笔，写出童年不为人知的孤独和秘密："去到城墙的尽头，我看见，每一个孩子都在那里，萤火虫就在他们的身边飞舞。"《野蜂飞舞》则是亦真亦幻，时空交错，在"我"与修理磁带的男孩间对多首音乐的诠释之后引出对一段青涩时光的回忆与和解，故事写得温婉多姿，"玄"是其魅力，但有时因纹理不够自然而带来晦涩之感。范先慧的《云上的琉璃》采取诗化风格，以发生在喜爱绘画的两个少男少女之间的故事来展现人生中的隐痛和温暖，绘画不仅是情节线索，也渲染故事色调，给人物增添艺术气质，也直接给作品带来艺术气息。邹抒阳的《娘娘你好，娘娘再见》则不走尚"雅"路线，而是写"俗"，写浑身小市民气息的娘娘的到来给"我"带来的冲击，把孩子朴素的爱与恼相交织，故事不飘忽。当下儿童文学创作中，由于市场销售的驱使导致长篇小说和系列小说频频炮制，质量参差不齐。对于短篇小说创作的修炼，是促使作品走向精致化的一个途径。

二

2016年幻想类儿童文学作品也有诸多风格各异的成果。赵菱和顾抒的幻想小说均体现出对东方文化情韵的追求。赵菱在《厨房帝国》之后又创作了一部《故事帝国》，作者对人物角色的命名即显现了古典倾向，如少女主人公采薇、蓝巍国王子楚裳、《诗经》里走出的贵公子子衿、蓝马御风、蝴蝶守卫御礼等，而一些故事情境如“幽兰书院”等颇有《聊斋志异》的氛围，爱吃诗词歌赋来颐养情性的小绿猴也代表了作者对典雅的中国传统文学的倾心。但真正使故事风生水起的则是作者丰富奇妙的幻想和内含的西方式的哲理底蕴，从中亦可见德国幻想文学大师米切尔·恩德的杰作《永远讲不完的故事》对其的影响。作者既有对恩德的一些模仿，也有独到的创造，现实与幻想的编织很是巧妙。现实世界中的少女采薇凭着脑海中幻想的绿风车进入了故事帝国，结识了一群故事中的角色，他们因为当初的故事没被写完而各有悲伤，采薇带领他们经过重重历险到现实世界中去寻找当初写故事的少女，却发现原来是少女时代的母亲。但作者没有以母亲补完残缺的故事作结局，而是再生波澜：因为成年后幻想枯萎的母亲已经无法续写当初故事，于是采薇随楚裳又重新进入故事帝国开始另一重寻找，最终发现：“能帮助我们的，只能是自己。”他们蘸着各自的故事水波，补全人生故事，常有出人意料、令人动容的神来之笔（如老河蚌精和柳树精之间缱绻的深情、青蛙人身份的自我暴露等）。采薇从现实到幻想的几次穿越和交织，层层剥笋似的解开了现实和幻想中的数重谜团，也帮助她化解了她和母亲两代人之间的隔阂，几乎每个人物都得到了精神的成长。作者笔下幻想角色的形象精彩纷呈（如蝴蝶人、山峰老人、甜蜜夫人、预言乐团、井怪等），奇妙的情境或细节也俯拾皆是（如绝望浓雾、空泡国、多嘴森林、故事水波等），尤为幽妙的是作者在这些形象的命运中所寄寓的人生哲理。在故事帝国里，用以打开通向现实世界的金色大锁的“最美的故事”是采薇心中唱出的诗，核心是“一颗天真的心就能统领一切”，这一对于“天真”的歌颂类似于恩德为幻想王国设置“天真女皇”的意义。在如何处置人物命运的问题上，作者借楚裳之口道出她的认识：“即使你拥有神奇的笔，你也无法随意篡改故事人的命运，让故事人自己走向最后的结局，才是最好的故事。”这是一种成熟的小说之道，也显现了作家对之前的《厨房帝国》等作品的自觉超越。

顾抒的幻想小说风格颇为“灵异”，继青春悬念小说“夜色玛奇莲”系列之后，她又开始了新的探索，完成了“白鱼记”系列中的前两部《流水》和《焦螟》，相比赵菱的《故事帝国》，整体上流露出更为浓郁的东方情调。故事的时间穿越古今，贯穿故事的主要人物是小白和非鱼两个少年，前者是被扣留宫中、古道热肠的质子，后者是隐居山间、风流倜傥的医师，且各有人生秘密——作者对此常是稍一触及即按住或转笔，这大约是贯穿整个系列的悬念。《流水》化用了伯牙和钟子期的故事，小说的核心是痴迷于琴艺的少年姜燕其和百里狐之间高山流水般的知音之交，百里狐为了促成燕其奏出至情之曲而甘愿冒死赴约，伤心而亡的燕其化为琴鬼，遍寻百里狐而不得却导致了“人僵”事件，直至非鱼教他弹出无情之曲才了却恩怨。《焦螟》的主体故事是小白请非鱼帮忙解决困扰公子翎的巨虫幻影和耳中幻听，将《庄子·盗跖》中尾生抱柱而死的传说演绎为公子翎和山鬼般的骑赤豹少女小豌之间的生死之恋。顾抒精心提取中国古代惊天地泣鬼神的至情故事，并赋予其更丰富和更传奇的情节以及更神秘的色彩，在故事讲述中多采用聊斋笔法，善于设置盘根错节的悬念、营造冷幽森寂的氛围，人物层叠交错，文笔清丽雅致。她的短篇《银王子与龙》的故事真幻难辨，人心的迷梦与苏醒带来的变化耐人寻味。

郭姜燕的长篇童话《布罗镇的邮递员》以孤儿阿洛为线索穿行于小镇和森林，联结起现实和幻想，小镇故事更偏向于对社会世相和丑恶人性的揭示，森林故事更着意于对善良心地与温暖情怀的呈现，主题意蕴较为丰富，包含了关于人生哲理、道德伦理、人与自然的关系等多层面的思索。这部长篇童话运用串珠式结构，将多个短篇童话连缀起来，各自可以独立成篇，同时也注意到长篇所需要的勾连，比如用开头的布罗镇邮局和结尾的森林邮局相呼应，也将松鼠和特沃先生的矛盾和化解作为首尾的连缀，但有些情节元素未能一以贯之，如寻找丢失的梦，到最后都未交代。故事中不乏奇思妙想，如宁可选择衰老也不偷盗他人美梦的拾荒老人采弥、吃字的怪物、因绣不出真诚的微笑而被变成了刺猬的云裳绣坊的绣工等，这些形象和细节的意味别有洞天。故事整体情调朴素而温暖，没有回避或弱化忧伤与沉重，结构上注重悬念设置，一些故事的结尾颇有出人意料的巧思，但有一些故事的构思还不够圆熟，在语言的打磨上还需更加精致。这部童话混合了中国现实型童话元素（是中国式的贴近现实的“低位幻想”而非西方幻想小说式的“高越幻想”）和西方民间童话元素（《吹笛了的人》宫廷、国王、公主等角色，惩罚贪婪的镇长并分发其霸占的财物的正邪善恶之战也属于民间童话的惯常思路）。作为串线人物和主人公的阿洛形象更多体现为善良、勇敢、热忱的民间日常英雄的静态形象，没有如《牧羊少年奇幻之旅》那样着意于少年的个性和精神的成长变化。小镇和森林的环境“个性”可进一步彰显，尤其是对富有诗性隐喻色彩的森林的描绘可加以扩展和深化，如可把“森林中的大河”这个秘密作为一个特色元素融入情节发展。作者对于长篇的驾驭能力显然不如其对短篇的营构，她的短篇幻想小说《遇见一个司机师傅》在现实与幻想的融合方面做得相当出神入化，构思巧妙，情意动人。

比起扑朔迷离的幻想小说，童话创作相对更为透明，童话创作的数量也更多。王一梅出版中篇童话《红花草原》《米粒和蓝色眼泪》等。《红花草原》讲述石羊与草原、人类的故事，关乎自然与人性、爱与承诺、守护与信任等，将诗意与省思相结合，节奏明快。范锡林创作了长篇武侠童话《雨林迷局》，武侠与幻想的交融增强了作品的可读性。孙丽萍创作了多篇晶莹如水滴的抒情童话，如《我要发芽》《雨国的秘密》《在你梦里种棵树》《木木有个鸟窝》《雨点、歌声和纸飞机》《遇见书签先生》等，想象新颖，情意柔美，格调轻盈。顾鹰著有长篇童话《亲爱的小尾巴》桥梁书《幸运的小女巫》和《开满鲜花的兔儿坡》等，在《童话王国》连载《女巫、红杉树扫帚和八哥》等，情节生动曲折，精灵、女巫等形象鲜明饱满，并常把自我认知和成长的秘密赋予其中。龚房芳在《幼儿画报》《童话王国》等刊物发表《雪人不孤单》《新年愿望》等多篇童话，沈习武发表短篇童话《寻找一只小熊》等。钱欣葆在寓言故事创作方面笔耕不辍、成果众多，大部分寓言采用童话形式，他在2015年出版了《钱欣葆文集》（四册）、《小熊学捕鱼》《睡前10分钟寓言故事》《睡前10分钟知识童话》《小学生寓言故事》《仙女的叹息》等20本书，有些在中国台湾地区出版，并有数十篇作品入选各种选本。《难看的刺》《小象的鼻子》入选教育部语言文字信息管理司组编、国家语言文字工作委员会正式发布的《中国语言生活绿皮书 A003》，《不怕输的黑马》入选《2015 年中国儿童文学精选》。樊发稼如此评价：“钱欣葆寓言写得机智幽默、生动有趣、寓意深邃，耐人寻味，乃至脍炙人口。”此外，江苏童话创作界近年来出现了多位新秀作家，如在南京工作的冯云、万修芬、汪琦等。冯云出版科普童话《水天堂的春天》，以趣味盎然的童话形式来融合丰富的自然科学知识，蕴含着对自然环境、现实生存的深切关怀，这部作品获得 2016 年“冰心儿童图书奖”。她的《老将出马》《当会放屁的树遇上掉耳朵猪》获得第七届信谊图画书文字作品入围奖。万修芬的童话《什么都有的集山》获得 2016 年台湾儿童文学牧笛奖，儿童文学作家林世仁评价此作：“一篇科幻加奇幻的作品，仿佛把 AI（人工智能）带入了《山海经》的世界。将两者融于一体的尝试，是一个好方向。期望未来能出现更多更好的‘双幻’童话。”她以“万修”为笔名发表短篇童话《煎饼果子镇》《谁都想吃月饼》《与鸡蛋先生清晨邂逅》等。汪琦著有系列童话“大尾巴兔子小尾巴狼”，颠覆了传统童话中兔子和狼的类型化形象，善良真诚的小尾巴狼和智慧勇敢的大尾巴兔子这一对“黄金搭档”的经历充满了温暖而幽默的生活情趣。泰州的张冲创作的科学童话《大齐的“梦”》获“2016 年冰心儿童文学新作奖”，此前他的科学童话集《小老鼠的隐身衣》曾获 2013 年“冰心儿童图书奖”。常州的尚玉洁出版长篇童话《嬉戏公主传奇》，无锡的迟慧出版“哼哼哼去上学”长篇系列童话共四本，南通的秦爱梅以《动物魔法日记》获第四届中国科普作家协会优秀科普作品奖银奖。

近些年，一些写作成人文学的作家开始进军儿童文学阵地，给儿童文学带来新的冲击，江苏作家丁捷也是其中之一。丁捷著有小说《亢奋》《依偎》、大散文《约定》、诗歌《沿着爱的方向》等十多部作品，先后获得亚洲青春文学奖、中国当代文学奖、紫金山文学奖、金陵文学奖等诸多奖项。2015 年他出版青春文学《小困兽》，2016 年在儿童文学领域又新增了《卖乖王》和《星公主》这两部童话，与之前的《缘动力》和《小困兽》一起构成“幻·青春”系列。《卖乖王》的故事具有现实批判性，以卖乖庄园里在卖乖节上演的五场卖乖秀来展示和讽刺各种乱象。为了争夺“卖乖王”冠冕，各路人马耍弄种种小聪明，但最后获胜的并非那些费尽心机玩伎俩的人物，而是善待在创业中屡败屡战的唐老娜的主人瘦老伯，他把卖乖庄园改造成了诚实庄园，寄寓了作家希冀以诚恳、无私之爱来改造世道人心的良好愿望。《星公主》则结合了科幻元素，聪慧善良的火星公主对抗利欲熏心的变形生物制造托拉斯的大魔，拯救了被戕害的城市和人心。斗智斗勇的故事较为曲折，而科学幻想的丰富性还可拓展。大多数童话作家都将优美和童趣作为主要的美学追求，丁捷的童话则以其对现实世相的深入观照给童话带来了别样的风貌，即冷嘲热讽的“刺”的力度。

三

作为叙事文学的小说和童话对于儿童读者来说更容易获得阅读的快感，而偏于抒情的儿童诗歌和散文创作则需要静心阅读才能体会其中的美感。江苏儿童诗文的创作数量不多，却常有精品。巩孺萍的《我的第一本昆虫记》入选“中俄互译”出版项目，2016 年她又出版一部新的儿童诗集《打瞌睡的小孩》，大多以儿童视角表达儿童心性，童趣盎然。“打瞌睡的小孩 / 坐在教室里

/ 不停点着脑瓜 / 向老师 / 致意”（《打瞌睡的小孩》），结尾的“致意”一词使平淡的场景顿生幽默。再如“大象和小象 / 只一个字不一样 / 而要改变它 / 时间却需要 / 很长很长”（《大象和小象》），简单的诗句包含了人生的哲思。她的诗歌以清浅的形式和奇妙的想象来生动活泼地表情达意，新鲜如带露的花瓣，玲珑如透明的水晶，流露着母性的温柔怜爱，常给人以阅读的惊喜和感动。其他写作儿童诗歌的江苏作家还有龚房芳、任小霞、高恩道等。值得一提的是，2016 年在江苏诞生了中国第一家少儿诗歌专刊《少年诗刊》（双月刊，由共青团江苏省委主管和主办），不仅发表金波、樊发稼等成年诗人的儿童诗歌，也大量刊登儿童诗人的诗作，为少儿诗歌提供了重要的发表阵地。

儿童散文创作方面，韩开春继获得全国儿童文学奖的散文集《虫虫》之后，又继续写作出版了散文集《雀之灵》和《水之灵》。作者在孩提时代在故乡“时庄”与鸟兽虫鱼为伴，这种经历养成了他亲近自然的心性，他在书写大自然的精灵时不仅融合了与动物相关的科学知识和古典诗文，而且也投注了童年怀旧之情和人文生态关怀，尤其是对人与自然的关系的思索。如《白头翁》一文，由白头翁般的老人、野草引出白头翁鸟的习性并生发对其“愁白了头”的揣想，结尾则以饭店里一道油炸双鸟而名为“白头偕老”的菜肴来点出白头翁的悲哀，情感内敛，语言平实，节奏舒缓，风格恬淡。张佐香的散文集《鲜花照亮了我的房间》题材广泛，相比兼容史料、怀古思今的文化人物书写，自然和生活体悟类散文感受细腻而表达轻巧。作者追求的是：“我渴望我所写下的文字，也能像大地上的植物一样，有着泥土的质朴和清新，包含着泥土的芳醇。”她的散文笔法总体朴素而又包蕴诗性。刊物上发表的单篇儿童散文代表作如擅写乡土记忆的高巧林的《黑蚕茧》和《父亲的船》、马昇嘉的《童年拾忆》和《八宝饭》（马昇嘉的散文《我的第一次》入选《2015年中国儿童文学精选》）等。盐城新秀作家嵇绍波的散文《槐花新娘》获2015年冰心儿童文学新作奖。此外，旅法作家邹凡凡出版“邹凡凡号旅行列车”系列，继“第一站：法国”之后又推出了“第二站：英伦手记”，采用文字、照片、手绘的形式，是融入英国风景名胜、历史文化和作者个人感受的散文式游记。

在江苏儿童图画书创作界，插画家周翔、朱成梁、王祖民、姚红等多有力作，已成为当下中国原创图画书的重镇。朱成梁绘图的《老轮胎》获得2016年陈伯吹国际儿童文学奖。2016年王祖民的插画成果尤为丰硕，有《心形雨花石》（童妍文）、《驴家族》（汤素兰文）、《爸爸的木船》（谢倩霓文），他和王莺合作的《我是老虎我怕谁》入选意大利博洛尼亚国际儿童插画展并入选“原创图画书2016年度排行榜”前十，评审团的推荐语是：“画家凭借对儿童心态的敏锐把握与中国传统水墨技法的创造性运用，借助孩子们喜闻乐见的拟人形象，讲述了一个颇具情趣的‘顽童’故事。朴拙可爱的角色造型，惟妙惟肖的表情动作，变换视角的构图和场景，大面积的留白，让故事的节奏流畅而富于动感。传统与现代，生活与艺术交织交融，让图画书具有鲜明的创作个性与圆熟的完成形态，是中国风图画书的一个优秀范例。”随着原创图画书出版需求的剧增，一个突出的现象是，许多儿童文学作家纷纷以文字故事来介入，江苏也有一些作家创作的绘本系列，如“曹文芳纯美绘本”系列，包括《花伞里的小小鼠》《蓝莓兔》《米猫藏天空》《河边的邻居》《套娃妹妹》，在有趣的故事中引领孩子的心性成长；王一梅的绘本故事有《扭来扭去的蛇》《报纸小鱼》《外婆和大公鸡》《倔强的阿伦》；龚房芳的绘本包括《幼儿性教育启蒙绘本》（八册），《幼儿成长励志故事丛书》（八册）、《小公主自我保护意识培养》（六册）、《幼儿情商培养图画书》（八册），另有根据著名画家作品创作的传统故事《风神与花精》；顾鹰的绘本故事有《我会管理我自己》《我爱交朋友》《幼儿园里我最棒》《上小学，我不怕》。系列绘本大多有着鲜明的教育主旨，如何生动巧妙地讲述故事而非图解主旨需要慎思。2016 年，江苏儿童剧这一体裁的创作空缺有所填补，镇江文化馆陶然编剧的《长征故事》上演，该剧取材于曾入选小学语文教材的三篇文章《七根火柴》《金色的鱼钩》《老山界》，在人物和情节设置上更为丰富，形式上集演、说、唱、舞于一体。相比北京、上海活跃的儿童剧舞台，江苏的儿童剧向来冷清，需要从剧作到表演等多方面的合作来谋求发展。

2016 年还举行了与江苏儿童文学相关的几场重要的研讨会。11 月 16 日，江苏凤凰少年儿童出版社举办主题为“文学力量，影响童年”的《少年文艺》创刊 40 周年庆典暨新时期少儿文学创研会。《少年文艺》创刊于 1976 年，四十年来发表过大批知名作家的重要作品，也扶植了许多新生代作者，首任主编顾宪谟及后继者们有胆有识，为中国儿童文学开创了一个重要的平台。这份刊物是中国儿童文学建设的重要参与者，对于推动当代儿童文学的多样化发展功不可没。黄蓓佳的长篇小说《童眸》研讨会于 12 月 16 日在南京召开，其文质兼美的厚重笔力得到成人文学和儿童文学评论界的一致赞赏，该作获得第四届中国出版政府奖图书奖、2017 年陈伯吹国际儿童文学奖年度图书奖，并入选中国图书评论协会·CCTV“中国好书”以及《中华读书报》《中国新闻出版报》《羊城晚报》等评选的年度好书。12 月 27 日，由二十一世纪出版社集团组织的“纯真的天空——曹文芳创作回顾与展望”研讨会在北京召开，与会者肯定了曹文芳以“水蜡烛”系列为代表的乡土文学和“喜鹊班的故事”为代表的幼儿文学方面的独特建树。曹文芳的小说《风铃》获 2016 年冰心儿童图书奖，这是她继散文集《肩上的童年》之后第二次获冰心奖。

总之，2016 年度的江苏儿童文学园地有其蓬勃之势，也有需要警醒之处。勤奋不懈的高产固然可喜，而精耕细作的姿态尤为可贵，也更需要提倡。大手笔作品从来都是需要长久的积累、沉淀和磨砺才能焕发灼人心眼的光华。儿童文学创作者当以对儿童、人生和艺术的虔诚之心，潜心种植和培育真正有深厚根基、有纯正品质、有个性特色的葱茏花木，以独特的芬芳怡养儿童和成人的心灵，提升审美的眼光。

第七章　倾听创造力的呼啸

2017年，江苏儿童文学在各大奖项中屡获殊荣，凸显了江苏儿童文学近年来不断发展的创作实力。第十届全国优秀儿童文学奖获奖作家作品有：郭姜燕《布罗镇的邮递员》（童话）和孙玉虎《其实我是一条鱼》（幼儿文学）。2017陈伯吹国际儿童文学奖共有6位作家/插画家获奖：黄蓓佳《童眸》、郭姜燕《布罗镇的邮递员》、朱成梁插画的图画书《屋檐下的腊八粥》（郑春华文）及单篇作品万修芬《什么都有的集山》、祁智《大鱼》、顾抒《野蜂飞舞》。《童眸》另获第四届中国出版政府奖图书奖，《布罗镇的邮递员》还获得全国“五个一工程”奖。江苏省第六届紫金山儿童文学奖得主：韩青辰《小证人》、巩孺萍《打瞌睡的小孩》、龚房芳《如果一只獾遇到另一只獾》、韩开春《水精灵》、沈习武《狐狸的集市》。高巧林的散文《闪烁在童年时光里的油灯》、顾抒的小说《森森》以及董玥的短篇小说《唯有时光》获《儿童文学》金近奖。丁云的《小小的春天》组诗、万修芬的童话《迷镇》获冰心儿童文学新作奖。2017年在江苏创设了曹文轩儿童文学奖，由凤凰出版传媒集团、江苏省作家协会和北京大学中文系主办，旨在培育青年创作队伍，促进原创儿童文学作品走向世界。

首届评审中，江苏作家赵菱《大水》、庞余亮《小不点》、郭姜燕《南寨有溪流》获佳作奖；少年创作奖中，江苏少年吴现好《最好的天空》、王乾川《年》、丁一诺《远航》分获金、银、铜奖。江苏省作家协会对于儿童文学一向高度关注，2017 年举办了与江苏儿童文学创作相关的多个研讨会：5 月 30 日举行“江苏文学新秀双月谈——赵菱、范先慧专场”；10 月 20—21 日召开江苏省作协儿童文学创作研讨会；11 月 3 日江苏文学新方阵研讨会，韩青辰和王一梅作为儿童文学代表作家名列其中；12 月 8 日江苏省作协主办郭姜燕作品研讨会。这些研讨会总结了江苏儿童文学已有的成就和尚存的问题，以期推进儿童文学良好的发展。除了获奖和被研讨的作家之外，还有诸多江苏儿童文学作家默默耕耘，奉献其心血和智慧，丰富儿童文学的百花园。

2017 年的创作综述拟以作家代际为层次来分述，考察不同代际作家的儿童文学创作成就和发展态势，尤为关注具有特色的新人新作。

一

就新时期以来中国儿童文学发展史而论，二十世纪八九十年代登上中国儿童文坛并产生重要影响的一些资历深厚的江苏作家或可被视作“初生代”。他们大多数仍在笔耕不辍，其精品之作也不断再版。现居北京的盐城籍作家曹文轩在乡土儿童小说领域不倦前行，《穿堂风》《蝙蝠香》等塑造乡土少年的成长境遇，一如既往地以苦难为底色、以诗意为风格，展现人生之痛与美，呼唤人性的光亮。盐城老作家李有干尽管八十多高龄，但仍用心创作，参与儿童文学创作研讨会的诸多活动。2017年集中他出版长篇小说《大芦荡》《水路茫茫》《白壳艇》《烽火金牛村》，长篇童话《一只叫坦克的龟》，中篇小说集《小孤舍》以及短篇小说集《风吹铜铃响》《今夜有梦》，历史、现实和幻想题材均有独到的涉猎，他对儿童文学的认真与坚持令人敬重。龚慧瑛、颜煦之、金曾豪、范锡林、钱欣葆等也宝刀未老，近年来仍孜孜不倦地扩展创作领域。敏于文字的龚慧瑛长期进行幼儿文学刊物的编辑，颜煦之写作幼儿文学和汉字故事，风格亲切平易。2017年，金曾豪出版短篇小说集《鹰泪》和精品动物小说五卷，并有多篇作品发表或选载于《人民文学》《中国作家》《收获》等重要刊物；范锡林在中国台湾出版中篇小说集《鉴剑大师》《百怪镇》和短篇作品集《功夫树》，其武侠题材的小说构思奇巧、人物饱满有力；钱欣葆的寓言集《小熊学捕鱼》获第六届金骆驼奖创作奖金奖，出版寓言集《魔法神奇果》，叙事简洁平易而寓意耐人寻味。马昇嘉近年来一直坚持短篇创作，讲究品质，在《少年文艺》《东方少年》发表小说《一张白纸》《我的同桌是班花》《抉择》及散文《穿越春夏》等，文笔简劲洗练。高巧林出版少儿短篇小说集《树洞里的眼睛》《花季里的红雨伞》，散文《闪烁在童年时光里的油灯》获第三届《儿童文学》金近奖，他的童年书写朴素真挚，对于温暖亲情的刻画令人动容。

江苏儿童文学初生代重镇有两位女作家——黄蓓佳和程玮，他们具备深厚的文学功底、敏锐的艺术感觉且有自觉的突破和创新精神。黄蓓佳的长篇小说《童眸》自出版以来除了获得多个政府奖项之外，在2017年还获得“中国好书”“京东文学奖”“花地文学榜·儿童文学金奖”等诸多荣誉，充分显示了这部笔力深厚的现实主义作品在整个中国当代儿童文学中光芒四射的美学成就。旅居德国的程玮出版童话《啄木鸟叫三声》及儿童小说“海龟老师”系列（包括《校园里的海滩》《十字路口》《天上的声音》）。前者以中国小女孩和时钟啄木鸟之间的交往巧妙地穿插引入了德国格林童话，并且在时空交错中赋予民间童话以现代理解和生发；后者塑造了海龟老师和一群孩子的丰富形象，为当下大量雷同的小学校园小说奉献了有底气的“一派天真”。程玮从“少女红”系列中情感的绵绵密密到“周末聊天”系列中文化浩浩荡荡再到“海龟老师”系列中童趣的轻轻巧巧，贯穿始终的是其对儿童文学的纯粹性的秉持、个性化的追求和多样化的探索。作者宽广的国际文化背景以及对儿童教育的现代思索和人生智慧都渗入故事，避免了大多数儿童校园故事的肤浅与轻飘。她对于低幼儿童语言的把握、儿童心性的感知和艺术传达也都自然熨帖，写作姿态率真从容。

在图画书创作领域，江苏拥有多位实力雄厚、成就斐然的插画家，如周翔、朱成梁、王祖民、姚红等，获得多项国际国内大奖。由于中国图画书创作起步较晚，尽管他们的插画事业并非起步于二十世纪八十年代，但是在中国原创图画书领域中属于卓有建树的先行者，故而也归入“初生代”。2017 年，王祖民出版六合民谣绘本《六十六头牛》和《大儿子和小儿子》等，朱成梁除获得陈伯吹国际儿童文学奖的《屋檐下的腊八粥》之外，由他插画的图画书还有《打灯笼》（王亚鸽文）、《香香甜甜腊八粥》（张秋生文）、《老糖夫妇去旅行 2》（朱自强文）。前两部作品都是民俗题材，画家将富有地域气息的乡村民俗图景与细腻的儿童心理情绪相融合，构成视觉和情感的“寻乡”，是文化和童趣的结晶。《老糖夫妇去旅行2》延续了第一部的画风，以独特的形象巧妙地传递文字故事之神髓，以别致的构图和细节来丰富故事之趣味。装饰了花边的画面是老糖夫妇的各种假想，不带花边的画面是现实的生活，二者交替变化、错落有致。线条柔和、风格拙朴的绘画更凸显了故事本身具有的喜感与蜜意。朱成梁认为图画对文字有反哺作用，图画能赋予文字故事以场景、细节、情绪和生命。他的艺术功力醇厚，形成了鲜明的个人化印记，成为中国当下原创图画书领域一方辨识度极高的重镇。值得一提的是，身兼插画家和出版人的周翔创办了刊物《图话书观察》，在首刊的卷首语中重新定义了图画书这一体裁，给予新的命名“图话书”：“我们改‘画’为‘话’，具有独特的汉语言意味，它首先表达了图在说话的特质，其次‘话’还蕴含着‘文’和‘说’的双重语意，重视了文本的文学性，也强调了文字要说出来、读出来的功能，更明确了图话书是要读给孩子听的。”这一新的命名是对图画书本质及实践功用的贴切阐释。

二

出生于二十世纪六七十年代的江苏儿童文学作家是一支庞大的生力军，代表作家有王巨成、祁智、韩开春、曹文芳、章红、庞余亮、肖德林、胡继风、朱赢椿、韩青辰、王一梅、巩孺萍、张晓玲、田俊、余丽琼、龚房芳、沈习武、王春鸣、徐玲、杨筱艳、顾抒、郭姜燕、邹抒阳、孙丽萍、刷刷、杨海林、苏梅、曹延标、殷建红、冯云、麻丽华、任小霞、丁云、顾红干、涂晓晴、陶然等。他们在儿童小说、童话、诗歌、散文、报告文学、图画书等多个文体和多种题材领域展现才情。

关注时代的主题写作中，韩青辰的长篇小说《因为爸爸》被评为国家新闻出版广电总局2017年主题出版重点出版物，这部献给人民警察的英雄赞歌是继《小证人》之后又一部呕心沥血之作，她细致地写出英模和亲属的日常生活，表现其内心世界，唤起人们对英雄的敬重和生命意义的思索。韩青辰秉持一贯的追求，以对生命、对生活、对艺术的虔诚之心，深入开拓题材岩层，写得沉着、用功。她的创作是有情怀、有担当、有难度、有重量的慢写作。刷刷的小说《幸福列车》是一部关注留守儿童的现实之作，故事情节明白晓畅，塑造了求真向善的师生面貌，弘扬积极向上的时代精神。

乡土文学创作中，祁智的短篇小说集《羊在天堂》是继长篇小说《小水的除夕》之后关于西来镇孩子故事的延伸，是对乡土童年回忆的又一次高超的书写，故事结构和叙事语言十分讲究，以亲切而简劲之笔描写故乡风土、刻画乡野少年，情感蕴藏于朴素而机智的故事讲述之中。曹文芳出版“水乡童年精品书系”，收入的小说有《石榴灯》《银杏树》《紫糖河》。她的小说创作继承了乡土抒情小说一脉，对于风景和风土人情的渲染给小说带来了轻盈、疏朗和散淡的气韵之美。她让我们看见水乡的风景画、风俗画、风情画、人物画甚至群像浮雕，也让我们听见她心中哼唱的童谣、小调、欢歌或哀曲，以及在时间之风中飞扬的命运的舞姿。她不仅塑造了一系列或晶莹剔透、或暗藏心机的儿童形象，还刻画了成年人的幽秘心思或斑驳灵魂，将成长蜕变和人生世相诉诸笔端，并常在云淡风轻中暗携雷霆。

校园生活和家庭亲情是儿童小说的常见题材，这在曾为中学教师的王巨成和现为小学教师的徐玲、杨筱艳、郭姜燕、曹延标等的笔下多有铺展，前二者多年来都是勤奋的高产作家。王巨成出版《从天而降的青虫》《“大怪物”的故事》《一波三折的请客》《到底是谁错了》《妈妈把爸爸丢了》《山一样沉默》《你痛我也痛》《特殊的较量》《妈妈，我爱您》。从之前创作的“震动”系列到“就这样长大”系列中的三部小说都着意表现少年在矛盾冲突中的精神成长，作者不断尝试拓展校园小说反映现实生活的广度和真切度，追求人物塑造的饱满度，故事主题深重，富有情感温度，自觉地用儿童文学去映照和净化孩子心灵并滋润其成长。徐玲创作长篇小说《就这样陪着你》《爸爸和安安都在》《我的世界只有你》《舍不得你离开我》《直到你离开》和短篇小说集《把妈妈带回家》《我想喊你一声哥》。她关注孩子成长中的家庭关系、情感纠葛、心灵创伤，对于缺失、破损及修复的过程给予细腻的疏解和温暖的抚慰。杨筱艳出版中短篇小说集《爸爸的河》，其中《暴走的八月》写师生之间激烈的矛盾冲突与和解，单篇《爸爸的河》写父女关系中女儿心理的暗流与微妙，具有深度。郭姜燕出版短篇小说集《蘑菇汤》，其中《厕所里面量身高》《听花》等描绘孩子因缺失或卑微而生的隐忧及破茧成蝶的曲折变化，构思讲究。曹延标的“一年级的小壮壮”系列升级版（《叫妈妈丢人》《想当小组长》《不想做作业》《当个孩子真累》）和任小霞的《米朵朵上学记》也是此类表现儿童生活和心理的校园小说，注重孩子的个性刻画。

题材的创新对于推进小说多样性至关重要，扬州新秀作家涂晓晴另辟蹊径，创作长篇历史小说《少年曹操》，构织多个历史人物和情境，溯源儿时曹操的性格成长轨迹，笔致洒脱又常携风雷，但作为历史小说，对于历史真实与虚构的处理尺度需多加斟酌。短篇小说的创作题材也较为丰富，代表作有韩青辰的《雪白》、肖德林的《青春朦胧》、顾抒的《南歌》、龚房芳的《投进垃圾桶的信》、殷建红的《河马是匹马》、冯云的《檀香木梳》、戴中明的《青丝有泪》等。龚房芳继续创作《不一样的科学故事》《小猫不吃鱼》多册，《想打喷嚏的兔子》输出版权（法语、阿拉伯语），为韩国儿童学中文而写的动画脚本《生命之光》融入幻想和中国元素。

幻想文学创作中，郭姜燕的长篇《布罗镇的邮递员》以其丰厚的思想内容和艺术想象在2017年各大奖项评比中多获殊荣，2017年的作品是以桥梁书形式出版的《摇篮村有个女巫》，延续前一部作品的思路，创造了一个“摇篮村”与森林女巫的故事，演绎了关于孤独和化解孤独的历程。顾抒继续创作“白鱼记”系列，第三部的故事依然奇幻而优雅。祁智出版长篇童话《迈克行动》，书写了斯特兰人的一场惊心动魄的捍卫尊严与追求和平的灭鼠战争，情节扣人心弦，主题意味深长。其他还有徐玲的“拿木传奇”系列，沈习武的《变成野兔的小孩》，任小霞的《神奇的里兹城》《时光密码》，孙丽萍的《蔬菜宝宝上学记》，苏梅的“彩虹花桥梁书”系列等。孙丽萍在《儿童文学》《文学少年》上发表《春天的绣花针》《松鼠的帽子》《一只童话，立在窗台》《一辆名叫春风的车》等十多篇童话，想象丰盈、格调轻灵、质地真纯。

中生代的散文创作颇有造诣，不同生活经验的积累给他们带来鲜明的创作个性。韩开春在虫、鸟、鱼之外不断延展乡土动物系列随笔，并由此而形成其标志性的文学身份。曹文芳的“水乡童年书系”中包括三部散文集《肩上的童年》《我们的父亲》《水边的故乡》，她的散文体现小说化特征，能将人物的命运通过几个简洁的横截面展现，细节丰富而鲜活，常是抒情与叙事交织、清新与沧桑共存、欣悦与感伤相融、天真与深沉并举、优雅与活泼兼美，营造出一方温婉而有力的乡土审美时空。祁智出版散文集《一星灯火》，用朴实亲切的文字娓娓讲述自己的故乡、童年、少年和创作等，深情而又灵动，不仅有生活气息浓郁的画面感，还有信手拈来皆成趣的俏皮感。庞余亮的《顽童驯师记》是一部记录二十世纪八十年代末乡下校园生活的作品，文笔质朴无华，但写人记事却栩栩如生，意趣摇荡。作者深谙节制艺术，不铺陈情节，不渲染情感，多用省略、留白手法，在删繁就简中蕴含隽永的情思。他写学生的种种顽皮，写自己身为“小先生”的种种喜忧，写生活和人心的种种滋味与化解。《尴尬的七月》中写老教师们为民转公而煎熬，结尾跳脱开去：“九月开学的时候，孩子们目光依旧清纯，老先生目光依旧慈祥，孩子们肯定不知道，先生们在这个暑假里又一次经历了真正的考验。”这种腾挪写法干净利落而富有张力。他的语言冲淡而有味，人生体悟升华自然。“有时候，我觉得槐花米就像我在乡下过的每一个日子，开过了，落下来，阴干了，在记忆里，依旧是那么的芳香。”“什么叫生活？生活就是用汗水把我的目光越洗越清晰。”这些散文体量短小，但内涵丰厚，富有写作智慧，风格素朴而活泼，体现了本色书写的魅力，是近年来中国儿童散文创作中别开生面的佳作。此外，张佐香的散文集《在时光的回声里漫游》追求她一贯的对于“诗意美文”的主张，细腻地感知生活，提炼生存之思，结合现实与历史、知识与趣味，但对语句的过度雕琢导致其情感表达有时流于浅表。除了抒情叙事类散文之美，擅长小说创作的章红发表于《儿童文学》的报告文学《青春残酷物语》别有分量，她关注校园欺凌现象，真实地展现孩子身上人性的光明与黑暗的较量，有的孩子被邪恶与卑鄙的群体压迫所吞没，有的则以勇敢和仁慈获蜕变。作者在案例后面的评价充满正义与悲悯，点拨困境中的孩子以尊严、勇气、善良来改变局面，体现了引领孩子健康成长的责任担当。

儿童诗歌领域，巩孺萍、孙丽萍、龚房芳、丁云等有颇多创作。2017年巩孺萍的诗集《打瞌睡的小孩》获紫金山文学奖，丁云的《小小的春天》组诗获冰心儿童文学新作奖。泰州的顾红干出版诗集《开在露珠里的小花》，抒发对于自然、乡村、童年、故乡、亲情等的爱念，想象灵动，风格清新，节奏活泼，集子中多有佳作，但有些作品诗味不足。诗人还在书中放入自绘的诗配画，增添了情趣。

中生代的图画书插画家朱赢椿，他设计的书籍多次被评为“世界最美的书”，著有摄影散文集《虫子旁》，图画书《蜗牛慢吞吞》《蚁呓》及依据虫子的爬行痕迹而创作的《虫子书》等，2017年又出版一部因观察鸟粪而构思的《便形鸟》，“随物赋形”是创作方式，“便宜行事”是创作理念，全书分为影像、图志和揭秘三部分。作者将绘画创作的便形鸟与摄影作品结合，以中国古籍画谱的形式展示便形鸟的形象并以简洁的文字描述鸟的形态和性情，并揭秘创作原型和素材等。这是一部题材内容和艺术形式都相当特别且具有颠覆性的作品。另有一些作家为图画书撰写文稿，如巩孺萍、杨海林、曹文芳、王一梅、龚房芳、苏梅等。2017年苏梅创作的科学童话绘本系列、弟子规原创童话绘本系列都着眼于科学与人文知识的形象化普及。

总体而言，中生代作家大多已积累了较为丰富的艺术经验，在儿童文学领域颇有建树，如何避免重复自己、如何创造新的高峰，仍需要作家潜心修炼。

三

更为年轻的江苏儿童文学新生代作家大多出生于二十世纪八九十年代，代表作家有邹凡凡、顾鹰、余丽琼、范先慧、严正东、许敏球、赵菱、万修芬、孙玉虎、王旭、庞羽、周雅雯、汪琦、董玥等，他们给江苏儿童文坛吹来了新鲜的风。

南京籍旅法作家邹凡凡的文学才华繁茂，之前著有少年冒险“秘密三部曲”、“旅行列车”系列、“另类名人传”等文学和科普作品。2017 年出版散文集《一个一个，童年泡泡》，以平实而不乏俏皮的文字书写童年生活记忆；创作文化冒险小说“奇域”系列，包括《黄花梨棋盘》《奏乐的陶俑》《残缺的画卷》《一片青花瓷》，立足于文化视阈并融合科技元素，以虚构的方式讲述扣人心弦的文化冒险故事，“在探索传统文化的过程中会不断借助高科技甚至黑科技的方式—— 用年轻的方式讲述古老以通往未来”是作者的创作初衷。小说显现了作家宏阔的文化视野和机智的叙事技巧，这些使作品好看而耐读。

之前更多经营童话的顾鹰近年来开始有意识地转向小说的锻造，长篇小说《跨越鸿沟》和中篇小说“我是桑果果”系列（包括《爸爸不在家》《住在城市里的鸡》）都是关于家庭亲情和孩子成长的故事，蕴含了用以直面和理解人生的宽厚与温存之心。《跨越鸿沟》是少年小说，以父子矛盾为核心温和地演绎平凡而动人的家庭亲情。“我是桑果果”系列立足于纯粹的幼儿的视点，以天真的口吻讲述孩子在父母婚姻破裂的处境中一点一点地触碰、摸索与成长，塑造了温柔而又活泼、敏感而又善解人意的小女孩桑果果形象，语言真切、自然、圆融，是优秀的低幼小说。

范先慧的创作向来擅长营构悬念，长篇小说《扑朔迷离》和顾鹰的《跨越鸿沟》均属于“父爱的世界”系列，以初中男生赵朔为核心，牵扯起一连串隐秘，角色丰富且颇多另类，写出人物内心深藏的痛。小说悬念丛生，草蛇灰线，重重叠叠的矛盾交织了真挚的亲情和友情。她的《若伯特的孩子》是近年来难得一见的优秀的中篇童话。叙述者角色很是巧妙，由雪兔若伯特的孩子（其实是狼）来讲述，从“我”这一另类视角出发的叙述口吻具有独特气质和悬念感。雪兔们劝若伯特让孩子离开，但因为自己孩子被狼吃掉而变得“疯傻”的母兔若伯特却对于捡回的这个孩子疼爱有加、不离不弃。生活在兔窝里的小狼起初对雪兔们的态度不明所以，直到被告知来历才终于认识了自己的真实身份，选择告别母兔、回归山林。故事中最为有趣且动人的是这一对“母子”之间的感情。母兔温存宽厚，只知道付出“爱”，不管孩子的身份如何，对孩子的爱使她无所畏惧。小狼起初对母兔不无戏谑，而到结尾离别时深情难舍，形成了情感的张力，结构精致。作者的一支笔懂得节制，把情感蕴含故事进程而不外泄，留下回味。周一清给这本桥梁书的水彩插画功力非凡，形神毕肖地反映了各个角色的性格和心理，贴切地渲染了意境和情趣。

赵菱是近年来获得多个重要奖项的八十年代生作家新秀，她尤其擅长少年青春小说写作，长篇小说《南飞的苜蓿》入选 2017 年度“中国好书”，讲述了南方少年曾南飞和北方少女叶苜蓿这些“流动少年”相汇合的成长故事，抒写真诚的友情、责任的担当和面对挫折的坚强成长，情感丰沛，文笔流丽。她在创作札记中谈道："我想写出新时代孩子们朴素而不普通，纯真而不平凡的成长故事，为孩子们的成长注入乐观阳光，积极向上的力量，让他们成长得更快乐、更坚韧，也更富有成长的智慧，这是我最大的心愿，也是促使我不断写出新作品的最大动力。"2017年她还出版短篇小说集《小米的金蔷薇》、短篇童话集《小白的奇幻夜》及单个短篇小说新作《紫色的葵花子》。长篇小说《大水》荣获首届曹文轩儿童文学奖佳作奖，开始走向富有生活质感的厚实之路，显示了她对于浪漫抒情风格的青春书写的一大突破。

淮安籍作家孙玉虎以《其实我是一条鱼》获得第十届全国优秀儿童文学奖，2017年出版幻想小说《遇见空空如也》，这则童话曾获台湾儿童文学牧笛奖，以怪诞的想象空间来反映小男孩失父的伤痛和治愈的力量，情境富有象征意味，淡笔浓情，结构精巧。万修芬的童话《什么都有的集山》2017年获陈伯吹国际儿童文学奖，童话《迷镇》获冰心儿童文学新作奖，想象丰富奇特，情节曲折生动，意象新颖而童趣盎然，又常蕴含哲理。淮阴师范学院在读学生董玥以《唯有时光》获得第三届《儿童文学》金近奖（文学新苗类），之前她已出版《青春的风铃》《十六岁的天空》等作品集，大多是对于青春少年生活和情感成长的书写，笔触纯真而温暖。其他文学新人还有汪琦、戴琰等，戴琰出版过文集《满是合欢》，2017年发表短篇小说《两个男孩的交换协议》。

江苏图画书创作领域的新生代中，文字作家的代表主要是《东方娃娃》执行主编余丽琼，她对于编辑图画书富有经验，且自身创作多部图画书文稿，文字简约而意蕴丰厚。她曾以《团圆》获得首届丰子恺儿童图画书奖的首奖。2017年她和外国画家进行跨国合作：与七国作家联手创作《七个和一个》，以纪念世界童话大师罗大里；和法国插画家扎宇合作了《姑姑的树》，以孩子的视角来讲述姑姑的人生故事，以姑姑钟爱的一棵老树为纽带，触及其深藏的记忆和情思，城市改造中老树被毁的命运带来了岁月的伤怀；她和法国童书作家弗兰克及二十位法国画家联手创作《十岁正好》，以片段式的独白表现不同的十岁孩子对于生活的感受和世界的认知，由她撰文的《我的心思谁知道》如一篇篇轻灵诗意的散文诗，写出了孩子的想象、喜乐以及孤独与忧思，有台湾作家几米般的诗性风格。后二者的法文版由法国鸿飞出版社出版，给法国读者带去了别致的故事情韵。插画界的新秀主要是毕业于南京艺术学院的周雅雯，她创作的《小雨后》入围第五届丰子恺儿童图画书奖，洋溢清新活泼的中国风，童趣盎然。她在《阅读》杂志连载图画故事《团子的生活日记》，出版插图日历《童谣日历 2018》，造型有趣、色彩明快，形象地传递童谣声色。

新生代的江苏儿童文学作家有些已经在中国当代儿童文学文坛上颇为突出，有些才刚刚起步，但创作热情都很旺盛，并且锐意进取，努力攀登。在儿童文学市场表面红火的迷境中，对于新生代作家（也涉及其他代际）而言，不急不躁是更为紧要的创作姿态。高邮籍前辈文豪汪曾祺认为小说里面最重要的是思想，文学创作要从生活出发，而“更重要的是对这段生活经过比较长时间的思索”，“写作要经过一个时期的酝酿或积淀，所谓酝酿和积淀，实际上就是思索的过程。”[①]他对于酝酿和积淀的强调，值得所有作家去领会和践行。1962 年国际安徒生奖得主、美国作家门德特·戴扬认为一个有创造力的作家在履行艺术职责之前，必

① 汪曾祺：《汪曾祺谈创作》，《写作》1991 年第 4 期。

须倾听“创造力的呼啸”，而且必须“独自静听”，在那声呼啸中获得意义和自我。[①]“创造力”似乎是一种天赋的能力，但更是一种磨炼而成的能力。儿童文学的创作者要自觉而有耐心、有毅力地去等待、寻找、倾听属于自己的创造力从心中呼啸而过，再满怀虔敬地挥毫落纸。

除了上述儿童文学创作成果之外，在与其相关的另外两个领域即研究界和教学界，2017年也有可圈可点的成果。前者如学界前辈金燕玉的学术著作精选集《文学独奏》，着眼于儿童文学理论研究与作家作品批评，思维开阔，具有创新性、批判性和建设性价值。后者如小学语文教育界的周益民的《造梦课堂》和冷玉斌的《教书读书》等。儿童文学的研究与实践可为创作提供不同方向的借鉴。儿童文学从生活中来，得学理之观照，也要回到实践中去，成为儿童成长的精神和审美的光亮。

①门德特·戴扬：《创造力的呼啸》，载黑马译《长满书的大树》，湖北少年儿童出版社，2005，第125页。

第八章　迸发生长的文学光焰

2018 年的江苏儿童文学综述继续关注堆繁叠锦的各种光彩，但尤为关注那些迸发生长的光焰和光芒，唯具有高度创造性和艺术品质的作品才能真正提升中国儿童文学境界。

一

多部长篇儿童小说闪耀出新异的光芒，其中尤为突出的是历史小说的佳绩。2018 年出现了几部以二十世纪上半叶的历史事件为背景的小说，如黄蓓佳的《野蜂飞舞》、赵菱的《大水》、张文宝的《跟随周恩来过草地》和《少年毛泽东》等。久远而沉重的历史给向来较为轻巧的儿童文学作品带来厚重感甚至沧桑感。如何跳出眼前炫目的霓虹，转而去打捞历史的河流？这需要沉潜和耐心。如何在发掘河床沉积的沙石时，又生动再现当年水流的撞击、水花的溅跃？这需要洞察和细腻。如何让已逝去的浪涛摇荡和打湿当下的心灵？这需要融通和巧妙。黄蓓佳的《野蜂飞舞》超越了大多数儿童战争文学的格局，呈现出少有的“大气”。《野蜂飞舞》以抗日战争为时间背景，以流亡的华西坝大学为空间背景，正是后者这一特定的文化时空使得此书成为特别之书。正如汪政和晓华所评价的："《野蜂飞舞》写了抗战，但更是一部大学之书，一部教育之书，一部文明的坚守之书。"[①]小说以老年的黄橙子来讲述童年经历的这一叙事方式贴切地营造了一个辽远的时空，让读者跟随她怀旧的视线一起穿越时光的迷雾，以幼年黄橙子的清澈目光去看见"榴园"中那些曾经恣肆盛开的鲜活生命，领略那些蕴含其中或彰显在外的精神风骨，触摸那个时代偾张的脉搏和隐秘的心跳。黄蓓佳以一支丰沛的笔，将华西坝的风景环境和日常生活描写得历历在目，将各个教授和孩子的形象刻画得个性分明，又以相当婉转和克制的笔致，将少男少女间暧昧的情感和宝贵生命逝去时带来的悲痛简洁地呈示，这一浓淡相宜的处理带来了言有尽而情无垠、意无穷的魅力。阅读整部小说就如观看一部电影，叙事的起承转合如镜头的推拉摇移，流畅无碍，画面感强。小说以钢琴曲《野蜂飞舞》为名，既是时代和情感的一种象征，也构成了情节和结构的一条线索。音乐、绘画等艺术元素在近几年江苏少年文学中的运用较为突出，赵菱、范先慧、顾抒的几个优秀短篇小说都融汇了艺术元素，而将之用于长篇小说则具有更大的驾驭难度。"相伴短暂，离别漫长。整个天际，都是你飞过的自由。"小说扉页的献辞融合了历史和现今、生命价值和家国情怀，将颂扬、伤痛和缅怀表达得深沉而诗意，令人动容。无疑，《野蜂飞舞》是中国儿童历史小说领域中一个气度宏远的翘楚。

青年作家赵菱的《大水》以地处黄泛区的黄凤阔百姓们与泛滥的大水进行的斗争为情节，突破了她之前聚焦于青春期情感的

---

①汪政、晓华：《〈野蜂飞舞〉：致敬年轻的灵魂》，《文艺报》2018年8月1日。

书写模式，构成了她个人创作历史上的一座里程碑，标志着从轻盈唯美的浪漫抒情小说向厚实的现实主义小说的转型。作品的基调和核心发生了转变：拂去了反复渲染的少年青春成长中流淌的缱绻伤感，而以朴实有力的细针密线来增加生活的质感，展现民众在大灾难中的仁义情怀和坚韧品格。这一创作变化可以概括为从以情绪、情感为轴心的小说走向以现实和伦理为基座的小说，从相对狭窄的个人体验式写作走向更为宽阔的集体经验性写作，文学气质从诗意飞扬走向平实有力。这从小说的朴素命名也可见一斑，“大水”是重要的历史事件，也构成了对道德人心的考验。小说以幼年时候的“奶奶”兰儿的稚嫩视角来写大水的灾难，将恐惧、悲伤和道义、温暖等都朴素地呈现。作者以散文笔致描写黄河岸边、豫东平原的风土人情、时令物候等地域色彩，以方言曲调、民间传说等的融入增加文化内涵。《大水》获得首届曹文轩儿童文学奖佳作奖，授奖词中评价：“这是一部自然之书、美德之书，是一幅儿童眼中的中国乡土风俗画……处处透出生命的丰饶、坚韧和温暖。”小说在叙事节奏、人物塑造、语言尺度等方面都体现了较为成熟的功力，在中国儿童文学地图上增添了一个多灾多难也多情多义、有大爱大暖的地理坐标“黄凤阔”，若能加入对于历史背景的开掘，则小说内涵会更为丰厚。这部作品被评为2018年度桂冠童书，她的另一部长篇小说《花海与沼泽》也入围桂冠童书。

尤为注重还原历史场景的是张文宝写革命伟人的长篇儿童小说，他延续了之前的纪实儿童文学《刘少奇过苏鲁交通线》的路线，创作了《跟随周恩来过草地》和《少年毛泽东》这两部长篇儿童小说。前者围绕少女红军滕玉叶在爬雪山过草地的艰苦环境中的历练，塑造了可亲可敬的周恩来及多位可歌可泣的英雄人物；后者则以生动丰富的故事来展现伟人的少年时代，塑造了生活气息浓郁、形象饱满的少年毛泽东形象。这些小说努力复现历史画卷，以少年主人公的成长故事来观照历史长河中的粼粼波光，以此来感召人心。

获得首届曹文轩儿童文学奖特别荣誉奖的是李有干新创作的长篇小说《蔷薇河》，这一奖项不仅表彰他新作的艺术成就，也是表彰他长达六十多年坚持不懈的创作贡献。他在2018年出版了《李有干文集》共八本(包括《白壳艇》《烽火金牛村》《水路茫茫》《大芦荡》《一只叫坦克的龟》《今夜有梦》《小孤舍》《风吹铜铃响》)，在他漫长的写作生涯中，现实主义是其一贯秉持的小说创作方法，他将发生在苏北地区的历史动荡、社会变革、环境风貌等纳入笔下，以精心打磨的艺术方式去表现他所生活的这片土地上的人物故事，既有宽广的客观展现，又能直抵人物内心世界。他的短篇小说也很见功力，如《黄鳝》就是一篇功力深厚的杰作。在近三十万字的长篇《蔷薇河》中，他以泣血之势谱写了一曲乡土文明在城市化进程中的挽歌。主人公是小男孩锁子和他爷爷，祖孙俩分别代表了乡土文化精神的守护者和继承者，而锁子的父辈则是离弃者。相应地，小说的结构也以乡村和城市这两个相互关联又背离的地域生活为主线和副线，以两重空间的相互映照和碰撞来彰显主题。在当今儿童小说的创作出版走向“轻型”和“薄型”的普遍趋势中，老一辈作家李有干将厚重作为美学目标的追求更加令人心生敬意！

另外两部获得首届曹文轩儿童文学奖的江苏作家的长篇小说是郭姜燕的《南寨有溪流》和庞余亮的《小不点的大象课》。前者着眼于乡村女孩的成长抗争，笔调质朴。后者则是城市小男孩的成长宣言，笔调幽默。《南寨有溪流》是作者采风之后的新鲜创作，故事的背景和取材独特，以边远少数民族居住地为地理环境，将乡村和城市相碰撞。住在深山寨子里的金小溪和金小流姐弟原本过着平静却闭塞的生活，在勇敢地帮助被拐卖来的城里姑娘涂蓝摆脱恶徒的过程中，小溪改变了之前不想走出大山的封闭状态，开始走向宽广的世界。作者将姐弟俩的性格和阿妈、板阿婆、权老师等几个成人形象塑造得富有血肉气性，日常生活细节生动，语言具有地域色彩，美中不足的是情节设置上的有些巧合不够自然。郭姜燕另出版长篇小说《太阳村的孩子》、中篇小说《俊妍的图画本》和短篇小说集《一把密码锁》，在童话之外显现了小说这一体裁的创造力。庞余亮的《小不点的大象课》巧妙地汇合了“小”与“大”、现实与想象，转学生况天才将他的小学命名为大象小学，他和班主任蟹老师及同学们从陌生到相互悦纳，他帮助周围的孩子和大人走出困境，拯救了原本冷漠的生活。这部小说以纯粹的儿童口吻展开叙述，童趣盎然。故事叙述以现实生活为主干和主调，又以幻想中的大象为象征性的意象作为另类色调，塑造孩子心中的美好世界，造成亦真亦幻的美学效果。这种实验性的文体使得原本可能平淡无奇的故事变得摇曳生姿、活色生香。小说焕发着浓郁的当代气息，在家庭与学校的场景交织中，将孩子成长中的梦想、烦恼、伤感与欢喜表现得丰沛而又轻盈、切近而又从容，是一部洞察童心的体恤之作和构思独到的巧妙之作，给江苏儿童小说创作带来了一种难得的幽默之气。

程玮和章红也以城市低龄儿童为主角创作了系列小说。旅居德国的程玮继续创作“海龟老师”系列，在 2017 年出版《校园里的海滩》《十字路口的汽车》《天上的声音》之后，2018 年又出版《带弓箭的小孩子》《窗外有秘密》《明星猫》，进一步强化了故事内涵，涉猎爱情、离异家庭、生命教育的主题，在轻快的叙述中沉淀耐人寻味的思考。作者善于把握和表现孩子的心理感觉，《校园里的海滩》获 2018 年陈伯吹国际儿童文学奖。章红在之前创作的"放慢脚步去长大"系列中塑造了古灵精怪的小学女生杨等等形象，讲述她跌跌撞撞又乐趣无穷的小学成长经历；2018 年又在新作"亲爱的小孩"系列（包括《唐栗子和他的同学们》《唐栗子和爸爸妈妈》）中讲述一个执着可爱的男孩唐栗子的成长故事，同样倾注了她对于儿童、成长、教育和爱的真切理解。她以细腻、体贴、温存的笔致来表现孩子天性中的光辉，也摹写孩子们现实中的喜怒哀乐，同时笔触也伸向了关于学校教育和家庭教育的思考。《唐栗子和他的同学们》以诗歌穿插来流光溢彩，而《唐栗子和爸爸妈妈》则以父子的家庭日记来妙趣横生，作者以温蔼之心、平和之气、教育之智、轻巧之笔来传递关怀之思。

王巨成和徐玲每年都创作多部长篇小说，王巨成 2018 年的作品有《月亮老师》《在歌声中长大》《天上的一张笑脸》《一棵树的脚步》《假装我们很痛苦》《震动·绿毛水怪》。他一向瞩目于中学少年的生活并能深入捕捉其情感和心理，如其中《假装我们很痛苦》以范子悦和陈永林之间一场恶作剧般的游戏为导火线来点燃他们精神的更生，使得他们都能正视并告别自己的"痛苦"。《绿毛水怪》是他以地震灾难为故事背景的"震动"系列小说之六，注重设计引人入胜的故事，但主角不再是少年，而是在地震中抛下学生跑出教室的老师曹佳声。作者以婉曲而犀利的笔法剖析复杂的人性，在本能和伦理、舆论与反省、救赎与宽恕的争斗或纠结中完成对人物的立体性构造，是一部可读性和思想性兼具的灾难小说。聚焦于家庭和校园生活故事的徐玲著有长篇小说《最后一次离开你》《我想有个家》《我的狼妈妈》《我的狐狸妹妹》、中篇小说《3号别墅的胡子爷爷》《丢了魔术的魔术师》及“美味校园”系列第二季等，频繁的场景切换带来轻快的叙事节奏。校园小说创作方面还有任小霞的《高兴的故事》、徐小良(笔名徐人双)的《巡逻好人》等。沈习武小说的一大题材内容是关于动物，他在《来自天堂的狗》等多部讲述狗和人之间的故事之后，又创作《追随狗的男孩》，分别以盲童和“她”为主次线索交叉并进，到最后才遇合，显示了可贵的求新意识，但是两条线索的故事内容的勾连度不够贴切。王一梅创作了长篇小说《合欢街》，曹文芳出版“青青童年”系列丛书，包括《西溪镇的灯儿》《香蒲青 香蒲黄》《梨树湾的米秀》《丫丫的四季》《悠悠妹妹》这些她近年来创作的水乡童年故事。

短篇小说虽然不像单行本的中长篇作品那样耀眼，但多位江苏儿童文学作家勤勤恳恳地坚持磨炼，在《儿童文学》《少年文艺》《东方少年》《读友》等刊物发表了一些优秀之作，如马昇嘉的《追大巴的爷爷》、韩青辰的《楼上的胖爹》和《走台》(前者入选《少年文艺》红地毯佳作)、祁智的《夜过》、赵菱的《鸟儿姑姑》、王旭的《消失于海洋的弟弟》、曹延标的《亲亲我的芫荽花》等。韩青辰2017年的长篇《因为爸爸》在出版后获得多项荣誉，上海国际童书展上举行了名为 “带着光去寻觅孩子”的研讨会；她在2018年出版了“天天向上小茉莉”系列和短篇小说集《送姐姐》《星星的桥》。顾抒在中篇小说《去旧书店和猫说话》之外，发表了短篇小说《北冬瓜市》等，《南歌》获得《儿童文学》金近奖和该刊擂台赛的小说金奖。顾抒的小说追求奇奥，在现实故事的主线发展中巧妙地融合另一个时空的故事，形成互文关系，带来故事的弹性。高巧林的中短篇小说集《飞过城市的野鸽》获第七届陶风图书奖，他的短篇小说《黑渔王》继续他之前写过的苏南水乡渔家题材，塑造了一个有情有义、心地善良的渔民汉子形象。杨海林的动物小说集《狐狸来我家》中塑造了多个独具个性的动物，如《瘫狗》中塑造了脊椎摔断却有着顽强抗争力的瘫痪小狗的形象，同时也没有忽略对多个人物形象的个性化描绘。盛永明出版小说集《幸亏有了你》《水中小精灵》《我们一起走》《千万要保密》《上路久久》《真假"马大哈"》，书写乡土童年中的成长趣事。范锡林与人合作出版儿童武侠小说《三十三剑客传奇》共六册，短篇小说《分水剑》获得《儿童文学》金近奖，小说中既有引人入胜的刀光剑影的故事，也寓含中国传统文化的底蕴。

二

2018 年江苏儿童幻想小说和童话领域也有光焰不断生长。苏州作家王一梅、孙丽萍、顾鹰、苏梅及徐州作家龚房芳、南京新秀作家张明明等热衷于童话创作。王一梅的长篇童话《浆果王》讲述了两代"冷血人"寻找浆果王以摆脱孤独的故事。浆果王是核心意象，象征着生命的热度、活力、色彩，它汇聚了多个角色的梦想：冷血人想要变成正常人，浆果精灵想要保鲜色彩和维持生命，黑乌鸦想要变成五彩鸟。寻找浆果王是故事的线索，阿根和桑士父子俩在寻找途中拥有了温暖他们的同情、爱情、友情，也经受了艰难和挫折的考验乃至道德良心的拷问。故事发展中不断节外生枝，最具有冲击力的是浆果精灵对桑土的信任之心、悔过的乌鸦牺牲生命来成全他人的高尚之举以及冷血人将浆果王让给浆果精灵的宽宏无私。这是一个如成熟的“浆果王”一般的童话，纯洁鲜亮、饱满莹润，被评为2018年度桂冠童书。孙丽萍出版长篇童话《来自云朵的女孩》《月亮镇上的棉布店》《花精灵奇妙之旅》，另发表有多个短篇童话，其中尤为出色的是《羽叶镇的春天》。女孩桃西串起季小姐的二十四节气珠串的过程，也是她对去世的奶奶的怀念和让悲伤释怀的经历，想象轻盈而深情，构思巧妙而自然，语言简约而精致，具有苏南春雨的灵动诗意之气。她的童话形成了颇具个人气质的抒情风格。顾鹰创作中篇童话《三个半小侦探》《失控的侦探组》《时间之花》《蓝怪爪学校》，在儿童刊物发表童话《为爱做一件事情》《三个童话》《我讲笑话给你听》，故事小巧有趣，她被遴选为省作协举办的“江苏文学双月谈”关注的作家。苏梅出版短篇童话集《红红的柿子树》及《奇奇怪怪的洞洞眼》等十多个童话绘本。钱欣葆出版寓言集《小鸵鸟的飞翔梦》《猴木匠做椅子》《鸡妈妈的新房子》《蜜蜂救大象》，在《故事大王》《世界日报》等刊发表了诸多寓言和童话。

幻想小说借助现实与幻想的交汇可以带来更为广阔的叙事时空，范先慧和顾抒持续创作系列性的幻想小说。范先慧的中华姓氏文化日记体小说“炎黄家族”系列是难得一见的气势磅礴的儿童幻想作品，包括《封神之兽》《精灵之约》《玩偶之家》《命运之轮》四册。小说以炎黄家族四千多个姓氏为契机，以一个神秘的上古庭园为背景，讲述一群迷失的少年在法术师黄丝结的帮助下寻找自己的姓名和来历而得到成长的故事。她的幻想小说擅于从中国传统文化中汲取养分，着意将上古传说、神话形象、姓氏文化、茶道文化、古典诗词等多种传统元素融入纷繁绮丽的想象，并渗透现代人文价值观。作者具有丰盈卓越的幻想能力，同时在结构幻想故事时显示出严谨的推理能力，情节曲折，悬念迭起，抽丝剥茧般地解开重重谜团，且笔端情感润泽，不少篇章写得荡气回肠。这个“炎黄家族”系列是焕发浓郁的本土文化气息和作者个性魅力的幻想之作。顾抒的“白鱼记”系列之四《异鹊》继续采用“中国套盒”的叙事模式建构故事的框架，通过多重隐喻来呈现故事的内涵，核心物象异鹊象征人在追名逐利后迷失本性的状态。小白以爱心和勇气除去了异鹊的迷梦，拯救了小公子和集市女孩，左司马也回归故里，以终生侍奉神木来赎罪。作者在如烟如雾的叙述中深刻地揭示了人性的迷失与痊愈的过程，从语言行文到主题意蕴都韵味悠长。“炎黄家族”系列和“白鱼记”系列在江苏乃至整个中国当代儿童幻想文学界都是不可忽略的文化性幻想佳作。尝试另一个幻想题材新领域的是涂晓晴的《蓝蓝和外星人》，这是一部长篇科幻童话，糅合了科学幻想和童话幻想，并且将科幻、童话和孩子的现实生活融为一体，作品前半部分更像童话，地球上的蓝蓝和永恒星上的纳瓦之间，通过许愿来相互联系；后半部分更多体现科幻性，星球访客、飞船、星际旅行等科幻元素纷至沓来。主题涉及对于地球生态的思考，对于辽阔宇宙的观照，对于人类生存的体察。科幻写作对于作家是一大挑战，需要具备较为专业的科学性的知识、眼光和思想。涂晓晴的科幻创作虽然不很精到，但这种尝试显示了勇气和智慧。

儿童诗文领域的创作中，韩开春关于虫鸟鱼兽的自然散文以“少年与自然”为系列名称出版，赵菱、高巧林、马昇嘉、范锡林等写作单篇散文，孙丽萍、丁云、龚房芳等创作多首小诗。巩孺萍的诗歌绘本《今天好开心》由荷兰插画师尤利娅配图，是中外艺术合作的一个美丽的结晶。巩孺萍擅长幼儿诗歌的创作，她不追求浪漫的抒情，也不看取郑重的说理，着意的是天然去雕饰的童言稚语，深入浅出地表达人生的经验和情思。诗人善于用儿童口吻绘声绘色地描摹和诉说，想象丰富而轻盈，既灌注柔情蜜意，也渗透幽默气息。构思上除了用对话、对比来形成呼应或反衬，结尾往往别有机趣。她在童诗中注入芬芳馥郁的中国气味，《中秋》《夜》等都包含了中国传统文化元素，读来亲切。诗歌绘本之外，她还写了《小布兜幼儿认知绘本》的文字内容。

朱成梁、周翔等是江苏绘本创作界的重镇。由朱成梁绘画的《别让太阳落下来》是他的又一部富有中国民间艺术魅力的绘本。他受中国传统漆器的启发，全书以朱红和金色为主色调来对应太阳的光晕，小动物的形象借用了陕西、河南等多个地方的民间玩具特色，色彩鲜亮，显得拙朴喜气。页面设计上，以方形、圆形和半圆来分割画面，同中有异地变化着呈现。反复出现的圆形和故事的主要物像太阳的形象相吻合，并让页面具有动感。结尾，小动物们惊喜地站在早晨硕大的红太阳的圆形画面里，意味着故事结局的圆满，也意味着小动物和太阳代表的大自然之间情意融融的美满，色彩和构图给文字故事带来了丰富的意味。另外一部可圈可点的特色绘本是余丽琼文、周翔摄影的绘本《轻轻推开那扇门》，这是一部关于艺术之旅的别出心裁的作品。书名既营造了悬念，也蕴含了创作者对于艺术和艺术家的崇敬。周翔一路拍摄余丽琼探访法国画家塞尚故居的过程，精心选择镜头画面来组接这一行旅的动人之处，将照相机所摄的寻访者踪迹和寻访者目光所看的塞尚画作的特写相交错，并采用一种新颖的成像方式，拍摄的照片呈现版画风格，这一影像处理将现实场景变成了光影阑珊的画作，使得画面具有了时光定格的悠远感，从而将两重视角的不同画面得以整合，画风具有和谐的艺术质感。文字采用妈妈给女儿写信的方式，亲切地讲述妈妈的所见所感，包含了对绘画艺术的欣赏和对画家精神的感知，是一场生动且深情的艺术教育和生命教育。

另外值得一提的是2018年江苏少儿文学出版界的一道跨越国界的光芒：江苏凤凰少年儿童出版社的跨国合作出版项目“美丽童年国际儿童成长小说系列”的首部作品正式出版，引入了曾获意大利安徒生奖的作家圭多·斯加尔多利的成长小说《十四岁的旅行》，带来了意大利儿童文学的当代风情，也映现着意大利的经典文脉。这一跨国合作方式给全球化时代的世界儿童文学出版打开了新途径和新局面。

第九章 地域童年文化图景的集结纷呈

2019年度江苏儿童文学创作园地花木葱茏，长篇小说创作尤为突出，涌现了诸多优秀之作，且呈现出近些年提倡的书写“中国式童年”的共同倾向，其中不少聚焦于“江苏式童年”，浓墨重彩地书写江苏地域童年的文化图景。

2019年长篇儿童小说的繁盛在很大程度上得益于一个十分具有凝聚力的集结式出版行为——江苏凤凰少年儿童出版社策划出版的“年华璀璨”儿童文学丛书。这是江苏省委宣传部重点资助项目、江苏省作家协会2019年重点创作项目，入选“十三五”国家重点出版物出版规划。该丛书由黄蓓佳主编，约请二十位江苏作家携手创作，深度描绘在中国社会发展历程中的中国式童年和成长故事。丛书旨在全面展现新中国七十年祖孙三代十岁儿童的成长，时间跨越二十世纪五十至七十年代、八十至九十年代（改革开放新时期）以及二十一世纪以来的前十年，反映不同时代孩子的童年生活和成长历程，为少年儿童奉献有深度、有温度、有力度的优秀儿童文学作品。第一批丛书选定的作家包括曹文轩、程玮、邹凡凡、金曾豪、王巨成、祁智、王一梅、庞余亮、章红、杨筱艳、韩青辰、郭姜燕、刷刷、顾鹰、范先慧、赵菱、嘉树等长期从事儿童文学写作的江苏作家，也包括了梁晴、荆歌这两位成人文学作家。各部作品呈现不同的时代背景、生活场域和题材手法，已出版的有程玮的《琴声里的小精灵》、祁智的《沿线》、庞余亮的《神童左右左》、章红的《白色的大鸟》、曹文芳的《牧鹤女孩》、韩青辰的《小霞儿》、杨筱艳的《八月的旅程》、邹凡凡的《眺眺的漂流瓶》、赵菱的《星空下的河流》、范先慧的《沉睡的大桥》、顾鹰的《米呆捡到一条狗》、王旭的《女孩们的灯》等，繁花盛开，各有千秋。由于篇幅所限，此处仅选择其中几部略做评介。

曹文芳的《牧鹤女孩》以中国第一位环保烈士、江苏盐城丹顶鹤保护区的徐秀娟为原型，以翔实的资料为基础进行恰当的文学化虚构，通过细腻生动的描写和真实感人的情节来表现女孩娟草对仙鹤的倾情守护。小说从娟草的东北童年写起，丰满地展现她一步步走进鹤的世界、成长为一名牧鹤女孩的过程，为她之后献身环保事业做了有信服力的铺垫，成功地将涉及死亡的沉重的现实环保事件进行了儿童化和审美化的艺术处理，用抒情性的语言描绘大自然和生灵，小说焕发出诗意的气息，讴歌了自然之美、生命之灵，把对于人与自然的思考蕴含其中。

祁智的《沿线》是一部采用现实主义手法的功力老道之作，所写的是一个颇有意味的主题——从乡进城的“在路上”。《沿线》以少年陈则远坐大巴从靖江去省会南京的一路经历为线索，以车厢来反映社会变迁和世态人心。小说中人物形象众多，作者根据人物各自的外表特征赋予其外号来做指代，这些人物带着各自的色彩汇合于一辆大巴并彼此碰撞，因此车厢就成了一个斑驳陆离的生活舞台，上演着一出又一出人间戏剧。小说的叙事视角和叙事调子具有多重性，总体采用第三人称的全知叙事，但又有从少年陈则远视角出发的聚焦叙事。整体叙事以行车过程为时间顺序，其中断断续续地插入陈则远内心回忆的买车票前后发生的事情。对于车厢故事的记叙，作者用客观冷静的现实主义手法来描摹层出不穷的“闹剧”；插叙的个人回忆则笔调诚挚，具有内敛、低沉的风格。两种时态的叙事构成了现在的进城车厢和离开的乡村两重时空，也形成了风格不同的两重声部，给小说带来抑扬顿挫的节奏感。小说题为“沿线”，以离乡进城的行车历程来构成一个时代发展的缩影，也显现一个少年心灵的轨迹，此二者之间彼此呼应与糅合。作者写城乡问题，不是用黑白分明的孰是孰非来进行二元对立，而是写出其内在的交叠和复杂，反映社会转型中既有激动和期待，也有失落和无奈。作者运笔如刀，揭示人心十分锐利，但同时腕带柔软，也展现体恤与厚道。作者写陈则远的心路历程，则涉及他对父母亲所代表的乡土和城市、坚守与背叛的选择。这部作品既是反映少年主人公生活和成长的少年小说，同时也因其宽广和深刻的社会映射而兼可看作优秀的成人文学。

韩青辰带有自传性质的长篇小说《小霞儿》不用一般常见的童年回忆视角，而是以单纯的儿童视角来真切地观照二十世纪七八十年代苏北乡村“王园子”的生活风貌。“王园子”是被韩青辰反复书写的一个村庄，已然成为带有她鲜明个人印记的文学地理坐标。她以自己的童年经历创作的这部小说，书写了小霞儿周围的纷繁人事和她跌跌撞撞的成长。书中对那个时代农村的贫困生活和乡土人情做了十分细致的反映，刻画了一辈子兢兢业业、凶狠又慈爱的老王老师和教音乐的“会飞的”沈老师等各有千秋、令人过目难忘的乡村教师形象，也描绘了善良勤劳的王若男、月巧等同学的不同个性和令人感叹唏嘘的境遇。小霞儿和好朋友月巧交往甚密，对月巧一家的描写尤为详细，这一家人虽然贫穷，但是在困顿和寒碜中依然有热闹、顽强和赤诚，他们克己孝敬长辈、雪夜悄悄安葬去世老人的情节质朴动人。作者满怀深情地写了小霞儿和家人之间的情意，也以细腻深入的笔触揭示了小霞儿思想和内心的成长过程。周围的人事都在扩展她的眼界和砥砺她的心灵，她触摸生活的各种苦难与辛酸，也体会温暖和甜美，从一个内心充满“小魔怪”的脆弱、胆小的孩子逐渐变得懂事、好学、勇敢和坚强。小说以“胜利完成任务”一章来收尾，她在清晨的雾中独自骑车上路，摔跤、寻路、历险，圆满完成大人交给她的传信任务并及时赶去上学，且在学习的道路上也取得节节胜利，获得了信心。在小霞儿的成长中，爸爸春风化雨的教育和期望尤其入心，因此，小说的结尾也是落在了爸爸的引导上：“我心里满是感激，我不知道我在感激什么。我仿佛看见了我爸爸。我的耳畔慢慢响起他的声音，说：‘有了今天，往后你什么都不用怕了。’”小霞儿的雾中历险和成长意味着她跨越了一道道门槛，完成了她破茧成蝶的“蜕变”，具有成长的象征意义。小说语言简净淳朴，细节形象生动，富有生活的质感，以小霞儿的童年来展现一个时代的风景和人情，蕴含了作者对于童年的诚挚追念、对于艰辛人生的深沉悲悯。

擅长写当下儿童生活的章红转变了之前偏于轻喜剧的写作风格，她的带有自我童年经验的《白色的大鸟》风格相对凝重。小说以一个山区县城“永宁镇”作为故事发生地，这是一个偏僻的山坳，沉闷的小镇被叙事者“我”视为“世界尽头”。小说以舒缓的情感叙述方式，交融历史、家庭和个体，尤其是对于“我”

妈妈为代表的女性的审视颇为深刻。作者在童年记忆中寻找1970年代县城中的光影声色，挖掘情感记忆，真切地记叙沉淀在生命深处的人物、场景、故事和感受，书中铺满了生动的感觉和知觉印象，将现在的“我”和童年的“我”进行两重时空的交叠。作者说，“把记忆与想象、过去与现在都杂糅在一起，我希望最后完成的小说承载了个人生命的历史与时代的印迹”，这些使小说获得了沉甸甸的分量。题目“白色的大鸟”既是小说中的一样切实的事物，又是一种象征性意象，使得小说在追溯历史记忆中氤氲了轻烟蒙蒙的抒情格调。

工作和生活在南京的范先慧的《沉睡的大桥》是以南京为故事背景的小说。留守在河南穷乡僻壤里的六岁男孩姬小满被在南京打工的父母带到了南京城，从乡到城的生活转变，让他对繁华的城市倍感新奇，同时又感疏离寂寞。这个打工家庭住在下关滨江一条开满紫茉莉的偏僻窄巷，妈妈打理一家小吃铺，爸爸在修建大桥。贯穿故事的一个主题元素是长江大桥，这座恢宏的钢铁桥梁多次出现在不同的孩子和大人的眼中，它连接的是对于生活的热情和干劲，也连接着两家人对幸福生活的渴望。夏老爷子大热天去大桥摄影时抚今追昔，这座大桥被当作文物一样小心翼翼地修整，现代的扩建工程浩大艰巨，工人们顶着高温不畏困难地工作，这一景象反映了滚滚向前的时代精神。作者不厌其详地在书中的不同的情节中对长江大桥进行细致的描绘，人物的生活经历、内心情意和秘密愿望与大桥工程相联系。作者将大桥及其修建工程所代表的“刚”和家庭团聚、安居乐业的渴望所具有的“柔”巧妙地融合。

庞余亮继获得曹文轩儿童文学奖的长篇小说《小不点的大象

课》之后，又出版一部贴近现实的同题材的长篇《神童左右左》，采用日记体的形式。全书以小学生左右左的日记展开叙事，风格幽默，这从作者给主人公取的名字中可见一斑。左右左爱骑自行车上学，养的小狗的名字取自他喜欢的游戏《我的世界》里的方块人史蒂夫。他的家庭故事展现的是“俗世”生活，有着许多鸡毛蒜皮的小矛盾，也不无一些小开心和小感动。想发财的爸爸左骥骢投资失败后回老家种植蔬菜，开网店的妈妈高文君和爸爸的关系发生了变化，左右左的外公外婆也不断参与进他家的生活。作者以小学生的视角和口吻来讲述家长里短，真实而又有谐谑感。左右左爱读书，有作家梦想，在学校和两个好朋友组成“三贱客”，同学之间也有许多“麻辣烫”式的故事。他们班是“蜗牛班”，但是在班主任鱼老师的带领下，同学们对自己的班级充满热爱，左右左设计了以长翅膀的金色蜗牛为图案的班徽，其中寓含了鱼老师的教育理念：“鱼老师说，攀登人生的金字塔，鹰的敏锐、勇敢的天分并非人人都有，而蜗牛的勤奋、执着却人人都可以做到。鱼老师说，蜗牛，应该是慢的代名词，提到蜗牛，人们总是将其与懒散的人联系到一起，我们四（8）班的蜗牛肯定不是慢和懒散，而是坚定和毅力。”书前的题词是：“也许藏有一个重洋，但流出来，只是两颗泪珠。”这部小说以轻快的笔调表现不加美化且不无伤痛的生活面貌，有调侃也有深情，趣味杂陈。

在“年华璀璨”丛书之外，另有一些江苏儿童文学作家的长篇儿童小说佳作由外省出版社遴选出版，同样也以独特的地域文化、历史发展为背景来描绘童年生态，代表作如曹文轩的《草鞋湾》、高巧林的《草屋里的琴声》、王一梅的《合欢街》、顾抒的《城墙上的光》和《寸锦寸光阴》、张晓玲的《隐形巨人》、胡继风的《天河》、沈习武的《踏冰而行》、王巨成的《亲爱的小孩》以及邹凡凡跨越国界的“奇域笔记”系列等小说。

长年倾注于江南水乡书写的高巧林创作了《鸟窝村的孩子》《草屋里的琴声》《张大雄和他的小个子爸爸》等多部长篇小说和短篇小说集《遥远的城市》，其中尤为成功的是以二十世纪五六十年代的苏南乡村为时代背景的《草屋里的琴声》。这部长篇小说地域文化气息浓郁，是一部深植于民间文化传统的精品力作。作者用胡琴为线索串起两家三代的恩怨故事，展示了地方的传统文化和战争历史。少年阿兴在祖辈的文化精神、爱国大义的感召与地方小戏和丝竹弦乐文化氛围的感染下，从混沌中醒悟而开始迷上胡琴，继承了祖辈的技艺，逐步成长为优秀的胡琴演奏者。这部作品在写儿童的成长过程中，纳入了生动鲜活的江南传统文化、老一辈民间艺人可歌可泣的抗战故事以及两个家族的冲突与和解，使得少年的成长经历具有了宽广的文化历史底蕴。胡琴作为贯穿全篇的核心元素具有重要的主题意义，指向对传统文化的继承、对民族历史的回望、对儿童成长的瞩望等多个层面。作者充分调动自己熟悉的地方文化资源，以生动细腻的笔法写江南的田园风光、文化活动、生活面貌和淳朴人情。在对江南乡村文化历史致敬的同时，作者也对乡村文化发展与历史传承关系进行了现代的审视。小说《草屋里的琴声》将江南水乡题材书写推向了新高度。

苏州作家王一梅的现实题材小说《合欢街》写了她童年时生活过的太仓“岳王老街”。她在后记中谈及创作缘由：“我一想起这样的小镇童年，一种幸福感便油然而生。岳王老街小而全、小而美的生活面貌，让我在简单中长大，在纯粹中感受爱，这给我的生活注入了勇气和力量。漫漫人生中，这种童年让我学会了感恩和自爱，让我能够坦然面对人生，对未来充满梦想。这样的快乐童年很符合自然生态。……这是我拿起笔写《合欢街》的理由，我所要表达的，是对童年和对家乡深深的感恩和爱。”小说通过分置前后的两个故事来讲述老街十多年间的生活风貌、世态人情、老街上的大人和小孩的人生转折。前半部分是女孩唐丽家的故事，后半部分是相隔十年左右的小女孩沙小雨家的故事；一个是因为爸爸给家庭带来的耻辱而使她在长大后不愿回老街，另一个是被负气出走的妈妈强行带离老街而一心要回到老街。前后两个故事各以两个女孩的视角去观察、去触摸、去理解：平静的生活因一些家庭成员的过错而带来天翻地覆的改变，家人之间的矛盾林立，街坊之间的冲突纷呈，流言蜚语和真心实意杂色共现。作者不仅小心翼翼地酿出生活的酸甜苦辣，而且也感同身受地刻画两个女孩内心所承受的痛楚和想要挣脱的渴望。结尾部分，这两个合欢街女孩在经历了种种磨难之后，她们的相遇相识最终化解了彼此的哀愁，双双回到老街，合欢街居民以谅解和包容重又展开充满温情的生活。作为“乡愁里的童年”系列中的一部小说，晓华对“老街”和“乡愁”的评论颇为深入：“王一梅要告诉小读者们一个老街的前世，更要展现一个老街的今生，这样，作品的主题就不止于乡愁了，它有了成长性，更有了反思，合欢街不仅有美好，也有矛盾，有忧愁，甚至痛苦。”《合欢街》的“乡愁”主题有其丰富性。人们生活于老街，老街也生活在人们心里，以其驳杂而又不无温情的传统，孕育和造就了一代代“老街人”，包括唐阿婆、顾校长、沙小雨爷爷等这样赤诚待人的老街扎根者，也包括杨老师这样数十年潜心于音乐育人的外来者，包括长年漂泊海外而回来寻根的沙托尼这样的老一辈，还包括负疚赎罪后才敢归来的唐丽爸爸、抹去怨恨而回家团聚的沙小雨妈妈等这样的暂离者。小说开篇用散文化的笔法描绘她记忆犹新的“醒来的老街”，悠然地展开充满烟火气的江南老街生活图景，人物对话中引入方言，增添了浓郁的地域气息。王一梅笔下的合欢街不仅是她白描的一个呼之欲出的有质感的江南小镇的地理形象，同时也是一个有温度的映照风俗、传统、时代和人心的人文形象。

南京籍作家顾抒的两部长篇均以南京为背景。《城墙上的光》中四个孩子身上有着作者和童年伙伴的影子，她想要记录渐行渐远、可能渐被忘怀的童年。四个孩子不同的家庭故事展现了时代社会的剪影，小说反映的是二十世纪七八十年代生人的童年时代，南京的风景名胜和小吃在书中都有描绘，孩子们足迹所至的玄武湖、鸡鸣寺、明城墙等都带来亦真亦幻的历险或奇遇。小说中的现实生活不是用写实手法来表现，而是与童话般的故事相混合，比如馄饨树、鲛人的眼泪、海市蜃楼、修理月亮的人等，因而兼具时代和童年的质感。《城墙上的光》的内容意蕴较为丰富深广，而其叙事形式的突破意义似乎更甚于内容价值。她运用独特的叙事策略，采用“亡灵叙事”，设置了一个对于儿童而言较为陌生的叙事者。相比成人文学的亡灵叙事，其繁复性、荒诞感和丰厚感有所减弱，代之而起的更多是迷离感、灵动感和轻盈感。同时，她也运用儿童文学的“独门武器”即童话式的幻想，用童趣来增加温润和弹性。这是以亡灵叙事将童话和小说进行混搭的一种探索性创作，充分发挥了迷幻式写作风格。迷幻的魅力在于可以引人入胜，迷幻性叙事无疑会挑战读者的阅读经验乃至智力，使阅读成为一种“破案”甚至和作者叙事进行博弈的过程。

顾抒的另一长篇《寸锦寸光阴》被列入明天出版社的“童年在中国”系列之中，是首部以南京云锦文化为背景的长篇小说。作者在创作谈中阐明自己对历史的钟情和理解：“我们不仅有过去，而且有着值得每一个中国孩子用心触摸、仔细体味的灿烂历史。在博物馆的青铜器和玉器上，镌刻着这样的历史；在钧窑和汝窑的釉色里，注入了这样的历史；在千变万化的书法和画卷中，记录着这样的历史。但不仅如此，这样的历史，其实并未远去，它仍然在我们的身边，在每一个普通人日常的衣食住行里。一个小孩子在身边亲眼看见、亲耳听见的，就是活生生的历史。这样的历史不可忽略，它会是孩子们对属于自己的国度最深刻的感受。”《寸锦寸光阴》的故事具有地域、历史、文化的浓厚气息，以黑簪巷和云锦公所连缀起小云着迷的云锦传统工艺文化，随之引出的历史与现实生活的画卷在南京旧城南的黑簪巷徐徐展开。从云锦公所的老人、失业的中年织工和爱好并要传承云锦工艺的小云三代人来表现传统文化和人物在时代变迁中的命运与选择。小说主题具有丰富的内涵，文化只是其中之一，作者同时还注重表现个体的生存和成长境遇，表现老人与孩子、父母与子女及兄弟姐妹之间的关系，表现人们对梦想的执着追求，其中不无矛盾冲突，但更有体谅和温情。作者刻意经营新颖的叙事方式，全书故事主要是从小云的视角展开，但是开头和结尾用了一只名叫花团的猫的叙事视角来交代，作者将之作为“历史的注脚”。倒数第二章则用了妹妹小锦的叙事视角，虽然这能使全书的叙事视角有所变化，但似乎无甚必要，反而干扰了叙事的简洁性。纵览顾抒的创作轨迹，她已逐渐形成了鲜明的个人性风格：抒情、意象、意境、隐喻、诗意、玄幻、幽秘、忧伤、沉静、跳脱等。她在新作中不断做出新的尝试，营造新的风味，有着自觉的文体创新意识。

多年来儿童小说中书写乡土苦难的题材已经司空见惯，而张晓玲的《隐形巨人》（明天出版社“拾光者”系列作品）之所以脱颖而出，主要归功于作者发掘苦难及人性的深度及其艺术表现的“火候”，坚硬中有湿润和柔软，沧桑中有热烈和温暖，渲染中有含蓄和克制，沉重中有轻灵和诗意。作者给故事安设了一个自己熟悉的“大鱼镇”作为发生地，以十二岁的少女“我”即陈喜作为叙事者，来讲述家庭、乡镇和一群少年成长的故事。小说中的人物基本都不完美，甚至都会多多少少犯些大大小小的错误，且大多陷入各种各样的困境——从现实生活到内心深处。故事中的少年个个都有自己的光明与阴影，种种困境让他们成了一个个被缚的蚕蛹。作者用悲悯之心写出了他们一次次的挣扎和震颤，两个母亲形象同中有异，体现了顽强的母爱和富有韧性的担当。作者最初只想写“悔罪”的故事，而后来写成了“原谅”的故事，写完之后则发现这是一个有关“自由”的故事。她怜惜那些被绑得严严实实的孩子和大人，她一心要做的事就是去“释放”他们，而其中一个微妙的解决之道是借助“隐形巨人”。“隐形巨人”尽管只是陈喜心中的一个臆想，却是人物灵魂的走向，也是小说主题的旨归。陈喜对于“隐形巨人”的认识过程就是她心灵的成长过程，她由起初的迷惑、忧惧，到之后的亲近与安心，她的心灵逐渐化茧成蝶。作者以隐形巨人带来道德和灵魂的追索与拷问，也带来孤寂时的安慰，并赋予受困者解放的自由。“隐形巨人”在故事发展中时断时续，如缥缈而又湿润的云雾，缱绻在蜿蜒而峻峭的现实山岭之间，亦如一首触摸和抚慰灵魂的歌曲。这一神秘而耐人寻味的形象或意象的创设，是作者表达抽象而幽秘的心灵成长主题的神来之笔。小说对苦难中灵魂所经受的熬炼和升华的刻画，铸造了一种深沉的诗意。小说的语言质朴干净而又意蕴丰满，许多细节刻画有雕塑感，人物的感情点到为止，不拖泥带水，使得小说具有清丽而又苍劲的诗意气质。作者以其沧桑而温暖的对于生命韧性的质朴书写，走向了儿童文学苦难书写的新境界。

邹抒阳之前主攻短篇儿童小说创作，《游泳去看北极光》是其第一部长篇儿童小说，凭借其长期积累的短篇功力，这部长篇在故事选材、人物塑造、语言风格等方面有着短篇所讲究的精巧和通透。尽管家庭教育题材屡见不鲜，但是邹抒阳以自己有着从军履历的父亲为原型而塑造的教育者形象别有风采。从部队转业到N大学工作的胡豆像训练新兵似的培养女儿胡桃，其教育理念和风范独具一格。故事的地点主要集中于两处：N大教工宿舍楼和游泳池。前者讲述多个家庭父母孩子之间的碰撞，散点展现教育的众生相，映现了教育中的各种问题，和胡豆的教育方式形成了对照。后者则是浓墨重彩地聚焦核心事件，胡豆在严格教导和督促女儿练习游泳的过程中，将军人的正直、坦荡、坚定、果敢、顽强等重要的精神注入对下一代的培养，他引导女儿去追求梦想，而实现梦想的一个必备素质是要有不屈不挠的“意志”。他在做人、做事方面都给女儿立下了榜样，认为女孩也要自立自强。他的教育刚柔并济，既保留了军人的硬朗肝胆，也有身为父亲的暖心柔肠。邹抒阳从小女孩胡桃的视角来塑造爸爸胡豆形象，为中国儿童小说的人物谱系增添了一个独特的父亲典范：有着朴素的价值观和立足根本的教育理念，富有智慧和力量，懂生活（还烧得一手好菜），可敬可畏又可亲可爱。小说并没有因为承载了教育主题而变得沉重刻板，恰恰相反，作者笔调轻快，语言洗练，多用白描，生活场景丰富生动且充满谐趣，童心焕然，故事好读且耐读。小说题目取得极好，在一个看似不合常理的行动和目标的搭配中，巧妙地寓含对于美好理想和不懈追求的标举。题目是作品之眼，而这只眼睛里闪烁着活泼与热烈，也流淌着婉约和深挚。

江苏儿童文学作家们不仅竭力挖掘自己的童年经验，也充分调动自己的工作经验，运用熟悉的题材以求创造真切生动的文学形象。具有小学教师经历的儿童文学作家，如王巨成、徐林、胡继风、沈习武、郭姜燕等，其小说题材往往与他们了解的家校教育和学生的成长相关。

胡继风在长篇自传体小说《就像一株野蔷薇》之后，创作完成了“野蔷薇生长”系列四部长篇儿童小说《云朵上的爸爸》《长命锁》《带钱包的流浪狗》《归来已久》。他的作品聚焦于现实题材，之前的《鸟背上的故乡》《想去天堂的孩子》《让谁去过好日子》《长命锁》等大多涉及农村留守儿童，2019 年又出版了一部以农村留守儿童为主角的长篇小说《天河》，讲述留守女童早早和她的弟弟晚晚以及小胡庄上一群留守儿童的生存现状和情感世界。“小胡庄”是当代穷困乡村的一个缩影，虽然民风依然纯朴，但是因为年轻人外出打工而导致乡村失去了最强壮的一代人，剩下老人和孩子相互支撑，给农村儿童的成长带来了许多困境。作者对于农村留守儿童有着长久的现实关怀，他在《天河》的后记中说：“这个特殊的群体应该得到我们这个国家以至全世界更多的注视和关照，包括文学的注视和关照，特别是那些弱小的、正面临着与他们年龄异常悬殊的生存压力和情感困境的孩子们……”作者用清新诗意的语言表现乡村的自然风景和现实生活的困苦，展现以早早为代表的儿童生命的纯净与坚韧以及对幸福和温暖的渴求，内含着对现实的审视，传达了积极面对苦难的心态和信念。作者说：“我希望我的语言和故事是有意思的。但是只有意思还远远不够，还要有意义。我希望孩子们能从作品中感受到人性之美、自然之美和生活之美，以及蜕变的勇气和成长的力量。”《天河》描述了亲人分离、贫富悬殊、城乡差距等造成的“天河”，也写了如何跨越“天河”的艰难成长，旨在给相同境遇的留守儿童带来勇气和力量。

长期在苏北城镇结合部小学任教的沈习武的长篇小说《踏冰而行》，也是一部以留守儿童家校教育为题材的现实主义作品。他用满怀爱怜和希望的目光关注父母很少在身边的农村儿童，觉得这些孩子“在冰面上戏耍着，向着太阳升起的方向奔去。我知道，这冰面，有的地方——很薄”，因此其作品中有着心疼、提醒和引导：“从这样家庭中走出的孩子，希望他们也是健康快乐的。拂去他们心灵上的灰尘，不要让灰尘遮住他们那宝石般闪亮的心。希望他们所看到的，也是一个美好的世界。希望他们在前进的路上，能有光明和温暖相伴。”故事中的主人公是男孩骆印，这个名字的谐音是“烙印”，暗示父母离异后对孩子的弃置给孩了烙印了心灵的伤痕。爷爷奶奶看着孩子在危险的冰面上越滑越远而求助于希望小学，温柔善良的安老师给“冰面上的孩子”带来了希望，她安排女儿韦一叶与骆印同桌，一起撰写“国王和仙女的故事”，帮助骆印一步步走上健康成长的阳光大道。故事来自一线教师的生活积累和实地观察，素材鲜活，人物丰满，流淌着殷切的希望和拳拳的爱。另一位苏北连云港地区的小学教师曹延标依然延续他对小学校园生活题材的创作，出版了“在火红的队旗下”系列长篇《叮当小队在行动》《印小辉，对不起》《夜晚的歌声》《走进阳光里》，作品中投注了身为教师对于学生的理解和鼓舞的目光。在小学校园题材方面，还有顾鹰的长篇儿童小说《好孩子的忧伤》（她的《米呆捡到一条狗》获叶圣陶文学奖），叙事中流淌着女作家体贴入微、温柔细腻的情感。毕业于美国沃顿商学院的盐城籍新秀作家彭冬儿（曹文芳女儿）出版“沃顿女孩小时候”系列中的第一本《小个子“侠女”》，风格活泼轻快，是给童年风云的自画像。

曾任中学教师的王巨成一直是中学生和乡土题材方面勤奋的耕耘者，2019 年出版了《爸爸出逃》《请把眼泪带走》《闯进童年的书店》《戴面具的冬天》《在月亮城等你》《奇迹在凤凰岛》《一条坏脾气的狗》等多部作品，《月亮老师》入选第六届“上海好童书”奖，传记小说《王杰》获 2019 年度桂冠童书奖。《亲爱的小孩》是其代表作之一，小说以流行歌曲《亲爱的小孩》为题，将其两部分歌词放在故事的开头和结尾来点明主旨。作者拓展了“小孩”的范畴，指涉两个维度：一个是以中学少女主人公林雪涵、男同学孙亮为代表的少年，一是以林奶奶等为代表的孤独的老人，这两类“孩子”都需要得到真正体贴的关怀。故事的结构分四章，交错聚焦于这两个维度。小说揭示中学校园激烈的学业竞争给孩子带来的压抑和心灵的扭曲，也揭示家庭中被边缘化、遭忽略的老人的孤独及其病与死。王巨成熟悉中学教师和学生的生活状态和心理，小说的一大成功之处在于对少女主人公心灵的深度刻画，她敢于直面自己的过错、叩问灵魂并努力去补救和承担。题目“亲爱的孩子”还具有第三层意义，林雪涵干净、明亮、阳光，她的善良、真挚、坦诚且敢于自剖的品质像一面镜子，让同学、老师和家长自惭形秽。她发出的“难道长大就意味着走进丑恶”这一质疑振聋发聩，作者从多个成人角度对林雪涵怀有的未被各种功利玷污的纯真童心发出感慨和赞扬。这部小说具有贴近当下社会问题的现实关怀，对于中学生和老人的困境甚至以“残忍”的死亡来表现，在极端事件中激发人们去思考和寻求解决之道，而开出的药方就是发自肺腑的理解和爱。教育观念在小说中或藏或露，但这一教育不是单向度的大人对孩子的教育，而是彼此的教育，且在更大的程度上是以林雪涵为代表的孩子对大人的教育——突出表现在她否定大人们提出的把奶奶送进养老院的决定而主动请缨带奶奶上学。儿童文学中不可避免地会有教育的旨意，这部小说的有些教育理念以形象化的方式道出，比如在讲述林雪涵父女谈心时如此写道：“一个人的心灵就像一个房间，房间里的物品要摆放整齐，要讲究美观，要有诗情画意，要看着舒服，尤其要经常打扫，打扫灰尘，扔了垃圾，还要开窗透气，否则房间就脏了，乱了，空气也浑浊了，这时候房间就容易滋生病菌了。人要天天生活在这样的房间里，不但可能生病，还可能变得萎靡、猥琐。”这个恰当的比喻体现了作者对少年人的理解，重视对于心灵的疏导。与儿童成长相关的教育在儿童文学中无处不在，但要巧妙处理的一个问题是：如何将教育理念如盐入水般地化入故事，做到无痕而有味。

郭姜燕2019年的小说成果有短篇小说集《一把密码锁》、中篇小说《想旅行的老奶奶》、长篇小说《离别之后》《若丁人家》《珍珠发卡》等。代表作《离别之后》以走出亲人离世之痛为主题：女孩何晴喜在爸爸突然车祸去世之后，承受着痛苦，想方设法帮助妈妈走出抑郁，坚强乐观地开始新的生活。这个故事题材和作家的经历有关，这部小说饱含伤痛的泪水，也见证了凤凰涅槃的成长。对于这样沉重的主题的书写，作家如果情感失控，很容易会把悲伤之情渲染得过于压抑。小说从孩子的角度来写她所看到的妈妈陷入的悲伤，更是深深细细地写了女孩何晴喜内心种种隐秘的沉痛：不仅要承受失去心爱的爸爸的痛苦，同时还承受担心妈妈陷入抑郁的痛苦，并且还承受着自己对爸爸之死的自责。在妈妈无力自拔的时候，十二岁的女儿小心翼翼地开始“医治”妈妈，首先就是让自己成为一个“小太阳”去温暖妈妈。她鼓动妈妈一起运动，给妈妈过生日、送鲜花、折星星，她在折的星星里面写下的感受朴素动人，也正是这些深深地打动了妈妈，带着妈妈从悲痛的泥淖里一点点走出来。懂事的晴喜告诉妈妈：“只要是爸爸为你做的，我也都想为你做，以后我们想念爸爸的时候不要哭，要笑，爸爸也会希望我们笑的。”经过家庭的这一变故，她们对于生命和死亡有了新的理解，妈妈告诉女儿：“你爸爸来过，爱过，被记住， 他就没有白活……妈妈会哭，会想念，甚至会眩晕，可妈妈再也不会抑郁，不会消沉，妈妈会努力把每一天都活得更有价值。”经受过痛苦的洗礼，母女关系逐渐恢复正常，母女之间相互关照和扶持，彼此都更加体贴和坚强。结尾简约而有力度，揭开了之前一直延宕揭示的爸爸出车祸的原因是为了躲避一个横穿马路的穿天蓝色衣服的小男孩。“晴喜以为自己会痛恨这种颜色一辈子，如今才发现，自己不知何时已然释怀。她愿意放下一切执念，用自己和妈妈的幸福生活，照亮爸爸天上的路。” 这样的成长需要很大的勇气和胸怀，令人心疼，也令人欣慰。小说中妈妈、爸爸、外婆等成人形象跃然纸上，妈妈对爸爸的深情与不堪承受爱人突然离世的哀痛、爸爸对家人的柔情和关爱、外婆的豁达和刚强都十分动人。小说中的何晴喜、王一民、陶小圆等孩子形象也个性鲜明，尤其是男孩王一民，他家境贫寒，母亲早逝、父亲坐牢，和捡垃圾的奶奶相依为命，但他并没有怨天尤人，而是接受不幸的命运，与生活和解。他善解人意，对别人的痛苦有着同理心，告诉何晴喜“要想着自己有什么”就能好过些，细致地关心、陪伴和帮助何晴喜解决难题。这个心地善良、性格达观的男孩形象是小说中一抹可爱的亮色。《离别之后》深深切切地写出了生死离别之后的尖锐的痛与柔软的爱以及克服伤痛的坚强，情感充沛，内蕴浴火重生的力量。

徐玲2019年的长篇和中短篇小说创作持续高产，包括《永远第一喜欢你》《爸爸的甜酒窝》《我的世界只有你》《亲爱的老男孩》《我想有个家》《哈哈班的神奇武器》等多部长篇小说，“加油，小布谷”系列、“女生小说”系列中的多部中篇小说，及《第七枚书签》《秘密约定》等多部短篇小说集。《最后一次离开你》是“我的爱”系列中的第七部，写母女之间的相互理解和沟通，《爸爸的甜酒窝》写的是女儿对父亲的理解过程和态度转变。“亲情小说”系列中的《我想有个家》的题材较为独特，作者深入福利院，通过大量的真实素材，展示作为弱势群体的福利院孤儿的生活原貌和内心世界，表现他们对亲情和尊严的渴望，也体现超越血缘的亲情大爱，这主要体现在陪伴孤儿们成长的成人身上。作品中投注了对于边缘儿童的关怀，拓展了对亲情故事的表现范畴。

除了乡土题材、教育题材之外，近几年江苏儿童文学创作中也开始出现其他令人眼睛一亮的题材，如历史题材和侦探题材。赵菱创作出版了长篇小说《云上的村庄》《霓裳》、短篇小说集《青木瓜不流泪》《遇见闪光的你》，并在《小十月》发表短篇小说《豆蔻时分》《寂静之声》等。《云上的村庄》是乡村题材，而尤为值得称道的一个突破是《霓裳》这部历史题材小说。她考据盛唐时期的生活情态，用写实笔法描述洛阳城的盛唐气象和乐坊故事，传达历史常识和文化情怀。她对花朝节、千秋节等历史场景描绘细致，让读者身历其境。主人公霓裳和景阳、小婉、青辉等次要角色都刻画生动。霓裳身为“洛阳乐坊”绿琴坊的坊主之女，在乐坊遭遇缺乏人才、父亲病危的困难之时，挺身而出，承担起谱写大曲、物色舞女、排练演出的重任。她在孤独、刻苦的学习与锻炼中完成了超越自我的挑战，好友青辉、小婉、景阳等帮助她战胜困难。在千秋节的大曲演出中，孩子们一起登上舞台，从中得到自我发现与成长。故事情节曲折又妙趣横生，洋溢着童真、欢乐、勇气以及冒险精神，让现在的孩子和古代的孩子产生共鸣。小说以音乐为主要元素，对于唐代乐曲如《春莺啭》凤凰曲的渲染活色生香，表达了对于中华传统文化的礼赞。

向来倾心于乡土写作的曹文轩不断拓展边界，首次涉猎侦探题材，创作小说《草鞋湾》，自觉地追求大格局和新气象。小说讲述发生在二十世纪四十年代上海的侦探故事，“草鞋湾”不再是曹文轩反复书写的苏北盐城的某一个乡村，而是上海的某一个路段——神探沙丘克和儿子沙小丘的家和私家侦探所所在地，他用回溯的视角描绘老上海的斑驳影像。在发生于现代都市的侦探故事中，有极强的观察与推理能力的沙小丘帮助神探父亲出谋划策，探案情节跌宕起伏、扣人心弦，侦破过程严谨缜密——随书配有“探案导图”以召唤读者的积极参与，叙事语言凝练明快。比起《草房子》等一系列抒情性小说，《草鞋湾》的可读性大大增强。曹文轩从缓慢的乡村诗意书写到明快的都市故事编织，这一转身在突破中仍保持了他坚持的创作内核，展现人性中情与理的纠葛，而对责任的承担、对正义的追求、对生命的守护体现的是他对文学要表现“道义”的一贯追求，深情和诗意的品质也依然保留其中。

旅法华裔邹凡凡擅写侦探题材，她充分利用自身独特的跨文化背景、经历和积累，创作了一系列以文化为旗号的儿童文学，从欧洲文化到中国文化。2017年起陆续出版“奇域”系列（2019年版改为“奇域笔记”系列），包括《黄花梨棋盘》《秦乐的陶俑》《一片青花瓷》《残缺的画卷》《神秘多宝格》《远古守护者》等，标志其文化书写朝着中华本土文化的“回归”。“中国灵魂，世界胸怀”这一宏阔的文化定位决定了其作品的起点、格局及可能达到的高度。综观其十多年来的创作，“文化”已然成为其显著的个性化标志，而在其虚构性的“奇域笔记”系列中，她精心选择经典或热点“文化”，并以悬念侦探小说的范式来呈现，将之演绎成亮丽动人的崭新风景。“奇域笔记”系列入选2019年度桂冠童书，授奖词为：“让奇幻、科幻、文化、历史交织在同一个文本中，用多元书写历史；用精致、缜密、独特的谋篇布局展示文化大主题。‘奇域笔记’的寻宝之旅，也是少年儿童对中华灿烂文化的别样触碰。”她笔下的“奇域”之“域”涵盖时间和空间维度，时域上的文化探索囊括过去的悠久历史、现在的文化寻求和未来的人文科技，地域上的文化探索既有中国文化名城，还跨越国界到世界多国乃至人类几大文明发源地。作品展现的林林总总的时域和地域，反映了作者广阔的文化视阈。邹凡凡擅长讲故事，把讲述引人入胜的历险故事作为根本架构。“奇域笔记”系列在构思上运用了悬疑或侦探等通俗小说迅速推进故事情节的招数，一路奔涌，而大大小小的悬念重峦叠嶂，环环绕绕的设置和解密波澜起伏，带来一程又一程的山重水复、柳暗花明的故事效果。她的历险故事大体写得较为“快意”，不乏大起大落、大开大合，但同时因为负载文化的丰厚内蕴，在曲径通幽处又有莲步生香，因而能做到张弛有度。作为平行展开的系列之作，如何避免可能带来的审美疲劳，如何将前后文化历险中的元素完美勾连和恰当生发，对于创作者而言仍是一大挑战。

二

2019 年的小说创作光芒四射，其他体裁的创作也有一些美好的收获。在江苏童话创作领域，王一梅、顾鹰、孙丽萍、龚房芳、沈习武、苏梅、任小霞、孙玉虎、郭姜燕等都是痴心不改的常驻作家。2019 年几位男性作家创作的童话颇为亮眼，祁智的长篇童话《奶牛阿姨》的副标题是“卫岗牧场奶牛们的幸福生活”，作者以南京的卫岗牧场为背景，用清新温暖的拟人化笔触，描绘了一群生长在牧场上的奶牛的幸福生活。奶牛们高度自治，她们有不同的喜好、擅长和个性，可谓“牛才济济”。牧场上接二连三发生了许多奇怪和惊险的事，如大镜子空降牧场、小奶牛失踪案、恐怖的“轰隆隆”乐队等，紧张、神秘又有趣，风波过去后，奶牛们又能产出美味又健康的牛奶。书中还塑造了牛小淳、牛小萌、牛小美、牛小欢等小牛的欢乐生活，卫岗牧场的阿姨们因为认识到欢乐的童年短暂而鼓励小奶牛们自由自在地奔跑和玩耍、发挥特长，在童趣洋溢的故事中渗透了开放的儿童观和教育观。庞余亮的短篇童话集《躲过九十九次暗杀的蚂蚁小朵》，通过小兔子、大狗熊、蝴蝶、蚂蚁这些小动物之间发生的故事，告诉孩子们亲情和友情在生命中的重要性，家人、朋友之间要真诚以待、和平相处。作者以充满童趣的故事，潜移默化地让孩子知道在成长过程中所需要的自信、信赖朋友、坚持自我、不断努力的宝贵品质的重要性。文字简洁温情、故事有趣味有寓意，让孩子感知和追寻爱与美。长年专心创作短篇寓言故事的钱欣葆出版寓言集《熊猫学爬树》、科学童话集《狐狸盗宝记》《奔跑的小企鹅》，另有十二集童话《花猪聪聪的故事》在《小学生世界》杂志连载，十二集科学童话在《中外童话·兴趣语文与阅读》连载。在浙江少年儿童出版社任编辑的孙玉虎精心追求儿童文学独到的艺术品质，短篇童话《毛衣上的小狗》《真好吃呀真好吃》质地富有弹性，想象独特，文句凝练，且含蕴深意。

苏州多位女作家擅长写童话。苏梅十多年来主要写低幼童话，故事富有想象力，风格活泼，2019年出版长篇童话“熊班长和熊小兵”系列中的三部(《最高机密》《捣蛋部队入侵》《神奇脱险》)，生动活泼地讲述发生在熊熊国的故事。熊班长和熊小兵被熊司令派去驻守边境小岛，两人在岛上发生了一系列有趣的故事，作者用心打造两个主角不同的性格：熊班长能干，但偶尔有小心眼；熊小兵憨厚，但也有歪打正着的小聪明。两人在偏远狭小的咪咪岛上斗来斗去，洋相百出，但越斗感情越好，故事围绕着人物的性格展开，因此出现了不少的笑料和亮点。作者致力于打造幽默的风格，用诸多的矛盾冲突和生活细节来营造幽默，贴近孩子心理。顾鹰著有两部童话集《我变成了一棵树》《天蓝色的桔梗花》，并有“好孩子好品质”丛书(《做最好的自己》《我不怕困难》《我是能干的小孩》《我会保护我自己》)、“顾鹰爱·想系列”(《那只怪兽是我爸》《家里来了小精灵》《风之国》《狗先生》)。

郭姜燕在儿童小说之外，还出版了中篇童话《歌唱吧，公鸡》。孙丽萍在《儿童文学》《少年文艺》等刊物发表《当风吹过的时候》《我和九月有个约定》《天空那么蓝》《像风一样奔跑》等短篇童话，笔调温婉轻盈，风格清新自然。徐州作家龚房芳有多部童话书面世，包括《月亮车》《运气转换仪》《寻找一只叫兔子的熊》《动物学校的调皮（3）班》等，并且有众多单篇在期刊发表。她的童话《我们只优待一只熊》获第十二届上海作协幼儿文学奖。任小霞著有童话《橙花小镇的小熊》和“小熊和奇妙女巫”系列(《会玩的女巫》《有创意的女巫》《能干的女巫》《美丽的女巫》《善良的女巫》《爱吃的女巫》）。总体而言，童话创作的突破性不是很明显。童话挑战作家的想象力，好的童话也需要有深厚的思想力和精湛的文学表现力。

多位作家在写作儿童小说或童话之外，也有儿童诗在一些刊物发表。2019 年结集出版的儿童诗集主要有祁智的《告诉你一个秘密》、丁云的《住在一朵花里》、巩孺萍的《十一只麻雀学写诗》等。这些诗歌大多篇幅短小，选择的意象来自自然万物和日常生活,以儿童化的口吻来表达对于世界的充满想象力的感受和理解。如祁智这样书写《太阳》：“太阳 / 升起来了 // 太阳只有 / 升起来 / 再落下去 / 才是太阳 //……我离太阳很远 / 太阳离我很近。”诗歌语言浅白，然而意味深长，对于自然规律的认识中也含有对人生状态的认知。他在儿童诗歌中也写城市和乡村关系代表的时代现象：“城市就像地里 / 吃饱喝足的庄稼 / 长得很快 // 憨厚的村庄 / 不肯进城 / 在距离城市不远的地方 / 升起炊烟”，用比喻和拟人手法，将二者之间的关系表现得情态生动，微妙而又到位。丁云的诗歌从儿童的视角出发，细心地捡拾生活中的朵朵浪花，描绘季节、自然、动物、童年，带领孩子们去感受自然和生活中处处存在的诗情画意。她的代表诗篇《小小的春天》有着对于生活与阅读和想象的交融：“一片花瓣 / 落在我的童话书里 / 那只冬眠的小熊 / 醒来了 / 他伸个懒腰 / 碰着了空空的小树 / 树上冒出了小小的嫩芽 / 开出了红红的花朵 / 我赶紧合上书 / 把一片小小的春天 / 好好收藏。”小诗富有童话般的情节感和画面感，孩子对美好春天的珍爱表现得很是玲珑。她在《细碎的美好》中谈到自己对于童诗的理解：“我喜欢这些小小的感动，看得见远方，也看得见现在。我想这就是诗最初的模样。”顾红干 2018 年出版的童话诗集《开在露珠里的小花》获得 2019 年兴化市“郑板桥文艺奖”，她个人也获“泰州市优秀文艺家”称号。此外一些儿童诗人还出版了关于童诗教学的著作，如《丁云的童诗课堂》、任小霞的《小霞教你写童诗》（包括“神奇的耳朵”和“第一个朋友”两辑）。将儿童诗歌的创作扩展至让儿童自己写童诗的实践中，这一举措非常有意义，宿迁古城小学杨苏北老师负责指导的诗社学生在《少年诗刊》发表了十首儿童诗歌，这些童诗纯真晶莹，童心闪耀，印证了“儿童是天生的诗人”。

在儿童散文创作上，韩开春是近年来的一大主力，在他的大自然散文系列中，他近年又增加了一个新的范畴——“野果记”，写榆钱、枇杷、枸橘、代代橘、枸杞、拐枣等大自然中各色各样并不起眼的野果子，从文学、植物学和个人生活经历多个方面阐发。将自然知识与人文情怀相融合，构成其大自然散文创作的一个范式，召唤儿童对于大自然的热爱和对于身边生活的关注热情。其他儿童文学作家也偶有散文单篇发表。散文创作在儿童文学体裁中处于相对较为边缘的地位，这跟儿童更为倾向于故事性阅读的追求有关，也跟出版市场的利益驱使有关，而作家是否能撇开外在的诱惑，静心写作这些需要慢慢调匀的抒情和叙事类散文，也需要养成自身的定力和笔力。

近些年图画书是一大出版热点，不仅因为其图文并茂的吸引力，还因为城市家长对育儿的重视也使得这一类书籍具有广泛的接受市场。大量儿童文学作家开始介入图画书的文字创作，包括故事性绘本和知识性绘本。曹文轩和国内外著名插画家合作的多部图画书屡获殊荣，2019 年他和 2018 年国际安徒生奖得主、俄罗斯插画家伊戈尔·欧尼可夫合作的绘本《永不停止的奔跑》是又一部珠联璧合的令人惊艳之作，文字和图画都具有浓郁的抒情色彩，叙事节奏舒缓有致。不断奔跑于两个城市之间的小狗毛毛是一种隐喻和象征，联系着作家对爱情和人生的美好愿景。曹文轩这样阐释他笔下的故事："不仅关于爱，关于永远的悲欢离合，也关于梦幻和现实，关于人的无奈和困惑，以及难以言表的复杂心愁……我不知此书究竟是写给谁看的，读懂了的，她便是你的，你便是她的。"这本情深义重的图画书以相得益彰的文图传达感人的力量。祁智首次涉及绘本创作，他为连环画《两个人的海岛》撰文，故事很有趣味。此外，多位作家为儿童知识性和故事性系列绘本撰文，如苏梅的"海洋童话绘本""成语新故事绘本"系列，曹文芳的"入园准备绘本"系列，巩孺萍撰文的《大象在哪儿拉便便？》以及"熊猫圈圈创意认知纸板书"、"宝宝没想到"中英双语翻翻书、"宝宝没想到"形状认知洞洞书、"宝宝没想到"幼儿哲学启蒙绘本、"宝宝没想到"奇妙洞洞故事书、"宝宝没想到"主题认知洞洞书、"叽叽咕咕交朋友"、"我喜欢你"（友谊故事绘本）系列、"我爱翻书"、"会讲故事的年图书"等多个婴幼儿图画书系列，其中“熊猫圈圈创意认知纸板书”系列被评为2019年度桂冠童书、“我喜欢你”系列入选中国图书馆协会“2019年度影响力绘本”。

江苏图画书创作的插画方面有许多实力雄厚、自成一格的插画家。由朱成梁绘图（郭振媛文）的《别让太阳掉下来》在2018年度入选“中国原创图画书TOP10”并获"文津图书奖"，2019年又获陈伯吹国际儿童文学奖图书（绘本）奖、布拉迪斯拉发国际插画双年展（BIB）金苹果奖。朱成梁在插画上再一次充分发挥他所钟爱的中国民间艺术元素和手法，色彩与色块的处理受中国传统漆器的启发，以朱红和金色作为主色调，圆形来自漆器中的盘，方形来自漆器中的盒。在版式上以方、圆、半圆来分割画面，既有漆器的特色，又和太阳的形象相得益彰。圆形在翻页中不断改变位置，很有动感地展现太阳落山过程。画中的动物形象来自他平常收集的民间玩具，这个绘本从里到外都透着纯真快乐，具有鲜明的中国民间艺术风格。朱成梁认为民间艺术非常美：“它有一种原始的美，一种童趣的美，还有一种发自内心的美。”他绘图的另一部绘本《火焰》获法国2019年图书馆奖。另一位对中国民间艺术有着娴熟运用的资深插画家是王祖民，他和王莺插画的“中国戏曲启蒙绘本”系列中的《三岔口》（谢琳薇文）以活灵活现的京剧舞台演出的形式，展示这个充满戏剧性和幽默感的戏曲故事，环境设计中国化，画面的光影、构图等烘托了鲜明的舞台感和人物内心，营造了扣人心弦的阅读效果，通俗活泼而又情趣盎然地展现中国传统戏曲的魅力，能激发孩子们更好地领略传统艺术的瑰丽与神秘。

《东方娃娃》杂志的周翔和余丽琼再度合作了两部特色鲜明

的绘本《小美的记号》和《毛毛，回家喽》。余丽琼用文字讲述的以小女孩为主人公的两个故事都是朴素而深情的童年故事。《小美的记号》中，小美眉头上方的胎记给她带去了自卑，照料她的姨姨给了她许多呵护，用发自内心、始终不变的“小美好看”来宽慰她，并想方设法给她带去了自信。小美和姨姨之间建立了深厚的情意，分离是那样不舍，之后的相会是那样欣喜。作者用淡淡的笔致表现情意深深的故事，画家用偏黄的版画形式来表现沉淀在时光里的童年故事，场景活泼流转，情境醇厚悠远，亲切动人。《毛毛，回家喽》渲染了浓浓的亲子情意。新搬到一个镇上的毛毛因放学回家迷路而心生恐惧，爸爸骑车带毛毛从家出发去学校，一路给她指点方向和路名，帮助她克服了对陌生之地的恐惧，到返程时则由毛毛指路带领。故事讲得波澜不惊、自自然然，周翔用轻盈的铅笔素描生动地速写人物动作和情态，并用具有透明感和暖色调的水彩画展示小镇的街景和生活，展开了一幅地方风俗人情的生动画卷。这两个绘本都鲜明地体现了两位创作者对于儿童绘本的共同追求——张扬儿童性，渲染儿童气，以贴近儿童的文图故事让孩子们感到亲切和喜悦。

综上所述，2019 年江苏儿童文学非常突出地呈现“江苏”和“中国”童年文化场域，大多根植于儿童经验和地域文化，呈现不同地域中多样的文化生活和童年图景，致力于将值得继承的文化传统、需要发扬的时代价值观念融入少年儿童的精神成长之中。作家们的本土意识、传统意识、现代意识、美学意识都有着较为丰富的呈现，创造了一大批斐然的成果，而如何进一步深化文学创作的境界和格局，迟子建的一个观点可以借鉴：“一个作家能否走到底，拼的不是拥有什么样的生活，占有什么样的素材，而是精神世界的韧性、广度和深度。”儿童文学虽然主要面对的读者是儿童群体，但也同样需要作家们用“精神世界的韧性、广度和深度”去拓展孩子们的社会性成长、锻造其深阔而柔韧的精神世界。

第十章 与时俱进的现实关怀和创作风尚

2020年，江苏儿童文学作品在各种评奖中“花团锦簇”，如黄蓓佳的《奔跑的岱二牛》、杨筱艳的《荆棘丛中的微笑：小丛》获第七届陈伯吹国际儿童文学奖；第七届江苏紫金山文学奖中的儿童文学奖颁给了五部儿童小说，包括祁智的《沿线》、章红的《白色的大鸟》、曹文芳的《牧鹤女孩》、荆歌的《诗巷不忧伤》、马昇嘉的《班上来了“蒙面客”》，韩青辰的《因为爸爸》获荣誉奖；在第十届金陵文学奖中，黄蓓佳等多位儿童文学作家获荣誉奖，章红的长篇小说《唐栗子和他的同学们》、祁智的短篇小说《大鱼》、韩开春的散文集《与兽为邻》分获儿童文学大奖、佳作奖和优秀奖；赵菱的《我的老师乘诗而来》获得首届“长江杯”中国现实主义原创儿童文学一等奖；许敏球的《1937少年的征途》、沈习武的《小塘主》获第三届青铜葵花儿童小说奖；储成剑的《少年将要远行》获第二届曹文轩儿童文学奖；赵菱的散文集《红蜻蜓，我的红蜻蜓》、曹文芳撰文的绘本《我们都是好朋友》获冰心儿童图书奖；龚房芳的童话《星星鹿》、苏梅的诗歌《漏了（组诗）》获首届谢璞儿童文学奖；嵇绍波的《在一本书里耕耘》获第五届《儿童文学》金近奖……此外，一些没有参与评奖或未获奖的“花果”

也呈现了各自安静生长的姿态，亦有其用心酝酿的独特芬芳。

一

在这个叙事时代，儿童小说——尤其是现实主义的长篇小说是每年最为丰富的收获，2020 年有两类题材的创作尤为突出：一是关于抗日战争的历史题材，一是关于新农村的现实题材。自 2015 年纪念抗战胜利和反法西斯战争 70 周年以来，抗战题材小说频繁出现，2020 年有三位江苏作家出版了以南京大屠杀为历史背景的长篇儿童小说：杨筱艳的《荆棘丛中的微笑：小丛》、许敏球的《1937 少年的征途》和赖尔的《女兵安妮》。这一历史因为过于沉重，中国当代的儿童文学鲜有涉猎。南京籍作家杨筱艳所采用的故事原型来自她的外祖父母和舅舅在抗战时期的真实遭遇，她在查阅史料时深切感受到这段黑暗的历史和惨痛的经历是一段值得大书特书、不该被忘记的记忆。《小丛》是她计划创作的三部曲《荆棘丛中的微笑》中已出版的第一部，是她个人创作历程中从校园和现实题材走向历史题材的一个重要跨越。《小丛》故事发生的地点主要是战火中的南京与重庆，从大屠杀前夕的南京写起，之后花开两朵各表一枝，小丛一家逃难到重庆的经历和学徒沈旭生留在南京的经历相互交织，到抗战胜利之后重又在南京汇合。小说通过小丛、虎子、沈旭生等孩子的视角来见证南京大屠杀、难民大逃亡、重庆大轰炸等重大历史事件。陈伯吹国际儿童文学奖评委会给《小丛》的颁奖词为：“用儿童文学的叙事方式追溯中国近代积贫积弱、被外敌入侵的悲痛历史，审视战火连绵、社会动荡的大环境下中国儿童那种让人锥心的挣扎成长。

作者力图通过虚构的文学故事与真实的历史事件相结合的文学风格，启发读者通过小丛的故事，体会当代幸福安定的社会环境对少年儿童的成长意义，传承中华民族顽强不屈的民族精神。”作者没有回避那血流成河的历史灾难，以单纯的儿童视角去见证那充满苦难的岁月，同时也将人间的温情、人性的光芒和纯真的童心闪耀其中。作者用丰富的文学性细节去生动地展现历史，同时也加入了当时报纸上的新闻报道和《魏特琳日记》内容等史料来增强真实感，不仅再现了日本侵略军对于中国国土的践踏和对平民百姓的蹂躏，而且在写这些屈辱和沉痛之时，也歌颂了中国人民不屈不挠的斗争精神。

许敏球的《1937少年的征途》以抗战时期南京沦陷为背景，洛桐和秋芷两个少年逃离南京，辗转几千里，中途遇上国立中央大学动物西迁的队伍并随之一起历经千难万险抵达重庆。作者采用少年洛桐第一人称的受限视角进行叙事，从对战前的安宁生活的悉心描摹转至对战争灾难的沉痛刻画，以两个相依为命的少年一路流亡的遭遇来见证和挞伐日军侵略的罪行，讴歌中国军民舍身为国的精神气概，也表现了少年在战火导致的家破人亡和颠沛流离中的爱恨情仇和性格成长。小说结尾用洛桐的战友写给秋芷的信件来交代了长大后成为飞行员的洛桐为国捐躯的事迹，凸显了中国儿女保家卫国的英勇气概。这部小说另一个重要的贡献是将南京大屠杀幸存儿童的逃亡故事和中央大学动物西迁的历史相结合，这一历史在儿童文学中首次得到艺术呈现，反映了中国文人的抗战精神。此前黄蓓佳的《野蜂飞舞》以抗日战争时期多所大学内迁成都华西坝为故事背景，而《1937少年的征途》用现实主义笔法融入了富有传奇性的中央大学动物西迁的史实，将虚构的少年逃亡征途和这一历史事件结合，增加了故事的真实感和厚重感。

赖尔在之前曾创作了穿越型抗战小说《我和爷爷是战友》之后，又根据南京大屠杀惨案的史实创作了《女兵安妮》，着眼点十分独特，从一个外国女孩安妮的视角描写日本侵略者在南京犯下的罪行和她的抗争。安妮目睹日军暴行后患上失忆症，一心想报仇的她加入了新四军队伍，成长为一名反法西斯战士。作品剖析战争给儿童造成的心理创伤，揭示战争的残酷与人性的闪光，塑造了国际战士形象，弘扬反侵略的革命精神，谱写了一曲党领导下中华儿女与国际友人前赴后继、并肩为世界反法西斯而战的英雄赞歌。江苏儿童文学作家对于南京大屠杀等重大历史事件题材的写作尝试，是中国当代儿童文学战争书写中的重要创造，有其饱满的情感和深刻的力度。

现实题材中逐渐蔚然成风的是具有时代气息的新农村书写。黄蓓佳的《奔跑的岱二牛》突破了她以往的创作路子，汪政指出："黄蓓佳不愿意走或唱挽歌的诗意乡愁或农村留守儿童的困境这两大类型的捷径，她忠实于生活，在更广阔的视野中观察中国农村的变化与农村儿童生活，给出了另一种文学表达。"[①]小说以社会转型和江南新农村建设为时代背景，以农村少年岱二牛捡到来红草坝村的游客丢失的手机后去归还失主的事件为线索，他在乡村和城市间奔走，由此联结起各色人等和各自的生活，包括村民、教师、警察、游客等形形色色的故事，展现了真实而丰富的新农村风貌，反映了农村生活方式的改变和农民们积极迎接新生活的气象，也涉及城乡文化的碰撞和冲突，思考乡村秩序和精神的重

①汪政：《〈奔跑的岱二牛〉：作家黄蓓佳写出了新农村和新儿童》，《中国出版传媒商报》2020年3月27日。

建问题，而岱二牛和小伙伴们守护那微小的理想主义之光。小说以儿童视角展开新农村画卷，以幽默诙谐的笔调描绘了儿童生活于其中的成人世界，在塑造以岱二牛为代表的腼腆、诚实的农村少年的同时，也成功地塑造了一群面目各异的成人形象，并写出人物性格的丰富性。故事节奏明快，而笔力深厚。

南通作家储成剑原本专注于成人文学写作，《少年将要远行》是他第一部儿童文学作品，以江苏海安李堡为故事发生地，讲述改革开放浪潮中乡村留守儿童的成长，作者称“这是一部写给少年儿童的书，也是一部写给故乡的书”。少年根喜在经历了家庭的经济变故之后，独自留在家乡，和村里的老篾匠彼此关照成为忘年交，他在对生活的观察与思考中成为葆有朴素价值观的、独立自主的少年。作者从少年视角呈现改革开放的时代语境和宽广的社会生活的嬗变，具有鲜明的时代气息；他也以深情的笔致呈现里下河地区鲜明的地域风景、民风民俗和乡村日常生活中的温情，富有浓郁的乡土文化韵味。在这部作品的研讨会上，吴义勤认为此作品的丰富性超越了儿童文学本身的意义，还具有社会学与文化学的意义。 韩松刚也指出这是一种具有文化视野的写作，经历成长后作别家乡的少年的远行携带着故乡和文化的记忆在里面，并承载着生命的重量。王巨成的《幸福像花开》也是一部具有鲜明当下色彩的作品，着眼于“脱贫攻坚”的时代主题，女孩唐笑语的爸爸响应祖国号召去云南山区带领村民脱贫奔小康，她家因房子被烧而陷入窘境，在亲友的帮助下重建新的生活。小姐弟俩在变故中学会了直面人生的苦难与挫折，也逐渐理解了爸爸坚守山区的艰辛，体悟到爸爸身为党员和人民公仆的担当。小说从儿童视角塑造了一个“扶贫爸爸”的形象，作者的创作目的在于让孩子们“去了解他们的父辈、祖辈已经做过的以及正在做着的事，中国人的精神需要他们去传承，需要他们去发扬光大”。徐琴的第一部长篇儿童小说《上马镇的夏天》是展现农村现实风貌和少年心理成长的日记体长篇小说。小学毕业生孙小阳迷恋上网玩游戏，爷爷把他带到了上马镇。他目睹了父母种西瓜的不易，看到大学生回到农村发展的热忱，渐渐改变了自己无所追求的生活态度，变得积极努力。日记体写作拉近了小主人公和小读者的距离，语言平易、风格亲切、贴近少年儿童生活，对于主人公情感的转变处理得自然熨帖。小说通过少年视角，也侧面表现了大学生投身农村建设以及新农村蓬勃发展的时代成就。

反映时代风貌的另一类新题材是关于海军及其家庭。赵菱的《乘风破浪的男孩》讲述十岁男孩秦海心的成长，他对大海有着本能的恐惧，却被海军爸爸要求参加严格的水上帆船训练，随着对爸爸和海军士兵的深入了解而逐渐融入新环境，在一次次拼尽全力的帆船竞赛中成长为赛场上和生活中的强者，也更深刻地理解了海军父母对大海的热爱、对祖国人民的忠诚守护和无私奉献的精神。作者细腻地描绘在大海上“乘风破浪”的场面，寓含了对乘风破浪的勇敢性格和时代精神的褒扬。南通作家张剑彬长期致力于海洋动物小说创作，曾以长篇小说《海豚王》获 2015 年冰心儿童图书奖，长篇儿童小说《爷爷的螺号》涉及海军及其家人生活题材，向“二十一世纪海上丝绸之路”护航军人及其家人致敬。作品关注现实中为子女而放弃自己生活的老年人的困境，塑造了护航军人的儿子浩浩及其家人坚定、果敢、不畏困难、孝老爱亲的形象，从侧面体现出国家振兴乡村经济、改善海洋生态环境的方针，贴合当下主旋律。

乡土儿童文学是江苏儿童文学的一大特色，2020 年持续性增长。沈习武的《小塘主》一反儿童小说呈现温情脉脉的家庭情感面貌，直面生活中尖锐的父子矛盾。主人公水乡少年刘鱼家境贫寒，他勤劳能干，时常和好吃懒做、脾气暴躁、冷漠自私的父亲发生激烈的冲突，他在生活困境中一次次跌倒后爬起，积极地化解困难。作者将父子关系的变化过程写得一波三折，对情感和心理的描写真实细腻，揭示了成人的不良行为对儿童造成的伤害和儿童对爱的渴望。作品深刻地探讨了父子关系，传递积极向上、互相尊重和关爱的正能量。这个苦难中的成长故事角色鲜明，在父子从敌对到和解的过程中塑造了刘鱼这个努力、坚强、独立、懂事和克制的儿子形象，具有感人的力量。作品的另一个优点是故事的环境描写颇为用力，尤其是对水乡和鱼塘的描写生动逼真，极其真实地还原了乡村生活景象，从而使得情节更有现场感和说服力。胡继风的《长命锁》是其“野蔷薇成长系列”中的长篇，以早早寻找妈妈为主线，串联起偏僻的农村和繁华的城市、记忆与现实、家人与师长及社会上众多人物，写出了动人的悲欢离合，“既有生存的艰辛和凝重，又有生命的关怀和暖意，从而使小说显示出一种别样的审美情趣”①。

苏州籍作家的小说创作大多较为注重地域色彩。跨界写作的荆歌在继《诗巷不忧伤》《小米兰》《芳邻》之后又出版了多部儿童文学作品：“童年记忆”系列包括《记忆开出花来》《记忆结成蚌珠》《记忆破茧而出》，从回忆视角表现儿童家庭生活；“童年课”系列包括《音乐课》《美术课》《语文课》，侧重儿童校园生活。另有《他们的塔》，属于“童年在中国”系列丛书之一，

①马忠：《〈长命锁〉：苦难中的温情叙事》，《文艺报》2021 年 2 月 5 日。

小说循着苏北少年大皮到苏州笠泽镇的姨妈家参加表哥婚礼的经历，徐徐地展开一幅包括美食、古董、建筑等江南风俗画卷，富于浓郁的地域特色，由此奠定小说的文化韵味。大皮结识了小镇上一群具有不同身份和特殊故事的孩子与大人，以少年视野去呈现生活和人性的丰富和复杂，描摹青涩的少年心事以及对死亡、爱情、取舍等问题的触摸，在五味杂陈的体验与认知中得到精神的成长。小说总体色调较为单纯明朗，流露着少年真诚乐观的生活态度，但作者并不诗化和粉饰现实，在故事中漂染了成人文学常会出现的某些灰色阴影，显得更为贴近生活与人心。这部小说"为少年的心筑起了一座文字的塔"，"是对生命本有的淳朴善良的纪念，但并不意味着因此而遮蔽曾经蒙受的伤害，而是意味着在对生活的承受中感知生命的美好"。[①]小说叙事主要采用少年视角，但也时而植入从成人目光出发的评论，这种时空切换形成了一种走走停停的叙事节奏和思想张力。关于童年和人生与写作的关系，作者在题为"来时去处"的"创作谈"中透视："没有一个世界是可以脱离童年的。在哪里栽种下的，根就在哪里生发。地面上看不见，它却在黑暗的地下蔓延，盘根错节，深入再深入，牢牢抓着那有限的泥土，为地面上的枝叶，地面上的生活，提供无穷的养料。"不过，他也对自身从成人文学走向儿童文学创作提出了疑问："一个走过了万水千山的人，一个历经沧桑的灵魂，还能本色地写他的童年故事吗？"而答案是："可能更本色了，更简单了，更直接了，更饶有兴味了。也更丰富了，更单纯了，更动情更温暖了。"荆歌的这一跨界写作的心得，或可代表近年来日益兴盛的成人文学作家跨界写作儿童文学的一种较为普遍的

①林舟：《为少年的心筑一座文字的塔——读荆歌〈他们的塔〉》，《长篇小说选刊》2020年第2期。

美学取向。

高巧林的长篇小说《琴弦上的童年》可看作之前《草屋里的琴声》的姊妹篇，二者都是关于胡琴的地域故事。这部小说指向过去时代的童年，以二十世纪六七十年代的江南水乡为背景，讲述多根爷爷、杨思远和少年多根三代人传承锡胡艺术的故事。多根虽然遭遇重重阻挠，但始终坚持对锡胡的热爱，克服困难、掌握锡胡的演奏技艺，成为锡剧团第三代主胡手并赢得“金主胡”美誉。小说采用平实朴素的语言，描绘江南水乡的诗情画意，呈现胡琴这一音乐文化遗产的独特魅力，展现了孩子纯真善良的心灵和坚定的艺术追求。殷建红的“梦寻江南”系列三部曲包括《水天堂》《外婆桥》《姚家弄的猫》，也扎根于苏州的土壤，从儿童的视角提炼日常生活，用观察者的思想加强作品厚度，在诙谐的语言上插上想象的翅膀，让故事中的人物在诗性的世界里成长，感情真挚，令人回味。这个系列的主题内涵涉及多个方面，包括时代、文化、人情、成长等。如《外婆桥》表现邻里和睦、《水天堂》塑造自强少年、《姚家弄的猫》讴歌园区发展和温暖情谊等。在这些作品中，作者插入了民间口耳相传的水乡民俗传说和神话故事，加深文化底蕴，也反映百姓对家乡的热爱。小说中加入了采用吴侬软语的苏州评弹、关于姑苏小吃的童谣以及苏州俗语和俚语等，从语言文字上直接渲染江南风情，情调悠扬。

王一梅的“乡愁里的童年”系列包括《合欢街》《校长的游戏》《童年的歌谣》，从家庭、学校、社会和自然环境的不同维度写孩子的成长环境对他们的影响，力图展开较为全面的童年“成长生态”。后两部延续了此前第一部《合欢街》里的江南气息和生动的故事性，形象生动鲜活，情节跌宕起伏，可读性强。以《校长的游戏》为例，在蓝城长大的袁达儿被妈妈“扔”在合欢街上的爷爷奶奶家，他对周遭的一切都很陌生，一心想要回到蓝城。之后因为有趣的“鱼尾校长”发动的“游戏”而发现家乡的美好，内心也逐渐发生了改变，与合欢街的联系越来越紧密。小说也通过袁达儿的爸爸离开、回归再离开的轨迹，探讨个体与故乡血脉、情感的联结，而校长所代表的富有情怀的校园教育，则带动了小镇的文明发展。《童年的歌谣》着眼于社会环境，如约定俗成的道德判断、历史沿革中留下的训诫、朴实的生活中形成的真善美等对童年成长的影响。作者通过这个三部曲表达对童年的理解，传递关怀儿童身心健康成长的呼唤，给孩子力量去化解生活的阴霾，及时治愈童年的创伤。

家庭和校园题材也是儿童文学中常开不败的花圃。徐玲出版了《别把妈妈藏起来》《老男孩》等，《别把妈妈藏起来》描写女孩墨萤在养母和生母之间的纠结与取舍及其带来的历练与成长，属于“我的爱”系列，旨在引发读者关注亲子关系，感受爱的力量。《老男孩》主要着眼于“养老”问题，重点写女孩宋小茉在暑期搬到蟛蜞岛和外公一起生活的经历，宋小茉把外公视为“老男孩”，这一亲昵中也包含了照顾长辈的担当。小说涉及的社会背景包括空巢老人的孤居独处、中小学生沉重的学业负担、中年人工作生活的压力等现实问题，相比之前的亲情小说，反映的社会现实更加复杂多样，而且作者更多地照着生活的逻辑去叙述，没有像此前作品那样“解决问题”或描绘理想蓝图，给读者留下更多的思考空间。秦爱梅的《月亮湾的两个世界》细腻朴实地讲述女孩花儿的成长，她在生活中遇到了种种磨难，但能想办法克服困难，做生活的强者。此外，徐玲还创作了“加油！小布谷”系列儿童生活小说《做事不拖拉》《再也不怕写日记》，关注孩子习惯养成和能力提升。校园小说方面，程玮出版了“海龟老师”系列的第十册《斑马汽车》，讲述学生为了搞清楚雷老师斑马汽车的颜色问题而闹出的一个又一个笑话，将孩子的诚实与担当纳入小说的议题。苏梅的《过山车》讲述小学生之间的友谊，聪明善良的颜飞逸成绩优异，但常常粗心、丢三落四，还有点骄傲。他和插班生辛星成了一对“小冤家”，但是当颜飞逸知道了辛星的身世后，就开始改善他俩的关系。小说中众多的生活细节中深藏了爱与善以及人生的体悟，温暖人心，呈现给儿童清冽甘甜、满怀善意的生活愿景。身为小学教师的郭姜燕出版了“嘘，老师来了”系列（包括《长尾巴的小孩儿》和《变成一只小虫子》）和短篇小说集《来了一只猫》。前者的故事背景为小学校园，内容围绕着一名会魔法的小学教师和孩子的故事展开，分级与现行语文课本及教育生活安排相结合，帮助孩子借助故事爱上语文。作者特别关注了小学老师的成长，通过故事拉近孩子与老师间的距离，重塑良好的师生关系。张小鹿出版“谷豆豆校园故事系列”四册（《完美小孩》《我要飞得更高》《宇宙就在脚下》《课本展览日》）用平易的语言讲述刚上学的小男孩的生活和心理成长故事。一种新颖的校园小说体式是顾抒的《嘘，我只告诉你》，该书属于《儿童文学》的M书系，是校园悬疑多结局互动故事。她创作了12个没有结尾的悬疑校园故事，让小读者填补故事结尾，之后再跟作者本人的结尾和征集的其他孩子们写的结尾相对照，产生不同的阅读体验。这种类型的小说创作集趣味性、互动性和实用性为一体，旨在激发小读者们的创造力和想象力，让孩子在爱上阅读的同时爱上写作。

自传性质的长篇儿童小说有两部：王忆的《冬日焰火》和谈凤霞的《守护天使》。王忆自出生就身患小脑偏瘫而无法行走，但她用一根手指敲击键盘去追求她的写作梦想，出版多部小说、散文集和诗集。《冬日焰火》中的主人公小冬以作家自身为原型，讲述她的童年故事以及一个苏北家庭在时代变迁下从苦难中收获的感动。小女孩的生命历程和人生体验包含了个体的期待与绝望，也反映了周遭的世态炎凉，最为动人的是主人公面对苦难自强不息的精神，她凭着顽强的毅力去战胜和超越苦难。小说文字细腻流畅，叙事本真质朴，具有人性的力量和励志的意义。《守护天使》是谈凤霞在成人小说《读书种子》之后创作的第一部长篇儿童小说，属于“成长 1+1”系列，这一系列是以作家和自己孩子的故事为原型创作的亲子共读作品。《守护天使》是关于“家”和“岁月”的故事，采用女孩安安的视角，既写了孩子的纷繁生活，也将笔触伸向上代人的生活和情感世界。小说文体新颖，每一章故事结尾加上安安的诗句，用顶针格衔接流转，既对应每章内容，又涵纳四季更替和生命要义。“小说中自然晓畅的语言、温情柔软的格调、精巧别致的形式，都给人以审美的享受。作家对流浪动物、失忆症老人、自闭症儿童等社会性话题的关注，对成长、爱与生命的深沉思考，又赋予这部作品丰厚的情感张力和丰富的哲学内涵。”①

涉及民族文化题材的现实主义小说有赵菱的《梨园明月》和邹凡凡“奇域笔记”系列中的第八本《羊皮纸地图》。《梨园明月》是赵菱在表现传统乐坊文化的小说《霓裳》之后的又一部与传统艺术相关的作品，以她家乡河南的豫剧为艺术载体，把自己对戏

① 张明明：《〈守护天使〉：守护成长，守护爱》，《中国出版传媒商报》2020 年 4 月 8 日。

曲的热爱和珍惜寄予在主人公月秋身上，描绘新时代孩子对戏曲的热情和努力。自幼喜欢豫剧的月秋梦想着能登上舞台出演穆桂英、花木兰等巾帼英雄，为了实现梦想，她勇敢地面对各种挑战，好友小海、金梦等被月秋的追梦精神所感染，彼此相扶相伴，一群少年的生命因梦想而绽放出别样的光彩。作者在后记中谈到豫剧对她创作的影响：“从戏词中，我能真切地感受到文化和艺术的魅力，那深厚的民间文艺内涵，对我的创作也有很大启发，不时给我带来灵感和惊喜。”赵菱深挖中国民间传统文化艺术，用清新活泼的语言，多角度地反映新时代的乡村精神和乡村儿童的真实生活、情感与梦想，艺术上也追求中国韵味。邹凡凡的《羊皮纸地图》沿袭了此系列“文化加悬念”的范式，巴黎少年维克多在老房子里找到曾曾祖父曾经去中国的一份羊皮纸地图，他写信邀请夏小蝉与冯川重走 “中国之路”。他们在丝路古道上揭开了地图上的秘密，发现那些来自东西方相遇且相知的人们曾在漫天黄沙间留下的印记。此外，她还在继续撰写“写给孩子的名人传”系列。

中短篇小说的创作也有一些独特的成果。马昇嘉发表短篇小说《歪打正着》《不欢而聚》《一枚钻石戒》《爷爷的第二故乡》《勇敢，这样炼成》等，这些作品体现的特质如针对其短篇小说集《班上来了蒙面客》的获奖词所言：“多角度切近当下儿童真实的生活状态，并由如在身侧的校园主场景延伸至对家庭、教育、社会以及时代所呈现的典型特征与现象的思索，以真挚的童心关怀书写贴近儿童的生活故事。技法朴素，语言诚挚，展示了儿童纯粹的童年状态与真实的成长烦恼，并以文学为舟达成了潜在的成长引领。”身为公安警察的韩青辰的小说创作聚焦英模和民警题材，短篇小说《广场上的鞋》讴歌英模亲属为国家和平、人民幸福做出的牺牲与奉献，文笔节制而肌理细腻、情感饱满；她的中篇小说《池边的鹅》反映乡村留守女童的成长危机与困境，讴歌了民警扶危济困的精神。田俊发表小说《贬词褒用可以吗》和《曲终奏雅》，后者完成于疫情隔离期间，小说从小学男孩彭彭的视角出发讲述学校和家庭事件，行文语气坦率又谐谑，从侧面反映了奔赴疫区的“逆行者”医生爸爸的担当。田俊在多年的刊物编辑工作和自身创作中，逐渐明确了文学创作的努力方向：“希望把生活捡到的扣子，缀在具有时代风貌的大衣上，为这一代少年做一份感性的成长记录。”祁智的《作文课》以成人为叙事者，生动描绘大作家给孩子和家长们讲作文的“闹剧”场面，而之后由孩子对患老年痴呆症的外公的深情诉说来扭转局面，虽然故事只是一鳞半爪地呈现，但在铺垫和对比中注入情感的分量。余今的短篇小说有《从一到无穷多》《南边的天空》《一粒梦想》《皮匠老夏》，其中《从一到无穷多》获第九届“周庄杯”全国儿童文学短篇小说大赛三等奖。男孩“我”因为喜爱虫子而被同学孤立，后来同学们改变了对虫子的态度，友谊的回归让“我”找到了归属感，故事中我和虫子做朋友的构思和描写颇为出彩，但是人物转变缺乏令人信服的铺垫。杨海林的短篇小说《鱼摸子》《盲眼羊》《小黑》《腊狗》写出了动物的鲜明个性和令人唏嘘的命运，笔法质朴，散发粗犷的乡野气息。

二

2020年的童话创作中，多部长中篇童话采用了一种共同的手法，以角色“变形”作为构思的核心。金曾豪的新作《乌鸦开门》是一部将现实的动物世界和奇幻的少年之旅相结合的长篇幻想小说，作者将这一文体定义为“志异小说”，开篇引用因纽特人的古老歌谣，为故事道明了人与动物互通的“机关”。男孩贺大宝的父亲迷恋赌博而导致家破人亡，为了阻止父亲去赌博，无助的大宝请求有仙法的白鹦鹉把他变成一只乌鸦，从而开始了一场寻找自由、也是明白担当的旅程。在乌鸦的世界里，自卑、忧郁、孤僻的大宝融入群体并多次历险、施予帮助，他变得自信、友好和开朗，但他发现自己在乌鸦群中无法真正开怀，因为他还带着人类的心灵，最终他选择重新变回人。这一“变形记”是男孩对于现实生活的逃遁，在抽离之后对之有着更为冷静的审度，并重新发现自己对于人间温情的感怀。乌鸦的世界也折射了世态，拉克、格格等乌鸦的个性和选择反映了人性中的自私与迷误，而大宝从人变鸦到从鸦变人的两次不同选择则体现了少年在困境中的探索和找到价值基准之后的成长。这部小说相比卡夫卡的现代小说《变形记》包含的尖锐与残酷，多了儿童文学所追求的给予儿童出路的亮色；相比德国普鲁士勒的幻想小说《鬼磨坊》中徒弟变成乌鸦的哥特式故事的复杂与深奥，显现出更多聚焦现实观照和批判的单纯性。

另两部同样有着“变形”这一构思的童话是郭姜燕的《果然镇的熊先生》和徐玲的《妈妈变成了一条龙》。《果然镇的熊先生》是郭姜燕在《布罗镇的邮递员》之后创作的又一个小镇童话：刚刚搬到果然镇的“小耳朵”结识了熊先生等平凡而又有些奇怪的人，他一点点揭开了镇子里的秘密，原来居民是为了躲避人类伤害而幻化成人样的动物。作品不避讳伤痛，有失去妻子的成年人的悲伤，也有因为奇怪外貌屡受排挤的孩童之痛，但他们心中有着不变的善良，学会和生活的不如意达成和解，找到各自的幸福。故事想象独特，情感丰富而温暖。她还出版了“公鸡山的故事”系列中的第二部《母鸡小妮子的伟大梦想》，讲述母鸡在团结抗敌中迎来新生活的故事。徐玲的《妈妈变成了一条龙》讲述成人的变形，妈妈以一条毛毛虫变成龙的力量引领儿子学会勇敢，唤醒孩子对亲情的感恩和珍惜，在似真似幻的故事中传递爱的真谛，她另有“拆信猫时间”系列的童话《阿驰的蓝皮火车》、科普童话《动物有秘密》，后者旨在引导孩子探索自然奥秘，敬畏生命。

万修芬的长篇童话《收集名字的小孩》入选“小花城”系列，讲述孤僻女孩立夏被无暇顾及她的父母送到乡下的外公家，在那里遇见了坐骑是巨翅蜻蜓、负责收集名字的小孩“乌有”，发生了一系列有趣美妙的故事。她在和乌有一起收集名字的过程中遇到了一些亦真亦幻的人和事，如牧云人、愿望荒原里的寸婆婆、能煮出故事汤来的补锅匠、捡拾时间碎片的人等，经历了一些奇妙的冒险，如闯入躲猫猫王国、坠入骨骨谷、参加了土地公们的聚会等。这个幻想故事的核心是“收集名字”，“命名”本身就是一个带有哲理意味的命题。立夏收集名字的过程是与外部世界奇妙关联的过程，同时也是她成长的过程。这部童话充满奇特的想象，有温度和深度。孙丽萍出版了长篇童话《我的风朋友》，并在《儿童文学》《文学少年》等刊物发表多篇短篇童话。《我的风朋友》是一个时空穿越类型的故事，安静孤单的女孩林小兔陪同一缕来自宋朝的小南风穿越时空去寻找昔日的绣花姑娘，一路上经历了曲折和奇险，也感知着人间的温暖和善意，发生了许多有趣的故事。在这奇妙的时空旅程中，林小兔也收获了友谊和新的成长。作品笔调轻盈流畅，故事中融入丰富的历史文化元素，陶瓷、刺绣、诗词、书画以及茶文化星星点点地散布其间，传递出中华文化的古雅神韵。苏梅创作了“彩虹花”文学书系列的中篇童话《神秘老猫》《飞天快递》，后者是传统文化、科学幻想和现代童话的结合，传递了鲜明的善恶观，她追求文字叙述有韵味、故事内容温暖动人又具有深刻的启发性。邳州作家李海年创作长篇童话《熊猫王》四部曲，表现一个关于爱和成长的励志故事：熊猫王国遭遇了一场特大地震，为了找到一个新家园，熊猫小子阿海积极响应国王的号召，一路披荆斩棘、行侠仗义。顾抒继续创作出版“白鱼记”系列，第六本《无名》中的小白救助了一个丢失名字的陌生人，并帮他找回了名字。当小白得知自己故乡有难时，不听非鱼劝阻执意回乡，一路遇险又化险为夷，非鱼代替小白进入了他的故乡与诡计多端的巫祝正面斗法。小说情节扣人心弦，融汇了武侠之气和风雅之韵，也蕴含哲思。

顾鹰出版童话集《阁楼上的熊皮外套》《爱思考的小椅子》《你好，毛茸茸》，在《儿童文学·故事》发表多篇短篇童话，其中《失落博物馆》获第二届“温泉杯”短篇童话大赛铜奖。黄蓓佳认为她的童话“构思有出奇制胜之妙，文笔温暖瑰丽，所表达的思想内涵丰富绵长”。《你好，毛茸茸》故事新奇灵妙，摘一颗星星当宠物，每天用温暖的句子喂养它，作品呈现出散文诗般的意境和语言。《我讲笑话给你听》用轻灵的童话形式表现如何面对错误、跨越黑暗的沉重又严肃的主题。《阁楼上的熊皮外套》跟孩子们分享一个动人的爱的故事，让孩子们懂得爱、分享爱并成全所爱。另有一些作家也出版了童话集和寓言集，如龚房芳的《我们只优待一只熊》《田鼠先生的大麦茶》《狐狸镇的新闻》《总有一个吃糖的理由》《好朋友》《小猫不吃鱼》，王一梅的《纸蝴蝶》，沈习武的《狐狸邮差》《心里的光》等。《狐狸邮差》收录的童话直面生活和人性中的阴暗面，又努力以温暖担当之笔，重为儿童读者建立向善的价值信念。沈习武的短篇童话《遇见狐狸的小老鼠》获得了第二届接力杯金波幼儿文学奖银奖，表现小老鼠的机智与小狐狸的贪心，情节在反复中递进，语言简明，基调欢快，体现出幼儿文学单纯的审美性。钱欣葆在《东方少年·布老虎》《艺术界·儿童文艺》及美国《世界日报》等报刊发表寓言童话作品28篇，多篇寓言被选入一些读本，出版三本繁体版寓言集《啄木鸟兄弟》《刺猬的秘密》《小象想出名》，在中国台湾和中国香港以及马来西亚等地发行。他的作品提炼生活智慧，给人以教育和启迪。赵菱短篇童话《星孩子、梦孩子和风孩子》获第五届读友杯作家组优秀奖，余今的《流浪者手记》获2020年第二届《儿童文学》擂台赛之全国“温泉杯”短篇童话大赛优秀奖，《偷猎者》获2020年冰心儿童文学奖新作奖。《流浪者手记》中的小老鼠为了寻找一个叫阿玲的女孩而踏上流浪路途，但在终于意外地遇到阿玲后选择了离开，他接受了阿玲的变化，也悦纳了自己的变化，由失落而释然，出人意料的结局彰显了内心成长的力量。任小霞在《小溪流》《中国校园文学》等刊物发表《哑山》《阿简的生日愿望》等数十篇童话、在《读友》等刊连载《独角之谜》《一罐子清风》等幻想小说。周彩虹的20集童话《林小小的秘密基地》和15集童话《达汝的水果娃娃》在《少年百科知识报》连载，以有趣的童话故事来讲述知识。

三

2020年儿童散文创作的题材、风格、作者类型较为多样。丁捷的大散文《初心》入选2019年第四届江苏散文排行榜，据此写成的散文《初心》（青少年读本）在2020年出版发行。他结合自己的工作经历和人生阅历去感悟历史和审视自我，把“不忘初心”引入人生，挖掘其意义，语言亲切率真。巩孺萍的散文集《童年岛》的书名将“童年”这个宝贵的人生时段和她童年生活过的淮河边的“小岛”进行了完美的时空结合，诗意、灵妙、真切。她用一支轻盈、朴素而又饱含深情的笔，栩栩如生地描绘童年岛上让她刻骨铭心的生活、人事和风物，写出了一代人穷困而又自在的乡村童年。这既是她个人的童年史，也折射了她家乡的地方史，反映了一代人的生活史。文中有场景，有细节，有情义，也有思索。从这些朴实的文字中，可以看到那个年代的贫瘠和辛酸，也可以看到兴致勃勃的童年趣事。童年回忆从作者的心里汩汩涌出，细腻的笔致真实地流淌出作者自己的鲜明个性，也塑造了家人和乡人的立体形象，传达了动人的亲情。值得称道的是，作者在再现儿时的美好之时，并不过滤不快和无奈，也不回避残酷和丑陋，将生活以其本色的面貌原汁原味地呈现。隔着时空距离，成年后的作者回望童年的目光中既有热烈的眷念，也有冷静的审视，比较过去和现在的童年生活，发现时代变迁中流逝的美好，文笔自然，情思并举。

纳入“童年中国书系”的韩青辰的散文集《呢呢喃喃》以依

恋之情回忆在苏北乡村度过的童年，讲述周遭的人事和自身成长的酸甜苦辣，动情地写早逝的爷爷、坚韧的奶奶、满身书卷气的爸爸，体现了良好家风、淳朴民风对童年成长的滋养。作者说："捕捉生命之光、人性之光、生活之光，是我这些年钻在文字森林里始终在做的一场努力。"她的散文和小说创作都围绕这一目的，在创作追求上不断拓展境界。"从为我心的艺术，到为人民、为世界、为未来的艺术。这个'为'不是出于牺牲，完全是感恩。因为在这个世界上始终有无数伟大的灵魂照亮、陪伴着我。因为我也弱小、我也艰难，所以当我写作的时候，我希望创作始终与这个时代最弱小最艰难的灵魂在一起，就像一群夜行者，我们勇敢地走到前面去捕萤火。"不同的是，她写小说时更注重"倒空自己，装满他者"，而写回忆童年的散文《呢呢喃喃》则让她"找到了生命的源头活水，创作起来轻松自在"，因而文字上也如行云流水，舒卷自如。

韩开春持续创作博物散文，《它是兽，却像鸟一样飞》获第十一届江苏省优秀科普作品奖一等奖。他的"少年与自然"系列包括八册（《虫虫》《雀之灵》《水精灵》《与兽为邻》《陌上花》《野果记》《水草书》《原上草》），题材主要集中于草木虫鱼鸟兽，涉及乡村、童年、自然、生态。他的笔下流淌着对自然生态的认识和人与自然关系的思索，而生态意识的深层是生命意识，作者崇尚清新、活跃的自然生命力，反思人类生存和社会发展的泥淖，追求人与自然的和谐共生。他调动文学、史学等积累，力求将博物类散文写得丰盈饱满，趣味生动。他写物之"外传"，常采用第一人称娓娓道来，将描写、说明、记叙和议论相结合，追求感性呈现和理性渗透，语言朴素亲切，如话家常，画面宛然，情味充足。他笔下那丰富驳杂的植物与动物世界，铺展出乡村朴素而又蕴藏奥秘的风土画卷，而在此动静结合的风景中，又常融入作家思接千载、神游万里的心景。这些平中见奇、小中见大的博物散文，能激发读者对于寻常视若无睹的风景风物的好奇之心和探察之举，触发读者与作者之间心弦的共鸣。在当今这样一个迫切需要“关怀自然”和“自然的关怀”的时代，韩开春的“少年与自然”书系传递了来自大自然的殷切召唤。

章红的随笔集《写作课——像作家一样生活》指导儿童写作，书中最核心的理念是“让写作成为一种生活方式”，“像作家那样去观察与记录，回忆与想象，诚实勇敢地去书写生命中的诗与故事”。书中文字优美，呈现的写作实践真实有趣。此外，多位作家在刊物上发表单篇散文，如张寄寒、田俊、任小霞、龚房芳等。张寄寒于1983年开始创作儿童文学，十年之后转向成年散文创作，2008年起又重返儿童文学领域，发表小说、散文有八十多篇，获得冰心儿童文学奖，并有多篇入选《中国儿童文学年度选》等读本。2020年在《少年文艺》《东方少年》《读友》等刊物发表《母亲的“雪里蕻”》《童年的家书》《贩米记》《麻婶》《猜豆记》等，呈现了记忆中久远的人事，文字朴实无华，情感真挚。

2020年儿童诗歌的成果不够丰富，任小霞出版童诗集《笨蘑菇》，诗行间闪耀着童心。另有一些作家的儿童诗歌零星地发表于报刊。儿童文学也包括儿童自身的创作，在所有体裁中，儿童诗歌更能彰显儿童作者独特的气息和才思。江苏的《少年诗刊》登载了多篇江苏中小学生的诗歌，较为集中呈现的是高中生孙清越的诗文集《点雪为火》，书中第一辑“行走四季”收录了她近七十首诗歌，这些抒情诗意象丰富，轻盈多姿，节奏有致，且感性与理性并存。她在写景抒情之外，也有对于人生和成长的体悟，如《之前》的结尾是“放下那一切之前 / 眺望这一切之后 / 该向何方 / 便往何方”，朱佳伟在序言《其音清越》中评价此诗显示了“透彻果决又洒脱快意”的少年心性。《点雪为火》一诗的前两节生动描绘“雪”与“火”的不同境遇与情调，之后转向成长是“点雪为火”般的蜕变：“岁月 / 蹲在窗外的枝头 / 凝视风景荏苒 / 弹指一挥，点石成金 / 我站在十七岁的初春 / 眺望原野飒爽 / 嫣然一笑，点雪为火。”这些诗歌的风格或细腻灵秀，或跳脱潇洒，抒情和哲理交融，闪耀着充满自信、激情和勇于求索的青春情怀，可以看作在偏重童趣的儿童诗歌之外的一种情思并重的“少年诗歌”类型。这部诗文集中也收录了她一百多篇随笔，写人记事的“因你而来”、写景状物的“江雪百念”、欣赏文艺的“弦动我心”等。小作者对于自然、社会、艺术等风景的谛视和思考，使其笔下既有朴实的质感，也有飞扬的灵性，流淌温存的情意，也包含对未来的遐思，体现了清新俊逸的少年风采。另一部来自少年作者的创作是无锡籍女孩朱夏妮的《新来的人：美国高中故事》，她曾在 2014 年初中最后一个学期出版了诗集《初二七班》，在高中毕业之际出版了这部纪实性的美国高中故事，记录了在美国读高中的学习经历和生活体验。书中的日记讲述各国同学之间的趣事，描绘不同老师的形象，也涉及海外华人学生的身份认同压力，如她所言：“记录的过程其实是一个和自我抗争的过程，同时也是一种治愈。”文笔自然，没有过多修饰和雕琢，多从小事出发来分析一些现象和问题，表达她面对不同文化的个人思考，力求以小见大。

2020 上半年的疫情成了绘本的一种时代性题材，江苏凤凰少年儿童出版社在疫情暴发后，紧急策划和出版了“童心战疫——

大眼睛暖心绘本”系列，多位江苏儿童文学作家和插画家参与其中，如赵菱撰文的《爷爷的十四个游戏》、张晓玲撰文的《九千毫米的旅行》、周翔插画的《“躲”起来的妈妈》，让孩子在天真的游戏中学会不惧困难，乐观向上、懂得关怀。这一系列绘本以儿童视角聚焦战“疫”过程中不同家庭的感人故事，充满童真情感和人文关怀，通过艺术化的呈现来引导儿童正确认识、应对危机和困境，感悟人间大爱。这一系列绘本很快向十多个国家输出了版权，这一出版主题体现了江苏少儿出版人的责任担当。由江苏儿童文学作家撰写的绘本另有张晓玲的《爸爸，生日快乐》、龚房芳的《鼹鼠先生捡到一朵有香味的花》《呜呜呜，哈哈哈》、曹文芳的《牧鹤女孩》、冯云的《等》、苏梅的《神奇数学营》《趣味玩数学》等。龚慧瑛的诗歌体绘本《向书致敬》（小海图）获首届东方娃娃原创绘本奖“主题奖”三等奖，作者以唯美的诗歌表达了一位从业三十多年的文字工作者对书的敬与爱。她用了许多形象的比喻来点出书给读者带来的种种美妙效用，尤其是运用了许多经典儿童文学作品的典故，逐层深入、充满深情地号召孩子们投入书的怀抱。杨海林撰文的绘本《哼将军哈将军》被中福会儿童艺术剧院改编成幽默小品上演。

江苏插画家创作的绘本作品有：朱成梁为高洪波撰文的《上山打老虎》绘制的插画，图画借鉴了民间传统手工艺品的形象，让画面具有浓郁的中国气息，呈现中国传统文化艺术之美，妙趣横生的画面增强了儿歌的诙谐幽默感；王祖民为汪曾祺作品绘图的《仓老鼠和苍鹰借粮》，王祖民用国韵画风加印章艺术把汪曾祺笔下的民间故事表现得幽默灵动；贵图子与作家鲍尔吉原野合作的《马头琴的故事》，用细腻的肌理增强图画的如梦似幻感，传递出悠远的况味；周尤为吕丽娜撰写的《妖怪时钟》绘图，以诙谐的造型对角色进行了生动的拟人化处理，鲜艳跳跃的色彩烘托出了欢乐和奇幻的气氛。英国华裔画家郁蓉插画的《李娜：做更好的自己》，由阿甲撰写网球冠军李娜的成长故事，画家用活泼鲜亮的色彩来表现李娜的追求梦想和拼搏的激情，传递励志的感染力。她创作插画的在英国出版的英文绘本有《舒琳的外公》，结合多种中国元素和绘画手法来表现爷爷的书法魅力。

总体而言，2020 年度大部分江苏儿童文学作品体现出对儿童生活的现实处境尤其是时代主潮的关注，但是如何以文学处理时代性问题，如何持有作家自身的主体性，需要作家们有更多的沉淀和蒸馏。《鼠疫》作者阿尔贝·加缪在其获得诺贝尔奖之后的名为“艺术家及其时代”的演讲中谈到的问题值得我们深入领会：“面对时代，艺术家既不能弃之不顾也不能迷失其中。如果他弃之不顾，他就要说空话。但是，反过来说，在他把时代当作客体的情况下，他就作为主体肯定了自身的存在，并且不能完全服从它。换句话说，艺术家正是在选择分享普通人的命运的时候肯定了他是什么样的一个人。艺术的目的不在立法和统治，而首先在于理解。”此言甚是。

下编

江苏儿童文学创作散论

第一章 跨界儿童文学创作的胜境

儿童文学创作队伍中，既有专门为儿童写作的创作者，也有跨越成人文学和儿童文学创作的双栖作家。后者也是世界儿童文学发展中的普遍现象，如十九世纪的丹麦作家汉斯·克里斯汀·安徒生、英国作家奥斯卡·王尔德、美国作家马克·叶温等，都在成人文学和儿童文学方面双管齐下、各有倚重，并为儿童文学的文类开创做了重要奠基。在十九世纪末、二十世纪初的中国现代儿童文学发生期，同样也是由梁启超、周作人、鲁迅、叶圣陶、冰心等成人文学理论家和作家担当筚路蓝缕的建设重任。进入二十一世纪以来，中国儿童文学界也迎来了愈来愈多的成人文学作家，如张炜、马原、阿来、虹影、赵丽宏、叶广芩、柳建伟、杨志军、裘山山等，成人文学作家的加盟提升了儿童文学作品的文学性品质，而早在这一跨界写作成为一种突出“现象”之前，同样出生和成长于江苏、毕业于北京大学的曹文轩和黄蓓佳就领跑了这一风尚，并且经年累月地勤耕不辍，以其丰厚的造诣成为江苏、中国乃至世界儿童文学之林中的参天大树。

曹文轩儿童文学创作的美学立场

1997 年曹文轩的《草房子》出版，这座用动人心弦的乡土童年记忆精心搭建的“草房子”成为中国当代儿童文学史的一座里程碑，可与世界优秀儿童文学相媲美，也毫不逊色于所谓“高深”的成人文学。数十年来，曹文轩持续拓建有其鲜明的个人化风格的文学王国。着眼于曹文轩的学者身份来论其文学立场，并非宣扬偏狭的学识地位决定论，而是由此角度来看其创作境界的形成渊薮及其臻于的绝对高度，抑或可能作为双刃剑而潜在的某种相对拘囿。2014 年国际安徒生奖得主、日本的上桥菜穗子也具学者身份，是人类学教授，其学术领域的深钻精研明显对其幻想小说的知识架构、生态人文观照及美学气质都有内在的影响。毋庸置疑，曹文轩的儿童文学创作起点很高，这主要在于其“追随永恒”的文学追求。他在创作《草房子》时就已有了这样明确的目标，在其后记《追随永恒》一文中提出感动儿童读者的应是“道义的力量、情感的力量、智慧的力量和美的力量”这些千古不变的东西。这些“永恒”的元素正是经典文学的质地，他的这一明确的“走向经典”的意识与其学者身份密切相关。作为北京大学中文系的中国当代文学专业教授，他在文学和哲学研究方面学养深厚，《第二世界——对文学艺术的哲学解释》《小说门》《中国八十年代文学现象研究》《二十世纪末文学现象研究》等学术著作，都显示了他对于文学何为、何为文学的深度理解和阐释，并形成了他的文学观念中的两大核心：悲悯情怀是经典的基本品质，美的力量不亚于思想的力量。即便是对于被成人文学边缘化的儿童文学，他同样看重悲悯情怀和审美品格这两种经典文学必备的光芒。

在儿童文学的两大构成要素“儿童”与“文学”之间，许多儿童文学作家写作的出发点主要是“儿童立场”，而曹文轩更重文学本体的艺术立场。他一直声称自己不是一个“典型的儿童文学作家”，写作的时候不考虑读者年龄层而只考虑艺术。他首先考虑的是讲一个特别精彩的故事，让作品变得有分量、有智慧、有幽默。他认为文学的门类界限只是相对的，优秀的作品是超越文学门类的。正是由于这一不设界限的宽泛的读者意识，使其创作曾在儿童文学批评界遭到因读者定位不清晰带来的相关问题的诟病，即不是“纯粹立场”的儿童文学，因为他所确立的其实是“纯粹立场”的文学艺术。他在儿童文学创作伊始就树立了大气的艺术追求，有意扭转之前儿童文学带有教育功利性的狭窄气象，这一文学选择甚至不惜带上了“艺术至上主义”的倾向。曹文轩奉为圭臬并孜孜以求的艺术美感显示了中国当代儿童文学所臻于的一种美学境界。之前亚洲虽然已有三位日本作家获得国际安徒生奖，但中国的曹文轩以其“水样的诗性”书写又给世界儿童文学增添了一种扎根深厚的优美的东方情调。

曹文轩注重艺术性的写作立场，与他作为当代文学研究者从事的文学批评的苛刻眼光必然有关。他在创作准备期并非从专门的儿童文学作品中寻找营养，而是更多汲取经典成人文学的丰富养分。他提到对自己创作风骨或手法产生重要影响的中外作家主要有鲁迅、沈从文、川端康成、海明威、普宁等。成人文学作家对文学底蕴自成高格的酿造和艺术手法自成机杼的经营，是他用之于儿童文学创作的精华和利器。他崇尚的是上乘的“文学精神”，他在比较以雷霆之势风靡全球的《哈利·波特》与相对曲高和寡的《指环王》时，否定了前者的文学性，认为前者只是幻想作品，而后者才是幻想文学。“真正的幻想得借助于一个人雄厚的知识储备，它是一个人深刻思想的折射，是一个人深思熟虑的美学境界的特别展示。”[①]他肯定《指环王》，其实是肯定了这位学者型作家J.R.R.托尔金的写作路向。在英国当代儿童文学史上，J.R.R.托尔金和C.S.刘易斯这两位大学教授所创作的幻想小说《指环王》和《纳尼亚传奇》给英国儿童文学增加了令人惊叹的重量与高度，这也归功于作家的学者身份所具有的文学、哲学、神学等渊博的学养和高屋建瓴而又出神入化的驾驭能力。另一个典型的“学者小说”的例子是钱锺书的《围城》，《围城》之所以成为中国知识分子小说难以逾越的一座高峰，其博学鸿通的学者涵养也给小说铸就了一般作家难以抵达的理性底蕴和睿智品格。曹文轩的创作成就不仅跟他所说的宝贵的“童年经验”有关，还跟他经年累月细心钻研的“文学经验”相关。他在文学写作上的认真，与他做学问的严谨相一致，每部作品都要酝酿多年才动笔。如他在尝试从现实主义小说转向幻想小说时，为写《大王书》就花费了大量时间做学术研究般的案头工作。这种学者身份养成的专注和深入给他的文学创作培育了扎实厚重的根基。对于文学研究相当通透的曹文轩的儿童文学创作给中国儿童文学带来的“质变”是打破文学门类界限，将儿童文学领向崇尚艺术品位的经典文学之道。

曹文轩的儿童文学创作风格被一些论者称为逆现代主义之流而上的“古典主义”，我想也许可换用另一个更为平易的词——“雅文学”流脉。他在创作中对于“意境”“梦想”“诗性”“忧伤”“浪漫”“情调”“优美”“高雅”“感动”“和谐”等要义的自觉虔诚的一贯奉行和浓墨重彩的反复濡染，足见其对具有东方格调的雅文学之醉心。早在二十世纪八十年代的新潮儿童文学讨论中，曹文轩就号召儿童文学要“回归艺术的正道”。他呼唤美，除了用于对

①曹文轩：《幻想与文学——读奥得弗雷德·普鲁士勒〈鬼磨坊〉》，载曹文轩著、眉睫编《曹文轩论儿童文学》，海豚出版社，2004，第32页。

抗和抵消中国儿童文学的功利主义外，还出于个人的美学偏爱，他坦言自己“迷恋美感”。他以这种顺其性情和艺术品位的写作所彰显的“美”来照耀世界，这一美学担当接续了民国初年蔡元培倡导的美育思想。有着宽广人文情怀的作家往往都有普泛意义上的文学救世的启蒙信念。曹文轩的儿童文学创作也一直秉持着深沉的启蒙要义，从提倡“塑造未来的民族性格”到“为人类提供良好的人性基础”，既扎根于生养他的土地，又如沈从文般常常“向人生的远景凝眸”①。二十世纪三十年代的沈从文这样热切地表白燃烧在心底的创作动力：“因为我活到这世界里有所爱。美丽，清洁，智慧，以及对全人类幸福的幻影，皆永远觉得是一种德性，也因此永远使我对它崇拜和倾心。这点情绪同宗教情绪完全一样。这点情绪促我来写作……我的写作就是颂扬一切与我同在的人类美丽和智慧。”②曹文轩是一个坚定的理想主义者，他认为文学要写生活中缺少的而又应有的东西。他以他所怀念的“河流处处、水色四季的时代”，即温润纯净的田园诗意和悲悯情怀来作“感动”文章，以宗教般的虔诚营造的“美感”来洗涤当下堕落的现实，来滋润枯索的灵魂。

大凡有雄心的小说家，都会努力创造风格独特的小说文体。作为从事小说研究的学者，曹文轩对于自己所写作的小说也有着自觉的文体建构意识。“童年视角将永远是我的视角，但不是我的唯一视角。我的人生经验里有许多东西是这个视角所无法实现的。即使童年视角，在我看来也是一种文体。”③这种以忧伤的追怀为叙事基调，以现在的成年目光和过去的童年目光相交织的叙

①沈从文：《从文自传·我读一本小书同时又读一本大书》，载《沈从文文集·第九卷》，花城出版社，1984，第 110 页。

②沈从文：《序跋集·〈篱下集〉题记》，载《沈从文文集·第十一卷》，花城出版社，1984，第 34 页。

③曹文轩：《关于我的写作——与唐兵的对话》，载曹文轩著、眉睫编《曹文轩论儿童文学》，海豚出版社，2004，第 92 页。

事展开，承接的是萧红《呼兰河传》式的诗化小说一脉，有着抒情性的叙事方式和散文化的情节构架。不过，曹文轩的小说故事性更强，因为他了解故事之于小说阅读的魅力。在文体风格追求上，他又更多地接近废名、沈从文、汪曾祺的京派韵味。他塑造的清纯可爱的女孩形象如《草房子》中的纸月、《青铜葵花》中的葵花等，颇有废名《竹林的故事》中的三姑娘、沈从文《边城》中的翠翠、汪曾祺《受戒》中的小英子等气息。其诗意田园的美学境界的取向，也与京派小说的古典神韵相通。汪曾祺自称其小说“追求的不是深刻，而是和谐”[①]，曹文轩对二者的取舍也是如此，有意放弃现代小说追求的“深刻”而归顺古典主义倾心的“和谐”。汪曾祺把小说看作回忆：“我以为小说是回忆，必须把热腾腾的生活熟悉得像童年往事一样。生活和作者的感情都经过反复沉淀，除净火气，特别是除净感伤主义，这样才能形成小说。”[②]曹文轩的童年视角写作倚重于他个人的童年记忆，在本质上也是一种回忆性写作。他沉淀多年，较为自觉地用除净火气的姿态创作《草房子》，但似乎无法除却也不忍割舍那份“感伤主义”，叙事中氤氲着忧郁的气息。

曹文轩自称偏爱忧郁，早期与童年经历有关，之后“学者的生活，使我加深了这种情调并对这种情调有了一种理论上的认识”。他主张文学要有一种忧郁的情调，理由是：作为文化形式的文学艺术同宗教一样都是忧郁的，忧郁是高度文化教养的表现，忧郁是美的……[③]可以说，忧郁情调是曹文轩小说的突出特征，

①汪曾祺：《汪曾祺文集（文论卷）》，江苏文艺出版社，1993，第208页。
②汪曾祺：《〈桥边小说三篇〉后记》，载《汪曾祺自选集》，漓江出版社，1987，第551页。
③曹文轩：《我和中国的儿童小说》，载曹文轩著、眉睫编《曹文轩论儿童文学》，海豚出版社，2004，第40—43页。

就像我们在读艾青的诗歌时，能明显地感觉到一种“艾青式的忧郁”，这是作家的一种个性化标志。不过，在我看来，儿童文学创作中也许需要一点“火气”，且不论思想战士鲁迅将嬉笑怒骂不形于色而寓于里的小说文笔，即便是京派大家沈从文的笔下也有未滤尽的“火气”，这份湘西苗裔血脉里时不时会逸出的“火气”也使他与更偏向于以老年心态写作的汪曾祺相区分。尽管曹文轩的小说创作并不把儿童作为预设读者对象，但毕竟大部分读者都是儿童，缺乏人生经验和阅读经验的低龄儿童对于“除净火气”式的用心，未必能有真正灵犀相通的响应。京派小说的语言一般追求古朴简约，曹文轩的儿童小说也很讲究语言，他在二十世纪八十年代初讨论中国儿童文学的觉醒和嬗变时提出，儿童文学要写得文采斐然，因为语言的文采是形成作品美感的一个极为重要的因素。[①]他的儿童小说讲究语言风格，而语言风格主要由叙述语言而非人物语言体现，他在叙述语言上将诗意的文采发挥得淋漓尽致。总体而言，曹文轩的写意性儿童小说文体对中国现代诗化小说有继承，也有融入其艺术个性的独特创建，如他的《根鸟》既是抒情性的诗化小说，又是以象征介入的哲理小说。曹文轩数十年来的文学创作体现了他有着对自我永不满足、不懈追求的“浮士德精神”。早在写完第一座高峰《草房子》时，他就自问：“我会永远写《草房子》吗？未必。”[②]事实上，他后来的确有几副笔墨，不断尝试着开辟疆域：各种文类（如儿童文学和成人文学），各种体裁（如现实主义小说、幻想小说、图画书等），各种题材（如

①曹文轩：《觉醒、嬗变、困惑：儿童文学》，载曹文轩著、眉睫编《曹文轩论儿童文学》，海豚出版社，2004，第157页。

②曹文轩：《〈草房子〉写作札记》，载曹文轩著、眉睫编《曹文轩论儿童文学》，海豚出版社，2004，第116页。

乡土、战争、侦探、动物等），各种风格（如诗意、沉思、幽默、玄幻等）……万变不离其宗的是，始终贯穿了艺术审美至上的文学精神。他的儿童文学以高雅之“美”来作为跨越儿童与成人、跨越国家与民族界限的一条通途，以诗意的向度将儿童文学推向了不逊于成人文学的艺术高度。

一个作家未来的“前途”，不仅在于他是否对生活和艺术各种境遇和可能性进行永不止息的探索，还在于是否对自己的才能和局限有着确切的认知。身为学问家的素养使得曹文轩保持了对自身创作的清醒判断，有其辩证的省思：“我与我的小说的长处与短处，大概都在水。因为水——河流之水而不是大海之水，我与我的作品，似乎缺少足够的冷峻与悲壮的气质，缺乏严峻的山一样的沉重。容易伤感，容易软弱，不能长久地仇恨……由仇恨而上升至人道主义的爱，才是有分量的。我一直不满意我的悲悯情怀的重量。但，一个人做人做事都必须要限定自己。不能为了取消自己的短处而同时也牺牲了自己的长处。换一种角度来看，‘短处’之说也未必准确。”[①]他所说的“限定自己”并非是不发展自己，而是知道自己能够写什么、擅长写什么和懂得怎么写，从而写出自己的特色和价值，贡献自己的一份独特创造。尽管他有着学者身份，但在文学写作中立足的主要还是小说家的身份，而文学写作本就是一桩个人化的事情，走向哪里和行走的方式更多还是要倚重个人的性情。所以，这种具有自知之明的“限定”有时的确是必须的。曹文轩认识到东方文学的“意境”可与西方文学的“深刻”相媲美、相抗衡，这份地缘文学的自信也使得他乐此不疲地营建充满东方美感的儿童文学境界。

---

①曹文轩：《古典风格与现代主义》，载曹文轩著、眉睫编《曹文轩论儿童文学》，海豚出版社，2004，第73—74页。

曹文轩曾说过现实主义不是一种方法，而是一种精神。他在他所理解的现实主义精神启示下所写作的现实生活，更多流淌的是合他性情的浪漫主义情怀。曹文轩认为，记忆力比想象力更重要。在我看来，无论对于儿童文学还是整个文学，二者都很重要，可以相辅相成。且不论此二者究竟谁更重要，还有一种力量应该也很重要——洞察力。毕竟，个人的“记忆”一般都有时空限制，而主观的“想象”又可能会过于不着边际，记忆与想象都会在有意无意间虚化、淡化、美化甚至幻化真实的生活、情感与人性，可能会因某种“过滤蒸馏”或“腾云驾雾”而离开人间烟火之“俗”而倾向于心造美景甚或幻影之“雅”。若将记忆力与想象力比作大鹏之两翼，则洞悉力应是其双翼所生的结实的躯体，唯有三者合一，无论是俯冲还是飞翔才会有真正的力度。即便是安徒生童话，在其丰沛的想象力之外，也有着深刻的洞察力，典型如《皇帝的新装》中对人性的洞悉。作家需要一双直面真实社会人生而洞若观火的眼睛和体察深细的心灵，在与真实——无论是过去的历史，还是当下的现实，抑或深幽的人心——相触碰、相砥砺甚至相搏斗的过程中，找到纯正的、富于美感的艺术形式去做真切的表达。曹文轩获国际安徒生奖的颁奖词中是如此评论的：“曹文轩的作品读起来很美，书写了关于悲伤和苦痛的童年生活，树立了孩子们面对艰难生活挑战的榜样，能够赢得广泛的儿童读者的喜爱。”他书写的苦难多以“美”来净化心灵。无独有偶，2015年诺贝尔文学奖得主白俄罗斯作家阿列克谢耶维奇的获奖理由也跟苦难和勇气相关，颁奖词为：“多种声音的作品，一座记录我们时代的苦难和勇气的纪念碑。”她创作了《锌皮娃娃兵》《我还是想你，妈妈》等多部纪实文学，她没有经历过战争，通过采访而真实还原战争中的小细节，写出了真实的战争悲剧，她关注的焦点是人的心灵痛苦，以相当克制、凝练的文学笔致来触动人的灵魂深处。相比较，素有“小诺贝尔奖”之称的国际安徒生奖评选的儿童文学与诺贝尔奖所评的成人文学所书写的苦难在格调上有所不同，前者更为温婉，而后者更为沉重或辛辣。或许，以洞察力来要求儿童文学过于苛刻，但曹文轩本就不把儿童文学当作需要另眼看待的特殊文学类型，他的文学标杆很是高远，应当能够将他对于世界人生的洞悉和了悟，以亲近本真而融入善意和智慧的贴切方式做审美的呈现。

曹文轩十分推崇“美的力量”，在早期短篇小说《蔷薇谷》中宣扬“美让绝望者重新升起希望”的可能性，让我想起陀思妥耶夫斯基的那句曾令另一位俄罗斯文学巨匠、诺贝尔奖获得者索尔尼仁琴都颇为费解的话：“美将拯救世界。”索尔尼仁琴在质疑之后也意识到：“在美的本质之中却有某种独特之处，那是在艺术的地位中的一种独特之处；即一件真正的艺术作品的说服力完全是无可辩驳的，它甚至迫使一颗反抗的心投降。”①但在他的诺贝尔奖获奖演说词中，用来结尾的则是俄语中被深爱的、有关真理的一句格言：“一句真话能比整个世界的分量还重。”“正因为如此，在这个想象的，亦即违反质量守恒和能量守恒原理的怪念头上，我既为我本人的行动也为我对整个世界的作家的呼吁找到了基础。”②索尔尼仁琴肯定了以“美”的形式呈现的文学的魅力，同时他又十分重视最为要紧的“真”的力量，而照亮“真”，往往需要理性这盏探照灯。曹文轩作为学者的理性有益于对于“真”的寻索。

①参见索尔尼仁琴的诺贝尔文学奖获奖演说词，1970年他因为政治所迫未能去瑞典领奖而对外发表了此演说。

②同上。

在学术研究领域中，曹文轩的一贯看法是：“倘若要从根本上解决文学和艺术的诸种问题，则必须获得哲学的力量。”[①]他对于研读哲学兴趣浓厚，若从其文学创作来看，他也一以贯之地追求一种类似于“哲学力量”的底蕴。这种底蕴不仅是道义的、情感的、审美的，也是富有理性品质的。曹文轩对艺术中的理性有敬畏，也有警惕，认为艺术要“遮蔽理性，让理性成为底蕴……创作过程中，他应克制理性的强大表现欲。他时时刻刻地故意冷淡和排斥理性，却又在灵魂深处承认它是绝对不可缺少的。他必须做得让理性可感而不可见”。[②]这一潜在的“理性”灵魂，一方面使得曹文轩的儿童文学创作被赋予哲理意蕴，如《根鸟》等小说呈现的是与拉美文学《炼金术士》相一致的寻索人生真谛的哲理品格；另一方面，虽然其写作以细腻生动的感性形式呈现，但他不屑于现世生活的表层再现，而是始终力求去提炼生活、冶炼生活、淬炼生活，因为在他理性的文学观中，“生活中的存在，未必就能作为艺术中的存在”。[③]他在论及以标榜“深刻性”为追求的现代小说时道：“现代小说的深刻性是以牺牲美感而换得的。现代小说必须走极端，不走极端，何以深刻？我不想要这份虚伪的深刻，我要的是真实。”[④]因为要抗拒和反拨为了“深刻”而以“证丑”走极端的现代小说风气，曹文轩做出了坚守纯洁诗性的“证美”选择。不过，这一颇具决绝姿态的理性判断或理念，会不会也使其某些创作有意无意地走向另一种“极端”，继而同样可能会在某种程度上偏离他想要的“真实”？正如曹文轩所认可的那样，“美

①曹文轩：《第二世界》，作家出版社，2003，第1页。
②曹文轩：《第二世界》，作家出版社，2003，第182页。
③曹文轩：《第二世界》，作家出版社，2003，第144页。
④曹文轩：《〈草房子〉写作札记》，载曹文轩著、眉睫编《曹文轩论儿童文学》，海豚出版社，2004，第116页。

感”已成为其“精神向度”，然而生活本身并不纯净，可能遍布粗粝的“杂质”，如果文学创作过多地滤去杂质，则呈现出的生活是否会有损本色而令人觉得不够笃实？曹文轩对于诗性之“美”与“雅”的坚定捍卫，从另一方面来说则意味着他对于“丑”甚或“俗”的坚决排斥。他在谈论“水”对自己创作的影响时，提及水是“干净的”，而“我的作品有一种‘洁癖’”[①]。自然，一切肮脏、低俗、庸俗的趣味完全应当被文学艺术所鄙夷。然而在“洁癖”之下，俗世生活中毛茸茸的朴实之“俗”，是不是有时也会被无意中连带着摒弃了呢？就像恩格斯批评费尔巴哈对待黑格尔哲学的那种态度：“把洗澡盆里的脏水和孩子一起倒掉了。”写小说的曹文轩做过很多切中肯綮的小说研究，他在评析美国成长小说《安琪拉的灰烬》时指出这部小说进行着两种叙事：“一是散文化的叙事，一是诗化的叙事。前者叙述的是庸常的生活，而后者叙述的是一种充满浪漫情调的生活。”[②]比较而言，曹文轩书写苦难的成长小说明显重后者而轻前者。他似乎不屑于纳入庸常生活，即便写普通的日常生活也必对之进行高度艺术化的提炼和升华，这一水晶般的艺术品美则美矣，但会不会忽略了庸常或世俗生活本身也潜在的艺术表现可能性？事实上，小说对庸常生活和诗意生活进行恰当取舍和结合表现也会有助于增长文本内容的质感及艺术的丰富性，并会给予儿童读者更为切实可感的进行成长选择的启示。这或许是整个儿童文学界都需要慎思的一个问题，因为一般儿童文学作家都会出于对儿童的“保护意识”而对笔下的世界做出单纯而美好的过滤。

---

①曹文轩：《古典风格与现代主义》，载曹文轩著、眉睫编《曹文轩论儿童文学》，海豚出版社，2004，第72页。

②曹文轩：《生命之刀——读弗兰克·迈考特〈安琪拉的灰烬〉》，载曹文轩著、眉睫编《曹文轩论儿童文学》，海豚出版社，2004，第29页

曹文轩关于安徒生的评论以“高贵的格调”为题[①]，儿童文学是需要高度的，绝对不是仅仅立足于儿童生活与心性的表层反映，否则就可能会变成迎合儿童。从世界儿童文学的第一座丰碑——安徒生的童话中可以发现，真正能成为经典的儿童文学的故事情节和表现形式可以是充满孩子气的，但是要有跨越整个人生长度的底蕴在其中，即它不仅是一种“童年形式”，更是一种由童年出发的令人回味无穷的“人生形式”，而且还是一种与内容完美契合的令人玩味不已的“艺术形式”。曹文轩的文学创作在二十世纪八九十年代风生水起之时，就以其志存高远的文学精神昭示了中国儿童文学可能造就的开阔之路。在数十年的诗意向度的写作中，他的人文情怀和美学抱负，使得他成为儿童文学这条“光荣的荆棘路”（安徒生语）上义无反顾且成就卓越的探索者、高雅的儿童文学国度的缔造者。

黄蓓佳儿童小说的多重光华

黄蓓佳在儿童文学领域成就斐然，但其文学成就并不仅止于儿童文学，评价其小说品格与意义也首先应该基于其成人文学和儿童文学内在共通的美学境界。有评论者认为，黄蓓佳的小说之所以没有得到很大关注是因为其作品很难归类。不能归入某种创作风潮或流派，似乎不够先锋新锐或缺少板块的依托和彰显；然而，有些真正秉持自己的文学感觉和崇尚而潜心独行的作家，本身就不需要归入“某一类”，因为很可能其本身就是不同于那些类型的“这一个”。

---

①曹文轩：《高贵的格调——读安徒生》，载曹文轩著、眉睫编《曹文轩论儿童文学》，海豚出版社，2004，第23页。

黄蓓佳在其长达四十多年的文学创作生涯中，一直具有不断汲取又不忘突破的劲道。她在创作初期就表明了艺术上的不懈追求："每走完人生的一个历程，总要与一些作家作品分手，向他们告别，说一声'再见'。永远敬慕永远推崇的，不过是托尔斯泰的《复活》，罗曼·罗兰的《约翰·克利斯朵夫》，肖洛霍夫的《静静的顿河》这么几部。"①她所言的"告别"意味着在新的征程上的不断出发，而"永远"则是对于"伟大的经典"从一而终式的奔赴。黄蓓佳的小说在四处寻路中始终灌注了走向经典的渴望并不懈地锻造成熟的品质，无论是其成人文学还是儿童小说都有高远的追求和丰厚的建树。

已有诸多评论家肯定了黄蓓佳多方面的创作造诣，尤其是针对她的多部长篇小说力作，如《没有名字的身体》《所有的》《家人们》等。汪政发现其小说的可读性和诗意优美境界的创造，王彬彬欣赏其准确精细、富有韵味的语言功力，丁帆赞扬其在泥古与创新之间的风景描写，朱晓进评价其蕴含文化况味的细节刻画等。我一向认同这样的艺术观：一切艺术的最高境界都应臻于诗性，不只是和谐，甚至在矛盾与冲突中也创造诗性。黄蓓佳的小说创作蕴含了诗性品格，这种诗性并非是溢于言表、刻意渲染的诗情画意，而是缘于内在的"素朴的诗与感伤的诗"之结晶。

德国诗人、剧作家席勒在其著名的文论《论素朴的诗与感伤的诗》（1796）中区分了两种诗人，素朴的诗人限于模仿现实，按照人的实质在现实中表现人性，而感伤的诗人沉思事物在他身上所产生的印象，从有限的状态进入到无限的状态。他提出，真正的审美境界应该是素朴性格和感伤性格的诗的结合，"素朴的

①黄蓓佳：《走一步，说一声"再见"》，《当代外国文学》1987年第4期。

性格同感伤的性格可以这样地结合起来，以致双方都相互提防走向极端，前者提防心灵走到夸张的地步，后者提防心灵走到松弛的地步”。[①]文学表现的有限与无限在黄蓓佳近些年的小说中得到了灵巧的熔铸，她调匀了两副笔墨，以素朴之笔对于现实世界真切描写，以感伤之笔对于心灵世界深入刻画，精致、微妙又丰润、饱满，营建精神和艺术的张力，既没有走向夸张，也没有走向松弛。

就我个人的阅读感受而言，黄蓓佳的小说创作（包括成人文学和儿童文学）在新世纪初开始了一场平地而起、风姿绰约的飞舞，儿童小说《漂来的狗儿》（2002）和成人小说《没有名字的身体》（2003）等都呈现了令人耳目一新的美学风景，之后她在儿童文学与成人文学的双轨上行进得日益娴熟，步履笃实而又不失优雅，她让诗意沉淀，诗性内蕴。黄蓓佳小说的诗性，首先得归功于其作品常常冶炼着一颗倔强地追寻心中之真、被爱与痛的火焰灼烧着的感伤的灵魂。《没有名字的身体》中受困于秘密之爱的成年女性“我”、《所有的》中豁出一切而终未修成正果的艾早、《家人们》中在情感或良知之茧中挣扎的罗想农等人，作家意在呈现其灵魂深处不为人知的呐喊与战栗。即便是儿童小说，黄蓓佳也没有放低写作标准，她以深切的理解去塑造了一些同样滚烫的灵魂，如《漂来的狗儿》中从狗儿改名到鸽儿的敢想敢做的女孩，《遥远的风铃》中在世事沧桑和人性沉浮的阅历中磨砺的少女小芽，《余宝的世界》中在亲情与道德的争斗中煎熬的民工子弟余宝，《童眸》中心性倔强、不屈于命运的二丫、细妹等。以上所列举的儿童小说和成人小说，在本质上其实都可看作巴赫金所称的“时间进入了人的内部，进入了人物形象本身”的“成

---

① 席勒：《论素朴的诗与感伤的诗》，载中国社会科学院文学研究所编著《古典文艺理论译丛卷 1》，知识产权出版社，2010，第 257 页。

长小说”，[①]塑造的是成长中的人物形象。黄蓓佳给予“成长”一个非常形象而精妙的定义：“由鱼变人的撕裂的疼痛”[②]。她用深深细细的笔触去写各色人等灵魂裂变的疼痛，由此而使故事超越了形而下的生活内容而获得了精神的诗性。作者在其长篇力作《家人们》中道出一种真实：“所有的人都在隐藏自己。有时候，因为藏得太深，自己把自己丢掉了，这时候就需要提醒自己：你在哪里？你是谁？”黄蓓佳笔下的人物大多都需要穿过铠甲的森林而走向自己。哈罗德·布鲁姆认为“西方经典的全部意义在于使人善用自己的孤独”[③]，黄蓓佳作品中的人物本身也都有各自的“孤独”，隐藏着心灵的私语。这种孤独在《遥远的风铃》中有一段直接的描写，小芽经受不住良心的折磨，夜晚去给她喜欢的贺天宇送李小娟拜托她转交的情书：“这样的夜晚走在农场的任何一条路上，你能感觉到的只有孤独，孤独的世界和孤独的你，彼此之间都是疏远和戒备的，是无依无靠和冷漠无情的。”[④]这一孤独的感思以不同形式存在于黄蓓佳笔下的多个人物心中，给风尘满面的故事带去了诗性的气质。

黄蓓佳小说的诗性也得力于其崇尚的“干净”。在《遥远的风铃》中，作者借小芽对知青贺天宇的“干净”而生发的喜欢道出了她对于这一种美的崇尚。但她的小说并非以纯美之笔去表现纯净之人事，相反，她质朴地勾勒和描绘生活原貌和人心真实，不回避现实的斑驳和灵魂的芜杂，而在主旨上又不放弃对于灵魂之洁净的寻求。如《家人们》中的几个主要角色，罗想农、杨云、

①巴赫金：《教育小说及其在现实主义历史中的意义》，载巴赫金著《小说理论》，河北教育出版社，1998，第230页。

②黄蓓佳：《遥远的风铃》，江苏少年儿童出版社，2007，第292页。

③哈罗德·布鲁姆：《西方正典》，江宁康译，译林出版社，2011，第24页。

④黄蓓佳：《遥远的风铃》，江苏少年儿童出版社，2007，第58页。

罗家园、乔六月、乔麦子等都经受着各自内心隐忧的种种折磨，但是每个人最终都以或隐忍或歉疚或忏悔或自我惩罚等方式去洗涤灵魂的罪过；《所有的》中艾早一步步滑向深渊，但始终埋在心底的是她对陈清风的无望与无私之爱。再如《童眸》，二丫对于大丫虽有以之为耻的恨，但也纠结了血缘牵系的爱与护，并最终为救她而死。黄蓓佳多部小说的题旨表现为在罪与罚的跋涉中走向清洁的救赎，甚至在一些作品的结尾部分不惜冒着"光明的尾巴"之嫌来安设一些惊喜，如《家人们》的结尾，让被剥夺了太多人生温暖的罗想农突然得知他原来和乔麦子有一个爱的结晶，作者这么认为："这是一种生命的勇敢：人类有权利享受存在的恩典。"[①]《童眸》在讲述了四个悲苦辛酸的童年故事后，末篇的结尾也以过继到城里人家的乡下小女孩欢天喜地的声音"我喜欢，盼着呢……"来收束。我欣赏作家如此安排的勇气及背后的信念。在我看来，具有人文情怀的文学本就是一种火焰，照亮希望与美好并不一定比照亮幽暗和丑陋显得容易和肤浅，有时这是一种"看山还是山"的深刻而透彻的了悟、慈悲和智慧！

读黄蓓佳的小说，可以感觉到她对十九世纪现实主义经典手法的传承，但其作品没有滑向过于繁复琐碎可能带来的滞重，她善于在古典和现代、写实与抽象等多种对立的元素之间寻求融合。她的小说格调庄重，但有意地减少故事结构和语言的沉重。《没有名字的身体》《所有的》《家人们》等小说都采用了自由穿插的回忆式结构，时空的腾挪多变带来了叙述节奏的交错变化，不板结也不拖泥带水。叙事中时有融入风景描写和对音乐、舞蹈等艺术的感悟（如《遥远的风铃》中对于乐曲《沃尔塔瓦河》的形

① 黄蓓佳：《一个人的重和一群人的重》，《扬子江评论》2012 年第 3 期。

象描写，《漂来的狗儿》中对芭蕾舞《天鹅湖》的醉心领略等），调整了叙事的张弛和虚实，在现实的主调上增加了空灵的浪漫。黄蓓佳在小说中也常设置暗含主旨的象征性意象，如《所有的》中的艾早艾晚一心喜欢的“琥珀”、《遥远的风铃》中温医生一心想看的江豚、儿童历史小说“五个八岁”系列中的单本题目“草镯子”“白棉花”“星星索”等本身就是意象呈现。这些草蛇灰线般出没的中心意象也使小说携带了诗的含蓄、凝练或可能的升华。尽管黄蓓佳十分看重现实世界的素朴营造，但感伤的浪漫也是她不肯完全放弃的，也正是这种作为低声部甚或仅是作为滑音、颤音而存在的浪漫音律，使其小说的地貌即使遍布沧桑的沟壑，也依然氤氲清雅的云岚，带来超逸于现实的、能激荡或净化读者的悠远情思。席勒认为，摹写现实的素朴诗人可以彻底完成他的任务，但是这个任务是有限的，而书写印象的感伤诗人固然不能彻底完成他的任务，但是他的任务是无限的。黄蓓佳在素朴的诗与感伤的诗之间自然而巧妙地穿梭，寻找着勾连与平衡，结构和语言都洗练而不乏轻灵，散发着干净、朴实而又绵柔的韵味。

在中国当代文坛上，黄蓓佳的殊异性还在于她在成人文学与儿童文学方面二者兼顾、兼重且兼美的跨界写作。她可能是成人文学作家中创作儿童文学历时最长且颇多建树的一个，也是儿童文学作家中创作成人文学最为丰厚的一位。纳博科夫在《优秀读者与优秀作家》一文中提出衡量小说质量的一个标准是“最终要看它能不能兼备诗的精微与科学的直觉”，他指出读者“看书时候真正用得着的东西”是“心灵、脑筋、敏感的脊椎骨”，儿童读者也是如此，而这些同样也应是优秀作家之必备。黄蓓佳的儿童文学和成人文学创作一样都追求深远和精微，她在《谁让我如此牵挂》文中自述："快乐并忧伤，或者说，快乐并思想，这是我对自己写作儿童小说的要求。"[①]她希望儿童文学提供给孩子的是"有深度的阅读，有质量的阅读，有品位的阅读"，而她自己的创作已然成为中国当代儿童文学的一座卓越的高峰，并且也成为携带着清新朴实的中国背景的一道令世界瞩目的美丽风景。

发表于1980年的短篇儿童小说《小船，小船》，使黄蓓佳在中国儿童文学界声名鹊起；二十世纪九十年代末，《我要做好孩子》《今天我是升旗手》等长篇儿童小说是其进入喷涌期的开端，之后黄蓓佳在二十一世纪的前二十年间创作了十多部长篇小说，可谓步步莲花、步步换景，而且日益醇香。即便隔了数十年，再读黄蓓佳发表于1980年的短篇小说《小船，小船》，心湖里依然被这只早年的文学小船荡起圈圈涟漪。它坚固得足以劈波斩浪，承载着清凌凌的风景和沉甸甸的情感，以其特有的风致，划行于滔滔的时间长河。黄蓓佳早在北大读书时期就钟情于儿童文学，年轻的笔端已颇具纯正的文学气象，清新、流丽而不失醇厚。《小船，小船》的背景里荡漾着忧伤，但也巧妙地交织了温情。作家调匀了朴素和诗意这两副笔墨，将故事讲得疏密有致、情深意长。这是一个发生在水乡的故事。主人公是因跛脚而只能靠支着双拐行走的小男孩芦芦——作者给他取的这个名字即流露了地方气息。小说开篇写芦芦等候在清晨的岸边，从他的视点出发，描绘了一幅鲜明生动的水乡芦荡风景。作者俨然手中握着一支画笔，敏锐地捕捉各种色彩流转，细腻地描摹各种动静变换。这种风景描写的功力出手不凡，轻盈简净且稚趣跳荡。接着，笔锋从眼前生机勃勃的芦苇，转到了芦芦内心情意融融的回忆。划着小船来接他

---

① 黄蓓佳：《谁让我如此牵挂》，《民主》2016年第4期。

上学的刘老师给了他许多爱护和美好：背他上船，夸赞他递上的芦根，撑篙时哼唱越剧。作者用一连串细节，寥寥数笔就勾勒了一个充满爱心、温柔娴雅的教师形象。然而这些只是故事轻扬的序曲，昔日的温馨和欢乐因刘老师的突然溺亡戛然而止，芦芦沉陷于悲伤的谷底。向来善于操弄文字的作家不仅是画家，还是作曲家，文学作品骨子里应是一首跌宕起伏的乐曲。年轻的黄蓓佳已经深谙其道，序曲以乐写悲，到达低谷时，随即主调升起。撑船来接芦芦上学的小刘老师直率以至于莽撞的性格和之前温婉体贴的刘老师大相径庭，而她扔回芦芦给她的“不卫生”的芦根，伤害了他的自尊和感情，让芦芦对她产生了排斥，但她以诚恳的道歉化解了芦芦的心结。作者把这一对师生之间跌跌撞撞的关系一路写得曲曲折折，在芦芦对小刘老师渐生好感而逐渐上扬的旋律中，他对前一个因他而死的刘老师的低沉追怀也始终渗透其中，高低双音的结合使得调子不单薄、不轻浮、不失真。

小说中一前一后两个刘老师的形象是在芦芦的比较中树立起来的。作为喜欢放声歌唱《乌苏里江船歌》的“高音”而存在的小刘老师开朗、豪放、坚强、敢作敢为，她以智慧和执拗办成了之前的刘老师一心想办却没有办成的大事——给芦芦村上的孩子开办学校，这让芦芦大为敬服。他在最后向“小船”的告别之际再次痛哭，而这次小刘老师也流了泪，道出了一个之前迟迟未透露的“秘密”：原来她是刘老师的妹妹，她来这里继承姐姐的事业，完成姐姐的心愿。这个直到结尾才揭示的秘密让两个老师的形象合为一体，也让芦芦和两位老师的感情完全相融，把他们生命中经历的痛与永远的爱汇合着推向了高潮，情感饱满动人，但用笔克制，以芦芦在心里对小船的深情低语来收束全篇。至此，小说题目中反复咏叹的“小船，小船”的意味得到了丰富和升华。小船，既是故事发生发展的线索，也是蕴含主题的意象。小船承载着老师对学生的关爱，承载着孩子对老师的敬爱和怀念，还承载着历史和现实的投影——知青对乡村的贡献、社会对办学的态度等。此外，小船也承载了关于人生的思考：小刘老师的境界让芦芦不由去想，将来要成为“一个什么样的人”，“像小刘老师，还是像爸爸妈妈？不，像刘老师也好，她是另外一种人，不声不响的好人，她是为别人才活着的”。小船，润物细无声地引渡了一个男孩的成长。这篇小说超越了儿童文学中常见的讴歌教师高尚品质的单一立意，拥有更为广阔的主题，蕴蓄着更为深挚的情意，因而具有了超越时代的生命力。

在尝试短篇小说之后，黄蓓佳继续放飞自己的文学才华，写了许多长篇乡土儿童小说。虽然这些后来的“巨轮”更为厚重，然而其早年的“小船”已经显山露水地昭示了一位优秀的儿童小说家非同一般的潜质，也显示了跨越成人文学与儿童文学的创作功力。这只来自江南水乡的小船，犁开了二十世纪七八十年代中国儿童文学沉寂的湖面，留下了它旖旎的波纹，至今仍轻轻摇荡，清新漫溢。黄蓓佳的儿童文学表达着她对儿童生命种种境遇的洞悉和关爱，也挖掘了属于她自己和一代人的童年记忆矿藏，尤其是《遥远的风铃》《余宝的世界》《童眸》《野蜂飞舞》等作品，更突出地体现其深广的人文内涵、开阔的艺术思维和超拔的美学境界，极大地提升了中国当代儿童文学隽永而厚重的审美品格，这些作品完全可以与世界优秀的儿童小说分庭抗礼。

在中国儿童小说创作界，无论是在内容的开拓上还是手法的创新上，黄蓓佳都有不少先锋姿态，如《我飞了》对身体的描写和魔幻现实主义的运用，《遥远的风铃》对于少女性爱意识和灵肉冲突的大胆表现等。她的一些成长小说甚至可以消泯儿童文学与成人文学的界限，它们在思想和艺术上具有丝毫不逊色于成人文学的表现力度。这里以《童眸》为例做一阐释。读长篇《童眸》，恍惚觉得是在读当代版的《呼兰河传》，时而又觉得是在读中国版的《布鲁克林有棵树》，而这部《童眸》自然亦有其非常独特的光影、气息与力道，从女孩朵儿的那双干净而温柔的眸子里，映照出童年天地间的明亮与晦暗，而背景则携带着二十世纪七十年代“仁字巷”里平地卷起的尘土。在当代中国儿童文学界，难得有儿童小说能把童年的生活写得如此充满人间烟火气。不刻意渲染童年的诗意，不刻意夸张童年的游戏，也不刻意挖掘童年的哲思，抒情、象征、隐喻等那些能使小说变得优雅和高深的常用手法似乎都可以被搁置，而那真实的童年——繁衍着笑与泪、爱与恨的粗粝人生，就在那段尘世中的岁月里浮现和转身，无论是其悲喜间杂的面容还是孤独离去的背影，都会留在我们的心底，因为我们也随那双清澈的童眸而深深细细地“看见”。看见了，便懂得了什么叫念念不忘的心疼。

这部小说是作者将自己刻骨铭心的童年记忆在漫长的岁月中精心酝酿的成长诗篇。四首儿歌自然巧妙地连缀起四个故事：《灰兔》《大丫和二丫》《芝麻糖》《高门楼儿》。儿歌有着明快的节奏和欢乐的调子，荡漾的是没心没肺的孩提时代活泼的旋律，无拘无束也无忧无虑，像生命隧道起点的回声，盘旋萦绕，开启一段漫漶的岁月。然而，紧跟着蔓延开去的故事，却并非依此曲调顺流而下、一路欢歌，而是有着许多意想不到的沟坎和旋涡、击打和逆转。儿歌和故事，或者说序曲和主旋律，二者之间有呼应，但更多则是对比，故事的内容因为之前儿歌的单纯和轻扬而更加显得斑驳和沉重。的确，这四个故事和故事中的几个孩子形象都色调杂陈，有着沉甸甸的分量。这与作者之前另一部写得极好的关于底层儿童的小说《余宝的世界》一脉相承。男孩余宝的故事发生在有着好听的名称的"天使街"，而故事里的孩子却并没有天使般的幸福生活，在困顿的现实中经历着许多的伤痛与锻打，也有着温情和正义的求索，余宝等孩子是在尘世的历练中长出翅膀的天使。《童眸》中的故事地点也有一个温厚的名称"仁字巷"，虽然这里的生活遍布艰辛，甚至不乏险恶，但还有仁义在弯弯曲曲地传递。它不仅体现为好婆、赵家妈妈等大人们在邻里之间相互帮助的厚道，更体现为孩子们在磨难中渐渐自觉的体谅和那稚嫩的肩膀上过早开始的担当。

小说的线索人物，也是主角之一的女孩朵儿，有着作者童年生活的投影。作者赋予她这么美丽而温柔的名字，是因为她有着同样美丽而温柔的心灵，借用好婆的评价："朵儿这孩子，长了一颗菩萨心，却是个兔子胆。"朵儿极善良也极敏感，看不得身边有人不快乐。她对别人的痛苦感同身受，总试图去抚慰和排除，但常常因为胆怯和孱弱而不能主动出击。不过有时也会因她看重的友谊而被激发得行侠仗义，比如敢于陪二丫去大丫婆家的村庄讨公道，在二丫带大丫藏匿时雪中送炭等。在前后四个故事中，朵儿从十岁长到十一岁，童真未泯，渐涉人世，在一次次困惑和震荡中睁大眼睛，细察和辨别人生。她的心理年龄也在目睹了同伴们的不幸和人世的复杂之后逐渐成长，品尝到了辛酸难言的况味。孩子们的故事主要从朵儿的视角展开，透过她那双干净而明亮的眸子，呈现了在她生命中来了又去的白毛、马小五、二丫、细妹、闻庆来等孩子所经历的各种坎坷与辛酸。这双童眸，映照了好与坏，善与恶，笑与泪，爱与恨，冷酷与温柔，磨难与承受，无奈与挣扎，妥协与抗争，呻吟与呐喊，怯懦与勇敢……在孩子们那些喜怒哀乐的或隐或显中，也渗透了朵儿深入骨髓的体恤和无力回天的忧伤。如，朵儿看见大丫发羊痫风时的扭曲和痛苦，觉得那情形“让这一切的一切，都显得破旧，仓促，荒诞，显得时光凝固，世间坍塌，人心坠沉”。在大丫和二丫故事的结尾，朵儿和二丫的遗像对视时生出了悲凉：“真的没有了。朵儿知道，她生命中的这一段，最美好最不知忧愁的这一段，开满了玻璃丝的花、麦秸秆的花、丝线勾织花的童年，就这么伴随着烧成黑灰的黄表纸，舞动着飘散了。”作者有意识地拉远了时空，将成年后的感慨自然地融入了朵儿的童年场景。朵儿小学毕业之后离开了仁字巷，不知其他人后来的命运，随之感慨：“世事永远是一道无解的题，好像套不进任何公式，你走到了哪个位置，你的人生就在哪里。”视角和时空的转换在此将回忆荡开，让岁月的沧桑迢递进了童年的忆旧，而朵儿也从“天真之歌”走向了“经验之歌”。所谓成长，就是经过苦难涤荡和伤痛考验的蜕变化蝶。

这部小说是添加了部分想象的作者童年的回忆录，书中所写的孩子们都曾是作者儿时朝夕相处的玩伴，因此对他们的个性和心思都知根知底。作者在后记中写道：“所有成年人的善良、勇敢、勤劳、厚道、热心热肠，他们身上都有。而那些成年人该有的自私、懦弱、冷血、刁钻刻薄、蛮不讲理、猥琐退缩，他们身上也有。”作者秉持诚实姿态，无意于把孩子写得过于纯洁，因为“他们就是这个社会上活生生的人”，“人性的复杂，构成了我们这个世界的千姿百态，正因为如此，我们的人物才有温度，我们的文字也才值得反复咂摸和咀嚼”。在她笔下，不少孩子既是天使，也是魔鬼。他们的人生并不因为年龄幼小而单调浅薄，也有着深藏和纠缠着的爱恨情仇。

读白毛、马小五、二丫、细妹、闻庆来的故事，不由唏嘘于作者所体察到的童心与人性的多面和幽曲。生来就有怪病的白毛对排斥他的同伴们的怨恨令朵儿震惊，朵儿看见了他自负与孤傲之下潜藏的自卑与无助以及决绝的报复，应验了“凡可怜之人必有可恨之处”一说，且反之亦然。混世魔王马小五在凶恶霸道之外也有仗义之善，他在得知白毛生命将终后做出了难得的忍让，为了赔偿白毛墨镜而不辞辛苦地砸砖头卖钱，也挺身帮助生活陷入窘境的细妹张罗卖芝麻糖。他固然蛮横甚至还有些无赖，但也有让人另眼相看的侠义心肠。作者用体恤之笔去描摹孩子们各自遭遇的困厄，更用尊重之笔写出了他们各自对于命运的抗争。在家庭变故后想要撑起一方天的细妹，顶住流言蜚语，固执地相信马小五的善意并和他一起背井离乡去打拼。从乡下过继到城里的斜视男孩闻庆来孤僻自卑，但在珠算和长跑中显山露水后渐有自信，却遭阴险狡猾的对手暗算而失去了原本可以改变人生轨道的机会，又回到乡下去过贫穷然而也许更适合他的生活。这些在困苦中成长起来的孩子都对自己的生活做出了相当认真的选择，他们身上都有着一种令人肃然起敬的品质：对不幸命运的不屈不从。

在四个故事中，二丫头桀骜不驯的复杂个性尤其令人过目难忘。作者对这个十三岁小女孩形象的刻画之笔力，让我想起鲁迅对于俄罗斯文学巨匠、写下杰作《罪与罚》的陀思妥耶夫斯基的评价。陀氏之伟大，在鲁迅看来，“他把小说中的男男女女，放在万般难受的境遇里，来试炼他们，不但剥去了表面的洁白，拷问出藏在底下的罪恶，而且还要拷问出藏在那罪恶之下的真正的洁白来”。作者也借朵儿的童眸照出了二丫头“罪恶之下的真正的洁白”。二丫头对自己家庭困窘的怨愤、对给她带来耻辱的傻姐姐的切齿恼恨，使得她那小小的心灵里住进了邪恶的魔鬼。她曾把大丫头推下河，想淹死她，但又跟着跳下去，并喊人救起。她刻薄恶毒，巴不得大丫头死掉，但看到她被婆家虐待又心生怜悯，并不顾年幼、不畏强暴而执意去拯救，最终为了保护大丫头而搭上了自己的性命。朵儿凝望二丫头的遗像，觉得她像“一只妖媚的狐狸，高傲的和冷眼看人的狐狸”。这个心灵手巧且心比天高的薄命女孩身陷命运的泥淖，她对于美好生活的种种憧憬、对于狐仙鬼怪的种种揣想以及试图改变困境的种种努力，尽管有自私自利的心机，有自不量力的傲气，但依然让朵儿对她心存亲近。“友情这东西，有点像毒草，越是剧毒，开出来的花朵越艳。朵儿感觉自己总是被二丫头的刻薄、精明和古怪吸引着，抽烟上瘾一般，欲罢不能。”朵儿经历了和二丫头之间起起落落但始终不离不弃的友谊，她也因这份亲密而清楚地看见了二丫头那结着硬壳、蒙着污垢的心灵深处掩藏着的那份根深蒂固的宽厚与温爱。是幼小而慈悲的朵儿，以她不肯退避的关怀之心在帮助我们“看见”。

朵儿的童眸见证了孩子芜杂的现实生活和内心世界，那个天地并不总是我们想象中的光亮澄澈，各种阴影也会铺天盖地笼罩其上，而那在暗处的悲伤也会汹涌成河。有谁去发现？有谁去体恤？有谁去疏导？小说中大人们的引领基本缺席，是孩子们自己在跌打滚爬中摸索着成长，甚至是带着血、吞着泪，因而这样的故事具有了迸发自生命原始处的力量。生活无论怎样灰暗，但总得继续向前，因此，作者在最后一个故事《高门楼儿》的结尾，以代替闻庆来过继到城里的小妹妹闻喜来那雀子一样蹦来跳去的身影、那欢天喜地的话语来收束：“我喜欢，盼着呢……”这个豹尾真是神来之笔，它不单是《高门楼儿》的，也可看作全篇四个故事的尾声，可谓“四两拨千斤”，将之前全部的伤痛都轻轻巧巧地包扎收拾，把那生生不息的朴素的希望还给孩子，还给在孩子面前将要铺展开的那长长的生活。无论是小说还是生活，真正需要种到心里去的，是爱与希望！

《童眸》真真切切地烛照了藏匿心底的伤与痛，映现了暖人心扉的温与爱，以及逼人心眼的力与美。全书四个故事分章独立，但各章人物时有交集，贯穿其全篇故事表层的是生活的苦难，但作者丝毫没有去美化或虚化，而是以诸多细细碎碎的生活化的写实场景来做间奏。夏日巷子里的澡盆和饭桌，井台边的洗汏和传言，腊月过年的忙活，二丫勾织花衣的绵密针法，细妹做芝麻糖的整套手艺……种种热气腾腾的生活场面，都被当作电影镜头一般细细地描绘。作者有着手到擒来铺展日常画卷的高超本领，因为这些是在她记忆的炉火上蒸了又蒸、炖了又炖的熟稔的“家常饭菜”。苦难的故事生长于这具有人间烟火气的土壤，因而不迷离、不虚幻、不飘忽，而且还因为有了这样的铺垫或晕染，而使节奏张弛得一如生活般自然起伏。这部小说了不起的还有其伸缩自如的语言，作者驾驭语言的功底在这部书中可以说已经炉火纯青。无论描写还是叙述，都朴实而凝练，即便洗尽铅华，也能将世间平平常常的一饭一尘、人物心底弯弯绕绕的一颦一笑，送至我们眼前，也送至我们心里。所以，我们也得以真切地看见那童年的明与暗，肃然地伫立在那里，在风沙席卷着的尘世里。

无论是对于成人文学还是儿童文学，黄蓓佳在文学表现什么和如何表现方面，都很仔细地把握轻与重的对立与渗透，她以“一个人的重与一群人的重”为支点，以素朴与感伤的合力做杠杆，力求举重若轻地撬起风云变幻的文学星球。文学创造的是一个宇宙，是追索人类幸福和痛苦的秘密的宇宙。黄蓓佳以其拳拳之心殷切地追索那些隐藏的秘密，包括成人的与孩子的，或二者交集与相承的，并且始终灌注了深深的体恤。作者对于笔下故事人物的酝酿和琢磨，也正如《家人们》中的主人公罗想农和他心上人乔麦子之间的关系：“他们收藏对方，像吞一粒珍珠一样吞进腹中，之后让那粒珍珠留在身体的最温暖之处，养着，想着。”[①]正因为黄蓓佳这样满怀爱怜、痛楚而缱绻的“养”与“想”，所以，我们才见到了那由执着的磨砺而闪耀的光华，以及那从“最温暖”处传递的温度。我想，作为精神滋养的文学，不仅需要锐利凛冽的寒光劈开人生世相的虚浮堆叠，也需要这样从素朴与感伤中结晶而来的光华、温度以及诚意，以此唤起对于一切本真忆念、美好信念的寻找和秉持。

①黄蓓佳：《家人们》，人民文学出版社，2011，第10页。

第二章 乡土儿童文学地理坐标的构建

阅读乡土题材作品，总会从各色各样的乡土故事中感受到“一方水土养育一方人”也养育“一方文”之确切。故乡之于文学写作，似乎永远都是一条流在作家生命里的母亲河。每个人的“故乡”或“来处”大抵会有两个：一个是空间意义上的“家乡”，一个是时间意义上的“童年”。在现代文学近百年的发展中，已经开辟了多姿多彩的乡土童年园圃，如鲁迅《社戏》中的浙江“鲁镇童年”、萧红《呼兰河传》中的东北“呼兰童年”、迟子建《北极村童话》中的“漠河童年”等。在儿童文学中，江苏作家对乡土童年也有不少独到而重要的建树，如李有干、曹文轩、曹文芳笔下的苏北盐城水边童年，祁智笔下的苏中靖江西来街童年，金曾豪、高巧林、马昇加等笔下的江南小镇和水乡童年，另有韩开春散文中的乡间鸟木虫鱼等林林总总。江苏作家的儿童小说和散文给中国儿童文学版图创建了诸多个性鲜明、意趣盎然的文化地标。

《小水的除夕》：以童年之核建构文化地标

关于故乡，美国作家威廉·福克纳有句名言：“我的像邮票那样大小的故乡是值得好好描写的，而且，即使写一辈子，我也写不尽那里的人和事。”故乡不仅给作家提供写作素材，更重要的是文化滋养，甚至形成其文学的某种精神根基，使其作品带上独特的气味与印记。祁智创作《小水的除夕》，原本类似于命题作文，是应故乡西来镇之约创作的一部与西来镇相关的作品，这种创作动因处理不好就会滑入“主题先行”的概念化窠臼，但祁智巧妙地避免了这个可能的陷阱。这部《小水的除夕》不是单纯的乡土文化的粗糙载体，而是一部具有小说的“质地”和“温度”的艺术作品，正如作者自己所言：“这是一本既有好的故事，也有真的情感来支撑的书。”当然，故乡“西来镇”无疑也给《小水的除夕》灌注了蓬勃的生气，尽管作者在后记《那个少年到哪里去了》中这样表白：“我无意书写我的故乡。我不是不想，我是不敢。再好的文字，也留不住物象的故乡；精神层面的故乡，却只能用来膜拜。因此，《小水的除夕》不是关于故乡的故事，是一个少年和伙伴的故事。他们的故事，随意展开。街道，屋舍，天空，田野，河流，道路，禾苗，杂树，狗，羊，鸡……是故事的背景，也是组成故乡的必备的最简单的元素。背景之上，故乡如风，少年如歌。”作者概括的“故乡如风，少年如歌”极有意境，也极有况味，乡土与童年合起来就如一支飞扬在风中的歌，传得悠远，唱得尽情，永远盘旋在记忆深处，也会飘荡在成长路途。在深情回眸童年的作者笔下，它往往能绘成一幅极富个性色彩的文学地图。

作者以自己的故乡西来镇作为这部小说故事的发生地，蕴含着对于故乡这方水土的温情眷顾。西来街的地图在小说开篇就以一架贴着西来街屋顶飞过的神秘飞机展开了饶有兴味的叙述。毕业于西来小学的飞行员环建国在给母校的信中描绘了西来街的形象：从天上看，西来街就像一架巨大的飞机，停在江平公路边。江平公路就像跑道，西来镇就像一个机场。小水记住了这个很有想象力的比喻，把西来街的格局画在了纸上。“画好西来街，我的眼泪流了出来。我的目光像手掌一样，轻轻抚摸画上的西来街，被环建国美好、浪漫的比喻感动着。”把西来街比作“飞机”的飞行员环建国是西来人的骄傲，也是孩子们崇拜的偶像，给小水们带来了荣耀和向往。作者写开始放寒假的孩子们从教室里冲出来，“大家勾着头、张开双臂，嘴里发出‘呜呜呜’的声音，像一架架低空飞行的小飞机”。无疑，“飞机”是小说的一个重要意象，或可把飞机所代表的翱翔长空的自由勇毅和向往高远看作“西来精神”也是“童年精神”的一种象征。

西来镇在小说中不仅是背景，同时也是一个重要的角色。作者有意把许多笔墨放在了西来车站及车站饭店的描写上，乃是因为“车站和车站饭店，是小镇的地标，又是一种象征：车站是出发或者抵达的地方，车站饭店让人解馋尝鲜，而保持味蕾的敏感是对美好生活的一种向往”。[①]车站上人流如梭，迎来送往，小水的好朋友刘锦辉的父亲刘油果在车站干些搬运活，小水到车站等候去城里参加长跑训练的刘锦辉回来，站长、司机对好奇的孩子们也不乏纵容。车站集合了各色人等，是西来街风俗画的轴心，也是西来镇与外面世界的重要连接，而车站饭店则是这幅风俗画卷上最惹眼、最诱人的一个场景，因为不仅有西来的特色美食在此飘香，更有西来的淳朴人情在此荡漾。小说中反复提及“猪油红汤葱花面”，它是那个时代最具代表性的美食，也是一种幸福

①祁智：《关于<小水的除夕>的作家访谈》，《出版广角》2014年5月（以下简称《访谈》）。

感受、温暖人情的标记。小水专门请从城里回来的刘锦辉去车站饭店吃面，传达的是孩子之间纯真的友谊，而校长请来找方老师麻烦的外乡人去吃面则是以西来美食化解矛盾、变为一团和气。在饭店工作的郭敏珍妈妈热情爽朗，对孩子们疼爱有加，她的快人快语更使饭店热气腾腾。这个被特写的车站饭店洋溢的是“童年的味道”，也是“西来镇的味道”。

虽然这是一部以孩子为主角的故事，但作者没有让孩子们生活在真空里，而是尤为注重他们所在的镇上或乡下的生活背景的描画，同时还纳入孩子周围的成年人所反映的乡风民情。作者认为乡风民情对孩子的成长起着决定性的影响，“我让孩子们参与到成年人世界当中，融入乡风乡情里面，让孩子们既有来路，也有去处。他们身心是成长着的，而成长的趋向从善、向上”（《访谈》）。在这些形形色色的成人世界中，让人印象深刻的是方老师、派出所陶所长及几个家长形象。方老师的着墨比较多，不仅写了方老师对学生的关爱（如在放寒假前对学生们的殷殷叮嘱等），而且也写了方老师个人生活中的曲折爱情，塑造了懂得教育、多才多艺且有情有义的老师形象。陶所长对待偷牛贼态度温和而且给予他尊重，在出现场的时候不拷他，原因是“西来镇不让你丢人”，体现了西来人的厚道。父母亲是孩子生活中的重要角色，小说中实写了刘锦辉的父亲刘油果，他贫困而谦卑，在对儿子的责骂中藏着不肯直接表达的父爱。另一些孩子的父亲则被虚写，更多担当了文化符号的角色，比如长年在外地工作的小水爸爸、在城里当副县长的王兵爸爸、在军区当团长的熊一菲爸爸等。这些“文化符号”，包括从西来出去的飞行员环建国、军队参谋鞠茂坤等，连接着外面更广阔、更高远的世界。这种人物设置的虚实安排，能使笔墨集中，但又使气场扩大。民风醇厚且人才辈出的西来就这样结结实实地存在，又被洋洋洒洒地铺开。

《小水的除夕》这部儿童小说可以看作一张富有弹性的网，而在网里活蹦乱跳的则是小水这帮孩子闪耀着鱼鳞光泽的童年故事。作者获全国“五个一工程”奖的儿童小说《芝麻开门》以都市儿童为主角，而这部再次获此殊荣的《小水的除夕》则旨在刻画乡镇儿童各种逗人也动人的生活，不变的是作者对童年的深切体认。他如此称道童年：“童年不是一个年龄概念，而是一个伟大的核：天真快乐，调皮捣蛋，无法无天，无‘恶’不作。”（《访谈》）在天地更为开阔、生活更为丰富的乡村，童年这个“伟大的核”似乎更加“法力无边”。

《小水的除夕》虽然写的是二十世纪七八十年代小镇上一群孩子的故事，但相信它一定会赢得每一代儿童的喜爱，因为它冒着童心和生活的“热气”。这些童年故事就像作家笔下西来车站饭店蒸出的面糕和馒头，盖着岁月厚厚的棉布，打开时依然有着那令人欢喜的温暖与香软。“涂改成绩单”“卡进冰窟窿里”“把裤子放上天”“看露天电影”“把羊藏到树上”“山羊飞走了”等章的故事，映现了那个时代的童年生活色彩，也不乏异想天开般的童趣。作者说：“我始终没有忘记‘童年’这个核，我把这个年龄段定位在‘半梦半醒’之间。”故事中，作者写小水对于“大鸟”“飞机”的印象或猜想，给粗朴的童年忆旧增加了几许扑朔迷离。童年何尝不是这样一个有着各种无边无际、亦真亦幻的“拟想”的珍贵存在？作者用十分素朴的笔致把发生在孩子们身上的故事娓娓道来，读来不无幽默而又动人心弦。

作为故事的行动者，孩子的形象在小说中也闪耀着灿烂的光辉。小水是故事的线索人物，同时也是主要角色，由小水联结的伙伴们各具个性。作者试图在小说中体现“三个差异性”，包括城乡和时代的差异、家庭的差异、孩子的差异，同时又注意差异之有无给作品带来的不同成效。他认为：“有差异，才有故事，才有冲突，才有情节，才有细节。但是，无论差异如何，有一点是没有差异的，那就是这些孩子都在童年中。无差异，才有情趣，才有童真，才有快乐，才有希望。”（《访谈》）小说中的孩子虽然性格不一，但都纯真善良、惹人喜爱，其可爱都通过特别的事件尤其是生动的细节来呈现。小说开篇“放寒假了”，以课堂上的七嘴八舌让孩子们逐一亮相，而在“我们的名字”一章中又以追究名字来展开几个主要角色的境况。孙定远的父母都是哑巴，起先有些结巴的他受了方老师的鼓励而成了爱说话的“八哥”；刘锦辉和父亲相依为命，再贫困也不愿放弃上学——主要是想和小水在一起，因两条长腿跑得快被戏称为“螳螂”。小说着意表现孩子之间的情谊，小水和刘锦辉的友谊尤为令人动容。小水为了帮刘锦辉糊弄他父亲，舍得把自己的奖品笔记本给他，而刘锦辉答应帮小水捉弄小麦，但其实又不忍心去捉弄，所以宁可让自己掉进冰窟窿。刘锦辉善良的心性在很多地方都熠熠生辉：他发着烧去找小水，告诉他不用担心自己；他在大冷天脱下唯一的长裤给伙伴们当风筝飞上天。当他从县里回来，小水犒劳他去饭店吃面，作者细细描绘了他吃面的动作：“刘锦辉先喝一小口汤，咂咂嘴；再喝一小口，咂咂嘴。然后，他用筷子挑出一根面，含住，一点一点往嘴里吸。一根面吸完了，他慢慢嚼着，咽下去，再含一根。”这不同一般的“慢动作”不仅体现了生活在贫困中的孩子对于美食的珍惜，更包含了孩子对于来自同伴的友谊的珍爱。

作者以一支饱蘸喜爱与赞赏之情的笔写出了西来街孩子的义气：班长王兵口头禅是“归你了”，大方豪爽；成绩优秀的谢天林为了不让同学挨父亲打，宁可自己挨打也不肯说出同学篡改分数的实情；熊一菲在父亲出了大事、临上飞机前都没有忘记给小水一顶棉军帽的承诺。作者也写了小水成长中的“别扭”——他和女生小麦、郭敏珍之间的关系，给这个单纯的童年故事濡染了一种朦胧的少年情怀，写得微妙而真切。

总体来看，小说的叙事笔调十分朴素，不仅叙述语句很是质朴，连各章标题也都不加雕琢，但文中也时有抒情笔致的融入。例如，作者写小水冒着大雪去打听熊一菲家的情况，得到王兵奶奶的安慰，小水在回家的路上感受雪花：“雪从天上落下来，一片片地直落，没有尽头的样子。等我看到雪花，雪花已经落到脸上，后面的雪花接着落到我的脸上。下雪的声音很干净，一直滑到人的心里，再从心底里旋起来，上升到很高的地方。”这种写景与叙事的对接十分自然，婉转地传递情思，在叙事的朴实之上平添空灵之气，从而使得这部扎根泥土的小说有了不泥实的飞扬感。整部小说结构也比较轻盈散淡，各种童年故事看似信手拈来、随意而谈，各章之间并没有明显的一线到底的关联，似乎无意于经营，但其实颇为用心。作者构思严谨，层次丰富，伏笔细密，注意铺洒与勾连。小说中的悬念或隐或显（如方老师屋里藏了人的秘密、刘锦辉去县体校是否能被录用等），这些事件草蛇灰线般的蜿蜒存在，增加了故事的连贯性与悬念感。小说注重情节与结构上的开合与呼应，这尤为鲜明地体现在最后一章。故事以小水一放假就开始期盼爸爸回家，一直写到除夕那天小水在路上等爸爸，结尾缝合了开头和中间故事发展中的多处伏笔。小水坐在雪地中的棚子里等候时，见到了小说开篇他见过的教室外面的麻雀，其中有他救过的、眼睛底下有白斑的那一只。麻雀作为童年之眼观察到的意象贯穿了故事的始与终，点染着童年的活泼情趣。发生在小说中间部分的故事——曾以为“变成大鸟飞走”的失踪的那只山羊，也在雪地中现身，使得这个悬案有了安置。小水在大雪中等候爸爸归来的场景给人印象至深，既有细节的铺陈——在雪地里唱歌、点鞭炮以消除寂寞，又有梦境的衍生——梦见伙伴们的生活变得美好。结尾小水领着山羊，“踩着爸爸的脚印”回家，看见屋檐下已经挂着爸爸带回的大鱼。爸爸的“大鱼”是代表全家团聚的情感象征，也是一种文化象征，应和了“年年有余”的意味，小水和伙伴们的故事、西来镇的故事将“年年有余”地生发开去。作者所言的童年之“核”好比一把梭子，在作者的回忆中灵巧地穿梭着，将孩子们的故事编织成了一张美妙的网，将淳朴的西来镇网织了进去，也将铺天盖地的温暖与善意都网织了进去。

这部书写乡土童年的儿童小说《小水的除夕》主要从男孩小水的视角、以现在时态来讲述了“故乡”过去的故事。小说跳动着童年之“核”活生生的脉搏，或轻快，或狂放，或沉郁，或悠扬，并以此虚实相生、疏密有致地建构了一个纯真而敦厚的文化地标——“童年的西来街”。它取《边城》所讴歌的人情之原始和淳朴，但未取其浓郁的抒情性；取《呼兰河传》叙述之真率和质朴，但未取其冷峻的批判性。这部有着“主要写给儿童阅读”之用意的儿童小说，以其朴拙和稚趣成就了“它自己”。故事虽然发生在寒冷的冬日，但其基调温暖无比，这盆熊熊的“炉火”由众多细节构成的“木炭”燃烧起来，烤得人心里暖融融的。小说虽然也写及心酸和伤感（如生存在贫困中的刘锦辉、小麦的经历，熊一菲遭遇家庭变故的打击等），但作者并不刻意去浓墨重彩地渲染这种“冷色”，而是更多以“暖色”去包围和融化。作者如此解释：“我不忍心让孩子面对磨难、困苦，但我又不得不按生活的原样书写。生活如此，人生如此，重要的是如何面对。当大雪飘扬，覆盖一切，世界安详而温馨。既然该经历的必须经历，那么该来临的一定会来临。即使乌云密布，生活也不是乌云，而是天际的一隙亮光。”（《访谈》）阅读《小水的除夕》，能明显地感觉到作者的立意主要在于“亮光”，这可能会有纯化、美化之嫌，会影响小说是否敢于直面现实之不幸甚或人性之复杂的真实感和力度感。若把《小水的除夕》和巴西作家若泽·毛罗·德瓦斯康塞洛斯的代表作《我亲爱的甜橙树》相比，则会发现其差异。虽然二者都写男孩童年时代的经历，都表达对于“温暖”或“温柔”的歌赞，但《我亲爱的甜橙树》对现实困境（包括内心世界）的表现更为充分与深透，也正是因为如此，温柔之爱的召唤价值才得以更好地凸显，故事也更感人肺腑。相形而言，《小水的除夕》则可能由于过于重视“亮光”而略显轻巧。

不过，这并不说明这部儿童小说没有大的伤怀，大的伤怀其实在小说之外，这可从后记里作者的感慨中得以触摸：“我摸着自己问：那个生下来就是十二斤、被很多妈妈喂过奶的少年呢？他到哪里去了？”作者表达的也许不只是“那个少年到哪里去了”的个人性伤怀，可能还连带有另一重地域性伤怀——“故乡到哪里去了？”现代人正在不断地失去“故乡”，作者在小说中满含深情地叙写小镇风情、描绘乡村风光，目的是：“既是想通过文字，能保留一些已经飞逝的乡镇镜像，也是为了突出‘故乡’这个概念。

生活在今天的孩子，基本上没有‘故乡’了。……故乡不是一个简单的辞藻，是由一个个特别、具体的物象构成的。随着他们长大，他们很难有故乡情结，更不会有难以排遣的乡愁。我不知道这是现代化进程的必然，还是心路历程的悲哀。我没有让‘故乡’消失，但我让‘故乡’留驻。”（《访谈》）或许，作者的感慨还隐藏着另一种社会性伤怀——“那个少年时代的世道人心到哪里去了？”作者没有把后记中的这种沧桑感写进小说故事里面去，他以一颗缅怀之心去呵护曾经的美好“故乡”，着意于给读者带去爱，带去温暖，带去许多细细碎碎的感动，让那感动的甘霖去滋润人们的心田，也寄寓了他对于善意与美好能够永远延续的深深期许。

“水蜡烛”等系列：曹文芳笔下的水乡情韵

曹文芳的创作是江苏儿童文学界相当美丽且日益繁茂的花树，她以其独特的生活经历、个性魅力、艺术禀赋和审美选择，丰富了当代儿童文学园林的景观。

读曹文芳的作品，很多研究者都会情不自禁地去比较她和兄长曹文轩的创作异同。的确，在二者的童年乡土小说中可以很明显地看到曹家文脉，从题材到风格，比如可以概括成几个关键词：自然、记忆、抒情、写意、诗化、性灵、苦难、成长、美……由于兄妹有着共同的乡土生活背景和家庭的文学土壤（如父亲的文学培养），且妹妹又读哥哥的作品和哥哥开列的书单而开始写作，这种相近性自然会存在。这是一种具有吸引力、共生力和延展力的家族文学磁场，比如中外文学史上的文学家族，中国古代有曹操父子三诗人、北宋的三苏，英国近代有小说家勃朗特三姐妹、诗人罗塞蒂兄妹等。但即便是相连缀相贯通的文学星座，每一颗星也都有各自独到的光芒。作为后继者的曹文芳，在栽种自己的文学花园时，是否也会有布鲁姆所言的“影响的焦虑”呢？如何在曹文轩创造的文学森林之外营建新的文学风景，这可能是曾经困扰曹文芳的一个巨大挑战，但所幸的是，她以自己的灵心慧性寻找到了并且还不断开掘属于她个人的文学领地。我在阅读的时候，尤感兴趣的也在于寻找她个人化的独特气质、气性、气味，发现其文学创作中独特的香与光。此处主要以她的乡土童年系列小说“水蜡烛”为例略做阐释。

曹家兄妹的乡土小说创作的骨子里延续了京派小说的神韵。在小说理念上，我很欣赏沈从文对自己写作《边城》的阐释，他说：“我要表现的本是一种‘人生的形式’，优美、健康、自然而又不悖乎人性的人生形式。”[①]领会文学之美，要透过其外在的艺术形式去参悟内在的人生形式，其故事形式中也兼容并蓄作者的情感形式或思想形式，无论是作者还是读者，最妙的境界就是去融通性地把握形式表里之间的贴切联系。在沈从文的这句表达中，前三个定语“优美”“健康”“自然”的指向似乎比较单纯明了，但后一个转折性的定语“而又不悖乎人性”表达的指向似乎有些宽泛和含糊，这一转折包含了文学艺术中一个至关重要的东西，即“张力”。大凡优秀的文学作品，一定都是自然而巧妙地蕴含了饱满的“张力”的艺术。曹文轩作为学者、文学批评家、小说理论家，必然是深谙张力艺术的，并且有他处理张力的方式，多

①沈从文：《序跋集·<从文小说习作选>代序》，载《沈从文集·第十一卷》，花城出版社，1984，第45页。

洗练而隽永。曹文芳在她初出茅庐的作品如《栀子花香》这部短篇小说集也有了这样的意识，并且有她不同的处理方式，尤其是在“不悖乎人性”或者说“不违背人生本相”这一方面颇为用心、用力，近年创作的小说《风铃》等也对这一点做了进一步拓展，对于农村女性悲剧性的生存境遇做了相当深入的观照。

曹文芳的“水蜡烛”系列虽然有对曹文轩的《草房子》《青铜葵花》等乡土童年书写的传承，但也有着对于生活色彩、生活感受、生活侧重的不同选择，而首先给我以震惊的是作者的女性之笔所携带的力度。这一力度源于她的勇气，她不避讳写生活中那些沉重的东西，尤其是“死亡”。在她的短篇小说《栀子花开》中写了卜奶奶家的孩子和丈夫接二连三的死亡，这种死亡苦难的密集呈现和卜奶奶对于不幸的顽强承受使得这篇小说似乎可以被视作余华那部以苦难为主题的长篇小说《活着》的短篇版。曹文芳的很多篇小说，尤其像《天空的天》等都在写死亡，并且写了各色人等、各种各样的死亡。但她写死亡，不在于渲染死亡之悲，而更着意于写死亡之“痛”，尤其是痛定思痛的反思或生者如何去面对不幸的人生态度。多篇结尾处理得相当利落，如《青绿土坡》中九丫的死给“我”带来的自责和改变富有深意和余味。

乡土并非是完全的纯洁之地，从五四时期乡土小说出现之时起，乡土就在许多作家的笔下呈现出了它本就有的藏污纳垢之处。曹文芳的乡土书写中，没有故意藏起那些污垢，而是写出其混浊。曹文轩的乡土小说蕴含隔着人生长度的童年回望的姿态，有不同时空、不同调子的成年声音和童年声音构成的复调，从而更能带来旷远的意境和深长的意味。而曹文芳主要采用单一时空中的儿童视角，而不带有成年后回望的视角，她更着意于孩子所看到的世界即外在的现实生活，既写淳朴、良善、美好，也写生活中的不幸甚至残酷，如《丫丫的四季》中写到村民的械斗。她大多喜欢以田田（《香蒲草》）、悠悠（《荷叶水》）等有着明净温柔之心的女孩的视角来昭示生活粗糙而灰暗的底纹，如《香蒲草》里写田田的祖母、老姑等的际遇。她也写人性的丑陋，写人心角落里的背光之处，无论是大人还是孩子，她都敢长驱直入。这在《栀子花香》里的短篇小说《清溪镇》中尤为突出，里面人物基本没有一个是“清”的，孪生兄妹丁丁和丁冬以及他们那个招蜂惹蝶的母亲裴媛媛、照相馆搬弄是非的徐瘸子等，个个都有其阴暗的私心。如果说，曹文轩的作品更重人物发展的和谐感，而曹文芳虽然在处理上不如他那般圆熟，但是某些地方彰显了一种直逼真实的力度。她的作品有香、有蜜，也有苦、有酸、有涩，还有刺。无疑，这些不同指向的元素必然会给作品带来耐人寻思的张力。

作为乡土小说，曹文芳笔下也频繁出现乡土风景，但真正具有她个人化特色的乡土倒不是《荷叶水》里的水水湾、上河村或《云朵的夏天》里的梨树湾那样颇有诗情画意的水乡风景——这种风景写得诗意而轻灵，而是《天空的天》等作品里的碱地、草滩、盐滩等更具有荒凉感、艰辛感的乡土，这样的乡土往往没有加以美化，有着生活本身的粗粝感。有时，还具有某种神秘感和鬼魅感（《天空的天》以林嫣视角写的草滩等）。另外，她还很重视写风俗，包括赶集、丧葬等，具有鲜明的地域感。并且，她还慧眼独具地写各种乡间劳动和家务活儿，如窑厂做砖头、拾田螺、用豆子做酱油、腌萝卜干等，这也使她笔下的生活呈现出毛茸茸的人间烟火气，具有真切感。也许，可以把这类并非闲笔的细节描写，看作给乡土童年小说增加了一种别有风情的“劳动美学”。

“水蜡烛”系列小说的结构基本都是散文化，淡化中心情节。章节安排很用心思，各章可以独立成篇，又注意章节之间的勾连呼应，如《荷叶水》里的首章和末章分别为“香蒲青”“香蒲黄”，从头到尾都贯穿了一根淡淡的线索，即悠悠和小英的关系，如何化解了小英的冷漠。曹文芳的小说多以第三人称叙事，对各个人物都能做全知全能的解读，但有些内容又采用聚焦叙事。曹文芳对于中国当代乡土儿童文学的贡献还表现为她对人物形象的塑造，她不仅塑造了一系列或晶莹剔透、或暗藏心机的儿童形象，还刻画了成年人的幽秘心思或斑驳灵魂，将成长蜕变和人生世相诉诸笔端，并常在云淡风轻中暗携雷霆。

写作是需要很多资源的，包括灵气悟性、生活经验、生命体验等，如何调度这些，使得艺术形式能以更为恰当的方式成为所要表现的故事和人生形式的载体，则是需要孜孜以求地去推陈出新的。曹文芳对于多种题材、风格、文类都进行了尝试。她以自己从教三十年的经历为基础而创作的《喜鹊班的故事》拓展了中国幼儿文学表现领域的宽度、深度以及锐利度，将同样有着各种纷争的幼儿生活和诸多问题甚至病态的成人社会兼容并包，还原幼儿成长生态，不美化，不遮蔽，这在中国幼儿文学创作领域中也是一种重要的突破。她对于那许多幼儿园孩子情态的真实书写，让我不由想到沈从文告诫汪曾祺如何写小说时的两句话：贴着人物写，不要冷嘲。这些幼儿故事朴素真切，是含着天然的爱和包容而生长出的文字。

曹文芳的儿童文学创作从“香蒲草”系列到“水蜡烛”系列到“喜鹊班故事”系列再到“水乡童年精品书系”，一路迢迢不断，款款而来。这一“来”其实是姗姗来迟的，她之前一直很用心地积累、磨砺、养精蓄锐，直到功力具备才尝试发力，并因此而一发不可收。她写得很认真，对待每一部作品都像是在精心养育独特的珍珠，努力把自己的温度、气息和色彩晕染上去、生长进去，使它圆润、柔和、焕发动人的光彩。她写得很勤奋，也写得很从容且愈加老练。曹文芳的童年写作总是很水灵，正如她笔下流淌着的清澈的“河”，汩汩潺潺，自有其绵长与活泼。

“水乡童年精品书系”收入了她的三部小说和三本散文集，若从其文体特色来看，其实是两种文体的兼容，她将小说散文化、散文小说化。小说的散文化显示了她对于乡土抒情小说一脉的继承，对于风景和风土人情的渲染给小说带来了轻盈、疏朗和散淡的气韵之美。而散文的小说化则主要表现在对于人物形象的塑造之笔力，在短短的篇幅之中，寥寥数笔就将人物勾勒得神形毕肖。《水边的故乡》是散文集，但许多文章颇有短篇小说之风，尤其是在“邻居”“村庄”等辑里，作者能将人物的命运通过几个简洁的横截面展现，细节丰富而鲜活，以童年之“我”的视角来表达对于周围人生的懵懂感知，而成年之“我”的温热和悲悯之心也不露痕迹地渗透其中。散文集《肩上的童年》以朴素之笔描绘的很多生活细节和有趣场景令人忍俊不禁，以疏朗之笔记叙的殷殷亲情也都令人感动至深，呈现出作者对于构成艺术张力的一对元素——淡与浓的锤炼和把握，以淡达浓是举重若轻的表现，无论是对于艺术还是人生，这都是极具重要的品位和本领。在她的笔下，常常是抒情与叙事交织、清新与沧桑共存、欣悦与感伤相融、天真与深沉并举、优雅与活泼兼美，营造出一方滋味丰富、意味隽永的乡土审美时空。

曹文芳书写自己最熟悉的水乡童年的生活，似乎只要把记忆之网向着童年之河信手抛去，随便捞一把便有鱼虾在握。这种手到擒来，得归功于她童年时期那一颗被清莹莹的河水浸洗得通透的心、被呼啦啦的河风鼓荡得饱满的心，或者说，得归功于她童年时有幸当了一个“闲人”。她在多篇散文中都提到一个词、一个幸福童年的典型行为——闲荡。这让我想到沈从文在他的《从文自传》中所写的童年逃学闲逛的情景，正是因为这种闲逛或闲荡，更为充分地打开了对于周围世界——包括自然与社会人生的好奇、体会与思量。这不仅是为日后积累写作经验，更是激活了对于写作者来说至关重要的敏感之心、对于世间万物的体恤之心。她在《店铺》中这样描画自己：“我就是一个‘闲人’，常常到店铺玩，喜欢闻萝卜干和酱油混杂在一起的味道，喜欢看货架上的本子和五彩线，喜欢看柜台上的糖果瓶，一看就是半天。”这种“喜欢看”分明就是一种趣味，不仅是童年的，也应该是成年的。袁枚在《随园诗话》里提过杨诚斋的话：“从来天分低拙之人，好谈格调，而不解风趣，何也？格调是空架子，有腔口易描，风趣专写性灵，非天才不辨。”出入在曹文芳的小说和散文中的那个喜欢看、喜欢唱、喜欢玩的小女孩给作品带来了许多的“风趣”。曹氏兄妹在乡土文学上风格较为相似，但若细细辨别，或可这么说：哥哥曹文轩的文学作品更多重视“风神”或“风骨”，而在妹妹曹文芳的笔下更多渲染的是由她的个性、童年经历所带来的“风趣”或“风韵”。虽然二者有着相同的文学资源，但不同的个性气质和思想、不同的生活经历和思想经验必然会使其作品营造出不同的气质和气场。

曹文芳的文学世界除了有“闲”带来的“闲趣”，还有她那层出不穷的“迷恋”。“迷恋”也是其小说与散文中出现的一个高频词汇。以《紫糖河》为例，写到了“我”对东边奶奶气质的迷恋，对电影尤其是《红楼梦》的迷恋，对中药房中药材味道的迷恋，以及写男孩子对于九洞桥打仗的迷恋等。这些迷恋写出了童年生命深处的一些刻骨铭心的经验和体验，写得细腻入微，富有感染力，也有感召力。在她的小说中，除了写活色生香的“迷恋”，还常常设置一个情节之“谜”，如《紫糖河》《石榴灯》中紫苏和灯儿的身世之谜，或者说是孙女和爷爷之间的关系之谜。“谜”成为贯穿小说的草蛇灰线，而那些“迷恋”则成为繁茂枝叶。综观这一系列中的三部小说，作者都着意塑造了孩子和爷爷奶奶辈的老人之间的冲突，这是曹文芳对于儿童亲情空间描绘的一种拓展，将儿童与成人世界做了富有张力的联结。这一故事题材和结构方式与新西兰作家威提·依希马埃拉的《骑鲸人》有些相通，《骑鲸人》也是以孙女与爷爷的矛盾关系为故事线索，叙述一个毛利族小女孩用自己的勇敢和努力，纠正了爷爷关于女孩不能继承族长之位的偏见。作者将神话、梦幻与现实生活相结合，描绘了毛利族生活画卷和传统习俗，塑造了一个勇敢、倔强而又温情的毛利小女孩形象。曹文芳小说也在地域文化背景中塑造个性独特的女孩形象，这一形象不仅具有其人物本身的性格意义，并且也具有特定的文化意蕴。《骑鲸人》偏于情节小说，《紫糖河》等则更偏于情境小说，诗意化成为其突出的美学效果。

王彬彬这么谈论成为优秀作家的三个条件：“一、对人性的强烈而持久的好奇和长盛不衰的探索热情；二、对语言的高度敏感和一字不苟的写作态度；三、确立了自己稳定的价值体系。”① 对于儿童文学作家来说，似乎还应在人性之外加上对于童心的探

---

①王彬彬：《成为好作家的条件》，《文艺争鸣》2017年第10期。

索热情，曹文芳做到了本色表现，不仅塑造了一系列或晶莹剔透、或暗藏心机的儿童形象，还刻画了成年人的幽秘心思或斑驳灵魂，将成长蜕变和人生世相诉诸笔端，并常在云淡风轻中暗携雷霆。语言是艺术品质高下的一个重要分水岭，也是形成风格（同样也是区分风格）的一个重要元素，这是当下不无泛滥和呈同质化之势的儿童文学亟需引起注意的问题，而曹文芳的写作在这一方面做得十分自觉和出色，有她自己灵敏的语言感觉，她的语言具有跟她个性契合的节奏感。曹文芳小说中的细节如雨滴淅淅沥沥地播撒，语言则如溪水般潺潺汩汩地流转，轻抚岸边花草柳枝，也不时撞击砂石、飞溅水花。虽然整体上少了曹文轩语言的典雅蕴藉和哲思意韵，却有其活泼泼的灵秀、率真和清澈。尤其是当我们出声地读一读，会察觉到其中脆生生的音乐感，有的甚至还有形象的舞蹈感，长与短、快与慢、收与舒、柔与刚、飞与落、转与止等，轻巧、清亮而不失绵柔和韧劲。对于文学创作，有时真可以这么说，“得语言者得天下”，因为语言的美学形式直接呈现作者所领悟的人生形式。她的文字是耐读的，值得细细品味其表层的用词，品味其内在的情韵，细读可以明显地感觉到她对于语言之美的精心锤炼。如《河》中写道，“河干净了家家户户”；《草棚》中写六姑娘吃药死了，“这消息犹如一声霹雳，震得这片田野哆嗦了”。“干净”和“哆嗦”这类词语用得十分形象精辟。洗练而又生动，是她对语言的品质追求。语言的构成有声形义，文学作品的语言之美不仅要看其形、会其意，而且也要闻其声。因此作家在创作时不仅要注意叙事调子，也需要留意词语本身的声音。如果读曹文芳的这些小说，所用的调子和声音应该都会不同于其兄长曹文轩的作品，这也体现了她不可被遮蔽的美学个性和文学气象。

对于曹文芳的“水乡童年”系列的书写，亦可如此概括：这是一首轻灵的抒情诗，是一幅清新的风景画，是一串清亮的歌谣。读这一系列中的作品，感觉作者是用文字在绘画、在雕刻、在歌唱、在舞蹈。她让我们看见水乡的风景画、风俗画、风情画、人物画甚至群像浮雕，也让我们听见她心中哼唱的童谣、小调、欢歌或哀曲，以及在时间之风中飞扬的命运的舞姿。曹文芳的文学扎根于生她养她的家乡土地和她辛勤耕耘的教育土地，但她一定是喜欢仰望天空的，从她个人青年时期一段刻骨铭心的成长经历写成的《天空的天》，到她以三十年幼教经历写成的《把天空藏起来》等，如她小说题目常用到的“天”一样，曹文芳一程又一程地在打开她自己的“天空”，以其清芬悠远的文心和文笔给中国儿童文学带来了属于她自己的芬芳与光亮。

第三章 少年成长创伤的深度切入

相比面向小学低龄段的儿童小说，少年小说有其独特的性质。少年时期作为由童年向成年的过渡，因联结了分别代表着稚嫩和成熟、天真和经验、感性和理性的两个不同矢向和质地的人生阶段而充满张力，诸如留恋还是舍弃、守旧还是更新、回避还是直面、妥协还是挑战等。“破茧而出”的最终目标是挣脱种种带有蒙昧性和压抑性的困境，接受或改造社会价值观和审美观，成为自由的“主体”，这一着意于充满挣扎的蜕变过程的少年小说在本质上属于成长小说。启蒙或自我启蒙是成长小说的一个重要主题，在对“我是谁？我从哪里来？我向哪里去？”的叩问和认知中，少年往往遭遇难以避免的挫折甚至烙下伤痕，需要作家用洞幽烛微的犀利和体恤之笔，去抚摸少年儿童灵魂深处的伤与痛，而这往往也意味着作家本身要有勇气去经历一场冷热与共的灵魂的熬炼。事实上，经过这一灵魂熬炼的写作，其艺术质地大多也能淬炼成钢。

《小证人》：蚌病成珠的磨砺与光亮

当下中国儿童文学创作界，不少作家一味追求快速、快感和迎合性写作，忽略了儿童文学的审美本质，而能在这一甚嚣尘上的创作风气中坚守文学本位、执着于艺术锤炼的作家并不多见。在公安系统工作的韩青辰在十多年来的儿童文学创作中，自觉地回避浮躁，选择沉潜；回避轻松，选择沉重；回避重复，选择探索；回避容易，选择艰辛。这些回避和选择，都不无难度和挑战。韩青辰的创作基本都是现实题材，她是中国当下儿童文学园地中富有人文情怀、责任担当和艺术才华的勤奋的耕耘者。尤为突出的一个贡献是：她还是一个关注儿童生命困境的呐喊者，这在她的纪实文学和虚构性小说中都有十分鲜明的体现。她曾以报告文学《飞翔，哪怕翅膀断了心》获得第七届全国优秀儿童文学奖，之后又出版了“纪实励志精品系列”，包括《碎锦》《蓝月亮红太阳》《像蝉一样疯狂》《一尘不染》四部。她以自己多年深入采访所得为素材，精心创作了关注青少年健康成长为主题的纪实文学，内容涉及儿童成长中遭遇的种种险滩，表现儿童生命承受的种种磨难，不仅有令人触目惊心的萎谢与歧途，也有激励人心的奋斗与追求。她在这套书的前言《我祈祷，那没有伤痕的童年》中痛心地指出：“童年伤痕来自父母、家庭、社会，更来自我们自身的无知、软弱、懈怠和懒惰。”她的纪实文学蕴含着真切关注和引领青少年成长的博爱之心和思想力度，且具有丰盈的艺术表现力，作品如水晶般晶莹剔透、光影流转，为中国儿童文学领域开拓了美文性质的纪实文学阵地。

韩青辰小说创作的题材领域较为宽广，既有跟她故乡和童年相关的乡土书写，又有跟城市和教育相关的当下观照，倾注了她对于童年生存环境的审视和对幼小生命的尊重与爱护。短篇小说创作是韩青辰的一种磨刀石，她精心磨砺笔力，锋芒闪耀，曾以王园子为背景写作了一系列风格独特的乡土短篇佳作，如《水自无言》《花皮球》等。在她的多部长篇小说中，写得最精彩的是《小证人》，她以蚌病成珠般的毅力铸就了一部关于童年心灵跋涉的厚重之作，刻画了童年生命经历的痛楚和顽强的成长。小说对于童心“逆变”的揭示十分深刻，这种洞悉和力度在儿童文学中较为罕见。作者以庄重的姿态书写童年，将孩子和大人都写得立体逼真，把听得见的怒吼或哀号以及听不见的呻吟与叹息，把看得见的笑与泪甚或带泪的笑与隐忍的泪都宛然呈现，动人心弦。《小证人》为偏于轻软的当代儿童文学贡献了厚重的思想和情感质地，小说的结构也颇为精巧和缜密，显示了她驾驭长篇的艺术功力。

《小证人》是关于乡村童年的长篇小说，故事背景是在小米村，这个贫穷的小村子延续了作者之前在《春暖花开》《水自无言》等中短篇小说中频频书写的“王园子”的气息。每个来自乡村的作家笔下往往都会有一个难以割舍的精神意义上的故乡，无论这条故乡之河是清澈可爱，还是泥沙俱下，他们都会从记忆中去淘洗，去沉淀，也去筛选或剥离。韩青辰小说中的故事似乎从来都不是“空穴来风”，而是从土地里“长”出来的，《小证人》在这片地里酝酿了很多年才破土而出。作者在书后的创作谈《童心永远光明》中说道：“我辟出一片原野，它似我的‘王园子’，但终究不是。我在其中挖掘、耕种，试图万物生。对我来说，重要的不是写出土地之上的一切，而是那蕴藏在土地之下丰厚、宽广的地气，是它在引领和左右大地上的生灵，一代一代，周而复始。”《小证人》中的小米村汇集了这片乡土种种驳杂的气息，这里有种满庄稼的原野，有岸边芦苇丛生的东河，村里人家因为贫穷、病患或灾祸而各有忧心或伤心，冬青奶奶抱怨儿媳没给她生孙子，秋林妈妈抱怨守活寡而当起了疯大仙，王铁匠和蓝补丁承受丧子之痛……这里的民风虽然算不上完全的淳朴，但也不乏善良。小说主要讲述的孩子之间的故事就是在这样一片活生生、热腾腾甚至有些闹嚷嚷的土地上发生，因而具有了生活的质感和温度，有了生长的“根基”，避免了一般儿童小说在有意无意间把孩子的生活故事“架空”的流弊。

小说的主人公是小女孩冬青，核心情节涉及一个重大的命案：文老师在批评犯了错误的顽皮学生王筛子时，王筛子的癫痫病突然发作，倒在地上头部重创，不治而亡。目击这一幕的冬青接受公安机关调查时如实陈述，提到文老师当时伸出了手，但并没有碰到王筛子，而调查人员认为这一举动有可能构成文老师的过失罪行，这个案子似乎因为冬青的证词而悬而未决。这给爱戴文老师的冬青带来了焦虑，更给她带来了同学们的误解和辱骂，她被当作“叛徒”被孤立和惩罚，连昔日的伙伴也反目为仇。冬青深陷遭围攻的困境，她一心想要救出文老师，甚至不惜说谎推翻前面的证词，她在地狱般的生活中经受着灵魂的炼狱。小说用十分细腻的笔致写出了冬青备受煎熬的内心。这个心灵虽然痛苦，却始终保持了洁白的善良和正直，也历练得越来越勇敢和坚毅。她独自承担来自同学的种种凌辱和殴打，她也凭着一己之力去努力反抗，她不愿意让自己的家人受到连累——爸爸不在家，她要代替爸爸保护奶奶、妈妈和妹妹小桂子，她为了救文老师而接受一次次的磨炼，“她不仅要跟那帮混蛋决战，跟噩运决战，她还要跟自己的犹豫、害怕、矛盾重重的性格决战”，她决意要战胜自己……这个年幼的心灵盛满了委屈、悲伤和愤怒，也装满了对于正义、对于责任的勇敢担当，并且还充满了对于美、对于希望的执着追求。在她伤心苦恼的时候，她会不断温习文老师教的美丽诗句："希望是长着羽毛的小鸟，栖身于灵魂故里，它哼着没有歌词的小曲儿，永不停息。"她也常会默念文老师在一本书的扉页上写着的诤言："活着，就要证明生命的力量。"这些积极向上的语句鼓舞着她成长为一颗饱满结实的种子，汇聚真、善、美的合力。她用忍耐和硬朗去等待、去抵挡、去争斗，而当文老师平安归来后，她也以一颗宽容之心原谅了朋友们对自己的迫害。冬青的精神特征是对作者之前小说中儿童形象的秉承——如《水自无言》《阿玉》《月巧》等中短篇小说都表现儿童在苦难中抗争的境遇及其倔强的个性，但《小证人》中的冬青在连成人可能都难以承受的被集体孤立的逆境中顽强成长，这个形象有了新的增殖，比之前的同类形象更加立体和饱满。作者用贴心贴肺的爱熔铸了这只浴火重生的"凤凰"，塑造了中国儿童小说中难得一见的富有灵魂深度和热度的孩子形象。

真正优秀的小说不仅致力于对主人公的描绘，同时也不会偏废次要角色的刻画。《小证人》的故事主要发生在孩子群中，和冬青同在小米村的孩子各具个性，男孩中有干净利落的白光、淘气捣蛋的秋林以及仗着患有先天癫痫而肆意妄为的王筛子等，女孩主要有聪明、泼辣的班长桃红和善良、柔弱的月巧等。这些孩子本来都是冬青的玩伴，但是当冬青被他们认作坑害了文老师的"叛徒"之后，曾经的友谊一扫而光，代之而起的是毫不留情的肆意侮辱，他们对于弱者没有丝毫的同情，无止境地陷入盲目而冲动的过激报复中，一如作者的洞见："仇恨是一种可怕的自我膨胀与生长的毒品，谁吸进去不及时吐出来，都会让自己发疯癫狂。"[①]更令冬青寒心

①韩青辰：《小证人》，浙江少年儿童出版社，2014，第216页。

的是，这些挑头的侮辱竟然来自曾在暗中喜欢她的白光，这个男孩为了摆脱被牵涉进案件的干系而拒绝和冬青站在一起作证，并因为在冬青的勇气的辉映下察觉到自己的软弱而变本加厉地打压她，原本的情谊发生了骇人的裂变。曾经的好友桃红也和冬青反目，卷入这场声势浩大的压迫，不仅是因为名义上要为文老师复仇,而且还出于内里的嫉妒——嫉妒白光对冬青比对自己要亲近。这样的刻画笔力入木三分，体现了作者直面阴暗而不粉饰童年的现实主义的严肃态度。

小说对于童心的“逆变”，对于孩子的人性中潜在的丑恶面的揭示，让我想起诺贝尔文学奖得主、英国小说作家威廉·戈尔丁的成长小说《蝇王》和前苏联儿童电影《稻草人》，这些作品都以犀利的笔触深入揭示了隐匿于孩子内心的肮脏、阴冷、残酷的角落，那些邪恶的人性在某一个为了自我利益而争夺的事件激发下便会大肆发作并难以收拾。在这个意义上，《小证人》也显现了这种“反田园”的意味。儿童文学一般都以欣赏和颂扬之笔来书写纯真童年,因而被认为是“田园文学”。“成人常常假定(或希望或只是假装）孩子不懂得痛苦与受难，因而也就意识不到世间的残酷和苦难。所以，成人也假定（或希望）儿童文学应该表现纯真和乐观地看待事物的方法。”①儿童文学中的这种乐观主义与歌咏单纯的自然和淳朴的乡村、描写理想世界的田园文学相接近，许多儿童小说都会呈现出“田园般的童年价值观”，不过，正如西方评论家所指出的，“在较无趣的童书中，作家是刻意删去某些东西才营造出田园文学的气氛。但在更有意思的童书中，讽刺是内在而刻意的，结果显示出天真与经验、田园与世俗等相

①佩里·诺德曼、梅维丝·雷默：《儿童文学的乐趣》，陈中美译，少年儿童出版社，2008，第337页。

对价值的含混”。[①]无疑，《小证人》属于这种“更有意思的童书”，它部分采用“天真视角”，但更多以“经验视角”来写作，因此不避讳现实中确实存在的丑陋与自我心灵中埋藏的痛苦。如果说蕴含了诗意怀想的田园文学本质上是怀旧的文学形式，那么《小证人》对于童年往事的回忆没有采用单纯的田园风格，作者并非是由于恋恋不舍的眷念而怀旧，而是因为要打开童年心结而反思。现象学家舍勒尔把回忆看成人的价值生成的必然起点，存在主义哲学家海德格尔也高扬回忆这一重要的时间形式和生命形式，并将之提升到一个无限哲思的高度：“回忆是回忆到的、回过头来思的聚合。”[②]带上了反思意向的童年回忆是生命对经历的一场深度清洗，其底蕴是一种逼近真相与本质的人文关怀。

韩青辰的这种庄重书写没有因为探照“黑暗”而陷落于晦暗，也没有因为抚摸“痛苦”而沉浸于苦难，而是依然让主人公在黑暗中寻求亮光，在痛苦中迸发希望。美国儿童文学作家洛伊丝·劳里一直坚信，少年读者已经有能力面对重大问题，她以表现重大问题的《数星星》和《记忆传授人》先后两度获得纽伯瑞儿童文学金奖，她所写下的是她所深信不疑的信念：痛苦也是一种珍贵礼物，痛苦使我们具有人性。韩青辰正是把自己童年的痛苦经历当作“珍贵的礼物”，《小证人》承载了深沉的“痛苦”，并且也努力升华这种“痛苦”，在去芜存菁中淬炼出一种向往洁净与尊严、追求良善与正义的不屈意志。有一种美好的信念一直贯穿韩青辰多年来的创作——包括虚构性的儿童小说和非虚构性的报告文学，那就是作者在自己的“纪实励志精品系列”中写的自序

---

①佩里·诺德曼、梅维丝·雷默：《儿童文学的乐趣》，陈中美译，少年儿童出版社，2008，第341页。

②马丁·海德格尔：《什么召唤思》，载孙周兴译《海德格尔选集》，上海三联书店，1996，第1213页。

的题目“我祈祷，那没有伤痕的童年”。她的许多作品都会细致地描写和揭示童年深深浅浅的伤痕，追寻造成伤痕的种种原因，也探索孩子怎样去面对和修复伤痕的途径，更蕴含了她对不要再人为地制造伤痕的吁求。她在与笔者的访谈中说：“我写的都是成长，成长的种种错位、无奈、悲喜，我尽量和孩子的痛苦、磨难、考验在一起，至少给他们一种知心知肺的感觉，试图给他们方向和力量。我愿意雪中送炭，很少锦上添花。写作之初有一念，至今没变：只要有一个孩子的灵魂在痛苦着，我就不会停止儿童文学写作。我最不能忍受痛苦、磨难落在幼小弱势的孩子心上。”这是一个在童年期经历过苦难，因而也对所有儿童的苦难倾注了真挚关爱的作家，她说：“我相信任何时代都有稚嫩而痛苦的灵魂，我也相信文学的疗伤功能。我渴望作品能给‘我’之后的儿童生活注入更多的光明，让‘正义’‘公平’‘良心’这些古老的词汇永远活着，如日中天，高高悬挂在每个孩子的心上。”这是她在《小证人》的后记《童心永远光明》中的自白，是她内心的激流所向。

韩青辰曾在之前的小说集《水自无言》的题词中感慨：“通往理想的路，一开始也许有些狭窄崎岖、晦暗朦胧，但只要你坚持，它就会越走越开阔，越走越亮堂。”这不仅是作者对成长的切身体悟，同样也体现了她对艺术的执着追索，《小证人》的写作也经历了这样费心费力的“坚持”。

作为长篇小说，结构尤其需要精心斟酌，它考验一个作家对于长篇是否有足够的驾驭能力和独到的讲故事技巧，即如何把故事讲得吸引人、打动人、让人掩卷回味。长篇小说有故事纵向发展的“长度”，还要注意故事横向铺展的“宽度”和纵横捭阖的编织“密度”。《小证人》的结构颇为讲究。全书共十八章，每一章的标题都是两个字组成的一个词，或以事件或以情思或以重要角色的人名为标题，各章之间有时间或因果上的潜在勾连。作者没有采用传统的以事件发生时间为顺序的“顺叙”方式，开篇第一章题为“梦境”，以冬青紧张的奔逃拉出了主线——她想要逃离刚做过的噩梦，更要躲开生活中她正遭遇的噩梦，“逃出所有的耻辱、愤怒和忧愁”。这样情势饱满的开篇就像一架绷紧了的弓，箭在弦上，一触即发。虽然已经点出了“文老师出事”，但作者并没有顺藤摸瓜，去交代这一重要事件，即紧扣核心事件一条道走到黑，而是将这条核心道路放置在一片广阔的原野之中，原野上还有各色风景，猎猎招展，也有其他小路，阡陌交错。这些“岔开去”的风景和小路——尤其是前九章，不断用倒叙或插叙，交代小米村的各色人等、冬青的家庭和怪遇、文老师的到来带来的改变等——故意推迟核心事件的急遽前行，核心事件只如草蛇灰线般隐含其中。直到第六章“黄昏”才真正开始写案发，下面的两章“灾难”“害怕”是接续性叙述，但第九章“怪蛇”又宕开一笔，以“一切好像从那条蛇开始”，插叙了在文老师还没来小学时冬青撞见怪蛇和大百脚虫的经历，该章结尾又用简约的跨时间叙述连缀到了核心事件，“那时候，冬青确实没想到天上会掉下来一个文老师，更没想到王筛子要出大事情”。这些枝枝蔓蔓的铺垫和延宕看似松弛或累赘，但作者的高妙也正在这里——“我想给人物筑一块厚实的平原、丰富的原野。”正是因为如此，不仅小说的叙事变得开阔而灵动，并且也使得众多人物都有血有肉，使其后面的行为和事件也都有缘由，避免了单面性和突兀感。后九章的笔墨则更多聚焦于冬青，但依然没有“飞流直下”，对于冬青和孩子群之间矛盾的逐步激化和最终的消散、冬青心灵经受的起起伏伏的历练，作者都注意了节奏的拿捏，做到张弛有度、疏密有间。因此，整个故事有着比较自如的“呼吸”，但依然能扣人心弦，读到小说的结尾才会终于放松地长吁一口气，而文老师留给同学们抄写的诗歌《星星变奏曲》又会让读者不由再来一次意犹未尽的“深呼吸”。

《小证人》是一部沉甸甸的有分量的小说，因为作者以庄重的姿态书写童年，也因为所书写的童年人生和人性有着厚重、硬朗的质地，但这部长篇巨制并不滞重，更不笨重，不仅归因于上文已论的结构的巧妙设置，还归因于作者的表达功力。小说中叙事和抒情相融合，如果说她仔细经营的叙事是田野，那么她从心里流淌而出的抒情则是流水，是风，是阳光。田野与流水、风、阳光一起组成的世界是充满生机和变幻的世界，有其坦荡，有其婉转，有其轻灵，有其明媚。《小证人》既有乡土写实小说的质朴，又有乡土抒情小说的迤逦。因为所写的是作者生活过的土地，而且可以说还是浸透了作者爱恨情仇的土地，作者对故事中的人物都知根知底，不仅是每个孩子，甚至还包括每个大人，如冬青妈妈、冬青奶奶、根爷、秋林妈妈、桃红妈妈、王筛子父母等，每个人物都写得生动逼真，把听得见的怒吼或哀号以及听不见的呻吟与叹息，把看得见的笑与泪甚或看不甚清的带泪的笑与隐忍的泪都能宛然呈现，无须夸饰，便动人心弦。在作者的笔下，乡土的环境或风景也都有情有义。冬青跑去田里找妈妈，她眼中的田野是“刚刚孕育过花生、豆子、玉米、谷子的原野，仿佛一天也不肯歇息，又怀上了麦子。麦芽零零星星，远远地望不见，大片大片依旧是深褐色，沉甸甸的，看起来静谧、安详又神圣”。[①]对于这片田野的描写，暗含了冬青对于妈妈的认识和依恋，妈妈也如田野般含辛茹苦，静谧、安详又神圣，也正是这样的妈妈在冬青最痛苦的时候给予她勇气和决心，使她能坚决地朝着真实的道路走去。小米村的土地、小米村的种种自然风景都暗暗地给予冬青成长的力量，当她遭到同学的恶意攻击，又不想连累家人而独自承担时，她便躲进自然的怀抱去疗伤：

> 冬青放学后会躲到无人的河边、芦苇丛或者荒草坡，躲进那空寂的林子深处，她要痛痛快快地哭一场，哭得心里舒服了，才没事人一样回家。
>
> 那洒在荒野被草吃进去北风卷走被东河哗啦啦淹没的哭泣啊，恐怕只有荒野、只有东河、只有小米村的天空知道冬青这段日子多么痛苦和委屈。
>
> 也正是那荒野、东河和天空给了她力量。
>
> 常常她哭着哭着，看见一株米粒大的小野花，蓝色的，在蒿草下面一丝不苟地盛开。小野花不怕没伙伴，不怕西北风，它生长着，美丽着，不屈不挠。
>
> 还有东河的水，它静静地逆来顺受。春去秋来，时涨时消。
>
> 那无垠的天空，日出日落，月圆月缺，却始终显出永恒的意味。更不消说那些一心向上的槐树、银杏、桑树、皂角，包括树脚下的野草，它们从砖缝、瓦垄、石头下面钻出来，顾自生长——自然界的万事万物好像各有各的主张，各有各的志趣。它们从不计较，从不软弱，不悲不喜，自强自立。[②]

---

①韩青辰：《小证人》，浙江少年儿童出版社，2014，第2页。

②韩青辰：《小证人》，浙江少年儿童出版社，2014，第226—227页。

这里的笔触饱含感情又相当洗练，写出了一颗小小的心灵在自然中的宣泄和感悟，对于广大的宇宙之节律、对于微小的生命之要义的领略。小说中的抒情与沉思像水流一样把主人公的内心清澈地呈现，冬青愤怒过、痛苦过、抗争过，也努力地汲取力量，去走向明净、走向平静、走向内心的强大。作者用满腔的疼爱着力表现冬青饱受打击、满含辛酸而能不懈追求的心灵成长，这让我想起诺贝尔文学奖得主、美国作家托妮·莫里森所说的一段话："如果我的小说中有什么连贯的主题的话，我想就是：我们为什么和怎样学着认真并美好地生活。"这也是冬青这个儿童形象传达出来的动人力量，而作者的抒情性描写更彰显了这种意愿的力量。

这部小说的主调是严峻的，但也兼容诗意的情怀，就像俄罗斯文学中的批判现实主义，不会完全放逐浪漫精神。在一派乡土风景中，韩青辰最喜爱、最热衷，甚至可以说最迷恋的一种景物是"太阳"，太阳是这部小说的一个重要意象，全书中频频出现。开篇描写了原野风景后，就不惜笔墨地大段描写太阳：

> 太阳跳出了云层，明晃晃的。像一个人扎个深猛子出来，更像一个血涂涂生命力旺盛的婴儿，他死命伸胳膊蹬腿，以神奇的速度变换姿势。
>
> 光芒长长短短，反复直射折射，最终聚焦在离天空最近的这片树林、河流与原野上，得着阳光的部分立即镀了金抹了银。
>
> 冬青把细瘦的身子藏进树荫，她想好好看看今天的太阳。
>
> …………

此刻她多么需要这热辣辣、暖融融、明晃晃的太阳啊。好像文老师走后，她再也没有见过这么好的太阳。她随便揪下一瓣树叶，连连掐着撕着，深深舒出口气，低低地喊："多好啊，太阳！"①

冬青要好好看看的"太阳"象征着光明与温暖、希望与力量，结合故事中的案件来理解，太阳还兼具正义的色彩。与"太阳"相仿的另一个重要意象是"星星"，小说第二章以"星星"来命名，写文老师这个"文曲星下凡"，给孩子们带来了美的启蒙，让冬青兴奋地感觉到"世界越来越好的样子"。在小说结尾，冬青带着同学们一起朗读文老师给他们写下的《星星变奏曲》："谁不愿意 / 每天 / 都是一首诗 / 每个字都是一颗星 /……"故事在此落下帷幕，但星星的光亮会继续闪耀在读者的心空。冬青无比热爱灿烂的太阳和璀璨的星辰，因为高远的天空中这些明亮之物寄寓着也激发着她对于一切光明和美好事物的永恒向往。韩青辰的兰心蕙性是一支马良的神笔，笔触所致，许多物象便都活了，除了天上的太阳、星星，还有地上那流淌不息的东河、干干净净的芦苇、屋顶上经风雨剥蚀而固守原位的老瓦以及箭一样生长的瓦楞草等，纷纷显示了各自的生命气象与气概，抚慰着也净化着冬青成长中躁动的心灵。除了自然意象，还有生活意象，甚至包括冬青那颗从故事开头就已摇晃，而在她心意已决的时候终于掉落的"牙"，"这颗牙掉的真慢啊，冬青舔了舔，发现新牙早已拱出了头"。②掉牙、长牙这一生命体的生理发展无疑暗含了心性成长的象征意味。这些富有诗性的意象的随处点染，如杂花生树，给沉重的故事主

①韩青辰：《小证人》，浙江少年儿童出版社，2014，第 2 页。
②韩青辰：《小证人》，浙江少年儿童出版社，2014，第 256 页。

线增添了轻盈与明艳，提升了小说抒情诗般的品质。

这部小说的情思表达非常生动，冬青的每一种情感与心思都被十分细腻地描画和渲染，有些细节十分新鲜别致。比如，冬青爸爸长年离家在外打工，冬青一想爸爸，从前那些对爸爸的恨与怕就不计较了，她真想找张纸给爸爸写信。作者妙笔生花，用不同的笔致写冬青所理解的奶奶和妈妈给爸爸写信的状况。奶奶是旁若无人地哭着给爸爸“写信”，她的直抒胸臆的眼泪和念叨就是所写的“信纸”，而妈妈“写信”则很隐忍：

> 妈妈也会想爸爸吧？她一定会在哄小柱子睡觉的时候给爸爸“写信”，在给她们做鞋子、打毛线的时候写，在那望不到头的麦地里写，在雾蒙蒙的凌晨和黑漆漆的黄昏、在她气喘吁吁上坡的时候，在冬青无法想象的艰难困苦里写。妈妈不写信怎么熬下去呢。[①]

冬青妈妈因为没有生出儿子而受到婆婆的埋怨，她唯有拼命地包揽所有重活来“赎罪”。作者没有过分渲染冬青妈妈的哀怨，而用这种含蓄的笔致表达了对忍辱负重的农村女性命运的体恤和对她那温厚而坚韧的精神的尊敬。而当写冬青“写信”，作者又换了另一种活泼的笔致：“树叶子、草叶子、菜叶子都是她的信纸。冬青还在东河给爸爸写过信，她划开清凌凌的水，就见到了爸爸棱角分明的脸。”[②]这样贴合人物性格、变幻多端的写法给小说增加了摇曳生姿的灵性之美。给人印象深刻的小说往往离不开动人的细节，《小证人》中充满生活气息或蕴含热烈情感的生活细节

①韩青辰：《小证人》，浙江少年儿童出版社，2014，第33页。
②同上。

在全书中俯拾皆是，因此使得这篇小说没有因为抒情的多方渗透而成为轻舞飞扬的散文诗，而是“地气”充沛的叙事诗。

韩青辰的写作态度认真到乃至于苛刻，《小证人》的写作几易其稿，从她1992年开始写作就在酝酿此作，多年的中短篇都是在为它而练笔，直至2010年《小证人》才正式落笔，初稿写了八万字后推翻重写，后面的几稿同样被自己否定，写了四五年才定稿，主要是因为主题、情节和结构的调整，据她回忆那是一段神魂颠倒的封闭式的日子，甚至许多细节和语言直接来自梦境。优秀的文学作品不仅要靠个人特有的才情，还要靠对于艺术的精雕细琢的虔诚。作者在写这部长篇时，依然像对待短篇小说那样追求字字珠玑。比如，她写小米村的人：“小米村的人都是这样乐起来的呀。瞧瞧，他们在地里锄草、翻地、播种、浇水、插秧，衣服被扁担磨破了，肩膀磨得红肿，臭汗湿透了破衣烂衫。脸上晒得乌黑，胳膊晒得像花蛇。可是大家照样说啊笑啊，好心情一垄一垄往外长。”①用沾染着泥土气息的朴素语句写出生活的本色，也写出了本色底里的生命力度。再比如，她写冬青内心的挣扎：“‘真’这个字小刀一样雕刻着冬青，她一使劲把嘴唇都咬破了。”②作者也正是握着“刀”一样的笔在“雕刻”她的小说，力求立体、精美，风格以清丽为主、凝重为辅，富有诗意和张力，隽永有味。

值得一提的是，《小证人》中写到了几种江苏农村的风俗，比如“冬青”一章讲到奶奶给因惊吓而生病的冬青喊魂，筷子可以立于水中，鸭蛋可以站于刀背；“怪蛇”一章中把神出鬼没的大蛇和大百脚虫当作“老祖宗”的预示；“神谕”一章中秋林妈妈跌倒在王筛子的坟上而又成了能帮死人传话的疯大仙等。这些

①韩青辰：《小证人》，浙江少年儿童出版社，2014，第61页。
②韩青辰：《小证人》，浙江少年儿童出版社，2014，第232页。

似乎有封建迷信之嫌的民间段子，作者不会不考虑到是否要写进去，但最终还是将这些写进了故事，因为这的确是乡村中存在的事实，作者想要还原乡村的本来面貌，不仅写出那片土地里生长的一草一木，也写出那片土壤里生长的文化作物，这些枝枝叶叶的故事给小说在现实叙事之中带来原生态的芜杂感，同时也带来现实叙事之外陌生的神秘感。不过，小说后半部分中关于“上帝”的诉说似乎有些突兀。冬青听奶奶讲过《圣经》故事后，在她痛苦无助的时候，几处表达了她对于上帝的祈求，比如在她听了妈妈的劝告、下定决心要去说真话时，她的想法是：“说真话，就让那万能的上帝来审判吧。”[①]如果删去这些对于上帝的祈求，也许更能凸显小主人公与他人和自我决战中的艰难与坚毅，毕竟幼小的冬青应该还没有真正领会上帝的力量，上文也没有这方面足够的叙写和交代。另外，在情节设置上，小说最后一章以“白光”为题来做结，冬青做了一个已去城里的白光回乡找她的梦，这个梦与开篇的梦境可以形成呼应，但有些牵强的是，梦中白光来向冬青忏悔，和盘托出了自己之所以要打压冬青的隐蔽的原因，即源于自己的自私和怯懦。白光的灵魂剖白以冬青的梦境来托出，似乎是出于冬青的主观臆想，因此在真实度上会有所削弱。假使用白光写信的方式来表达，会比冬青做梦的方式更客观、更有信服力。

但是，瑕不掩瑜，《小证人》无疑是中国当代儿童小说的重要收获，为向来偏于轻软质地的儿童文学创作提供了新的质素。《小证人》的殊异之处亦是重要之处在于：它是中国儿童文学史上一部直逼童年灵魂的带有“反田园”色彩的长篇小说。作者以

①韩青辰：《小证人》，浙江少年儿童出版社，2014，第233页。

其富有担当的勇毅，以其包含痛苦的宽容，以其切近而简劲的笔力，刻画了自己童年生命经历的“痛”。所有真正隐忍的灵魂之痛，尤其是藏在孩子心灵深处的痛楚，都会格外令人动容。韩青辰用“火焰”般的情思将整部作品锻造成一个透明的“晶体”，映现出多面的世界，也折射出多棱的华彩。这部长篇小说是叙事文学，在形式上虽不是诗，却从内里闪耀着诗的光辉。沉醉于童年梦幻来写作生命之诗的顾城说：“大诗人首先应该具备的条件是灵魂，一个永远醒着微笑而痛苦的灵魂，一个注视着酒杯、万物的反光和自身的灵魂，一个在河岸上注视着血液、思想和情感的灵魂，一个为爱驱动、光的灵魂，在一层又一层物象的幻影中前进。”①韩青辰用写诗的灵魂写出了儿童小说也可以抵达的真实而阔大的境界。

《城墙上的光》：寻绎童年成长的迷幻叙事

顾抒的小说一向喜欢营造亦真亦幻、扑朔迷离的故事效果。世界上的事情发生在现实生活中或真切的心灵里，有时真幻难辨，其实究竟孰真孰假，或许有些也没有辨个究竟的必要，因为在心灵里发生过的事情，有时其意义甚至大于在生活中真实发生的事件。顾抒用真实与虚构相融汇的文学，来表现这种生活与心灵交错构成的世界。

综览顾抒近些年诸多的小说创作，其个人风格的关键词大致有：抒情、意象、意境、隐喻、诗意、玄幻、幽秘、忧伤、沉静、跳脱等。在《城墙上的光》这部小说中，她依然延续这种写作道路，

①顾城：《答记者》，载顾工编《顾城诗全编》，上海三联书店，1995，第917页。

但也在寻找新的途径，做出新的尝试，营造新的风味。她在这部小说中较为突出的一个努力是运用独特的叙事策略，设置了一个“非同一般”的叙事者。无论是第一人称的限制性叙事视角，还是全知全能的第三人称叙事，儿童文学通常会在开头清楚地交代或显现叙事者身份，而《城墙上的光》中的第一人称叙事的“我”被模糊化，其大致身份是熊猫的知心好友，但究竟姓甚名谁、和熊猫的童年人生有着怎样的交集并不清楚。这个叙事者起初看来很普通，但随着故事情节的发展，给读者带来越来越浓重的怀疑和猜想，直到故事结尾才真正亮出身份——“我”就是熊猫寻找的、已经死去的女孩“云雀”，原来作者采用的是“亡灵叙事”。这对于有经验的读者而言可能是在意料之中，但是对于大多数无经验的读者而言，可能会在意料之外。穿越阴阳两界的“亡灵叙事”同时还带有“魔幻现实主义”性质，“亡灵叙事”在成人文学中已经屡见不鲜，拉美作家加西亚·马尔克斯的《百年孤独》给中国当代成人小说界带来了亡灵叙事的热潮，如阎连科的《横活》、艾伟的《南方》、莫言的《生死疲劳》、余华的《第七天》等，创造了一道道极富魅惑力和深度美的文学风景线。然而，这一亡灵叙事在儿童文学中较为少见，西方代表作有英国作家艾里克斯·希尔的《天蓝色的彼岸》等，在中国儿童文学界则更是凤毛麟角。或许是因为亡灵叙事有些“诡异”、魔幻现实主义叙事较为复杂，一些儿童文学作家担心儿童受众可能难以深透地把握，因而对这一具有冒险性质的叙事策略望而却步。顾抒在《城墙上的光》中进行大胆尝试，相比成人文学这类叙事，繁复性、荒诞感和丰厚感有所减弱，代之而起的更多是迷离感、灵动感和轻盈感。同时，她也运用了儿童文学的“独门武器”即童话式的幻想，用童趣来增加温润和弹性。

故事开始于少年熊猫的一句颇具玄理的感慨："过去比未来更遥远。"他觉得似乎有人在过去呼唤他，因而执着地想要"回到过去"，去寻回一个记忆中模糊了的女孩的名字。由此，拉开了过去和现实交织缠绕的故事。从各章故事的标题看，似乎像一篇篇童话的组合："熊与馄饨树""鲛人的眼泪""拯救卜卜星""蚂蚁和紫罗兰""告别海市蜃楼""修理月亮的人""没有名字的歌"。事实上，作者是用故事套故事的方式——常采用追忆的形式，将现实和童话式的虚幻糅合在一起。在整个故事发展中，"我"和熊猫如影随形，若从结尾揭示的"我"的真实身份——"死去的幽灵"这个角度来考察，发生在"现实"之中的二者之间的交流对话其实也是一种"虚幻"。由此，这种"虚幻"弥散在了大大小小的故事中，过去和现在、真实和想象的时空不是截然分开，而是彼此渗透，因此难分难解。但其实，作者在故事开头的"引子"的结尾留下了些微的暗示。"我"和熊猫在树干上聊天之后就从树上跳了下来，叙事者紧接着交代："其实这棵树并不存在，树干不过是书上的一首诗，枝叶也是一场梦……这是一棵幻想之树。"作者点明"幻想之树"，但还留了一手——叙事者"我"是"非现实中人"这一秘密要到全书结尾才揭开，而"我"所参与的各种故事则是"若是若非"的状态，熊猫一心想要寻找的"女孩"则是"若隐若现"。叙事者的声音并不是一成不变的调子，它有时平淡、有时深情，有时黯然、有时超然，随故事发展而起伏变化，使故事氤氲着一层朦胧、微凉的薄雾，整本书成为一首迷离而耐人寻味的"歌"。

关于小说的人物和主题，作者在"创作谈"中自述："来自四个不同家庭、性格迥异的熊猫、云雀、银子和小黛，构成了《城墙上的光》的主要冲突。他们如同四颗小小的石子，在时间的河流中改变了最初的形状，也获得了成长。对于家庭、好友和过去，有的达成了和解，有的则久久无法释怀。但是无论经历了如何的矛盾挣扎，所有的孩子都在寻求自由、美和真挚的感情，这一点是不变的。”作品中的四个孩子身上有着作者和童年伙伴的影子，作者称“这本书是我对童心的真实记录”，想要记录渐行渐远、可能渐被忘怀的童年。小说中主要的故事背景是南京，对于南京的风景名胜和小吃都有描绘。从时间段来看，这是七八十年代生人的童年时代，马头牌冰棍、馄饨挑子、配给制的饭店等展现了那个时代的社会剪影。孩子们足迹所至的玄武湖、鸡鸣寺、明城墙等，都带来一番亦真亦幻的历险或奇遇。这些过去时代的生活不是用写实手法来表现，而是与童话般的故事相混合，比如馄饨树、鲛人的眼泪、海市蜃楼、修理月亮的人等，因而兼具时代和童年的质感。这四个孩子有着不同的家庭背景，小说在讲述四个孩子的故事时也带出了上一代人的生活，如当图书管理员的熊猫爸爸未能实现大学梦想而痴迷于读书，云雀父母在下乡时期并不如意的婚姻结合及其之后的落魄，银子家经营小卖部的发家致富，小黛奶奶高人一等的社会地位和给予孙女的严苛教养等。这些不同社会阶层的家庭经历，折射了历史境遇和时代发展。四个孩子的个性也十分鲜明且较为立体，作者没有将之塑造成与社会阶层对应性的符号化形象，而是写出其多重性格或情感。如商贩之家的银子小小年纪就看到了金钱作用之下的世态炎凉，他虽然势利，但对熊猫依然怀有真诚之意，在他家建造新屋时保留了原来熊猫家的石凳。家境地位优越的小黛为了迎合家长的期望和要求而压抑自己，她看似冷漠，但和朋友交往并没有囿于社会等级，对朋友也有几分热忱。此二者的背景塑造更偏于其社会性维度，而作为主角的熊猫和云雀还被作者赋予哲学层面的象征意义。

熊猫执意要回到过去、寻找记忆中故友的名字，这是推进故事发展的一个内在线索。和不愿长大的彼得·潘一样，少年熊猫想要回到过去的这一“痴傻”行为，有着对于童年的某种“情结”，如他所言：“我觉得忘了鲛人的生活根本不值得一过。”在他的观念中，童年比少年纯粹，且童年和他相伴的那个女孩比他更“纯粹”，“他即使变成了少年，也不愿与那种纯粹彻底告别”。熊猫童年时代的女孩虽然家境贫寒、身世凄惨，但是她善解人意，正义而勇敢，和他一样都充满想象力，可谓同气相求。她给了熊猫许多的理解、安慰和鼓励，她胜过熊猫之处尤为突出地表现在她顽强守护大树的壮举。她执意护树是因为她和熊猫可以和这棵树上的小人说话，熊猫却为了竞赛而爽约，即因为某种世俗功利的束缚而放弃了天真。因此，少年熊猫对于过去的童年和在记忆中召唤他的女孩的寻找，实质是寻找丢失的童年精神家园。

在寻找女孩的过程中，逐渐浮出水面的是关于女孩的名字。名字是身份的标志，是独特的“这一个”，而不是模糊化的众人或其他人。对于名字的寻找，是对过去的一种重新“发现”和“命名”。名字就是隐在薄雾中的那张脸，找到名字意味着找到了清晰的记忆，随之迷雾消散，一切水落石出。临近小说结尾，熊猫发掘出埋在树下的旧相框，才渐渐触及了谜的核心。作者到结尾“抖包袱”，揭示了始终陪伴并和少年熊猫对话的“我”就是他童年最好的伙伴、女孩“云雀”。云雀的死亡让熊猫产生难以承受的自责与痛苦，从而使儿时的熊猫选择了遗忘，但又始终难以真正忘怀，所以成长为少年的熊猫一次又一次地尝试回到过去。而“我”之所以迟迟不现出“真身”，是因为：“熊猫一天没有找回自己全部的童年故事，我就一天不会离开，始终藏在他的心底。唯有当一个人重拾起自己的过去，并以千万倍的勇气去面对和承担这份艰辛时，他才能真正与之挥手作别。”“比起回到过去，在内心深处我更希望熊猫能留在现实之中，这是我对他永恒的祝福。”可见，“我”是熊猫内心成长的陪伴者和见证者。熊猫对云雀的寻找可以看作少年对纯粹童年的寻找，也是一种对披肝沥胆的情谊的寻找，而且也是对破茧成蝶的成长的寻找。

顾抒的抒情性语言细腻而灵动，诗意而梦幻、隽永，比如：“但我看得见熊猫眼睛里倒塌的石头。过去的藤蔓蜿蜒而来，从那里缓缓垂下，遮蔽了石头上刻着的名字。闪烁着露珠般光泽的绿渐渐褪去，叶子的脉络随着季节的变迁而凋零，终将化为一沓书页飘落地面。”短短几行就包含了密集的意象。她善用意象营造情调、表达主旨，而且有的意象还被作为情节线索贯穿全篇，如树、名字、音乐等都具有独特的情感和精神隐喻。有些隐喻与一些经典文艺作品相通，比如那棵给孩子们带来欢乐而最终被砍的树。熊猫和女孩跟树上的小人说话，会让我们想到巴西作家若泽·毛罗·德瓦斯康塞洛斯的《我亲爱的甜橙树》中小泽泽对自家甜橙树的倾诉，树是孩子的重要心灵陪伴。云雀守护大树而熊猫爽约的情节，则与美国电影《怦然心动》也有异曲同工之处：女孩朱莉执意爬到树上守护可以眺望美丽风景的大树，而男孩布莱斯却因为不想缺课而没有支持她，导致两人的关系降至冰点。此外，“寻找名字”这一设计与日本动画大师宫崎骏的影片《千与千寻》也有暗合，千寻找到名字就摆脱了汤婆婆的统治而获得自由，重新回到自身；

熊猫找到了云雀的名字，也意味着他摆脱了缠绕着的迷梦或噩梦而获得了心灵的成长。这些意象给写实的故事带来了耐人寻味的意蕴。

在这部抒情馥郁的小说中，跟小说主旨和艺术情调紧密相关的另一类核心意象是音乐歌曲，草蛇灰线般多次出现的是三首歌：女孩唱给熊猫听过的《半个月亮爬上来》《小河淌水》以及“没有名字的歌”。前两首歌都是关于爱情的地方民歌，《半个月亮爬上来》是作曲家王洛宾根据西北地区民间音调创作的爱情歌曲，《小河淌水》的原作者是尹宜公（笔名赵华），根据云南民歌写成。民歌具有地域色彩，在不同的地理、气候、民族、民俗、语言、文化等的影响下，人们选择以某种通俗易懂的形式来传递生活、历史、文化、文明等，而在某一时代被大众热衷传唱的民歌还折射其时代的境况。这两首歌因为歌词质朴、曲调优美、意境悠远且易于学唱而流传全国，爱情主题也使之深入人心。这些歌曲都是女孩的妈妈教她唱的，因此这些歌曲与女孩妈妈的故事有关。熊猫记得女孩说过她妈妈唱《小河淌水》这首歌和其人生境遇有关：她“一辈子最好的时间被困在了一个地方，动弹不得，在那个地方，她除了唱歌给月亮听没有一点别的办法。”在上山下乡这一特殊的历史时期，女孩妈妈所代表的一代城市知青对于人生理想和浪漫爱情的渴望难以在现实中实现，歌曲寄托了她对不可得的理想生活的不灭的向往和难以抑制的感伤。

“没有名字的歌”则直接源自女孩妈妈的经历，她因为被人冒名顶替而与音乐学院失之交臂，只能下乡去当知青。她自编自唱的“没有名字的歌”是对自己不幸命运的伤怀，而之所以没有名字，是因为这首歌出自无名小卒，抑或是缘于心声无法真正倾诉，歌曲中蕴含了她的怨尤、惆怅、悲哀和无奈。作者通过熊猫听女孩唱这首歌的感受，间接地表现这首歌中所蕴藏的伤痛："男孩懵懵懂懂地感到，那旋律与前面的歌都完全不同，仿佛在诉说着一个过去的故事，令人心碎，却又是那么美。可是，他无法彻底理解，仅仅只能伸出手去，触到那旋律的表面，就又立刻缩了回来。然而，只是这么轻轻一触，他也感到了极大的悲哀。"女孩唱这些歌，一方面是表达对已经去世的妈妈的深切怀念，而另一方面，她一心想要用笛子来吹出那首"没有名字的歌"，还寓含了对上一辈所经历的悲伤的触摸，为上一代人特殊历史时期的青春唱挽歌。在小说结尾，又一次提起了"没有名字的歌"，但这一次的歌不再是关于云雀母亲的哀怨，而是关于云雀所代表的纯粹的童年之歌："与云雀共同度过的童年哪怕被急速变化的时代所颠覆，为岁月染上尘埃，却依然历历在目。它不断地召唤着熊猫，哪怕我和所有关心熊猫的人都宁愿他忘却，童年却不会远去，它也同时召唤着银子、小黛，和世界上每一个拥有过童年的人。"可见，这首"没有名字的歌"是母女两代人的歌，其意义指向发生了改变——从个体被剥夺梦想的历史层面，转向女儿思念母亲的情感层面，再转向女儿所代表的童年精神层面。主题和感情是歌曲的灵魂，风格是其个性，歌曲在这部小说中具有主题和艺术方面的双重功能：歌曲的内容和唱歌的动因引出了相关的社会历史和生活，给主人公为孩子的主线故事增添成人社会的历史背景和意蕴，丰富了故事的主旨，由于儿童叙事者的身份限制，虽然无法对历史功过和成人的感情世界加以评价，但是作者的态度隐含其中。另外，作者选择的歌曲有着低沉柔婉的调性，反复出现的曲调氤氲在故事之中，渲染了故事同样低沉柔婉的抒情调性。

与音乐相关的一个器物是“笛子”，笛子是中国传统的吹奏乐器，是民族吹管乐的代表。中国南方的笛子具有独特的音色，典雅清丽，可以吹出悠长的旋律。在中国古典诗词中，笛子是频繁出现的意象，如“谁家玉笛暗飞声，散入冬风满洛城”（李白《春夜洛城闻笛》）、“更吹羌笛关山月，无那金闺万里愁”（王昌龄《从军行七首》）、“怀旧空吟闻笛赋，到乡翻似烂柯人”（刘禹锡《酬乐天扬州初逢席上见赠》）、“羌笛何须怨杨柳，春风不度玉门关”（王之涣《凉州词》）等，往往传达思念、幽怨、忧伤等情绪。小说中，女孩云雀思念早逝的妈妈，家境贫寒的她省吃俭用想攒钱买一支笛子，期望笛声能让她唤回和贴近妈妈，因为传说中最早的笛子是用鸟禽的肢骨制成，可以召回人类的魂魄。男孩熊猫尽其所能为女孩做了一支只能吹出一个音的笛子，女孩在胭脂井畔吹笛时看见井中妈妈的幻象而不慎坠井而亡。小说对这一死亡的叙述较为含蓄隐晦，云雀吹着笛子走向死亡，具有象征意蕴：这是美和爱的离去，也代表了童年的离去。但是，在小说的结尾，当熊猫已经找到了童年记忆和女孩的名字，走出了内心自责的泥淖、能直面成长的艰辛之时，“相框里的云雀举起那支只有一个音的笛子，用尽她全部的想象力，为她的朋友熊猫吹出了这首没有名字的歌”。作者用充满诗意的抒情性文字来描摹这首笛子吹出的歌，并阐释其“妙不可言之处”：

一个步入这座时间森林的孩子，将始终无法忽略那些堆积如山的来自过去、发自内心的声音，哪怕是再微小的声音，汇聚在一起也不啻是令人心颤的巨响、振聋发聩的轰鸣，是一首动人心弦的没有名字的歌。无论是在树上，还是在草丛中，唱起来都是那么好听。最妙不可言的是，只要愿意，你可以用任何你想要的方式去唱它。// 那是属于她，也属于你和我的歌。// 永不忘记逝去岁月的，生命的歌。// 而那就是，城墙上的光。

作者将“没有名字的歌”与“城墙上的光”相联系，是因为据说后者是穿越时空的一种机关，这一首歌也具有打通成长时空的功效，让“失乐园”的人借助歌声“复乐园”。就其意义而言，这个音乐意象比起小说题名中的“城墙上的光”（作品中只在一章中有所落墨），更具有概括整个故事的完整性和明确性。

顾抒《城墙上的光》的内容意蕴较为丰富深广，而其叙事形式的突破意义似乎更甚于内容价值。这是以亡灵叙事将童话和小说进行混搭的一种探索性创作，充分发挥了“迷幻”式的写作风格。迷幻的魅力在于可以引人入胜，迷幻性叙事无疑会挑战读者的阅读经验乃至智力，让这种阅读成为一种“破案”甚至和作者叙事进行博弈的过程。但非中规中矩的“剑走偏锋”性质的叙事本身往往也是一把“双刃剑”，重重叠叠、弯弯绕绕的“迷幻”叙事——或可称“迷思”——可能会引来“迷途”，甚或作者可能也会“迷”在其中。迷幻性的“亡灵叙事”给小说带来自由出入时空的自由度，通过故事的层叠环套，打破阴阳两隔的生死界限，将时空交错、倒置、互渗，但有个别地方感觉不是特别熨帖。“自由”本身就是一个矛盾，艺术生于自由，但也可能死于自由，需要谨慎处之。

《隐形巨人》：沧桑而温暖的韧性书写

张晓玲的长篇小说《隐形巨人》，是相当成熟的一部乡土儿童小说佳作。读这部小说，需要沉静之心，才能充分体会其深彻，品味其精湛。或者说，读这部作品的过程也会让我们的心变得沉静，作品浓郁的气质会濡染读者的心境。

多年来儿童小说中书写乡土苦难的题材已经司空见惯，而这部作品之所以脱颖而出，主要得归功于作者发掘苦难及人性的深度及其艺术表现的“火候”，坚硬中有湿润和柔软，沧桑中有热烈和温暖，渲染中有含蓄和克制，沉重中有轻灵和诗意。

作者称：“渴望通过刻画较为真实的人性来表达我自己对于童年和少年时代的理解，并且寻找到某一条可以解决问题的出路。”为此，她给故事安设了一个自己熟悉的“大鱼镇”作为发生地，以十二岁的少女“我”即陈喜作为叙事者，来讲述家庭、乡镇和一群少年成长的故事。小说中的人物基本都不完美，甚至都会多多少少犯些大大小小的错误，且大多陷入各种各样的困境——从现实生活到内心深处。故事中的少年个个都有自己的光明与阴影：懂事与细腻的陈喜被内心对易勉之秘密的喜欢所捆绑而生出嫉妒，乐天而义气的陈欢被顽梗的天性所捆绑而一意孤行，勤奋向上的易勉之被不光彩的家事所捆绑而变得躲闪和偏执，美丽开朗的花小瑛也被隐秘的少女心事所捆绑而无意中伤害了友谊……种种困境让他们成了一个个被缚的蚕蛹，一边在“作茧自缚”，一边也在寻求“破茧而出”。作者用悲悯之心写出了他们一次次的挣扎和震颤，写得朴素自然，读来令人心疼。小说中两位母亲形象同中有异，令人印象深刻：她们都承受着丧夫之痛，都心地善良，都为了抚养孩子而不辞辛苦、克勤克俭。陈喜的妈妈为了儿女而紧守丈夫工伤去世后的抚恤金，甚至不惜得罪长辈亲戚，但在陈欢出事之后倾囊给他看病，原本因那笔钱而生的家庭矛盾也随之化解，代之而起的是亲人间的关照。易勉之的妈妈在贪污犯丈夫狱中自杀之后靠卖麦芽糖来维持母子生计，她谦卑而顽强地生存，但在儿子犯下大错后忍痛割爱地扛起责任。小说两次写到两家祭扫坟地时的邂逅，第一次是两家"同是天涯沦落人"般惺惺相惜的结缘，第二次转为"受害者"与"凶手"两家之间不无伤痛的和解，虽然彼此心照不宣，但赎罪和宽容已经开始。

作者谈及小说的主题在构思和创作中发生了转变，她本来只想写"悔罪"的故事，而后来写成了"原谅"的故事，写完之后则发现这是一个有关"自由"的故事。她怜惜那些被绑得严严实实的孩子和大人，她一心要做的事就是去"释放"他们，而她找到的其中一个微妙的解决之道是借助"隐形巨人"。小说题为"隐形巨人"，无疑"隐形巨人"是一个重要的角色，尽管他只是陈喜心中的一个臆想，在书中也只是一个虚幻的"意象"，却是人物灵魂的走向，也是小说主题的旨归。陈喜对于"隐形巨人"的认识过程就是她心灵的成长过程，她由起初的迷惑、忧惧，到之后的亲近与安心，她的心灵逐渐化茧成蝶。"隐形巨人"最初的出现，是年幼的陈喜在夜里去奔丧时恍惚感觉到的在田野上游荡的巨人，她对隐形巨人的印象来源于爸爸生前给她讲的故事：他因为偷了柿子而被隐形巨人跟踪，让他不得安宁，而躲避隐形巨人的方法是"闭上眼睛，你就隐形了，他就看不见你了"。这无疑是一种自欺欺人的逃避姿态。陈喜对于隐形巨人的感情复杂暧昧，在害怕中混合了她对去世的爸爸的怀念。她对隐形巨人的想象中因为糅合了高大如巨人的爸爸的影子，糅合了爸爸在世时对她的疼爱和她对他的依恋，她逐渐消除了对隐形巨人的惧怕。小说结尾，在两家默然开始和解时，她在坟地里电线杆旁的一个“巨大的黑洞”中，看见了隐形巨人的存在，但他已经是“一团安静的、温暖的沉默”，而她听到的来自隐形巨人的嘱咐和之前爸爸告诉她的恰恰相反：“闭上眼睛，闭上眼睛你就能看见我了。”这个嘱咐其实来自她内心拔节的声音，意味着她认识到不能再“逃避”，要勇于面对自己的内心——对过错的悔恨感、歉疚感和负罪感，并学会去原谅与和解。鼓起勇气的直面之时，就是宽恕之时，也就是破茧之时。作者用非常简洁而动情的文字如此表达：“我的眼前霎时一片明亮，那个巨大的身影就这样毫无遮挡地呈现在那里。我闭着眼睛看着他，就这么一直看着。忽然之间我明白，为什么隐形巨人会如此巨大，是因为我八岁之前，对于小小的我而言，他就是那样巨大的。他在我心里，永远定格在我八岁时须仰望的那个角度。那个时候，当他背起我，他是我的大地；当他俯就我，他是我的天空；当他抱住我，他是我的宇宙。一瞬间，我的眼泪汹涌而出。”当陈喜真正懂得了“隐形巨人”所指向的与支撑、包容和自由有关的“大地”“天空”“宇宙”的意义时，久旱不雨的心灵终于得到浇灌，久困不愈的心灵也得到医治和释放。作者以隐形巨人带来道德和灵魂的追索与拷问，也带来孤寂时的安慰，并赋予受困者解放的释然。“隐形巨人”的多次出现，构成了这部现实主义小说中一个“灵异”元素，但它并不形成魔幻情节，而是人物混沌不清、摸索出路的内心世界的真实映照。“隐形巨人”在故事发展中时断时续地出现，如缥缈而又湿润的云雾，缱绻在蜿蜒而峻峭的现实山岭之间，亦如一首触摸和抚慰灵魂的歌曲。这一神秘而耐人寻味的形象或意象的创设，是作者表达抽象而幽秘的心灵成长主题的神来之笔。

小说采用第一人称，有利于展开叙事者陈喜的个人内心，但作者没有放大叙事者一己的痛苦，而是从她的视角去体察他人/众生的苦难与承受苦难的姿态，包括对于大鱼镇上其他次要人物的冷峻而又不乏温情的注视与凝想，由此让苦难获得了一种宽广的沉淀。小说对苦难中灵魂所经受的熬炼和升华的刻画，铸造了一种深沉的诗意。诗意从来不是一种外在装饰性的轻飘与溢美，而是对苦难进行内在的沉淀、过滤和升华。小说的语言质朴干净而又意蕴丰满，许多细节刻画有雕塑感且饱含深情，人物的感情点到为止，不拖泥带水，给作品带来了清丽而又苍劲的诗意气质。迟子建把“苦难中的诗意”看作“文学的王冠”，可以说，张晓玲在这部儿童小说《隐形巨人》中打造了这样一顶庄重而闪亮的“王冠”。我也非常赞同迟子建的另一个创作见解：“一个作家能否走到底，拼的不是拥有什么样的生活，占有什么样的素材，而是精神世界的韧性、广度和深度。”《隐形巨人》以其沧桑而温暖的对于精神韧性的质朴书写，走向了这样的高地！

第四章 游走于东西方的文化叙事

江苏籍海外儿童文学作家中，定居德国的程玮和定居法国的邹凡凡是优秀代表，她们的跨国经历和文化身份给儿童文学带来了别样的风情和风度。程玮在1992年移居德国，其儿童小说创作成就在她出国之前就已颇为卓著，《白色的塔》《走向十八岁》《少女的红发卡》等都显示了她不断涉猎新题材、挖掘新主题和尝试新手法的多种探索，其儿童小说形成了一道清新明朗而又隽永深厚的叙事风景。她定居德国后暂时告别了儿童文学写作，主要从事中德文化交流的电视制片。这段长达十多年的文学沉寂期其实是积累期和酝酿期，从2008年起，她在德国又“重操旧业”，先后出版长篇小说《少女的红围巾》《少女的红衬衣》《俄罗斯娃娃的秘密》以及“周末与爱丽丝聊天”系列小说、“周末与米兰聊天”系列小说。这些用中文写给中国儿童读者的小说相比她之前的创作发生了重要的转型，“跨文化叙事”是她儿童文学创作“归来期”的一种明显的个性化向度。邹凡凡在2002年去法国留学，之后工作和生活在法国，她写下了多部欧洲名人传记和欧洲国家游记，在纪实性写作之外也进行虚构性的少年小说写作，多卷本的“奇域笔记”系列展现了一卷卷缤纷多彩、激动人心的历险故事的画轴，汇合了文化、历史、悬念、成长等主题，具有跃动青春的先锋性。

程玮“周末聊天”系列的文化遇合

刚从诞生了《爱丽丝漫游奇境记》的英国回到中国，我就欣喜地邂逅了一套来自旅德作家程玮的“周末与爱丽丝聊天”，异国风情与本土气息交融着扑面而来。卡洛尔笔下的英国小女孩爱丽丝跟着一只兔子去漫游了一个匪夷所思的童话梦幻奇境，而程玮笔下的德国老太太爱丽丝则引领兔子般纯真可爱的中国女孩米兰去探访一程又一程的现实人生佳境。这里有很巧妙的设计、很真切的生活、很智慧的点拨。

在一次偶然中，黑头发的中国小姑娘米兰闯进了白头发的德国老太太爱丽丝的隐秘花园。这不是弗朗西斯·霍奇森·伯内特笔下那座被大人封锁，而后又被孩子培植繁荣的“秘密花园”（《秘密花园》），而是由一个睿智的长者掌管的温馨花园，盛开着花一样美妙的语言和芬芳的思想，深深地吸引着米兰周末的脚步。于是，她们俩之间隔三岔五的亲密聊天就聊出了三个主题篇目：礼貌礼仪篇、家庭父母篇、亲情爱情篇。两人的对话构成了三本书中最为光彩熠熠的精华。这是孩子和老人的对话，有稚气而不乏洞见的发问，有成熟而不失活泼的解答；这也是东方文化和西方文化的交流，有异域文化之间的冲突，也有碰撞之后的通达。因为是“聊天”，所以其内容和风格就显得自然、轻松且妙趣横生。“听”她们聊天，有一种如沐春风的滋润，让人心生诧异或心有戚戚，但最终都能心领神会乃至心旷神怡。

聊天的所有话题均源于米兰的实际生活，而又延伸得海阔天空且舒卷自如。《米兰的秘密花园》中聊的是日常生活中的各种礼仪，比如怎么做客、怎么送礼甚至敲门的动作和说话的语气，看似琐琐碎碎，但经由博学而优雅的爱丽丝娓娓道来，便有了别一番风情和滋味。她旁征博引，不时穿插文学、艺术等一道道人文风景，从而使得这番聊天没有沦为婆婆妈妈式的琐屑絮语，而是以自然贴切的引经据典和入情入理的阐释增添了高致和深趣。《会跳舞的小星星》聊的是关于家庭父母，由爱丽丝读给米兰听的纪伯伦的诗《你们的孩子并不是你们的孩子》出发，重新审视了父母与子女的关系，尤其是子女对父母应该有的宽容性的理解。《黑头发的朱丽叶》则是关于爱情，以米兰班级阅读和演出《罗密欧与朱丽叶》为中轴来探讨了爱情这个少男少女都会向往的话题，这在中国家庭里向来是一个避而不谈的禁忌。米兰和同学们在解读《罗密欧与朱丽叶》时，对爱情悲剧提出了许多独特的见解，她也在对爱情问题的探寻中了解并理解了父母之间的爱情。爱丽丝与米兰交流的爱情故事融会了青春的罗密欧与朱丽叶的浪漫爱情，以及老年的弗莱蒙与鲍茜丝相濡以沫的实在生活，并通过《简・爱》中的爱情经历别出心裁地解析了爱情的天平原理，真可谓循循善诱。

可赞叹的是，在这场主要由德国老太太对中国小姑娘的“开导”式的聊天中，从中国去了德国的程玮并没有忘记让濡染了一些中国文化的小米兰在对话中呈现东方精神的脉象，并且让西方的爱丽丝对此充满了渴望了解的好奇，从而避免了西方文化的单向“布道”。米兰向爱丽丝介绍的孔子语录、孟郊诗篇、梁祝爱情甚至中国菜肴等，都浸润着东方文化的气息。这一老少、中西之间的“对话”，意味着逾越年龄和国界的平等，意味着在寻求沟通与理解。而中国式的家庭中，双向“对话”往往太过稀缺，因此“疙瘩”也就越积越多、越积越大，甚至越来越成为孩子顺利成长和整个家庭稳步向前的阻挠。米兰在与爱丽丝的周末聊天中，心中的困惑迎刃而解，面临的家庭危机也由此化险为夷。那些曾经紧闭的一重又一重的“门”，在轻松的聊天中不知不觉地打开了。听米兰与爱丽丝聊天，可跟随其赏略人生形态、体悟人生智慧、漫游人生佳境。打开这套书，就进入了这段寻幽访微的探胜旅程。最好父母能与孩子共读，最好也找那么一个轻松的周末，最好边读边对照体察自己的内心和生活，而最最好的是——在听完米兰和爱丽斯老人的聊天之后，父母和孩子也能接过她们的话题，敞开心扉来一段促膝谈心。这是米兰和爱丽丝聊天的继续，也许父母没有爱丽丝那样学识渊博，但只要有爱丽丝的热忱与坦诚，那么这番聊天也一定能绵延到孩子心里头去，并有可能开启彼此焕然一新的人生境界。

程玮在“周末与爱丽丝聊天”系列之后写下的“周末与米兰聊天”系列，让我不由想到她曾经翻译过的法国经典童话《小王子》和它的作者圣埃克苏佩里。这部童话被推崇为法国儿童文学中的《圣经》，它之所以能成为世界儿童文学星空中一颗闪耀的巨星，得归功于作者圣埃克苏佩里的非凡创造，其故事所臻于的高远境界源于这位飞行员作家的独特的人生阅历和思考。他常驾驶飞机，飞越撒哈拉沙漠，在夜晚俯瞰大地，他深入地思考人的生存、人和宇宙的关系。在他那部获得法兰西文学院大奖的杰作《人的大地》中，他诉说自己作为飞行员“在星群中找到的真理”：“我们从高处俯视而下，才发现了山、沙和盐碱组成的底座，这才是地球的根基……我们站在宇宙的高度来衡量人类，通过我们的舷窗像通过科学仪器似的来观察人类。这时我们重温了自己的历史。”也正是这样宏阔的眼界和胸怀，使他写出了同样对宇宙和人生充满了真知灼见的童话经典《小王子》。

而怀着钟爱翻译过《小王子》的程玮，这位不断飞行在东方与西方之间、也曾在塔克拉玛干大沙漠中历险的作家，也像圣埃克苏佩里那样，在创作中融会了她自己开阔的阅历和深邃的智慧，使作品达到了她独有的广度和高度。如果说圣埃克苏佩里的《人的大地》是“人与自然的交响乐章”，那么程玮的“周末与爱丽丝聊天”“周末与米兰聊天”系列则是“人与文化的交响乐章”。之前的“与爱丽丝聊天”，主要是从西方文化的角度来谈中国孩子走向世界应有的与世界相融的文化装备；而后写的“与米兰聊天”，则主要从中国文化的立场来谈中国孩子走向世界时同样应该认真准备的中国文化行囊，诚如作者所言：“不断地提醒和重温你自己从哪里来，会让你清醒而自信。”前一个系列给走向世界的中国孩子以“翅膀”，帮助他们在广阔的天空里顺利而美好地飞翔；后一个系列则给走向世界的中国孩子以“根基”，提醒他们即便在异域土壤里也可以挺立生长。

在当今多以热闹的故事来吸引眼球的儿童文学创作界，程玮的“聊天”系列另辟蹊径，立意于写充满智慧的对话：一个生活在德国的中国小女孩米兰和一个德国老人爱丽丝的对话，是孩子和老人的对话、文化和文化的对话，也是东方和西方的对话。德国存在主义哲学大师马丁·布伯认为对话不仅是言语上的你来我往，而且是基于生活深处的具体体验，是对对方真诚的倾听和接纳，并在相互接受与倾吐的过程中实现精神的相遇、碰撞，达到相通。马丁·布伯用对话哲学对他所推崇的东方文化精神进行了发掘，而程玮在她的“周末与米兰聊天”系列中，不仅有中德之间的孩子和老人的文化对话，还加上了出生在德国的米兰和她那来自中国、精通历史的妈妈之间的文化对话，所以这个系列中的对话既具有国际性交流，同时又增加了代际性传承。如果说，前一个系列，我们主要是跟着德国的爱丽丝漫游“人生佳境”，那么，这一个系列，我们主要是跟着中国的米兰漫游“东方奇境”。

“周末与米兰聊天”系列的后记中，作者鲜明地表达自己的写作旨意：“要做一个名副其实的地球人，首先得做一个真正的中国人。”她告诉我们：“你来到这个世界，是负有一份责任的。你的第一份责任是，精彩而有尊严地生活……你的第二份责任是，把我们中华民族古老的文化接过来，传下去。”“民族的，文化的，才是真正永远、永久、永生、永存和永恒的。请让我们坚持这样的修行。只有坚持自己，我们才有永久的未来。”程玮的这一用心，就像圣埃克苏佩里在《小王子》中借沙漠里那只智慧的狐狸所道出的关于“驯养”的真理。旨在“文化寻根”的这一聊天系列，是在为中国孩子与民族文化之间建立一种“驯养”关系，当我们被民族文化所“驯养”，无论我们走到哪里，都会和它息息相关、心心相连，它给我们归属，给我们根基，也给我们底气。作者借爱丽丝之口在《赛里斯的传说》中叮嘱米兰：“这是你自己家里的珍宝，你应该了解清楚。”所以，这个聊天系列有着厚重的文化底蕴，也有着深切的精神召唤。即便如爱丽丝这样学识渊博的德国老人，都对中华文明充满了好奇和向往，那么我们怎能忽略值得引以为豪的文化之根？

写下了《战马》等优秀作品的英国儿童文学桂冠作家迈克

尔·莫波格认为，在孩子的培养中，最重要的就是教会他们如何去建立与世界的关系。他说："我们必须记住，我们不是在简单地为孩子未来的就业做准备（尽管那很重要），也不是在让他们为共同利益做贡献而做准备（这也很重要），而是为他们将来在自己的生活中做艰难的决定做准备。在那些时刻，他们必须要为自己、为他人负起责任……在那些关键性的时刻，他们的决定、他们的选择，在很大程度上取决于在他们年幼之时与父母和老师们建立的关系，取决于他们的自我价值和自信，而关于建立关系的成绩名次表却并不存在。"迈克尔·莫波格对"建立关系"之重要性的这一洞见我深表赞同，程玮也在她的"聊天"系列中深藏此心。成长就是意味着建立与外在世界和内在自身的良好关系，当一个人能平衡好这些关系时，他就"主宰"了世界和自我。作为辅助者的大人要有这种意识和责任感，引导孩子去建立与世界的良好关系，帮助他们自信地踏上成长之道，使得他们在未来的某些艰难的时刻能做出正确的抉择！程玮是具有这样一份"担当"的作家，她在云卷云舒般的"聊天"中，自然而然、不露痕迹地引领孩子去建立自己与世界的关系。她的这种引领是细腻的、温婉的、深情的、曼妙的，又是率真的、潇洒的、智慧的、大气的！

"周末与米兰聊天"的时空中弥漫着一种东方气韵——静。阅读《龟背上的花纹》《塔楼里的珍宝》《两根弦的小提琴》《神奇的魔杖》《赛里斯的传说》，从文字、书画、音乐、学业到家园，那悠久的文化气息氤氲于字里行间，把读者的心"熏"得静了下来。然而书中所焚的古典的"檀香"并不枯索缥缈，而是有声有色，因为作者巧妙地把文化珠宝用故事的红线串联起来，并且用情感的河流去淘洗和润泽知识的卵石，从而使得阅读变得有滋有味、有情有义。如《两根弦的小提琴》以米兰邂逅的在德国学琴的少女吟秋来引出中国的二胡以及对于功名与亲情的态度考量，《赛里斯的传说》则以米兰结识的被英国人领养的中国少女马兰寻找生身父母为线索来铺展对丝绸之路的寻访，并就此打开了马兰哀怨的心结。这样的写作是感性与知性的融合，需要作者的灵心慧性，并且润物细无声地传递给读者。程玮是博学的，是多识的，是经历丰富的，是思维活跃的，所以她能如数家珍地娓娓道来；程玮也是沉静的，是优雅的，是从容的，是洒脱的，所以她能举重若轻地包罗万象。她告诉我们什么是高贵的，也告诉我们什么是值得珍惜的；她告诉我们什么是应该包容的，也告诉我们什么是需要坚守的。

当我们徜徉于“周末聊天”的时光，倾听着米兰和爱丽丝、米兰和她妈妈等人的对话时，其实在不知不觉间，我们也早已加入了那一场场精彩的谈话，因为程玮用她永远那么清新而雅致的笔调发出了诚挚的邀请，召唤我们走进她用心营造的“房子”，那房子里的谈话如繁花盛开，沁人心脾。圣埃克苏佩里在《飞机与星球》一文中写他降落在撒哈拉沙漠中孤独的思考，结尾感叹道:“啊！一座房子的迷人之处，并不在于它给你栖身或使你温暖，也不是说这四堵墙壁是属于你的财产，而在于它慢慢地在你的心中积累起这些温柔的感情，在于它在你的心灵深处，垒成这些苍苍群山，从而像生成淙淙流泉似的，引起你绵绵幽思……”行走在东西方之间思考与写作的程玮，用她的生花妙笔，在“周末与米兰聊天”系列中，给中国的孩子、也给全世界的孩子以及大人建造了这样的“房子”，它有很多扇窗户、很多道门，当我们走进房子去细察慢观、去体验品味后再走向外面的世界时，我们的心中便会积累起对于它的温柔的感情，并在我们的人生旅途中怀有执着而绵远的念想和力量。

邹凡凡“奇域笔记”中的文化历险

邹凡凡早年先后就读于南京外国语中学和北京外国语大学，之后去法国留学、工作并定居。她充分利用自身独特的跨文化背景、经历和积累，创作了一系列以文化为旗号的儿童文学。2007年出版的随笔集《二十岁的巴黎》拉开了这一文化叙事的帷幕，2014年出版“异域风情‘秘密’三部曲”(包括《列奥纳多的秘密》《贝克街221号的秘密》《黑骑士的秘密》)，2015年起出版“邹凡凡号旅行列车”系列（包括法国和英伦手记等），之后又用另类方式写作“写给孩子的名人传”系列，从历史、科学、探索、艺术等多个维度介绍西方科学文化巨匠。这些文化旗帜飘扬的是对于中国读者而言较为新奇的异域文化，兼及写实和虚构类。2017年起陆续出版“奇域”系列（2019年版改为“奇域笔记”系列），包括《黄花梨棋盘》《奏乐的陶俑》《一片青花瓷》《残缺的画卷》《神秘多宝格》《远古守护者》等，标志其文化书写朝着中华本土文化的转向或者说对本民族文化的“回归”。

邹凡凡“奇域笔记”的文化定位是：“整个系列都和中国文化相关，与中国文化相关但又是世界眼光的，它可以发生在任何时间任何地点，但一定与中国文化相关，这就是我对‘奇域笔记’系列的定位和它的特色……我是要写中国，但又不局限在中国，我要写中国在世界的位置，写他文化眼中的中国，写中国与世界的联系，我认为这是我的一个特色，因为我本身就是一个穿梭在东西文化中的旅人……”作者希望自己的“奇域笔记”秉承中学母校的校训所给予的精神滋养：“中国灵魂，世界胸怀”。这样宏阔的定位决定了其作品的起点、格局及可能达到的高度。综观其十多年来的创作，“文化”已然成为其显著的个性化标志，而在其虚构性的“奇域笔记”系列中，她精心选择经典或热点“文化”，将之演绎成亮丽动人的崭新风景。

“奇域笔记”系列的封面上标有悬念、少年、成长等关键词，强调作品宽广的题材范畴和精神气场。儿童读者可能更多冲着催生阅读快感的“冒险”而去开卷，但参与这场冒险的特殊之处在于其丰沛的文化浸润。“奇域笔记”系列总体是以历险为经，以文化为纬，文化是故事架构上的藤萝之花且繁花似锦，故事之风吹过时则花枝摇曳、落英缤纷。“奇域”之“奇”，首先就在于“古董”文化本身之奇妙。小说中的线索人物——十四岁的少女夏小蝉将自己在网上开的古董铺命名为“奇域（Ziland）”，之所以没有采用英文中通常所用的“wonderland”，是为了标明这一“奇域”所属的夏掌柜之个人独特性，这同时也是具有作者个人倾向和生活印迹的独一无二的创造之域。“奇域”之“域”涵盖时间和空间维度，时域上的文化探索囊括过去的悠久历史、现在的文化寻求和未来的人文科技，地域上的文化探索既有中国文化名城如杭州（《黄花梨棋盘》）、西安（《奏乐的陶俑》）、南京（《残缺的画卷》）等，还跨越国界到英国（《一片青花瓷》），甚至还有人类几大文明发源地（《远古守护者》）。作品展现的林林总总的时域和地域，反映了作者广阔的文化视阈。

系列中涉及中国的围棋、乐俑、古画、瓷器、建筑和远古文明等琳琅满目的文化知识。身为在国外的中国人，往往在自觉或不自觉的中外文化对照中，更能感觉到民族文化之根的特色、魅力及其重要性。“奇域笔记”是邹凡凡在走笔西欧之后的一次自觉的文化回归，她有感于中国传统文化的审美贡献，想在小说中写出“围棋之道、诗词歌赋、书法绘画、宫室桥梁器皿的美”。她用十分灵秀的笔致将文博文化描摹得细腻生动，这尤为突出地表现在《残缺的画卷》中对于古画长卷《秦淮秋考图》的不厌其详的逐步扫描中。作者对于中华灿烂文明和能工巧匠的赞叹之情溢于言表或寓含其中。在《奏乐的陶俑》中，夏小蝉在听诸葛明等演奏唐代的青铜编钟时的感受可涵盖作者对于“奇域文化”之“美”的感喟：“这乐声，前所未闻地震撼，完全不受时间或空间的束缚，以至于小蝉开始在心中默默称呼它为‘奇域之音’。它明亮如最高远的秋日长空，清脆如少年时光，与钟面那斑驳沧桑的外表完全不相匹配，每个音都余韵绵长，仿佛从亘古直达永恒，让听者敬畏沉思，回忆起并不存在然而依稀置身过的更为美好的秘境。什么是天籁，这就是。恐怕只有西方教堂中最宏大的管风琴才胆敢与之媲美。”①这段关于“奇域之音”的抒情文字极为通透漂亮，既彰显了中华音乐文明之精粹，也用异域的西方文明相映照，她所追溯的这类中华文明是世界艺术的瑰宝。

“奇域”文化之奇妙，还在于她对自身民族和异域文化的跨越和沟通。《一片青花瓷》和《远古守护者》等以中外少年对于中外悠久文化的共同探寻，实施了这一文化交织和共赏。作者认为：“真正广阔的视野，不会受到地域的局限，我希望小读者既了解自身的文化，也对异文化有所好奇，有所探求，这与小蝉和冯川一步步由在中国解密发展到全世界解密的历程是吻合的……

---

①邹凡凡：《奏乐的陶俑》，浙江少年儿童出版社，2017，第103页。

爱自己的文化，了解整个人类的文化，从传统开始触碰未来，未来的中国一定会在文化领域对整个世界有更深更广的影响，对此我充满信心。”[①]她创作“奇域笔记”系列，为中国孩子打造文化自信之际，也传递给儿童读者需要养成的文化态度、文化襟怀和前瞻视野。

邹凡凡擅长讲故事，把讲述引人入胜的历险故事作为根本架构，她笔下的“奇域”之“奇”还表现为讲述文化历险故事的方式之奇特，用她自己的话来说就是“很燃的方式”[②]。邹凡凡早年喜好“通俗文学”的阅读经验，使得她在写作奇域故事时深得多门通俗小说之秘籍。“奇域笔记”系列中，可以看到悬疑小说、侦探小说、武侠小说、玄幻小说、穿越小说等的身手，也有纯文学的眉眼，但作者不是刻意端着高雅文学的架子去雕琢，其笔墨的挥洒较为放松随性，构思上运用了悬疑或侦探等通俗小说迅速推进故事情节的招数，一路奔涌，而大大小小的悬念重峦叠嶂，环环绕绕的设置和解密波澜起伏，带来一程又一程的山重水复、柳暗花明的故事效果。她的历险故事大体写得较为“快意”，不乏大起大落、大开大合，但同时因为负载文化的丰厚内蕴，在曲径通幽处又有 “莲步生香”，因而能做到张弛有度。

邹凡凡用一个生活化的比喻来解释故事和文化在其小说中的构成关系：故事是火鸡，文化知识则是填进火鸡肚子里的土豆。而事实上，这些塞进“火鸡”肚子里烤出来的“土豆”，有些保留了原味，而有些已经“窜味”——因为作者用了“戏说”性质的语调和方式，将高雅文化表现得日常化、通俗化、时尚化，以

① 邹凡凡:《用年轻的方式讲述古老以通往未来——邹凡凡答编辑问》，载《黄花梨棋盘》，浙江少年儿童出版社，2017，第 199 页。

②邹凡凡:《用年轻的方式讲述古老以通往未来——邹凡凡答编辑问》，载《黄花梨棋盘》，浙江少年儿童出版社，2017，第 198 页。

缩短读者和雅文化之间的距离。作者在小说中天女散花般播撒文化，涉及一些历史事件和历史人物，如《秦乐的陶俑》中以大量笔墨解读水仙紫铜盘机关中暗藏的“锦书”，提及唐代女皇帝武则天，并津津乐道颇具现代女权主义思想的“水仙社”。《一片青花瓷》中提到大航海时代鹦鹉螺号远行考察船，还有追求科学、历史、文化的英国“月光社”等历史。诸如此类的文化细节，孰真孰假，似乎有些难辨。在被问及如何处理真实性和虚构性的问题时，作者在访谈中答道：“‘奇域笔记’作为小说，意味着它有非虚构类作品无法比拟的特色，它激发的是想象力，是构建的能力……‘真假参半’的虚构有其特殊意义。”这种“真假参半”的书写，给历史的解读带来了渗透现代思想的弹性空间。

奇域的历险故事归根结底，其核心在于“寻根”二字。由于作者设定的“奇域”包含了时间和空间的双重意义，作品中常以多种多样的方式来引出或切换不同的故事时空，因此其寻根过程具有了历史感和现代感。小说中混合了时间三相，故事背景的空间也在中国和世界范围不断变化，时空感非常鲜明，或深幽，或恢宏，或玄幻，尤其是到后写的《残缺的画卷》《一片青花瓷》《神秘多宝格》《远古守护者》等，在对古董式的旧有/传统文化的寻根之中，作者更是频繁添加各种高科技手段和元素进入叙事。作者在后记中强调科学技术是“奇域”系列中一个很重要的因素，故事中放入科学的发明创造，来表达对科学的兴趣和崇敬。更重要的是因为“传统文化的精髓是历久弥新的……在探索传统文化的过程中会不断借助高科技甚至黑科技的方式——用年轻的方式讲述古老以通往未来，是我写作本系列的一个初衷”①。现代智能

①邹凡凡：《用年轻的方式讲述古老以通往未来——邹凡凡答编辑问》，载《黄花梨棋盘》，浙江少年儿童出版社，2017，第190页。

科技也在助力这一古今交汇的时空场域的构造，多维而新奇的时空给读者带来颇具刺激性的观感。

身为年轻一代的“文化达人”，邹凡凡在“奇域笔记”系列中采用“年轻”的方式来讲述古老的文化和富有悬念的历险故事，情节性和画面感强，并在其中烁古熔今、腾挪跳脱，既追求夺人眼球的故事性，也崇尚可怡情悦性的文艺感，语言风格则融合了清新感、典雅感、时尚感和谐趣感。或可说，“奇域笔记”系列在中国儿童文学领域创造了一种具有个人风格的“文化历险小说”的叙事范式。

作为“文化历险小说”，“奇域笔记”不是历险故事和文化知识的简单穿插和叠加，其文化元素并非是以静态的知识介绍来呈现，而是融化在故事之中，甚至有时文化元素也可成为故事元素，推动故事情节的发展和主题的衍生与升华。如《奏乐的陶俑》中的文博物件是分别演奏笛子、拍板、琵琶、排箫、笙、箜篌的六枚乐舞俑和水仙紫铜盘，各自联系了六个女性持有者不同的人生故事，且彼此相牵连。更为重要的是，作者在讲述历险和交织文化的同时，着意写出与文化相关之“人”，包括过去和现实中人的故事，写出人物之间隐藏的瓜葛、面对危难和不幸的选择以及令人感慨唏嘘的命运。

《黄花梨棋盘》从棋盘开始一路寻踪，涉及梅家茶具、冯家的古子制法、晴雨阁的古籍修复等多门精妙高深的技艺，不仅引出古董或古旧技艺令人叹为观止的文化奥妙，而且还展现在不同的社会历史境遇中令人动容的人情和人性，冯家、梅家、袁家的上下几代人的品格和情谊被刻画得相当丰厚。《奏乐的陶俑》中六位当年下乡的少女历经半个多世纪的人生轨迹和重新遇合，也都有着历史的面影和时代的分量。《残缺的画卷》中绘写底层平民百姓间的温热心肠，以及家族历经的令人泪目的沧桑。《一片青花瓷》从中国瓷器引发了跨越国界、精彩纷呈的寻宝历程，并揭开了几个世纪前鹦鹉螺号船长和王室公主相爱而无望结合的一段旷世爱情。《远古守护者》中，在良渚遭遇洪水劫难时，阿斌等体现了义无反顾的责任担当。作者饱含热爱写中国文化之美，“对于美的感受，结果往往是善，写作与教育一样，其最终所导向的，应当是一种良善”。[①]文化肝胆是“奇域笔记”中非常具有特色的道义之“善”。这一“由美到善”或“美善合一”的理念，在“奇域笔记”系列中有很充盈的表现。作者在展开文化、历史画卷的风雅或壮烈之美的同时，也展开了情感和人心的画卷，比如温存与执着、勇敢和正义、责任和担当、友善和无私、宽容和坚强等。这些无所不在的情义给一往无前、高歌猛进的历险故事平添了深深细细的柔韧度。

美善合一的文化追求在邹凡凡的“写给孩子的名人传”的创作谈中再次提及，其宗旨与“奇域笔记”同气相求。“如果不了解这个世界的古往今来，如何能够爱它？了解得越多、越深入，便越有机会成为一个正直、宽容、善良的人，而少掉许多的无知、焦虑与狭隘，如同站在山巅眺望远方，上下天光，一碧万顷，无限坦荡。”[②]“奇域笔记”系列不仅是对文化远方的眺望、对历史来处的眺望，而且也是对心灵深处的眺望，投注了作者对营造浩瀚激越、荡气回肠的美学境界的追求。

故事中的少年形象是活在当下、探索过去、创造未来的一代。夏小蝉和冯川是一组绝好的办案搭档，他们是整个系列中的串线

①邹凡凡：《后记：将来赋予历史——我们的奇域》，载《一片青花瓷》，浙江少年儿童出版社，2019，第201页。

②邹凡凡：《后记：将来赋予历史——我们的奇域》，载《一片青花瓷》，浙江少儿出版社，2019，第200—201页。

人物，也是主要角色。夏小蝉聪颖活泼，博学多识，而且独立能干，敢于冒险。比起足智多谋、身为科技达人的少年冯川，“德高望重”的奇域掌柜、少女夏小蝉毫不逊色。作者塑造的这一对主人公是其刻意为之的“理想型”人物，在目前已经出版的几部作品中，其性格基本固定，动态发展不是很明显。在每一部历险中，作者另外安设一个或数个带来历险导火线的少年，比如《奏乐的陶俑》中在奶奶去世后性格孤僻的少女刘离、《神秘多宝格》中在家中与弟弟不和的少年俞千贝等，这些少年的性格随着历险的深入而发生变化，留下成长的痕迹。邹凡凡称自己赞赏的理想女性应该有坚强、独立、拒绝任何形式的傻白甜（尤其是傻）等共性。在对夏小蝉、梅绯、艾米等为代表的有侠义之气的少女形象的塑造中，寄寓了作者希望女孩有主见、有勇气、有担当的女性主义思想。在塑造少年群像时，作者的立足点是“想写点和时代、和世界不那么脱节的东西，中国的少男少女也很给力的，我可不想‘奇域笔记’中出现外国孩子的时候，比如《一片青花瓷》的艾米，比如《羊皮纸地图》的维克多，来到中国是带着一种猎奇的、来欣赏曾经辉煌但已经垂暮的文化的眼光，他们是并肩作战的关系”。故事中不同性别和性格的充满正能量的少年组合，自然会博得少儿读者的喜欢，并且对少儿读者的性格和人格成长都会有正向影响。

夏小蝉在网上古董旧货店“奇域”开张时如此自荐出售的物件：“它们或许并不名贵，但握一件在手中，就是握住一个故事、一缕记忆、一段情感——它带着你进入另一个时间、另一个空间，带你进入‘奇域’，遭遇一次奇遇。犹如很遥远处，那些已经消失的星星，所传来的一点光。”[①]这段对古董旧物的意义阐释，也

①邹凡凡：《黄花梨棋盘》，浙江少年儿童出版社，2017，第2页。

同样可以概括“奇域笔记”的风貌和意味。邹凡凡在欧风和华土中满怀好奇、孜孜不倦地寻觅文化珍宝，用灵心慧性和生花妙笔创作了“奇域笔记”系列这样有血有肉、有情有义、有神有思、有趣有味的奇妙之作，融汇了文化之美、探索之智和道义之善。对于当今少儿读者而言亲切好读，一番番别开生面的文化寻宝之旅包容足够丰富的文化意蕴，并且营造了颇为深广的回味空间。她笔下的诸多“奇域”，召唤着令人心驰神往的“奇遇”，让人邂逅光焰璀璨的文化“奇煜”。然而，作为平行展开的系列之作，如何避免可能带来的审美疲劳，如何将前后文化历险中的元素完美勾连和恰当生发，对于创作者而言仍是一大挑战。可贵的是，作者已经做出了一些丰富的尝试，在频频更换奇域的文化风景和历险时空的同时，也在切换书写的方式，如《远古守护者》打破了之前的线性叙事，采用了冰糖葫芦串式的结构，以此将人类远古的几大文明并举。“形式即意味”，对形式精心打造，使得形式和内容浑然一体而相得益彰，这本身就是吸引作者们探索不尽的文学“奇域”。

第五章　幽默和温情的儿童教育叙事

在儿童文学场域中，一个始终伴随的问题是教育指向。儿童文学的本体究竟是属于教育还是文学，在不同的时代文化语境中频发争议、各有倚重。儿童文学作为文学之一种，它应该立足于文学性，而其内容可以包含宽泛的教育性，甚至可以直接书写教育题材。十八世纪的法国启蒙主义思想家、文学家让－雅克·卢梭早在1762年出版了他的长篇教育小说《爱弥尔》，他以理想教师的身份引导学生爱弥尔的理想式成长，在叙述孩子成长的过程中阐释其自然主义教育思想。事实上，自新时期以来，作为儿童主要生活场景的家庭和学校是中国当代儿童文学的重要关注对象。江苏的儿童文学作家中有不少是教师身份，他们的作品以工作经历为蓝本，书写熟悉的儿童生活，鲜明地投注了自身的教育观念。而在一些非教师身份的作家笔下，同样有着对于儿童教育现场的真切观照和深入思考，体现各自浓重的文学个性。

“海龟老师”系列：天真与诗性的凝华

纵览程玮儿童文学的个人创作史，其创作轨迹的总体印象是：

从“少女红”系列（《豆蔻年华》《少女的红发卡》《少女的红衬衣》《少女的红围巾》共4册）的绵绵密密，到“周末聊天”系列（“周末与爱丽丝聊天”系列和“周末与米兰聊天”系列共11册）的浩浩荡荡，到“海龟老师”系列（《校园里的海滩》《十字路口》《天上的声音》，也可加上之前的幻想文学《啄木鸟叫三声》）的轻轻巧巧。这些书系相对应的主要读者群的年龄层次，从中学少年转为小学高年级儿童，再到低年级儿童。贯穿始终的，是程玮对儿童文学的纯粹性的秉持、个性化的追求和多样化的探索。作家个人的创作史和民族的文学史一样，都并非是截然的线性，后一阶段不一定是对前一阶段的超越，但可能会提供别的路径，体现了作者不愿停滞不前、不肯重复自己、不断尝试新的可能的自觉意识、开放意识甚或挑战意识。

这三个书系代表的阶段，每一段都有着鲜明的程玮特色，有着她的人生阅历和心灵履历的印痕，由此而带来属于程玮的眼光和眼神、气息和气韵。作家在潜心创作时，灵魂里应该是有音乐的，好的文学作品能够传递其中的音乐。当我们谈论音乐时，会涉及其音色、旋律、节奏；当我们谈论绘画时，主要是看其材质、色彩、构图；当我们谈论文学作品时，往往也会使用作为姊妹艺术的音乐和绘画方面的元素去感知和品评，从而形成对其作品整体风格的个性化印象。对应着上面梳理的程玮创作的三个阶段，我感受到的程玮文学作品里的音乐，大致是从“如歌的行板”到“沉稳的慢板”到“轻快的谐谑曲”；其作品呈现的美术面貌，大致是从柔润而明丽的水粉画，到兼工带写的散点透视画，再到简单而夸张的漫画。就其三个阶段的艺术质地的倾向性而言，程玮早期的“少女红”系列更多一些成长的抒情，婉曲细腻；在德国积累多年后复出的“周末聊天”系列更多一些文化的解说，纷繁厚重；转向低龄儿童的“海龟老师”系列则更多一些童趣的叙述，天真轻盈。

从小说的内容而言，《海龟老师》属于校园题材。进入二十一世纪以来，关于小学校园生活的故事创作来势汹汹，尤其是以杨红樱的马小跳为代表的同类型校园故事层出不穷，而且大多以“系列书”的形式出版，形成商业化的规模效应，基本都以活泼顽皮的儿童或有新的教育理念的老师为主人公，类型化、模式化现象已经非常严重。这些校园故事良莠不齐，大多是千人一面的急就章，缺少思想的深度蕴藉，缺少艺术的精心提炼，缺少个性化表达。这当中，也有一些有着高度艺术自觉心的作家能自创一格（如萧萍的《沐阳上学记》在文体上突破旧有范式，创造了一种“新话本”的形式）。如何在当今铺天盖地的校园故事中以独特的面貌脱颖而出，而不是因为趋同而泯然于众人，这应该是进入这一题材领域的创作首先必须考虑的一个基点。

程玮选择这一小学校园题材来进行创作，我想一定有她对于那“一派铺张”的不服气的原因，她着意于表现属于她独有的“一派天真”，而且这文学表现上的“一派天真”是有她浑厚的“底气”的，这个“底气”有多个来源。

一是她宽广的国际文化背景，她对儿童教育、人格教育、人生姿态的现代思索，使得她在对校园故事的创造中具有独到的眼界，有着不同于其他作者的超脱性眼光。《校园里的海滩》中的孩子们从雷老师身上理解到了“谦让”，认识到“不一定时时处处都要考第一名”。又如，雷老师给予儿童发言的空间、质询的权利，并且他也知错就改，体现其开放、平等的师生观。《天上的声音》中，雷老师对于毛毛是否要加入其他班级去合唱的决定显示的是对真实与公正的秉持，这是对于当今校园中弄虚作假现象的反拨。诸如此类，体现的是对于传统校园故事中教育范式和理念的突破。定居德国多年的程玮养成了宽广的教育视野和人文观念，使其涉及教育的故事避免了对于现实中某些教条式或狭隘式教育的苟同或拘泥。

二是程玮从自己的人生经历中提炼出丰厚且本真的人生思悟，对于生命、生活、为人处世的看法也会融入故事，尤其是寄托在正面成人形象的思想和言行中。比如《十字路口》的故事高潮，车停在十字路口的雷老师和后面不断催他的司机的吵架："你们就想着快快快，快去挣钱，快去吃饭，快去消费，快去享乐。可是，你们有没有想过，这么小的孩子，他们刚刚一年级，还不适应快节奏的世界。我们应该温和、耐心地对待他们。" 读到这句话，我的感觉是"一咯噔"，世界应该在这里静止三秒。这句生猛的"教训"似一盏"红灯"，可以让飞驰的车停驻，让浮躁的人心安静。这类经过岁月淘洗的人生智慧的加入，避免了大多数儿童校园故事的肤浅与轻飘。

三是程玮本身具有的天然的童心，率真且又不失淘气。梅子涵、朱自强都曾夸奖过程玮是"天生的"儿童文学作家，她对于儿童语言的把握、儿童心性的感知和传达都是自然而然的。故事中孩子们的童言稚行，似乎不用刻意编织，而是浑然天成。儿童文学创作中一直提倡作家化身为儿童，而程玮似乎不需要"化身"，她是"本身"，是本色出演。三个故事中，她能妥帖地把握儿童身份与儿童口吻，因此故事读来儿童气息流贯，没有生涩之"隔"或漂移之"断"。此外，程玮性格中的幽默因子，也使得她的"海龟老师”系列故事可以从毛细血管里生长出幽默，而不是在故事的皮肤上添加涂鸦式的外在幽默，后者是为幽默而幽默的油滑和矫揉造作。事实上，只有生活中幽默的人才能在笔下自自然然地写出幽默的文（如成人文学中的鲁迅、老舍、钱钟书、王小波等，且其个性化的幽默底里自有冷峻严肃的深邃）。林格伦的《长袜子皮皮》这一经典童话的游戏品质，来源于主人公自身的游戏精神，而非个别情节的搞笑，所以才能无往而不胜地妙趣横生。“海龟老师”系列也是幽默感生长得葱茏的作品，孩子们的天真言行中所流露的幽默、雷老师谐谑化的语言中暗含的幽默，源于作者对于棘手的现实问题不无机智的化解。

四是程玮数十年的文学修养和写作操练，尤其是西方儿童文学的浸淫。她翻译的《小王子》、“小姐姐克拉拉”系列等都是具有高度艺术性的儿童文学经典。她近些年定居德国，也会更多地受到德语儿童文学的滋养。《啄木鸟叫三声》在故事构思上直接融入的黑森林故事，是对格林童话中三个经典故事的介入性演绎。“海龟老师”系列的故事气质、语言品格也具有用德语写作的奥地利作家克里斯蒂娜·涅斯特林格的《弗朗兹的故事》、德国儿童文学大师埃里希·凯斯特纳的儿童小说《小不点和安东》等的风味和神韵。凯斯特纳有言：“只有那些已经长大，但还保留着童心的人，才是真正的人。”凯斯特纳和涅斯特林格都是国际安徒生奖得主，后者还是第一届林格伦纪念奖得主，他们以低幼儿童为主人公的小说不仅童趣盎然，呈现出生动鲜活的感性，而且在看似浅显的童趣底里常常蕴含人生的意味。优秀的儿童文学作品在“感知层”和“意味层”这表里两层都应该是极其丰富的，而且理性与感性的关系应该如盐溶于水，而绝对不是油浮于水。

这种“溶”的艺术难度在于如何“溶”得了无痕迹，使人淡淡饮水而有深深回味。

五是程玮从容而纯粹的写作心态。她不急不躁，无忧无惧，气定神闲，写得也有声有色、有滋有味。如果说写作是煲营养汤，熟知的最好做法是文火慢炖。程玮曾经跟朋友们很真诚地说过：“如果哪天你们觉得我写的东西不行了，请一定要告诉我，我就不写了，可以去做翻译等其他事情。”她并不是把写作当作唯一的生活重心，这样的写作能摆脱急功近利的浮躁之气。这种从容沉着、自得其乐的写作，体现的是一种审美中单纯的游戏精神，写出的作品也更有可能切近美的本质、趣的真谛。打一个比方，“海龟老师”系列不是用肥皂水吹出来的肥皂泡，而是从地下冒出的一汪“珍珠泉”，珍珠泉的珍珠泡有水的温度和质感，源于水，也归于水。

校园故事已经成为一种常见的儿童文学类型，当今中国许多校园题材的小说，名为小说，其实真正从文体上而言可能只能说是“故事”而非真正的“小说”，因为其陈述多于描写，叙事手法、艺术表现手法较为单一，不注重文学修辞。该如何以小说的艺术来把校园生活故事写得好看、好玩而且别开生面、别有洞天、别具一格？一般来说，作家主要会在人物形象塑造和故事情节设置上挖空心思，力争别出心裁。在我个人的阅读视野中，班马的《没劲》和王淑芬的《我是白痴》，都是很有情怀、很有气度的作品，二者都以直面的姿态把社会、校园、师生等方面存在的不如人意的真实状态表现出来，带有作者的悲壮之气或悲悯之心。前者给我深深敬意的是特立独行的柳老师，后者给我带来深深感动的是善良温和的弱智孩子彭铁男。程玮在“海龟老师”系列中如何处理人物，必然也会成为批评者关注的焦点。她的一个做法是设置一个另类的教师形象即“海龟老师”，作为“海归”的独特性自然应当在于其“海归”身份带来的独特印迹，这在故事中有所表现，但并不浓郁。孩子们常会发问：“你英国的老师难道没有教你吗？”海龟老师到底学到的是什么，小说始终没有做比较充分的呈现。几个故事中，雷老师的民主、平等的理念和言行似乎也并不能完全归于海外所学，大凡有着现代教育理念的没有出过国的老师也可以做到。由此，在“海龟”老师的特殊身份方面似还可以做一些独到性的强化。另外，换一个方向思考，这个“海龟”老师之所以没有体现出鲜明的“海”的姿态，是否因为他经历了从国际先进理念到对陈旧的国内教育理念和方式的妥协甚至被异化？这一变化的动因和过程在文本中缺少文学化的交代、铺垫或过渡，因而在人物的信服力方面有所减损。但值得肯定的是，作者没有把雷老师写成一个完全正面化、理想化的老师，作者对其立体性有所表现。他是一个摸索中的教师，本身也像个大孩子，比如怎么教学、怎么考交规、怎么开车等都在学习过程中。这个老师不是学生顶礼膜拜的神，也不是学生“粉”的偶像，他有自己的苦恼、困惑、无奈、错误，但他也总是在寻找和调整解决问题的办法。孩子们可以毫不惧怕地去“教”老师，而老师也懂得接受孩子的“教导”，这个老师给予孩子理解和信任，而且给予的方式有时显得颇为潇洒和好笑。在儿童文学与电影史上，令人过目不忘的教师形象似乎多来自相对更为丰繁复杂的艺术表现，比如与教师有关的几部西方电影《放牛班的春天》中的马修老师、《死亡诗社》中的基廷老师、《热血教师》中的克拉克老师等形象，都具有不可替代的独特性和丰厚性。在一定程度上，“海龟老师”

系列中雷老师的气概似乎可以看作美国《热血教师》的儿童版，当然雷老师又有他自身的独特气质，毕竟程玮对他的塑造更多偏向于谐谑化而非正统化的风格。

程玮对一群儿童形象的塑造注意个性化，主要集中于几个孩子身上，如单纯善良的“我”、能干的班长能能、“最聪明的同学”娜苗、年龄最小而“智商有问题”的毛毛等。作者用许多饶有趣味的细节去塑造形象，体现出“滑稽美学”的效果。儿童文学学者林文宝认为儿童文学的核心美学特征应当是滑稽美学，我认为这是基于具有游戏品格的低幼儿童文学的范畴而提出的主张，或可作为区分儿童文学与成人文学的一个边界性特征。若从“无法无天”的幻想文学来看，还可以提出一种“无稽美学”，即“荒诞不经的无稽之谈”，也有其自身的魅力和趣味。“海龟老师”中各色人等之间大大小小的矛盾冲突也并非实质性对抗，大多流露出谐谑性趣味，人物的行为和语言也是如此，如“我”的妈妈一激动就把车开到人行道上去，雷老师反复说的“祖国的花朵，未来的希望，家庭的宝贝”也带有温和的谐谑意味。这个系列的故事就像轻喜剧，作者注意营造戏剧性，尤其是喜剧性。小说的生活场景和细节都具有当下感、现实感、时尚感，不无缺点的人物形象也更具有真实感，因此孩子们在阅读接受方面没有距离感，有的是贴合感和亲和感。故事的总体格调轻巧快乐，低幼儿童能享受到阅读的轻松快感。

儿童文学在追求轻盈之际，是否也可以适当地考虑提升故事的密度和质地？低幼儿童文学可以轻盈和夸张，但并不意味着疏松。在我心目中，好的艺术作品，无论是何形式，一定是智慧的，也是诗的。儿童文学的智慧应当是多重性的，包含人生的智慧、教育的智慧和文学的智慧，也是成人与儿童智慧的“合谋”。成熟与天真各有其智慧，教育与审美也各有其智慧，文学的智慧则在于寻找什么贴切的形式去巧妙地传递人生和教育的智慧、糅合成人与儿童的智慧。对于文学品质的评定，我重视有没有诗的精神“凝”在里头。这个“凝”，应当包括讲究语言的凝练而生成的诗性气息，作者对生活的深情凝视而生成的诗性目光，同时还有“凝华”式的表达而生成的诗性质地。“凝华”是物理学上的概念，气态变成固态，表现在文学中则是将抽象的意蕴熔铸于具体的物象和事件。提出“凝华”这一说法，是因为不少儿童文学为了“帮助”儿童认识到故事的重要意味而刻意彰显“升华”。而事实上，在具有原生性的故事发展中进行的“凝华”，更能使读者在故事的玩味中产生独特的兴味。

程玮对低幼小说的创作，是她自觉地从华丽走向轻巧的一次转身，不过，“一派天真”的写作也需要慎重和周密的考虑。读“海龟老师”系列，最初引发我思考的问题是：校园小说在内容和艺术上究竟可以走多远？还可以怎样走？而读完这一系列中的三本，发现程玮以其“一派天真”之手笔带来了她的答案，“混沌未凿”般的气象有魅力是因为内中有底气。与程玮同在二十世纪八十年代进行儿童文学探索的作家、理论家班马提出的对于儿童文学作家特质和作为的认识，可资借鉴：“一个现代意义的儿童文学作家的特异素质，并不仅仅在于能够运用浅显的沟通技巧，以及能够怀有一颗儿童般的心灵——而应特别在于的是，能够拥有一种相知的诱导方式，促使儿童的心灵发生某些审美的建构活动。”即便在低幼儿童文学创作中，也要找到有益和有趣的方式来激荡儿童的认知意识和审美情感，在帮助其进行认知建构的同时，也帮助其审美建构。

“亲爱的小孩”系列：细腻和灵动的蜜歌

儿童文学作家章红在其《慢慢教，养出好小孩》中，传递了她充满温爱与智慧的家教理念。她曾在“放慢脚步去长大”小说系列中，讲述了女孩杨等等的“跌跌撞撞又乐趣无穷”的小学成长经历，活泼幽默又不无感伤，耐人寻味。在塑造了古灵精怪的小学女生杨等等形象之后，章红又在“亲爱的小孩”系列小说中讲述了一个执着可爱的小学男生唐栗子的成长故事，同样倾注了她对于儿童、对于成长、对于教育、对于生活、对于爱的真切理解和深刻的思考。一气读完，总体感觉是真实、温厚、暖心、阳刚。

《唐栗子和他的同学们》以8岁小男孩唐栗子为核心，连接起周围个性各异的同学，辐射了一群小学二年级孩子的多彩、多味的生活。无疑，唐栗子是继杨等等之后，作者笔下又一个光彩夺目的儿童形象。唐栗子的名字令人想起谐音词“糖栗子”，香甜气息也的确渗透于这个人物名字，而他的心性和言行也令人感慨万千。故事开篇，唐栗子和妈妈在讨论“孩子究竟从哪里来”这个大人们常会遮遮掩掩、顾左右而言他的问题时，就以其“天人之语”叩人心扉。他拨开妈妈布下的“云雾”，直截了当地告诉妈妈：“我从太空掉进了你的心里。我是从你心上长出来的小孩。”不由不感叹：谁说孩子愣头愣脑、混沌未开？孩子的直觉常能贴近真相、真知和真理。唐栗子在问过妈妈“你愿不愿意做我的妈妈”之后，又提醒妈妈还没有问他：“你愿不愿意做我的小孩呢？”这两个问题看似幼稚，但实则关键，切中要害。此处有孩子对母亲的依恋，也有孩子对被尊重的渴望，对平等和主权的维护。究其根本，父母与孩子之间的亲密情缘，需要彼此尊重和眷顾的心意才会真正妥当和坚实。大人会忽略的根本问题，而小孩子敏锐地捕捉到了，因此大人对于小孩是要存有敬重之心的！正如“零食之歌”一节中，妈妈威胁唐栗子如果买太多零食就不喜欢他了，而唐栗子的回答是“不管你喜不喜欢我，我都会一直一直喜欢你”，孩子无条件的爱令妈妈错愕和感动。诸如此类反映儿童纯真天性的细节在文中比比皆是，如清晨的一颗颗露珠在丛丛随风轻摇的草叶上滚动，清新、透明、美丽，光芒四射。

章红的儿童观带有一些理想主义色彩，她在这个系列的后记中谈道：“儿童是更好的人类。我希望尽力去理解儿童的世界，展示这个世界的快乐与悲伤，和谐与冲突。但愿我能写出儿童心灵晶亮的质地，写出人性与生俱来的无限光辉。”她以细腻、体贴、温存的笔致来表现孩子天性中的光辉，也摹写孩子们现实中的喜怒哀乐。唐栗子和同学们的交往有浅有深，有近有远，有爱有恨。以“我可怜又可爱的……”为口头禅的邵林娜、痴迷于探索科学的易泽吉、朴实憨厚的小浣熊都是唐栗子所亲近和喜欢的，而鲁莽凶狠的吕也则是唐栗子所抗拒的。作家尽管着迷于儿童心灵的真、善、美，但也以切实之笔写出了孩子世界中不可避免地存在着的“不真”“不善”与“不美”。唐栗子与吕也的矛盾就代表了和善对粗蛮的抗争，他在给吕也的“检讨书”中诚实地说明自己没有真正道歉：“我很想真正道歉，但是说谎不好，所以只能这样了。”谁说小孩子任性、软弱、没有原则呢？善良和真诚是唐栗子做人做事始终都不肯违背的原则，再次令大人敬重。他心地单纯、宽厚、正直、爱打抱不平、富有同情心，他因为鱼的悲剧而变成素食小孩，他为野生动物被虐待而伤心、激愤，万老师称赞他是一个“有灵魂的人”。唐栗子还有一个特别的闪亮之处是：他是一个天生的诗人！他极富诗意和想象力，他的诗歌才情和童话般的想象令妈妈和老师都惊奇不已。同学们和老师在讨论什么是诗、怎么写诗时，唐栗子又一语惊人：“我们每个人都生动啊！”天然纯真，便是诗的源泉。唐栗子和同学们写的诗歌给小说带来了诗意和灵动之气，《蜜歌集》是孩子们心灵之歌的集中升华。

关于儿童的故事里往往渗透了作家的教育识见，《唐栗子和他的同学们》写了构成鲜明对比的两位老师：活泼的万玩玩老师和刻板的教导主任王老师。万老师童心未泯，会“天哪天哪”地赞叹孩子们头脑里种种奇妙的想法，她以理解和欣赏来引导孩子们的成长；而王老师则恪守教条，不了解也不能真正尊重孩子，所以也不能吸引孩子。这一关于学校教育的思考在《唐栗子和爸爸妈妈》中又延展至亲子家庭教育，且重点不是写司空见惯的爱操心妈妈，而是写常会疏离教育职责的爸爸，因为作者认识到父亲和母亲之爱的质地不一，而“父亲角色的回归，关系到家庭教育的完整”。在这个关于父子关系的故事中，作家特意设置妈妈暂时边缘化，让爸爸中心化。唐栗子爸爸唐老鸭代替妈妈的工作接管孩子的生活和学习，他不得不改变以往的生活方式，逐渐参与孩子的成长，并体会到了其中的酸甜苦辣。《唐栗子和他的同学们》以诗歌穿插来流光溢彩，而在《唐栗子和爸爸妈妈》中则以父子的家庭日记来妙趣横生。父子之间经历了从最初的隔阂到之后的理解，过程波澜迭起，但不乏温润之情。唐栗子以其灵心慧性来更新了爸爸对于儿子、对于生活、对于世界的认知，随着和孩子接触的深入，唐老鸭发现自己挺爱和儿子“谈天”，而唐栗子也表示很爱和爸爸“说地”。爸爸的陪伴也给孩子带来了别样的力度，他培养了唐栗子照顾小鸟应有的责任感，他帮助唐栗子判断是非、坚定信念，并以理性的建议引导唐栗子改变了被同学羞辱的局面，给孩子原本有些柔弱的性格中注入了阳刚的力量。唐栗子救护受伤的小鸟“饿狼”是这本书中贯穿前后的一条线索，他精心照料小鸟，尽管不舍，但仍放飞了渴望回归自然的小鸟，因为他懂得了“真正救一只鸟儿，是让它自由自在地飞翔”。唐栗子在小鸟事件中得到了生活上的历练，也得到了精神上的成长。

“亲爱的小孩”这一系列名称包含了对于小孩的爱与赞，也包含了守护与期望。较为特别的是，两部小说的结尾并没有采用儿童小说常见的“皆大欢喜式”，而是都留有一些遗憾和感伤。《唐栗子和他的同学们》的结尾因喷泉事件而使得二年级悲伤地落幕，《唐栗子和爸爸妈妈》则以爸爸对何时才能解除父子间的误会而生的感慨而结束。生活和成长都不会一帆风顺，无论是孩子和大人都需要学会接受现实中一时的不如意和不完满，并锻炼出足够的智慧、信心和耐心去面对、去改变。这或许就是章红在后记中所言的爱的“真经”：“爱一个人，就意味着要给他时间。这是对爱的最好评判标准。”由此，这本书不仅是给孩子阅读以唤起共鸣和给予启迪，也可给所有大人来照见自己和探察正路。

章红的小说以温蔼之心、以平和之气、以理性之智、以轻巧之笔、以幽默之趣来传递潺潺的关怀和汩汩的感召。这一切，都是为了和世界上所有“亲爱的小孩”一起经历美好而有力的成长！读章红的作品，总能从字里行间看见那束温柔而真挚的目光。无论是“时光”系列，还是“放慢脚步去长大”系列和“亲爱的小孩”系列，她总在沉静地凝视和体味生命成长中的每一道风景，即便忧伤、即便疼痛、即便幽深、即便迷蒙，她都执着地用体恤的目光去抚摸、去穿透、去照耀。她的目光似乎永远葆有少女清纯而婉转的情调，也焕发着细腻而通达的母性光辉。被这样的目光理解着、欣赏着、安慰着、包容着、期许着、鼓舞着、明亮着、孩子们的目光也会更多一些欣喜、多一些信心、多一些坚定。

第六章　战争历史的传奇与沧桑刻写

在艰苦卓绝的抗日战争时期，江苏各地先后沦陷，南京遭受了侵华日军发动的惨绝人寰的大屠杀。在多灾多难的土地上，人民饱受侵略者的蹂躏，也涌现了许多可歌可泣的斗争事迹。江苏儿童文学作家怀着庄严的使命感，回顾逝去的硝烟时代，撷取不同的战争历史片段，呈现多样的书写面貌。新世纪以来的代表作品有李有干的《大芦荡》、金曾豪的《沙家浜小英雄》、黄蓓佳的《野蜂飞舞》、高巧林的《草屋里的琴声》、赖尔的《我和爷爷是战友》、杨筱艳的《荆棘丛中的微笑》、许敏球的《1937少年的征途》等，这些战争历史的书写将抗战故事写得情义并重、荡气回肠，给江苏儿童文学增加了辽阔感和厚重感。此处选择以常熟和南京为主要历史场域的两部小说作为个案品评。

《沙家浜小英雄》：江南少年英雄的抗战传奇

常熟籍儿童文学作家金曾豪的战争小说《沙家浜小英雄》取材于发生在二十世纪三十年代沙家浜的抗日斗争故事，但与之前的京剧样板戏《沙家浜》不同的是，成人形象退为配角，作家着意塑造的英雄主要是孩子，由孩子而衍生的故事更多了率真的趣味，也更富于“人小鬼大”的传奇色彩。

样板戏时代采用“三突出”原则塑造人物，而金曾豪的这部小说是尽可能地“贴着人物写”，因而人物个性丰富、立体生动。这部少年抗日传奇的主角是芦荡“鸭司令”金端阳，这一形象继承了《鸡毛信》中的海娃、《小兵张嘎》中的张嘎子、《闪闪的红星》中的潘冬子等小英雄的气质，但他又是独一无二的属于沙家浜的“这一个”小英雄。端阳不是一个符号化的英雄，他首先是一个“少年”，有着少年人的热血气性，聪明机智、崇拜英雄、敢于冒险。他的性格和思想在与敌人多次展开的斗智斗勇的过程中得到洗礼和成长，从起初的莽撞任性到之后的智勇双全，最后加入了他一直心仪的“水上飞”武工队。端阳形象对海娃、嘎子、潘冬子等又有所超越，首先是他独特的“鸭司令”身份带来的传奇性，他能训练鸭子飞起来运送药品，这一本领给人物增加了神秘，也给故事增加了谐趣；再者，是他浓郁的侠义之气，他和几个贫苦孩子之间患难与共，几次不顾生命危险前去搭救，有着孤胆侠客的气魄；此外，作者婉转地表现了端阳对少女小月的喜爱和惦念，涉及少年人朦胧而隐秘的柔情。这个少年英雄有血有肉、有骨有气，给中国儿童文学人物画廊增添了一个性格饱满、风采别致的小英雄形象。

与金端阳相呼应的另一个少年英雄是伪军司令胡传魁的儿子胡顺，作者别出心裁地设置了这个身份特殊的儿童形象。胡顺在流浪中和端阳结交，他是一个意志坚定、是非分明的少年，因为亲身遭受日军铁蹄的蹂躏而对敌人怀着深仇大恨，当他与失散的父亲团聚之后，因为坚决不肯当汉奸的儿子而去投奔端阳。他和端阳一样，也是有胆有识、重情重义的少年英雄。作者将沐浴着阳光并肩战斗的两少年描绘成“金色的少年”，赞赏之意溢于言表。这部抗日传奇塑造了多个不同性格的孩子，且各自都带有不同程度的英雄气息，如柔弱温和、心地善良的小弟，豪放耿直、敢于反抗的大米，沉着冷静、坚强克制的小月等。这些孩子形象彼此烘托，相得益彰。

好的儿童小说家在精心塑造儿童主人公的同时，不偏废成人形象。金曾豪在《沙家浜小英雄》中也铺展了正方和反方的多个成人形象，保留了样板戏《沙家浜》中的阿庆嫂、胡传魁这两个重要角色，将样板戏中的另一号正方英雄、新四军指导员郭建光改为本领高强的“水上飞”武工队长朱侠伯，以增添传奇色彩。他又将样板戏中脸谱化的反面角色刁德一改为胡传魁的副手、日本人安插的特务“蓝狐”胡三多，后一形象更为复杂，直到小说将近结尾才揭示其真面目，孩子们识破他的斗争也显得更为紧张机智。作者写人物常能深入其内心，如写叛变的战士小袁，写出其灵魂的内在拷问，人物思想和行为的转变也写得合情合理、真实可信。故事涉及的人物众多，形形色色且常有冲突纠结，由此给小说带来斑斓驳杂的丰富色调和矛盾展开的情节张力。

一般战争题材的小说气质往往会偏于庄重甚至沉重，而金曾豪把发生于沙家浜的抗日故事写成了好看的“传奇”，这得益于他对“讲故事”的传统方式的沿用。开篇的引子即故事的最高潮，描绘了一场惊心动魄的生死营救：胡顺逃离汉奸父亲，在芦荡水草窝子中陷入险境，端阳冒死相救，在敌人的枪口前毫不畏惧地驾船离去。这个扣人心弦的“引子”凸显了主人公飒爽的英雄气概，奠定了故事阳刚的基调，以扣人心弦的悬念抓住读者，末句“故事还得从头讲起”自然而然地拉开了正文故事的序幕。金曾豪像苏州评弹般把故事娓娓道来，讲得风生水起，不断地节外生枝，不断地出人意料，不断地在山穷水尽之际又柳暗花明，节奏安排跌宕起伏。几个孩子之间的聚合离散使得故事多头并进又时相交错，孩子们遭遇的困境及其无畏的抗争都写得朴实动人，而飞鸭送药、秘道救人等非同寻常的情节则带来了故事的传奇性。作者注意延展小说的故事性，运用悬念、发现、陡转等技巧，增强戏剧性，引人入胜。故事文气酣畅淋漓，而文笔则有弹性、有节制，不铺张、不矫情。

对于发生在沙家浜的革命传奇，作者在架构精彩纷呈的故事时，也十分注重营造江南水乡的地域风情，将常熟芦苇荡的自然风景、半野园的历史文化以及弄堂庙场、厨艺美食、中医药材等地方特色都糅合进去，使得故事环境活色生香，气韵生动独特。在戏谑化的抗日神剧泛滥的时代，这种饱含深情、严肃纯正的战争小说写作姿态尤为值得嘉许。

《荆棘丛中的微笑：小丛》：血与火、爱与痛中的战时成长

杨筱艳历时多年精心准备的战争历史题材长篇小说三部曲“荆棘丛中的微笑”是其创作历程中一个重要的跨越，包括《小丛》《吴安》和《妹珍》三部。《小丛》这部小说获得2020年陈伯吹国际儿童文学奖，授奖词如此评价：“《荆棘丛中的微笑：小丛》用儿童文学的叙事方式追溯中国近代积贫积弱、被外敌入侵的悲痛历史，审视战火连绵、社会动荡的大环境下中国儿童那种让人锥心的挣扎成长。作者力图通过虚构的文学故事与真实的历史事

件相结合的文学风格，启发读者通过小丛的故事，体会当代幸福安定的社会环境对少年儿童的成长意义，传承中华民族顽强不屈的民族精神。”

《小丛》是一部献礼抗战胜利75周年的作品，故事发生的时间是日本侵华战争期间，地点主要是战火中的南京与重庆。小丛一家原本生活在南京，爸爸开一家照相馆，生活安稳幸福。当日本侵华战争日益扩大，在日军入侵南京前夕，爸妈带着小丛和他弟弟虎子为了躲避战乱，不得不离乡背井。少年学徒沈旭生则选择留在南京，守着师父的照相馆，目睹了南京大屠杀的惨状。小丛一家经过千难万险，抵达了山城重庆。然而当时的重庆生活也不太平，日军轰炸不止。小丛带着弟弟和洪将军的幼小的女儿去防空洞躲避空袭，因为洞门长久关闭导致一场大灾难，兄弟俩不幸因缺氧而死。日本投降后，小丛父母带着洪将军的遗孤返回南京，怀着失去爱儿的伤痛继续生活。

作者在后记中交代了创作的缘由，故事原型来自作者外祖父母和舅舅在抗战时期的真实遭遇。她在查阅史料的时候深切感受到这段黑暗的历史和惨痛的经历是一段值得大书特书、不该被忘却的记忆，但她在写作时也考虑过书写这类历史的必要性和接受的可能性：“这样的故事对于儿童来说是不是过于沉重、过于压抑，甚至是残酷的、恐怖的呢？其实不然，因为历史是不容忘却的，忘却历史就意味着背叛，对自己、对时间、对未来的一种背叛。任何情况之下，对于人类在战争中所遭受的苦难的了解，都是教育的重要组成部分，是不容忽视的……我们依然要将这段历史告诉孩子们，让他们的触觉延伸到过去，去触摸那些曾经年幼的、鲜活的生命，感受他们的呼吸，从而更珍惜现世的和平。了解历史、亲近历史，才能学会尊重历史、铭记历史。”[①]出于这样的考虑，作者通过小丛、虎子、沈旭生等孩子的视角来见证南京大屠杀、难民大逃亡、重庆大轰炸等重大历史事件，同时也反映抗战时期儿童的身心成长，字里行间饱含强烈的感情。

书写“南京大屠杀”这一极为沉重的历史题材，无疑需要极大的勇气、耐力和智慧。德国思想家泰奥多·阿多诺所言的“奥斯维辛之后，写诗也是野蛮的”是针对二战中德国发动的犹太人大屠杀的罄竹难书的罪恶，对于惨绝人寰的“南京大屠杀”历史的文学书写同样也是充满了挑战，所以至今为止中国儿童文学创作对此鲜有涉猎，此前童喜喜的《影之翼》以幻想手法来为儿童读者营造历史与现实的“安全距离”，而杨筱艳则以写实笔法来反映人类历史上不忍回顾却又不得不回顾的杀戮。面向儿童读者，如何以恰当的尺度去表现暴力就成了一个难题。作者没有回避那血流成河的历史灾难，选择以儿童视角去见证那充满血与火的苦难岁月，同时也将乱世中弥足珍贵的人间温情、人性的光芒和纯真的童心闪耀其中。作者满怀柔情地塑造了许多活生生的令人心疼的儿童形象，懂事可人的小丛和虎子兄弟、忠心耿耿的小学徒等在战乱中坚韧地成长，对于生存和责任都有了许多的思考和担当。在儿童角色之外，作者还塑造了许多可圈可点的成人形象，如保卫南京城的英勇将士、小丛家的各色街坊邻居、儒雅的知识分子刘老师夫妇、寺庙中慈悲仗义的出家人、“安全区”中满腔正义地帮助中国难民的外国友人魏特琳等。即便是写卖国的汉奸，作者也没有刻板化定型，而是写出了其内心没有完全泯灭的良知。

作者用丰富的文学性细节去生动地还原历史，同时也加入了

---

① 杨筱艳：《荆棘丛中的微笑：小丛》，二十一世纪出版社，2020。

当时报纸上的新闻报道和《魏特琳日记》内容等史料来增强真实感，行文中蕴涵着作者对那段惨痛历史的追思和伤怀，不仅再现了日本侵略军对于中国国土的践踏和对平民百姓的蹂躏，而且在写这些屈辱和沉痛之时，也歌颂了中国人民不屈不挠的斗争。小说结构紧致，情节发展主要有两条线索：开头从南京写起，之后花开两朵、各表一枝，小丛一家逃难到重庆的经历和学徒沈旭生留在南京的经历相互交织，结尾是抗战胜利之后，两条线索在南京汇合。在两条故事主线之外，作者还插入了前线战场上的烽火硝烟，正面描写留守南京的洪将军带领的中国将士与日寇展开殊死搏斗，悲壮的对抗和惨烈的牺牲表现了中国军人保家卫国英勇无畏的精神。英雄不仅是为国捐躯的军人，也包括默默奉献的平民，如小丛的父亲、沈旭生等，他们都在竭尽全力地帮助收拾和重建被摧毁的家园，尤其是沈旭生冒着生命危险保护了一份日军屠城的照片，成为珍贵的举证资料。这些可歌可泣的人物行动为血腥黑暗的历史带来了希望，在沉痛中鼓舞人心。

战争历史固然沉重，而作者想要在历史背后传递一个充满勇毅和暖意的生活主旨，正如这个系列的题目所言，即使大地上遍布沧桑、道路上荆棘丛生，行走者依然要坚强地微笑着生活，去迎接和拥抱光明。不过，由于作者想要在《小丛》中纳入的历史和表现的内容相当繁多，因此有的地方叙事角度的转换似乎不够流畅，但是瑕不掩瑜，这一对于重大历史事件题材的写作尝试，无疑是中国儿童文学战争书写中的一个重要成果，有其饱满的思想和深刻的力度。乔纳森·卡勒认为文学具有施行力量的观念为文学提供了一种辩护："文学不是无足轻重的虚构，在以语言改变世界、生成它们所指称对象的行动中，文学发挥着独特的作用。”[①]《小丛》这部将史实与虚构结合的战争小说，为我们提供了灼人心眼的历史见证、人格见证和心灵见证，也将引领儿童读者在刻骨铭心的故事中去认识战争之罪与痛，为维护世界和平、建构属于超越国界、种族的“人类命运共同体”而贡献新一代的声音和行动。

① Jonathan Culler, *Literary Theory: A Short Introduction* (Oxford: Oxford University Press, 1997) ,pp.97.

第七章 写实与幻想中的生态召唤

二十一世纪人类面临的一个重要问题是全球生态危机，这也成为备受关注的一大文学主题，生态文学日益兴盛。就儿童文学而言，动植物题材和科幻题材在此方面有着尤为突出的表现。儿童一代肩负着守护地球家园的重任，从小就要树立万物平等、敬畏自然、尊重生命的生态意识。江苏儿童文学作家对于自然和生态主题有其殷切的关怀，在写实性的散文和幻想性的童话中，或以知识来彰显，或以故事来寓含。这些生态文学展示自然和生命之美，揭示当下社会人为的生态困境，也昭示人与自然、宇宙应有的理想关系。

韩开春的乡土博物散文

"自然"是文学书写的一大母题，至高度工业化的当代，自然文学更是成为文学中备受关注的一个重要类型而凸显其思想和艺术价值，灌注其中的自然和生命情怀历久弥新，不过其具体的书写对象和主题意蕴随时代社会的语境而有所变迁。自然文学在儿童文学中的意义尤为重要，近代法国启蒙主义思想家卢梭提倡自然主义教育观，“回归自然”是其核心，他认为良好的教育有赖于自然教育、人的教育和事物的教育这三种教育的有机结合，而理想的“自然人”作为社会的新人，首先是由大自然培养出来的。儿童是天生的自然之子，其身心的健康成长离不开大自然的浸润和滋养。儿童阅读自然文学，是对于自然的一种间接参观和参与，从中可感受到自然的气息、自然的精神、自然的意趣，并能激发其对于自然的喜爱和探索。

韩开春在“少年与自然”书系的“写在前面”中也谈到了自然之于孩子成长的重要意义：“大自然才是孩子们释放天性的最佳场所。我一直认为，和大自然亲密接触的孩子是最幸福的。”他在“代后记”中谈及写作宗旨：“我很希望我的作品能够引起孩子们对大自然的兴趣，激发他们主动探寻大自然奥秘的欲望——这是我追求的一个小目标。”人到中年的韩开春称自己是“自然之子”，对于大自然的倾心使得他依然葆有童心，以一双始终好奇的眼睛关注自然万物，尤其是看似微不足道的花草树木和虫鱼鸟兽，并以其饱学多思发现其中的美与灵，以朴素清淡的风格诉诸笔端，创造了别有洞天的“开春”物语，或可说，开启了文学天地中一方生机勃勃的“春天”。

研究英美自然文学的著名学者程虹用“旷野的营养”来形容美国自然文学大家、《瓦尔登湖》的作者梭罗的精神营养来源；而写作花草虫鱼等散文的韩开春的精神营养，则更多是他儿时生活的乡村所赋予的，可以说他的作品得益于“乡村的营养”。韩开春小时候生活在江苏泗阳一个名叫“时庄”的乡村，乡村给了他自由、宽广、多彩的童年，也为他日后的文学创作积累了独到而丰富的素材。他笔下的花草树木和虫鱼鸟兽主要都是乡野的风物，散发着浓郁的苏北乡土气息。

植物篇的乡土气息尤为浓重，如《陌上花》中，他写了乡村路边田野几乎随处可见的各种不起眼、不名贵的种种野花：荠菜花、油菜花、蚕豆花、芍药花、蒲公英、打碗花、石蒜花等；他在《野果记》中比照辨识各种野果：榆钱、枇杷、钢橘、代代橘、拐枣、楝树、桑枣、白果等。他写草，将之分为两类，《水草书》写了长在水里的荷花、莲藕、莲蓬、荷叶、睡莲、菱角、芡实、慈姑等，《原上草》则写扎根土地的蒺藜、苍耳、窃衣、鬼针草、曼陀罗、麦瓶草、麦蓝菜等。动物篇中，《雀之灵》写了麻雀、燕子、伯劳、喜鹊、灰喜鹊、乌鸦、松鸦等，《虫虫》写了推磨虫、耙地虫、山水牛、萤火虫、刀螂、知了、蜻蜓等，《水精灵》写了黄尖、黑鱼、鲶鱼、季花鱼、松江鲈鱼等，《与兽为邻》既写了獾、獭、狐、貉、刺猬、河狸等野物，也写了兔、牛、羊、猪等家畜。他书写这些耳熟能详的乡间生物，如数家珍，历历在目。

对于这一植物和动物题材的散文的文类和文体定位，作者在“少年与自然”书系的“代后记”中自言：“可以定位为儿童文学，更进一步地，还可以定位为科学散文，或者博物散文。”博物散文应当是比较贴切的一个归类，而对于“物”的认识首先涉及科学性的知识，但作者清醒地认识到自己的局限和擅长，由此寻找适合的路向：“从科普的角度来讲，我不是科学家，不具备这方面的专业知识，如何准确地向孩子们传授科学知识不是我的强项，但是我有我的特长，比如文科背景、乡村生活经历等。因此，我可以扬长避短，在给孩子们讲述某种动物或者植物的生物学特点时，穿插一些与之相关的小故事或者民间传说，在特定的背景下，用拉家常、讲故事的方法来吸引孩子们的注意，进而引发他们的兴趣。讲授的知识不一定很专业，但是一定要很有趣，即使是浅尝辄止也没多大关系——这也许是科普文章的另一种写法。”这段自述道明了他的写作方针：知识 + 生活 + 故事 + 趣味，以此来为被他纳入法眼的乡野植物和动物“立传”，虽不是以完整、精确、深入的科学知识来建构的“正传”，但可以看作延展丰富、兴味葱茏的“外传”。

此处不妨比较中外两位作家博物散文中写“鸟鸣”之异同。韩开春在《布谷鸟》中写布谷鸟的叫声，更多是联想到各种人文层面：“正像千万个读者的眼中就有千万个哈姆雷特一样，不同心境的人听到的布谷鸟的叫声也不尽相同。农人听到了‘布谷布谷’，是因为想到了农时；我外婆听到了‘刮锅刮锅’，是因为想到了粮食的来之不易；还有人听到的是‘脱却破裤’（张岱《夜航船》），我以为是季节变换的缘故；而那些听到了‘不如归去’的人，则大多是一些羁旅在外的游子了，譬如现在，我在这个深夜里听到这声熟悉的鸟鸣，除了有那‘刮锅刮锅’的乡音外，分明还有‘不如归去’的催促，毕竟，我离开老家的日子太久，是该归去看看了。”美国科学院院士、医学家、生物学家、科普作家刘易斯·托马斯在《这个世界的音乐》中写对鸟鸣的感觉和理解：“我后院里的画眉低首唱着如思如慕、流水般婉转的歌曲，一遍又一遍，我强烈的感觉是，它这样做只是自得其乐。有些时候，它像一个住在公寓里的专业歌手一样练唱。它开始唱一段急奏，唱到第二小节的中间部分戛然而止，似乎那儿应该有一组复杂的和声。它重新从头再来，但还是不满意。有时它明显地改用另一套乐谱，似乎在即兴来几组变奏。这是一种沉思的、若询若诉的音乐……歌鸲能唱婉转的歌子，其中含有它可以随自己的喜爱重新安排的多样主题；每一个主题的音符构成句法，种种可能的变奏曲形成相当可观的节目单。北美的野云雀能熟练运用三百个音符，它把这些音符排成三到六个一组的乐句，谱出五十种类型的歌曲。夜莺会唱二十支基本的曲子，但通过改变乐句的内部结构和停顿，可以产生数不清的变化。苍头燕雀听其他的同类唱歌，能把听来的片段输入自己的记忆里。”两相比较，异同立现。托马斯的科学背景给他带来了对于生物特性的严谨、细致的辨析，在此之上发掘其科学和人文的微妙至理；而偏于人文的韩开春则有意识地扬长避短，在点到为止的科普知识之外，尽可能地加入人文内涵。

韩开春调动自己的文学和史学等的积累，力求将博物类散文写得丰盈饱满，趣味生动。事实上，他的文学书写中也不无严谨的考证精神，细致区分各种相近的植物，比如把同为禾本科多年生植物的荻、芒、芦苇、茅等分别单列成篇描述。他不厌其烦地写出植物的形、色、香、味、性与用，查阅了《诗经》《本草纲目》《博物志》《辞源》《中华本草》《庄子注疏》《随园诗话》《搜神记》等多种典籍，一方面可准确说明这些植物的名目、特性等，另一方面，引经据典可赋予这些朴素的植物以悠久的文学雅韵。这些博物散文中涉猎的相关文艺涉及古今中外、雅俗共赏，包括神话传说、民间故事、小说传记、诗词文章、音乐绘画等，比如《荷花》篇中融汇了与荷花相关的古今诗文、绘画艺术以及与佛道渊源的阐释，使得“荷花”立即活色生香、意味隽永。

不过，真正要让这些“物语”生动起来，更多仰仗的还是作家童年鲜活的乡村经历。韩开春常将动植物的气性与人间烟火相联系，使得对物的描摹不干不枯，充满血肉丰满的现场感。比如

《獾》中，用快节奏的笔法描述了偷瓜的獾和看瓜人之间的一场战斗，给博物散文增添了引人入胜的情节感。作者以记忆中童年乡村生活作为取之不尽的文学资源，以童年忆旧的方式，把乡村的民风民俗、孩子们的游戏、伙伴间的友谊、家庭中的亲情等穿插其间，并简洁勾勒形形色色的人物行当。此外，他也把笔触伸向历史、社会、文化和普遍的人情人性，力争每一篇都有其斑斓的色彩与弹性的质地，尽可能营造审美空间之“博”。《陌上花》一辑写得相当漂亮而有情味，他写蒲公英，“于我来说，它算是老熟人，熟悉得如同从小一起长大的好友。整个童年阶段，这朵金黄的小花如小太阳一般，照亮了我人生的最初旅程”；写二月兰，提及战争中的往事，引出二月兰作为和平之花的历史意义；写紫花地丁，表达他对这种小草的崇敬，因它能使人性的光芒复苏；写萱草花，比较了中西方母爱的表达方式和民族性格。作者在书系的前言中谈及目标读者群：“这个书系就很适合爸爸妈妈甚至是爷爷奶奶带着孩子一起阅读，不同年龄段的人可以从中得到不同的感受。孩子们可以从中获得一些关于大自然的知识，对大自然产生兴趣，进而走进大自然、热爱大自然，也可以从中了解到长辈们的童年生活；大人则能从中看到小时候的自己，从而勾起美好回忆，产生共鸣。”他给动植物“立传”的这种创作方式，的确可以达到吸引跨越年龄的读者群的目的。

自然文学探索自然的奥秘，思索人与自然的关系，表达人从自然中获得的启悟。自然文学中灌注审美意识、生态意识以及生命意识。自然文学响应了自然本身的呼唤和时代社会关注自然生态的呼唤。生态意识指向生态道德性，涉及生态理想、生态批判、生态责任等。我国当代大自然文学的先驱者刘先平，在《关于大自然文学的几点思考》中这样定义大自然文学：“现代意义上的大自然文学是以大自然为题材，观照人类生存本身、追求人与自然和谐的文学。”他指出大自然文学的一个鲜明特点是“它在重建人与自然关系时，不是侧重于对自然破坏的批判，而是侧重于歌颂、展示大自然之美和生命之美，倡导一种新的思维方式和绿色生活方式——接通人与自然相连的血脉”[①]。而韩开春在描写花草树木、虫鱼鸟兽的过程中，对这些植物和动物的气质、性格、精神虽有所歌赞，但并不止于此，还不时由此及彼地生发出关于当代社会现象和生命状态的反思，其中包含了对于人类破坏自然的批判，也有对于自然之心沦丧的痛惜。比如，他在《雀之灵》中怀着喜悦和爱惜之情写及多种禽类，但常有伤怀之叹。他写黄鹂，对比十年后重回家乡时再也见不到黄鹂身影、听不到其鸣叫的巨大反差，发出质问：“这是怎么了呢？这还是我那曾经充满了鸟语花香的村庄吗？”他也为鸟雀们的不幸命运而鸣不平，揭露黄雀沦为人类囚徒的方式，批判猎人贪婪的枪弹以及人类把白头翁、鹁鸪作为盘中餐的残忍。他说：“对于大自然，我们所能做的只能是尊重，是敬畏，而不是也不该去试图改变。”他的笔下流淌着对自然生态的认识和人与自然关系的思索，而生态意识的深层是生命意识，作者崇尚清新、活跃的自然生命力，反思人类生存和社会发展的泥淖，追求人与自然的和谐共生。

自然文学也被称为“大自然文学”，眉睫在《大自然文学漫谈》一文中对于大自然文学给出了一个较为全面的定义，他借鉴朱自强对儿童文学本质的开阔的阐释。朱自强指出儿童文学是在儿童与成人之间建立双向、互动关系的文学，是教育成人和解放

①刘先平：《关于大自然文学的几点思考》，《鄱阳湖学刊》2020年第3期。

儿童的文学，儿童文学以儿童为本位，“儿童文学 = 儿童 × 成人 × 文学”。眉睫套用此公式，提出“大自然文学 = 人 × 自然 × 文学”，“大自然文学是提倡人与自然和谐、不以人类为中心的文学（思考人与自然的关系），大自然文学是自然本位的文学（强调自然本位），大自然文学是教育全人类的文学（大自然文学的教育功能），大自然文学是以写实为主要表现手法的文学（美国自然文学的启示）”。[①]这一公式和定义涵盖了大自然文学的本质、功用和特征。当我们在说“大自然文学”这一概念时，往往会有两种不同组合的理解：关于“大自然”的“文学”，或气象“大”的“自然文学”。无论属于哪一种，“大”的意思是相通的。“大”在中国传统美学范畴中的含义接近于西方美学范畴中的“崇高”，但似乎还有溢出。孟子曰：“可欲之谓善，有诸已之谓信，充实之谓美，充实而有光辉之谓大，大而化之谓圣，圣而不可知之之谓神。”（《孟子·尽心下》）他提出了善、信、美、大、圣、神之间的相因相承之关系。他所言的“大”与“美”都建基于“善”，就审美气象而言，“大”比“美”更胜一筹。韩开春的散文虽然落墨于“小”，但也尽其所能地着眼于“大”。大自然之大，不仅在于其无边无际的浩瀚，也在于自然万物生长的奥秘——蕴藏的天机之大。韩开春寻觅、观察、发现并且悉心研究，探掘各种花草野果、虫鱼鸟兽的生长气性，写出其“美”，也挖出其“善”，表现其“灵”，努力从小中见大，拓小造大。此书系封底上李东华写的推荐语高度肯定了韩开春十多年来专注于乡间动植物的书写的意义，称：“这是和宇宙万物间的心神交汇，又分明是孔老夫子‘多识草木鸟兽虫鱼之名’谆谆教导的千年间不绝如缕的回

①眉睫：《大自然文学漫谈》，《文学报》2019 年 07 月 13 日。

响，是自古代到‘五四’从未间断的一种文人雅士与自然‘相看两不厌’的宇宙观；是‘天人合一’的古老根脉上生发的繁茂新枝。”

优秀的自然文学应是自然之美、生态之美、道德之美、情思之美的交融，同时也应是自然美与艺术美的融合，在审美上遵循自然之道，天然去雕饰。作为自然文学之一种的博物散文属于非虚构写作，要求知识的科学性、内容的真实性，同时作为文学，也要讲究艺术的审美性。韩开春写物之“外传”，常采用第一人称娓娓道来，将描写、说明、记叙和议论相结合，追求感性呈现和理性渗透，语言朴素亲切，如话家常，画面宛然，情味充足。韩开春在《荠菜花》一文中赞叹辛弃疾这样的词人“有着贴近土地的姿态”，从苏北乡村走出来的他，心中和笔端也同样具有这一姿态。他对于生生不息的自然万物充满了敏锐感、亲近感甚至虔敬感，一切在他笔下都显得有声有色、有情有义、有滋有味。

大自然是人类赖以生存的根本，这一“根本”不仅基于其物质意义，也涉及精神和心灵意义。爱默生在《美国学者》（被誉为美国知识界《独立宣言》）的演讲中指出“认识你自己”和“研习大自然”是合二为一的。韩开春笔下丰富驳杂的乡村植物与动物世界，铺展出乡村朴素而又蕴藏奥秘的风土画卷，而在此动静结合的风景中，又常融入作家思接千载、神游万里的心景。这些平中见奇、小中见大的博物散文，能激发读者对于寻常视若无睹的风景风物的好奇之心和探察之举，触发读者与作者之间心弦的共鸣，并且可能帮助读者构建出属于自身的独特的心灵景观。倘若我们能拥有自然的丰富性，也会因此而拥有精神和心灵世界的丰富性。无论是少年还是成年，怀着永不疲倦的新奇之心，走进自然——以双脚行走的方式或以阅读文学的方式，是对我们生命世界的一次回归、一份体认、一种丰富、一番净化、一轮提升。在当今这样一个迫切需要“关怀自然”和“自然的关怀”的时代，韩开春的“少年与自然”书系，绵绵密密地传递了来自大自然的殷切召唤。

程玮以童话搭建的和谐桥梁

程玮接连创作《啄木鸟叫三声》《午夜动物园》《木木森林》这类面向低龄儿童的“桥梁书”，在思想内涵上也具有名副其实的“桥梁”功能，对中西方经典文学故事进行了具有现代气质的演绎和阐释，在故事的巧妙编织中，让孩子们在古与今、旧与新、正与反之间去感知和衡量。

《午夜动物园》让我们想起英国女作家菲利帕·皮尔斯的经典幻想小说《汤姆的午夜花园》。两部作品中的主人公都是小男孩，他们都是在午夜的某一个特定钟点进入了一个特殊的地方。不同的是，英国小男孩汤姆进入的是一个神秘的时间花园，邂逅并见证了女孩海蒂从小到老的成长，那其实是一个人生记忆的花园，象征着一去不复返的童年，蕴含了时间流逝的沧桑，读来不由令人伤怀。而在程玮笔下，中国小男孩奇奇进入的是一个神奇的午夜动物园，他倾听了多个动物的倾诉，并且帮助它们回归大自然，这是一个关于地理空间的故事，包含了对万物平等、尊重生命自由的呼吁，孩子们读来会感受到振奋和希望，因为它架起了从现实到理想之间的桥梁。

作者充分意识到桥梁书读者的接受喜好和能力，故事内容生动活泼，语言浅显轻快，能吸引低龄儿童的阅读兴趣，并且在结构上多用循环反复的形式，帮助他们逐一理解故事并掌握讲述的方式。童话选择动物园为故事场景，因为小孩子们天性喜欢动物，都喜欢逛动物园，这是他们熟悉的地方。但是作为小说，要在熟悉中写出陌生来，并在陌生带来的新异感中又让读者感到另一种深层次的熟悉。这不仅考验一个小说家营造故事的构思能力，而且也考验其对于生活的发现和思考能力。在逛动物园的时候，孩子们对见到的各种各样的动物会产生好奇和兴奋，而奇奇还发现动物们会说话，他也的确听懂了动物的话语。这让我们联想起美国作家 E.B. 怀特的童话《夏洛的网》中那个小女孩芬，她爱动物、能听懂动物说话并且特别喜欢去谷仓里听动物们说话，她从爸爸的斧头下拯救了小猪威尔伯。小男孩奇奇同样也有这样的善良之心，他看到动物被关在笼子里供人观看、失去自由甚至遭人戏弄的困境，第一次认真问自己："它们到底喜不喜欢在这里生活？它们到底喜不喜欢每天被这么多人看来看去呢？"这一思考与芬提出的抗议同样重要，芬向爸爸抗议杀死小猪的"不公平"之处："这头猪愿意让自己生下来就小吗，它愿意吗？如果我生下来时也很瘦小，你就会杀死我吗？"芬和奇奇都提出了一个振聋发聩的问题，这是孩子对于生命状态的感性叩问，也是伦理意识的朦胧萌发。当一个孩子不再只是感受自己的喜怒哀乐，而开始设身处地去顾及他人他物的处境和感受时，就意味着他开始走出自我中心的圈子，在打开胸怀关怀世界。

幻想文学的一个关键点是从现实进入幻想的契机，在《午夜动物园》中，一只乌鸦给奇奇一个"神秘的消息"——晚上钟敲八点的时候来接奇奇，奇奇抓着乌鸦的脚飞到了动物园，由此展开了和一个又一个动物的"有意思"的交谈。每一场交谈都链接了一两个文学故事，主要是伊索寓言和安徒生童话，并且对故事的主旨和形象都进行了重新解读。自命为天下最著名的乌鸦乃是缘于《乌鸦喝水》《狐狸与乌鸦》的故事，它解释了乌鸦的智商，提出了“我们乌鸦只喜欢那些尊重我们的人”的原则。有很强自尊心的乌龟则对《龟兔赛跑》和《愚公移山》中人类的无知、刻板和傲慢提出了批评。想变成鸭子的白天鹅应鸭妈妈的请求给小鸭子们讲述《丑小鸭》的故事，指出了人们对丑小鸭变成白天鹅的误读，而白天鹅自身更希望放下高贵的姿态，去做一只自由自在的野鸭。困顿不堪的狮子金巴并不像《狮子王》中的辛巴那样有尊贵的地位，它从马戏团到动物园饱经沧桑，控诉人们对世界的强权征服。解决这些问题需要上演“古老的传说”，这里联系了原始的印第安部落酋长的《西雅图宣言》，传达动物们对自由世界的渴望。奇奇成了传说中那个按动塔按钮的孩子，在午夜的钟声中，动物们兴奋地奔向那方古老的、和平的大地。这个回归的场景，作者用相同的结构，写得很缓慢、很庄严、很神圣。当动物园里的动物们都离去后，唯有乌鸦留下了，因为它已经习惯了城市的生活，并且还要负责送奇奇回家。在情节的呼应和结构的完整上，“解铃还须系铃人”，乌鸦充当了贯穿首尾的线索。故事的结尾，乌鸦在黑夜里叫着飞过奇奇的窗外。我们不禁揣想：午夜动物园的故事究竟是真实发生的，还是只是奇奇梦境中的愿望？作者虽然在现实与理想间架起了一道桥梁，但它若隐若现，似真似幻，而聪明的读者一定会有明智的选择！

在童话《午夜动物园》之后创作的《木木森林》，继续以幻想故事来探讨人与动物之间的关系。此二者一脉相承，前者是男孩奇奇解救被关在动物园里的动物，让它们获得自由、回归自然；

后者是男孩木木见识森林中野生动物的生存，进而思考更为广阔的生态问题。两部童话的主人公都是心地善良的小男孩，对于动物都怀有尊重和亲近之意。相形而言，奇奇是好奇派和行动派，而木木更多是探索者和思考者，所以《木木森林》平添了颇为浓郁的思辨色彩。

木木“进入”森林，是缘于他搭建的乐高积木森林，更缘于他爸爸的一本书《没有我们的世界》。木木对身为人类学家的爸爸的书向来很感兴趣，他是一个喜欢思考并且富有想象力的孩子。爸爸研究人和世界的问题，告诉木木：其实动物都是善良的，世界上最危险的动物还是人。幼小的木木暂时无法理解这样复杂的命题，但他能想象没有人类的世界会变得怎样荒芜和混乱。在他好奇地察看这本书的封面时，奇幻的事情发生了，封面上大树后面的一个黑影探出头来，把他拖进了一座森林。这个从现实进入幻想世界的奇特切换，是不是有点像德国童话大师米切尔·恩德的《永远讲不完的故事》？小男孩巴斯蒂安也是在读一本奇书时“莫名其妙”地进入了书中的世界，从此踏上了惊心动魄的历险旅程。

在《午夜动物园》中，引领和陪伴奇奇的是一只乌鸦；而在《木木森林》中，松鼠森森担当了乌鸦的角色。木木自报家门时说出自己的身份是“人”，从没见过“人”的松鼠森森问：“人是什么东西？”木木的回答是：“人是这个世界上最高等的，人类创造了世界，整个世界都归我们人类管。” 这是一种被灌输的“常识”，但这种“常识”的实质是人类的妄自尊大和傲慢霸道，木木起初没能意识到这个“常识”的谬误，有待在历险中渐渐领悟。

木木在森森的带领下穿越森林，去找大石像询问归途。作者通过木木的视角，移步换景地展现纷繁的森林景观，用细腻的笔触描绘森林的美丽、奇特和丰富。程玮常年居住德国，德国民间童话中的黑森林意象成了她这篇现代童话的故事背景，不过，这里渲染的森林不仅营造神秘或紧张的氛围，而且还被赋予了自然生态的文化意味：这是一个没有被人类侵蚀的自然世界。故事中的森林时而清新绚丽，时而庄严幽暗，既是故事环境，也是一种重要的隐形“角色”，焕发充沛的自然气息，传递自足的生态意志。木木和森森讨论森林需不需要人来管理的问题，森森抗议木木自视甚高的“人”的“管理”：“森林是我们大家的家。我们在这里出生，在这里长大，在这里变老，在这里死去。一代一代都是这样，为什么要人管理？”这个反问让木木哑口无言。当木木看见了森林里鲜活的自然景象，想法也随之发生改变，他没有坐到长着苔藓的石头上去休息，因为“他第一次觉得，即使是石头上的苔藓，也是生命，也应该小心对待”。木木开始降低“人”的姿态，走向对自然的关爱和怜惜。

跟随木木的脚踪，我们穿梭于森林的葱茏草木，领略洒落于森林的光影变幻，也邂逅在森林里安家的飞禽走兽。木木先后遇见了给他造成威胁的大象、鸟群和野牛。大象灰灰凭着祖先遗传的记忆而把为了夺取象牙而残害大象的“人”当作敌人，记着家族仇恨而不愿驮送木木，木木为人类贪婪、残忍的罪行而惭愧。松鼠森森给大象的劝告充满慈悲且深明大义：“我不喜欢看到他（木木）眼睛里淌水。人类伤害过你的祖先，可我们不能用伤害去回报他们的后代。我答应帮助他回家的，我不能反悔。”大象因此而被说服，木木也表示会去告诉人类不要伤害大象。可见，森森和木木充当了调解动物和人之间关系的和平使者。在绿房子里，木木和练习合唱的鸟群发生了关于家园的争执。木木骄傲地标举人类各种各样先进的发明，而自命为“满腹经纶、一身学问”的低音鸟花先生对此嗤之以鼻，认为人的涉足是为了抢夺鸟的家园。木木捡到了一颗玻璃弹珠，发现了动物家园也曾是人类家园的秘密。当木木面对横冲直撞的野牛时，他记起爸爸的经验，安静地面对，从而奇迹般地摆脱了险境。

木木的森林历险波澜迭起，但最终都化险为夷，男孩和松鼠在同舟共济的历险中增进了对彼此世界的了解，也结下了超越族类的深厚友谊。在遇到危险时，木木挺身而出，保护森森；原本胆小的森森也勇敢地解救木木，忠心耿耿地护送木木。他们俩在历险中得到了思想和性格上的成长，分别的场景情意动人。木木把玻璃弹珠送给森森作为纪念，森森形容弹珠像一只“眼睛”，这是玲珑透亮的眼睛，在人与自然相亲近、相和谐的世界中灿烂地闪耀。微小的弹珠意象和庞大的森林意象一样，承载了生存家园和心灵家园的意味。

《木木森林》荡漾着奇幻色彩，也跃动着思辨锋芒。最后一章“月光下的斯芬克斯”用互文方式引入古老的斯芬克斯之谜，并进行新的演绎，以后现代的戏仿手段营造幽默感，将斯芬克斯塑造成一个不无智慧且仁厚的新形象。他和木木展开了一场关于生存的对话，犀利地揭示了人类犯下的愚蠢的错误并指明出路：“如果人类希望在这个世界上更长久地生活下去，请爱护地球，爱护这个世界。”奇妙的是，木木从“没有人类的世界”回到人类世界的途径是靠记住了斯芬克斯的警戒，因为那是人类至关重要的生存之道。就像《永远讲不完的故事》中的小男孩巴斯蒂安那样，他在朋友们的帮助下找到“生命之水”后，倏然从书里的幻想王国回到现实中去完成使命。

古希腊悲剧家索福克尔斯有言：“斯芬克斯之谜使我们顺从自然。当迷雾逝去之后，我们会更加注意目前的需要。”当木木游历了那座森林之后，他当初关于“人和世界问题”的迷雾也在散去，懂得目前迫切需要做的事情，就是正确对待人与世界万物之间的关系。学者鲁枢元在其著作《生态时代的文化反思》中指出，人与自然万物在存在意义上是平等的、息息相关的，“如果有所不同，也只是因为人是自然万物中的一个思考者、发现者、参与者、协调者、创造者，因此人的责任更为重大，人将通过自身的改进与调节，努力改善与自然万物的关系，从而创造出一个更美好、更和谐、更加富有诗意的世界”。[①]程玮的《木木森林》以清浅活泼的童话故事，生动有趣地诠释了这一阔大的生态思辨。童话的现实与幻想以亦真亦幻的穿越来衔接，结构上前后呼应，让首尾描绘的和暖明媚的环境映入读者的眼里和心里，感觉“一切的一切好像突然变得有了生命一样”，让我们发现：万物生命本就在那里，有时只是我们没有看见、没有想见、没有待见而已。

涂晓晴科幻童话中的宇宙与家园

涂晓晴的长篇科幻童话《蓝蓝和外星人》是江苏儿童文学中科幻文学园地的一个美丽收获。儿童文学作家拥有科幻创作意识很有必要，科幻主题契合了高科技时代发展的需求，可以促进中国儿童文学走向丰富和前沿。这部作品糅合了科学幻想和童话幻想，并且将科幻、童话和孩子的现实生活融为一体，这在少儿写

①鲁枢元：《生态时代的文化反思》，东方出版社，2020，第23页。

作中颇为难得。作品前半部分更像童话，地球上的蓝蓝和永恒星上的纳瓦之间，通过许愿来相互联系；后半部分更多体现科幻性，星球访客、飞船、星际旅行等科幻元素纷至沓来。在当代中国儿童文学创作界，写作童话者人才济济，但是敢于并乐于写作科幻者寥若晨星，尤其是女作家。科幻写作对于作家而言具有一大挑战，那就是需要具备丰厚的甚至较为专业的科学知识、眼光和思想。涂晓晴的科幻创作虽然还不是很精到，但这种尝试显示了她的勇气和智慧。

作品涉猎对于地球生态问题的思考，对于辽阔宇宙的观照，对于人类生存的体察。书中有一个细节，外星人纳瓦带来一颗石子给蓝蓝，告诉她这是他居住的星球上的一颗小石子，蓝蓝由此而生的顿悟颇为深刻。书中有诸多动人心弦的细节，如守护永恒星的星之子纳瓦的身世、对自身星球和家人的挂念；外星人对地球的好奇、探索、夸赞，地球人对外星人的友好接纳等。作者思索的是星球之间的关系，宇宙中的和平共处。作者对宇宙万物总是心怀爱意，投射在作品中，字里行间到处都洋溢温暖、流淌爱意。益智性的元素和暖心的情感让读者不仅仅读到引人入胜的故事，还不时触发人生体悟，包括对于宏观的星球和微观的个体之思。对于地球的保护、宇宙的大爱，作者心情热切，情感真挚，这是写给每个地球人看的书。

作者在表达“宇宙意识”之际还融入了“家园情怀”，前者显大气，后者则接地气。家园情怀和宇宙意识的结合是可圈可点的新颖之处，既把奇妙的想象力向外太空播撒，又将切实可感的家园风物写进故事，增加地域风土文化的质感。作者写她的“母亲城”扬州的老城区、老街区，在“风婆婆”带着蓝蓝的那段旅行中，变成风的蓝蓝俯瞰扬州城。蓝蓝变成猫之后，和老师和同学一起爬到屋顶上去看风景的那段特别细致动人。雨老师是土生土长的扬州人，她怀想儿时的扬州，那段描写很像抒情散文。作者将抒情品质的文字和故事相融合，还写了扬州各种各样的小吃，色香味俱全地一一表现，把食物的妙处及对食物的爱写得淋漓尽致。

这部科幻童话的写作宗旨是："希望能用爱和善、美与真，奉献给我深深热爱的母亲城。"她将"风婆婆"和"自然神"的有长度的人生放进儿童的生活，这些长者充满感情的教导传递了生活的重要感悟。自然神的形象定位是："他的胸怀可以装下整个世界，他的智慧超越一切。"作者具备"思想者"的潜质，书中遍布"警句"。对儿童读者来说，这些是对他们精神和心灵成长的滋养。不过由此带来的一个问题是，教育主旨似乎太频繁、较明显，多个人物负载了教育传声筒的功能。这种略显沉重和密集的隐含"说教"的语言可以少一点，使整个基调变得轻松俏皮，纹理会更加自然且有弹性，就像阳光和微风在原野上徜徉那般，让读者欢快自在、无拘无束地游历其中，在阅读中受到潜移默化。儿童文学中的教育性是备受争议的双刃剑。教育是需要的，但何种教育内涵、如何"寓教于乐"、如何"化教于美"，则需要费心经营。

作者在叙事和抒情的交融中，还重视情节的趣味性，蓝猫帕颂变来变去的身份中有很多喜剧性的描写。儿童文学需要幽默，但真正的幽默表达是有难度的，当代儿童文学作家努力在往幽默路上走，但对于幽默的内涵、程度、表现方式的把握需要做到熨帖，如若处理不好，作品就会显出低级的搞笑，流于油滑甚或肤浅庸俗的"恶搞"。真正高超的幽默需要智慧，而且也需要善意和爱，要从审美立场去巧妙地表现。在《蓝蓝和外星人》里，有些地方的幽默非常感人，比如艾玛和帕颂之间的关系等。艾玛的龅牙作为喜剧元素，也被处理得较为深情，令人笑过之后却两眼含泪，这是一种高级的幽默。作家不仅要写出儿童内心真实的情感，包括他们的向往、激情、苦闷以及悲伤，还要以儿童的心灵映照整个人类的灵魂，能让所有的大人能够想起自己的童年，同时也观照自己整个的人生。

一般科幻小说更重情节编织的曲折离奇，以匪夷所思的情节来震慑人心，往往不太注重抒情，而这部作品十分看重抒情性，作者有着非常强烈的主旨性的引导意识，希望通过故事去告诉孩子们应该如何去热爱生活，热爱我们的地球家园，热爱我们的宇宙。作者努力地想把心中的一团火变成一朵朵小小的火星或火花，星罗棋布，去照亮每个角落。阅读这部作品的时候，能感觉到渗透在文字里的灵魂的热度和光芒。作者有丰富的想象、饱满的情感，作品后半部分加入了“爱情”元素，比如多个外星人之间、猫尘埃对地球人之间、猫艾玛的爱等，虽然使得故事更为多情，但过多运用则会导致重复雷同。即便是科幻作品，也要时时处处讲究情感的真实、真诚与真切。

儿童文学中的科幻创作要追求引人入胜的故事，也要蕴藏丰润充盈的情感，而且要把幻想、思想和理想相结合，去点燃孩子对于浩瀚而神秘的时空宇宙的探索热望，去思考人类在宇宙中的位置和作为，让宇宙成为共同生存的亲切美好的家园。《蓝蓝和外星人》是一部激发儿童游戏天性的童话，也是一部教育成人如何做一名合格的“地球人”的启迪之作。

第八章　童心与诗心的天真歌吟

诗歌向来被誉为文学金字塔顶端的明珠。儿童诗歌是典型的“浅语的艺术”，但“浅语”并不意味着内涵和艺术的肤浅。所有诗歌都面临着如何处理“少”与“多”的问题，而儿童诗歌创作还要处理“浅”与“深”的关系。但凡好的儿童诗歌，都具有天真之美妙和玲珑之机趣。

巩孺萍《今天很开心》的诗意和童趣

巩孺萍擅长幼儿诗歌的创作，她的诗歌不追求浪漫的抒情，也不看取郑重的说理，着意的是天然去雕饰的童言稚语，分外纯粹，而其中又往往蕴藏着人生的经验和智慧，深入浅出。《今天好开心》这本诗集中虽然只有《池塘里有什么》一首诗中提到了一个孩子，但其实她的每首诗里都有一双孩子的眼睛、一串孩子的声音、一颗孩子的心灵。她不是蹲下来为孩子写作，而是完全化身为孩子，以孩子的口吻来表达对自然、对自我、对他人、对世界、对生活的种种感受和思索。

诗人和孩子一样酷爱小动物，在许多诗篇中，小动物的形象纷至沓来，如猫头鹰、毛毛虫、兔子、青蛙、毛驴、乌鸦、鸭子、小狗、小牛等。这些小动物各有个性，在诗人笔下被描摹得声形毕肖，而动物们的生命形态也往往寓含了诗人的情与思。《猫头鹰》这一首别有机趣："一只眼睁开 / 一只眼闭着 / 不妨碍睡觉 / 也不耽误把老鼠捉 / 要是我也有这本领 / 你猜我怎么做 / 我会规矩地坐在教室里 / 用一只眼睛做梦 / 另一只眼睛听课。"诗歌的最后一句别出心裁，贴切地道出了孩子内心真实的想法。真情实感是诗歌的生命，也是诗歌的光源，但也许有些成人读者会质疑孩子这一想法存在的"上课不专心听讲"的"问题"，但其实大可不必，诗歌并非是生活的泥实反映，是源于生活又高于生活的提炼。领会诗歌，不能就事论事地对号入座，而是要有所超拔。"用一只眼睛做梦 / 另一只眼睛听课"，当我们规矩地坐在人生 / 社会的教室里，"做梦"和"听课"两不误的这种"两全其美"的状态何尝不是一种生活的平衡和丰富？这一童言稚语的本质类似于荷尔德林的诗句："劬劳功烈，然而人诗意地栖居大地"。这首章诗以非常轻巧有趣的形象化描摹，来传达了一个颇为深奥的人生哲理。这首诗的图画也以一明一暗的黑色和黄色来表现生活本质的简单。《两只鸭子》也是以动物的生活来隐喻人类生活的一种形态。"两只鸭子 / 从泥塘走回家 / 它们一路聊着田螺小虾 / 嘎嘎嘎　嘎嘎嘎 / 像两个老婆子在拉呱。"第一节将鸭子对生活的热情以老婆子式絮絮叨叨的"拉呱"来表现。"后来它们累了 / 不再说话 / 蹲在栅栏边打着盹 / 路过的人 / 以为是两只旧拖鞋 / 摆在那。"第二节写了鸭子们自然生息、随遇而安的状态，"旧拖鞋"的比喻很是新颖，具有生活的质感和温度。这首诗描写鸭子自在、惬意的生活，接近于陶渊明"归园田居"般的生活方式，因为充满童趣的日常化想象而少了隐逸之感，多了烟火之气。这幅插画色彩鲜明，用了红和绿的对比，鸭子用了暗绿色，而大树的花果和路人的着装用了鲜红色，在对比中凸显生活的美好、路人的好奇以及鸭子的沉稳与淡定。

诗人善于用儿童口吻绘声绘色地描摹和讲述，想象力丰富而轻盈。她有几篇诗歌都写到毛毛虫，各有情趣。《毛毛虫》一首中，她把毛毛虫想象成充满动感的小火车，“树叶上转转 / 花朵上停停 / 谁能告诉我 / 世界上最小的火车 / 坐上去 / 会是怎样的情形”。毛毛虫火车逡巡于枝叶花朵，一路行走就要领略美丽的风光，所以画面中的毛毛虫和小女孩都面带笑容，快乐洋溢。《彩色的毛毛虫》中，诗人又赋予毛毛虫另一种温柔的想象，“彩色的毛毛虫 / 在枝干上爬 / 好像有什么急事 / 在催着它 // 在高高的花茎上 / 一朵玫瑰花就要开啦 / 是不是毛毛虫 / 要赶在凉夜之前 / 将一条围巾送给它”。毛毛虫把自己当作围巾去护卫玫瑰花，情意动人。图画中，蓝色的夜空明净宁谧，毛毛虫和玫瑰花的色彩都用粉色和红色形成彼此的呼应，毛毛虫身体的圆形和花朵由三角形叠合的图案又形成了统一中的变化，花枝周围蜜蜂飞舞，整体画面温馨而又活泼、雅致而又甜美。

诗人的想象力既灌注柔情蜜意，也渗透幽默气息。《蛐蛐》一首写蛐蛐一天到晚的唠叨，“除了石头 / 没人受得了”，既可以理解为是对爱唠叨的蛐蛐的讽刺，也可以理解为对石头这个耐心的倾听者的赞扬。诗歌的多义性带来开放的阅读角度，也带来多样的阅读乐趣。即便是孩子对于黑乌鸦、蛐蛐的态度中包含某种“恶作剧”式的嘲笑，这种嘲笑也是体现了儿童审美的特殊性。对于幼儿审美心理有着深入研究的学者刘绪源谈道：“孩子眼里是那么好玩，令人兴奋。一切都是形象的、真切的、‘可信’的。我以为，这种恶作剧，在儿童是一种天性，并不是他们‘性本恶’，而是出于游戏的本性。在他们眼中，所有的倒霉，都只是一种游戏，当儿童在读到诗中的想象时，当这种想象与他的思维暗合，当他窃喜或狂喜时，这种快乐的心理，对他来说，也就是美感。儿童的审美有自己的特征，这正是作家的创作给今天的美学研究提出的新课题。”所以，阅读这类诗歌时，当我们读出了儿童的游戏心态，就会对之会心一笑。

这本幼儿诗集将谐谑感表现得尤为充沛，几乎每首诗中都有笑声漫溢。有些诗歌融汇了知识，并且能将知识之“盐”融于游戏之“水”。如《鸡皮疙瘩》一诗，提到了天冷之后人会加衣、熊会冬眠等知识，紧接着来了一句充满孩子气的类比：“鸡会起鸡皮疙瘩 / 这个——/ 谁都知道。”鸡皮疙瘩本就是鸡皮的特征，而并非冬天才有，孩子这一句“自以为是”的话其实违背了常识，但因其幼稚天真而显得另类有趣。图画以一只鸡身上的鸡皮疙瘩作为大片背景，来纳入各种抵御寒冷的方式，构图直观可感，令人印象至深。

诗人常采用对话或对比的方式来营造这种谐谑感。《山羊和牵牛花》中，牵牛花边爬边吹小喇叭，还不停地问：“喂——听见了吗？”急吼吼的牵牛花宛如一个喜欢热闹、喜欢炫耀、渴望得到别人关注的小孩，而更有趣的是山羊的回答“咩”，谐音接近“没”，似乎故意在逗弄牵牛花。若将“咩”的谐音理解成英文的“yeah”（是）或中文的“耶”，则是对牵牛花询问的肯定回答，表达的是对牵牛花的赞赏。诗歌以拟人的手法表现牵牛花和山羊之间的亲密联系，画面以一轮橙黄色的朝阳来映衬蓝色的玫瑰花和蓝色的山羊，同样彰显其和谐与亲密，而点缀其间的绿色心形叶片则象征了爱，包括自然之爱、生活之爱和朋友之爱。《木桶和雨滴》和《牵牛花和山羊》异曲同工，也以类似的对话形式来结构诗歌，将雨滴落进木桶的声音想象成雨滴和木桶在说话，雨滴在问“对吧对吧”，而不知怎么回答的木桶“只好将雨滴的话 / 统统记下”，寥寥几笔就将雨滴和木桶迥异的个性表现分明，也把二者的情意宛然呈现，木桶憨态可掬的形象令人捧腹，它那包容的品格令人感动。《青藤电话》也非常有趣，将青藤想象成电话线。因为忘了挂电话，麻雀和蝈蝈各自的吵架或吹牛被对方听到，“见面后会很尴尬”。诗中既有对人性的揶揄，也有对人情的体恤，因此连调侃也显得很体贴。画家将两只麻雀你不让我、我不让你的吵架神态表现得栩栩如生，而一群蝈蝈吹牛的表情也各不相同，激发读者去揣想产生这些表情的缘由即吹牛的内容和反应，从而丰富了文字的内涵。

在一些谐趣诗中，有的还加入了荒诞感，典型如《吹牛的毛驴》。毛驴吹嘘它的旅行：“我，去了南极，/ 逛了那里的椰子林。/ 又去赤道转一圈，/ 溜了一会儿冰。”它把寒冷的南极和炎热的赤道弄反了，可见它并未真正去过，但仓鼠并没有直接揭穿它的吹嘘，而是反问它一句“你拖着石磨去的吗 / 那家伙可真是不轻”！委婉地点出了毛驴所说的旅行只是“说说而已”。毛驴和仓鼠的简短对话勾勒了一只可怜、可笑又可爱的毛驴。图画设计也幽默倍出，驴子举着旅游的旗帜，旗帜上是驴的头像，整个地球在它脚下，它在所到之处插下一面旗帜以表明“到此一游”。本来生活在南极的企鹅，因驴子脚步的走动而被转到了地球的北端，这一错位的画面也揭穿了毛驴的谎言。第一遍读这首诗，我们会和仓鼠一样笑话毛驴；再读几遍，也许我们就笑不出来，反而会有一些心酸。从中，我们似乎也可以看到自己的影子：拖着沉重的“石磨”在原地打转，而心里向往着远方。诗人在看似极为清浅的童话般的诗歌中，寓含了对于人生困境和尝试突围的理解。毛驴吹嘘的这场旅行何尝不是它内心渴望的一种折射？它希望摆脱整天拉磨的困境，渴望自由自在地去见识和探索广大的世界，轻轻松松地玩转地球。充满谐谑的荒诞感中包含反思，不同年龄、不同境遇的读者会读出不一样的况味。

除了用对话、对比来形成呼应、对称或反衬，诗中也用排比手法，而至结尾处常常别有惊喜，用轻轻巧巧的一句，或扳转前调，或锦上添花，颇有机趣。如《今天很开心》一诗排比性地陈列狮子、鲨鱼、蛇、猎人的开心是因为它们对猎物的放行并表达了友善，结尾泛化为“愿所有的人都开心，/无论在什么时候”。当人们抛却算计、抛却私心、抛却功利和欲望的时候，人们就能变得开心——因为澄明、因为大度，因为友好。诗歌结尾画龙点睛，升华主旨。

此外，作为中国的儿童诗人，巩孺萍没有忘记在童诗中注入芬芳馥郁的中国气味，《中秋》《夜》《倒霉的兔子》等都包含了中国传统文化元素。《倒霉的兔子》提到的三只兔子源于中国典故，“跑得太快撞晕了头”的兔子出自成语“守株待兔”，“和乌龟比赛落了后”的是“龟兔赛跑”中骄傲轻敌的兔子，“关在月亮上冷飕飕”的是“嫦娥奔月”中的玉兔。诗人为这些“倒霉者”打抱不平，这也贴合孩子的心理，他们往往会对不幸者产生同情，并对成规提出质疑，这一质疑也可普泛化，可视作针对模式化、僵化的思维范式的批判。这样的诗歌在童趣中也注入了力度。《中秋》和《夜》写宇宙中的月亮和星星，但都走了“舌尖上的中国”的生活化思路。《中秋》一诗依托中国的传统节日，带入风俗人情。诗中将月亮比作月饼，月亮渐圆是烤饼的过程，而圆月渐缺则是被星星们小口小口所吃，并且“馋得地上的人 / 纷纷抬头”，“馋”字用得绝好！诗人将月圆月缺的过程写得十分具有生活气息，而且温情脉脉。画面也展现了月亮圆缺的变化，更好玩的是，在表现诗歌的最后一句时，不仅让地上的人抬头仰望夜空，而且还举着碗在接星星吃掉的月饼屑。这是超逸文字的神来之笔，趣味陡增。而《夜》这一首对北斗七星的形状赋予了动态的想象，因迫不及待去舀鱼汤而“伸出了勺”，这一想象吻合了孩子们酷爱吃的特点。画面则综合运用西方的星座图案，将北斗七星放入大熊座来呈现，这种中西结合的方式带来了广阔的文化视野和趣味。

巩孺萍的儿童诗歌语言简单朴素，音韵自然，节奏动听，意蕴隽永。荷兰年轻插画家的图画风格也明朗利落、奔放跳跃，色彩对比感强，同样具有想象力，而且很多地方都在文字之外有巧妙的“增殖”，图画的表现力令人赞叹。《雷》一诗写两朵云相撞后的互相道歉，而图画中还表现了它们碰撞出的闪电，这一图画的细节补充和丰富了文字内容。此外，图画又增加表现撑着伞的人们之间的碰撞，扩展了诗歌的意象群落及其内涵。这位插画师深谙绘本中文图之间的关系，图与文之间常形成富有弹性的张力。《池塘里有什么》中，孩子、小牛、小狗都很好奇池塘里有什么，青蛙跳进去看到的结果是“除了烂泥巴，什么都没有”，图中则画了池塘里有各种各样的鱼、水草和蝌蚪。文字中说的“没有”和图画呈现的“有”形成了一组矛盾，带来了新的意蕴：青蛙对那些“有”熟视无睹，正如我们对司空见惯、习以为常的生活失去了新鲜的感觉，眼中的世界变得空洞枯寂。诗和图的合奏将视觉、听觉和意蕴层相联通，带来了丰盈奇妙的审美世界。

作为“献给孩子的早安诗”，这本诗集的确具有“早晨的美”，有着晨风的清新、晨雾的神秘、晨露的晶莹、晨曦的温柔、晨霞的绚烂、晨光的明亮，还有早晨一切苏醒时的蓬勃生机。

给诗一片“闲”心：《童年的歌行》序

在韩国的旅途中，一路领略异国风情，一路赏读来自南京琅琊路小学孩子们写的童诗，诗中流光溢彩的童心让满目萧索的冬景也变得诗意盎然起来。感谢孩子们充满生趣的诗歌美丽了我的旅程！

我频频感叹于这一方诗歌盛开的花坛，小花朵们朝气蓬勃、争奇斗艳。此“奇”不在于用字之奇崛，乃出于童心之奇妙；此“艳”亦不在于辞藻之纷繁，而源于童心之绚烂。

孩子的诗心透明而富有色彩。唯其透明，才有可能让各种色彩映照入心。

孩子的诗心是生机勃勃的，连冬天的景象在他们心里也活力无限。“冬天是五颜六色的，/ 橘色的太阳，/ 金黄的落叶，/ 就连空气都是洁白的。”“冬天是团结的，/ 菊花头挨头骄傲地开放，/ 松树肩靠肩笔直地站着，/ 小朋友你抱着我我抱着你，/ 热气腾腾。”（《冬》）

孩子的诗心是连着万物的。“我在门前堆了一个雪娃娃，/ 拿出一根棒棒糖，/ 放在他手心，/ 他的心里一定甜甜的。”（《雪娃娃》）“悄悄地，渐渐地 / 我像一个调皮的金色孩子 / 伸着小

脚丫到处乱爬。”（《秋天》）

孩子的诗心是包容一切的，能够欣然接受四季馈赠的不同色彩的“贺年卡”。孩子们的欢乐是随时随地可以生长的。

孩子的诗心是玲珑的、充满想象力的，如一群调皮的“春天的逗号”，一架“神奇的机器”，还会自问自答“动脑子的开关在哪里”，“会说话的文字，/ 会舞蹈的诗篇，/ 可能就是动脑子的开关”。

孩子们的诗心是“贪婪”的，装满了无尽的好奇，即使拥有了明亮的眼睛，还在渴望——“我想变成大大的眼睛，/ 观察这美丽的世界，拥抱这五彩的自然”（《我想》）。

孩子的诗心柔软而富有弹性。唯其柔软，才有可能让各种情感荡漾于心。

孩子的诗心是充满梦想的，有那么多的“我想”和“我愿”都“长在云彩上”。“我还想把自己种在山坡上，/ 变成蒲公英的小伞，/ 乘着微风，赏着美景，/ 自由地飞翔。”（《我想》）“我的每一天都充满了惊喜，因为——/ 我的梦想在成长！”（《梦想在成长》）

孩子的诗心是易感多思的，写给童年的信笺满怀柔情与壮志。“我的童年 / 在自己眼里 / 是一条奔腾向东的小溪 / 向着那无边无际的大海 / 一路歌唱 / 永不停歇。”（《我的童年》）孩子们已经懂得珍惜童年时光。“当你默默哭泣的时候，/ 小鸟会说：‘加油！’/ 太阳会说：‘不要泄气，童年只有一次！’”（《童年时光》）

孩子的诗心是懂得感恩的，喜欢“外公养的鸽子”。“外公说 / 它们都记得回家的路 / 菲菲，长大后 / 也会记得回外公家的路吧？ / 我点点头，笑出深深的酒窝。”

孩子的诗心是平等、友善的。“我的梦想是办一所学校，/ 帮没有家的孩子找回他们的笑。”（《一笑的梦想》）“我愿 / 变成一架直升机，/ 载着你，载着我，/ 飞向外面的世界。”（《写给怒江山区的孩子》）

孩子的诗心也有隐幽，然而坦荡，他们可以率直地告白。“我是一个快乐的阳光男孩，/ 可还是有很多烦恼。”（《烦恼》）他们会吐露羞涩的小秘密。“童年是什么？ /……是某个黄昏后，/ 偷偷地爱上班里的女孩儿。”（《童年时》）

孩子的诗心是“有翅膀的蛋”，即使破碎，还会不懈地追求。“发现自己原来就有一对翅膀，/ 于是，怀着一颗向往的心练习飞。”（《有翅膀的蛋》）他们会自豪地吟唱。“美好的童年，是一颗闪亮的星，/ 是一只翱翔的鹰，/ 是一个自由的精灵。”（《童年之声》）

我为这“有翅膀的蛋”、这“自由精灵”的童年宣言而欢欣鼓舞！

孩子的诗心天真而富有哲理。唯其天真，才有可能让各种思理澄澈在心。

孩子的诗心是皎洁的，闪耀着纯美的希冀。“我希望每个人都长一对天使的翅膀，/ 代替飞机去远方，/ 让蓝天更蓝，白云更白。”（《愿望》）

孩子的诗心是幽默的，蕴含着智慧的叮咛。“我真想当蚊子的老师，/ 办一所学校，/ 专收爱咬人的蚊子。/ 别躲在黑暗的角落，/ 要学会在阳光下扭着细腰跳芭蕾。”（《蚊子的老师》）

孩子的诗心是智慧的，触摸着人生的至理。“许多发现低头

才会有”，“停停走走，这些场景才为我保留”。（《走路》）

孩子的诗心是壮阔的，迸发着自我的认知。“以前 / 我以为我只是个小孩 / 全班人都是 / 现在我知道了 / 我们都是改变世界的那个人。”（《那个人》）

我由衷地要为“改变世界的那个人”而大声喝彩！

想起现代诗人冯至在中年时期的十四行诗中呼唤“给我狭窄的心，/ 一个大的宇宙”。孩子们是幸运的——大的宇宙已天然地存在于他们心中，因为孩子的心是澄明的，对世界全然敞开，而且是懂得欣赏的！

不幸的是，过重的升学压力已经开始侵蚀孩子们的“大的宇宙”。我为这种宇宙的“狭窄化”而深感悲哀！我很怀念女儿二年级时在英国上小学的那一年，有一时期她每天都会说或写一两首英语诗，自然、生活中的点点滴滴几乎都能入诗，印象最深的就是她早晨喝牛奶时突然蹦出了一首由牛奶联想而及的小诗，开头是“Milk is from the cow”（牛奶来自奶牛），中间是连环寻索事物存在的关系，而末句是“The world is in my mind”（世界在我心中）。当我一路笑着听到末句时，立即为这大气且自足的童心而惊愕。英国的小学给了学生很多自由创造的时间，她几乎在作业“真空”的状态下自由自在地学习和玩乐，也因此有了自己的时空去遐想洋溢着自由感的诗。回国后的半年，她忙于课业，我再也没有看到她沉浸于诗的自由王国，因为诗的灵感乃自“闲”心中来。

法国碧姬·拉贝和米歇尔·毕奇写的《儿童哲学启蒙书》中有一段很耐人寻味的话：“思考，就必须要有时间，要有自由的时间，要有空闲的时间。这个时间，只有在无所事事的时候才能找到。”诗情的诞生何尝不需要这样的时间土壤？“然而，这样的时候并不多。我们大家都有一个所谓的‘时间表’，在这个时间的表格里，很少填着‘梦想的时间’，‘什么事也不做的时间’。”这可真是惊天大发现！但我欣喜地看到，在韩国度过的寒假里，女儿在自己定的每日时间安排表上，冠冕堂皇地在作业和读书之外列上了“看风景 / 发发呆”。我不由莞尔，十分欢喜这份“闲”心的复归，那已离“诗”境不远。诗歌容易拨人心弦，因为有心灵风景的呈现。在韩国首都等候地铁时，我常常讶异于地铁边一道道玻璃护门上写的韩语诗歌，有的竟然是广告——能用深情款款、意味隽永的诗句来做商品宣传，足见诗意融入的魅力。一个有诗意的人必然心中风景无限，一个崇尚诗的民族必然有飞扬的追求。

学习、生活在琅小的孩子们是快乐的，这里有诗性语文的倡扬，有生长诗的花朵的土壤。孩子们歌赞“亲亲琅小”的美丽，流连于校园生龙活虎的气息。他们不是只顾低头拉车的驽马，而是自由行空的天马。“我还想做一名老师，/ 教会学生与大自然相亲相爱，/ 珍惜日出与日落，爱上群星的闪耀，朝霞的光芒。”（《我的梦想在成长》）做这样一名充满诗心的老师的梦想，是琅小老师春风化雨的果实吧？

可叹的是，当今大学生中写诗的人已经凤毛麟角，而写诗的孩子们却群星闪耀——童心本身就是诗，尽管词句有些稚拙，但诗的神气却很执着。我给所教的大学生们的祝福是“祝青春飞扬”，而对已经在诗中飞扬着的孩子们呢，则要送上一句由衷的祈祷——“祝童年自由飞翔！”

长大了，依然要葆有飞翔的“惯性”。那晚从外地旅游回到首尔已是深夜，大雪纷飞，女儿兴致勃勃地央我和她一起在住处门口堆雪人、打雪仗。尽管我旅途劳顿且诸事缠身，但看着她在漫天大雪中雀跃的身影，实在不忍拂了这份热情的邀约。不能拒绝的还有一个来自岁月深处的声音——儿时的自己也曾笑着喊着，在雪天纯美的仙境里与冬日的精灵追逐嬉戏。我甚至听到了背包里打印出来的诗页中，琅小的童心们在齐声呐喊——“我们要玩雪！”于是我爽快地捧起雪，和女儿一起创造有趣的冬夜白雪诗篇，深夜的雪花似乎飞舞得更加曼妙与热烈！

每个人童年的心田里，都埋着诗的种子，有形或无形，唯有用心灵的耳朵才能听到这些种子破土而出、长叶开花的声音——此时或很久以后。播撒一田麦种，长出的是一垄垄青葱的麦苗；播撒一田诗的种子，长出的是一程程诗意葱茏的人生。

愿孩子们在成长的路上永远有诗意相随，读诗、写诗，尤其是让生活如诗！要常怀着静静的喜悦，倾听内心每一朵花开的韵律。如此，才能如德国诗人荷尔德林所感念的那样——“劬劳功烈，/然而人诗意地栖居大地”。

别忘了——诗意，从“闲”心中来！给自己忙碌的心，一份悠闲的情致、一片梦想的时空！

（2012 年 2 月 5 日 写于韩国汉阳大学）

第九章　江苏引进版儿童小说的经典魅力

在中国儿童文学发生发展的历史进程中，世界儿童文学的译介有着举足轻重的影响。自十九世纪末开始的这一个多世纪中，外国儿童文学的翻译浪潮起起落落，江苏的一些出版社也推波助澜，如江苏凤凰少年儿童出版社、译林出版社、南京大学出版社等。二十一世纪以来儿童文学引进的总体趋势是走向丰富多元，既有对于世界儿童文学经典之作的再版和重译，也有对于当下优秀外国儿童文学的及时译介。苏少社在二十一世纪初年策划出版“国际儿童文学大奖得主经典系列”等，笔者曾翻译其中几部并撰写导读，此处辑录三篇译著导读，包括美国大文豪马克・吐温的《哈克贝利・费恩历险记》（*The Adventures of Huckleberry Finn*）、获得纽伯瑞儿童文学金奖的美国作家查尔斯・波德曼・霍斯的《黑暗护卫舰》（*The Dark Frigate*）和英国桂冠儿童文学作家迈克尔・莫尔普戈（又译为迈克尔・莫波格）的《鲸鱼归来》（*Why the Whales Came*）。

《哈克贝利·费恩历险记》：在历险与考验中成长

马克·吐温被誉为美国“文学中的林肯”，是美国十九世纪最杰出的小说家之一。他的两部以少年为主人公的长篇小说《汤姆·索亚历险记》和《哈克贝利·费恩历险记》是美国文学史上光辉夺目的“双璧”。马克·吐温说：“虽然我的书主要是想给男孩、女孩们以阅读的乐趣，但我希望成年男女不会因此而不屑一顾，因为我设想中的一个目的就是想愉快地提醒大人们，让他们回想起自己的儿时曾经是什么样，回想他们当时怎样感觉、思考和说话，有时又会投身于怎样稀奇古怪的冒险行动。”

马克·吐温的原名是塞缪尔·兰赫恩·克莱门斯，他生于美国密苏里州的佛罗里达，童年在密西西比河畔的一个小镇上度过。密西西比河上的轮船领航员测量水深时会响亮地喊出“Mark twain”，意为“记下：水深二英寻”，船可以畅行。当他长大后开始写作生涯时，就以“Mark Twain”为笔名，而他的作品中也常常出现他在密西西比河流域的童年生活和见闻。《汤姆·索亚历险记》中就有作者童年时期的一些经历。作者说：“这本书里记录的多数冒险故事真实地发生过，其中一两件是我的亲身经历，其他则是和我同学的男孩们的经历。哈克·费恩的形象来源于生活，汤姆·索亚也同样，但他不是仅出自一个原型，而是综合了我所认识的三个男孩的特点，因此他是一个合成体。”马克·吐温用他那生花妙笔塑造了汤姆·索亚这个典型的淘气男孩的形象，展现了男孩们所具有的种种顽皮、种种疯狂、种种野心、种种不可思议。马克·吐温研究者伯纳德·德沃托指出：“汤姆·索亚是一个具有普遍意义的神话式的人物……每个地方所有孩子的梦想都在他身上得到了实现。”调皮而又足智多谋的汤姆·索亚是世界儿童小说中首屈一指的顽童形象。如果说作者在这部关于少年历险的小说里面藏有说教，那么正如沃尔特·布莱尔所言：“吐温的说教是：汤姆是一个正常的男孩理所应当的样子；他的淘气是他成长过程的一个无害的组成部分；他将会成为一个调理得当的成年人。”就像在小说结尾部分，当贝姬告诉她父亲汤姆在学校是怎样勇敢无畏地保护她、在山洞是怎样义无反顾地救助她之后，父亲撒切尔法官对汤姆极度赞赏，他希望能看到汤姆有朝一日成为一个伟大的律师或伟大的士兵。可以预见，汤姆·索亚是一个真正“有前途”的男孩，因为一个孩子的“前途”不在于他是否乖顺地恪守规矩、掌握多少知识，而是在于他是否拥有闪光的内在品质，是否勇于挑战和敢于冒险，是否拥有强大的生存能力。

作为《汤姆·索亚历险记》的姊妹篇，《哈克贝利·费恩历险记》不仅体现了与上一部小说中人物和情节相连的脉息，而且凭其卓越的思想深度和独特的艺术造诣，还具有远远超越于“续篇”这一身份的重大意义。美国作家海明威高度评价这部作品在美国文学史上的价值：“整个现代美国文学都来源于马克·吐温写的一本叫《哈克贝利·费恩历险记》的书……它是整个美国文学的来源。在《哈克贝利·费恩历险记》之前一片虚无，在它之后也没有一本能与之匹敌的书问世。”

马克·吐温认为一部小说成功与否在于它的人物塑造：“人物塑造得好就是一部成功的作品，人物塑造得不好就是一部失败的作品。大部分小说的问题是，你想尽快把它们都扔到地狱里去。”而这部作品中的每个人物都塑造得个性鲜明而生动，尤其是主人公少年哈克。美国现代著名诗人 T.S. 艾略特认为这个少年形象成为可以代表美国的经典形象，他说："谁能比奥德修斯更像希腊人，或者比浮士德更像德国人，比堂吉诃德更像西班牙人，比哈克·费恩更像美国人？这些个性中的每一个皆可谓独特的原始典型，它们已被载入对所有民族所有时代都有意义的人类神话。"

相形而言，《汤姆·索亚历险记》中的主人公汤姆是一个有着"好出身"的顽童，他的身上还多少带有他那个阶级的"教养"，并且时不时地会有一些"矫情"；而哈克贝利·费恩是个赤贫的流浪儿——即使他和汤姆因为找到了宝藏而发了大财，但他也根本不在乎那笔钱。他个性真率，骨子里有着蔑视成规、无拘无束的流浪情结。他被好心的道格拉斯寡妇收养，但他忍受不了"文明社会"的教化，也无法承受被酒鬼父亲劫走后的毒打，他巧妙地制造了自己被谋杀的假象而离家远行。哈克在流浪途中遇见一个逃亡的黑奴杰姆，他决心帮助杰姆逃到废除了蓄奴制的州去。他们同乘一个木筏，在密西西比河上开始了漫长的漂流，遭遇种种磨难，既有夜晚行船中暴风骤雨的袭击、被大船撞翻掉入水中的危险，也有被无赖纠缠而遭其压榨的困窘等人为险境。他们一路上险象环生，但凭着哈克的勇气与智谋最终都化险为夷。哈克的"历险"，不仅要承受外在困境的重重考验，而且还经历了好几番激烈的内心斗争，因为他毕竟也受到了当时蓄奴制社会思想的影响，在是否要告发还是彻底救助黑奴的问题上，他经受了良心的拷问。但是在与黑奴杰姆同舟共济的历险中，他们俩结下了生死相依的深情厚谊。哈克看到了杰姆对他的无私的关爱，也深深地理解了黑奴所遭受的种种痛苦，所以最终他选择要做黑奴"最忠诚的朋友"，竭尽全力去解救被抓捕的杰姆。在一路的历险中，哈克的性格得到了磨炼，思想也得到了重要的“成长”。

如果说《汤姆·索亚历险记》更多体现了马克·吐温这位幽默大师的俏皮风格，那么《哈克贝利·费恩历险记》则更鲜明地体现了他作为现实主义大师的风范和巧妙讽刺的功力。它的故事发生在美国南北战争（1861—1865）以前，以白人男孩帮助黑奴逃亡为主要线索，反映了蓄奴制时代的社会状况，批判了蓄奴制的罪恶。此外，哈克流浪过程中的各种见闻、邂逅的各色人等也广阔地展开了社会生活的画卷，如强盗杀人越货、贵族之间的世仇拼杀、乡民聚众滋事、江湖骗子的无耻行径等。马克·吐温之所以对社会和人性的罪恶能有深刻的揭露，跟他少年时期即开始打工的漂泊生涯有关。早年因家境贫穷而辍学的他，在艰辛的游历中广泛地阅读了社会这本“大书”，进而形成了自己的真知灼见。小说的叙述方式很独特，以十岁出头的男孩哈克的口吻来讲述整个冒险故事，读来真实、亲切、动人。书中使用多种方言和民间俚语，简洁明快，富有生活气息，作品表现的美国西部密西西比河流域的风光和生活也显出美国风情，而主人公哈克贝利·费恩或者说作者马克·吐温对自由、平等、民主的追求则更张扬了人文精神。伯纳德·德沃托说：“马克·吐温和美国生活密切联系在一起。他比任何其他作家都要更加广泛和深入……他的书总是揭示出生活的本质和真谛，其他人的著作却相差甚远。他的书将永远大放异彩……他无限深情地引起人们的欢笑。在他的书里，笑声是一股永不停息的溪流。他经常在嘲笑，美国文学第一次有了悲剧性的笑声。”《哈克贝利·费恩历险记》也不乏幽默，但哈克不像汤姆那样善于夸张和搞笑，作者以少年哈克纯真的眼睛来呈现的世象直接显露了社会或人性本质的可鄙可笑。马克·吐温具有强烈的平民化与民主性倾向，并与他的幽默文字、幽默性格融为一体。他关心底层民众，同情弱势群体，不畏强权，反对种族压迫。他的儿童历险小说充分体现了他喜欢冒险、主张乐观、追求正义的精神气质，鼓舞着孩子们去勇敢地探索和冒险。

历险，可能会遭遇困难和挫折、遭遇来自外部和内部的种种煎熬；历险，需要勇气，需要智慧，需要坚韧，更需要中坚的力量——任何时刻都要葆有善良和秉持正义！马克·吐温尤为推崇“善良”，他认为善良是一种聋人能听见、盲人能看见的语言。哈克贝利·费恩极大的动人之处正在于他内心深处雷打不动的“善良”，对于任何苦难的悲悯与同情，并且愿意为之付诸行动，即使要历尽艰险，也在所不辞。他的历险比起汤姆·索亚的历险，更充沛地显示了冒险所需要的以及可以养成的种种宝贵的精神和品格。相信孩子们会在历险中，经受重重考验而获得性格、思想和精神的成长，并且“大放异彩”。

《黑暗护卫舰》：“每个角落都有冒险”

《黑暗护卫舰》的作者是美国作家查尔斯·波德曼·霍斯，他在 1920 年创作了第一本小说《叛变者》，三年后又出版了第二本小说《黑暗护卫舰》，并获得了纽伯瑞儿童文学金奖。遗憾的是，也就在这一年，三十五岁的霍斯死于一种突如其来的致命的疾病，他并不知道自己的书获此殊荣，他的遗孀去接受了颁奖。查尔斯·霍斯留下了一笔经久不衰的文学遗产，他的这两本小说赢得了一代代读者深深的喜爱。

查尔斯·霍斯生前充满活力和探索精神，他年幼的儿子曾问他："哪里才有冒险？"他回答说："每个角落都有冒险。"在《黑暗护卫舰》中，他向读者描述了十七世纪英格兰的少年菲利浦的一段激动人心的人生经历，"冒险"不仅体现在故事发生发展的每个"角落"，而且也体现在故事中每个人物身上的"角角落落"。

这部冒险小说主要涉及海盗的生活，霍斯特意选择遥远年代的特殊人群的故事为题材，给读者带来了别样的风情。整部小说充满了层出不穷的冒险情节。故事一开始，菲利浦因为父亲的船沉没而成为孤儿，在酒馆里养病时不慎开枪伤人而逃亡，他偶遇两个海盗即马丁和老大，在跟随马丁奔走的途中，他又在旅店、在林场冲破了多次险境。他受雇于坎特船长的迪文玫瑰号船，在海上经受了风暴的考验。当船被海盗占领后，他又被迫跟着海盗经历一次次生死未卜的打劫。他决意逃离这群胡作非为的海盗，上岸后却经历了被毒虫叮咬的生命威胁，当他冒险去打探船只、意欲回国时，却被当成海盗捕获并送上法庭。在庭审中，他的命运又起起落落。被释放后，他去寻访恋人却遭受恋人变心的打击，后来跟随约翰爵士为国王作战，但又遭遇失败。最终，他又乘迪文玫瑰号离开了英格兰，去寻找未知的新生活……故事的情节紧张曲折，设置了重重悬念。作者深谙"讲故事"之道，在叙述中对一些重要情况往往不去直接挑明，而是层层铺垫并时时伏笔，并且总是一而再、再而三地延迟揭秘，把一个故事说得险情迭出、扣人心弦。相信每一个读者都会为翻到最后一页而感到不舍。

这部小说之所以能赢得大小读者的普遍热爱，除了它有一个吊人胃口的故事之外，还在于它塑造了一群个性鲜明的人物及其特别的"心灵版图"，让人着迷。

主人公菲利浦·马歇尔姆的经历展现了一个少年在坎坷中历

练成长的心路历程。这个少年身上呈现出一种特立独行、勇敢无畏、刚正不阿并勇于奉献的英雄气概，具有让故事中的许多人和故事外的读者们都会为之动容的闪光品格。菲利浦从小在海上长大，父亲送他去学校读书，但他因天性喜欢自由和冒险而逃离学校，选择去航海。在他身无分文地踏上流浪之途时，第一次面临着何去何从的人生选择：是去当一个安分守己的平常农夫，还是继续充满风险的航海生涯？这种对于未来人生的思考是少年成长的一个重要关口。最终菲利浦还是选择了后者，这意味着他准备去接受今后难以预料的危险和挑战。在陆上的流浪途中，他几次机智地打退了穷凶极恶的对手，帮助自私自利的同伴马丁摆脱了困境；在海上的暴风雨中，他冒着生命危险去解救了马丁，使得这个本来对他怀恨在心的人开始对他心生敬意。凭借其聪明和勇毅，他不仅得到了正派的原迪文玫瑰号坎德船长的赏识，而且也博得了凶狠狡猾的海盗首领老大的信任和尊敬。他对朋友非常忠诚，坚决保守威尔的秘密，因为无力拯救威尔的厄运而万分悲痛。即使对于他所憎恨的海盗，他也秉持着一种侠义之气，在海事法庭的审判会上，他放弃了自己免于受惩罚的机会，拒绝添油加醋地举证那些海盗的凶残行为，决不出卖曾经同舟共济的海盗。正是这种有点不合法理的“侠义”之气，深深打动了老大和他人，从而最终改变了他的命运。虽然这种“侠义”似不可取，但它内含的一种“忠诚”向来是为人看重的宝贵品质，所以连最高海军长官也不由对之暗中欣赏。

除了少年主人公之外，其他次要人物也都个个形神毕现。如海盗首领老大这个反派人物，他老奸巨猾、凶狠残忍，是“邪”的化身，但他对菲利浦的态度又显示了“正”的一面。小说中对他高深莫测的内心世界的呈现，显示了作者探察人性的深厚功力。作者高擎着这盏人性探照灯，细致地扫视了各色人等，即使一闪即过的角色也不例外，如凶悍自私的酒馆老板娘摩尔、轻佻势利的旅店侍女奈尔、叫嚷着“没有人会像我这样被那么多复杂思想所困扰”的疯子等。早在作者写人物之前，他就先用铅笔给人物画了肖像贴在书桌前的墙上，但他的文字描写远比这些素描要更为精确生动，因为其笔触不是止于对人物外在行为的叙述，而是向人物的内心深处掘进，而且这种洞察有时敏锐、深刻得令人惊奇。作者试图带着读者去游历各色人等丰富复杂的人心与人性，这对写作者和阅读者来说，无疑是一种亟须智慧的“历险”。

《黑暗护卫舰》中灌注了作者自身的一种刚性的气质，他为美国儿童文学，也为世界儿童文学呈现出了一种并不多见的“阳刚之美”。可惜作者英年早逝，没有续写出主人公菲利浦乘船离开英格兰之后的故事，但正如给此书原版作序的著名奇幻文学作家洛德·亚利克山大所说：“至少我们已经在《黑暗护卫舰》里和他一起经历了精彩的航海冒险，我们无法再要求比这更为迷人的航行。”那么，且让我们在这趟“迷人的航行”中，悉心领略作者用心打造的、存在于每一个角落里的精彩冒险吧！

《鲸鱼归来》：神秘而坚毅的追寻

英国儿童文学桂冠作家迈克尔·莫波格创作了近百部让孩子和大人都喜爱的儿童小说，两次世界大战是其故事中频频出现的历史背景，而孤独凄凉的海岛则是他常常选择的故事空间。《鲸鱼归来》是一部令人难以释手和释怀的战时海岛故事佳作。

这是一个神秘的故事。故事发生在英国的博利厄岛上，小说一开始，就抛出了一个悬念：大人们警告孩子要远离会给人带来灾祸的 “鸟人”，这究竟是个怎样可怕的人物？主人公“我”即女孩格雷茜和好朋友丹尼尔偶然中接触并开始了解鸟人，可即便是鸟人也禁止他们提到桑姆森小岛的幽灵，桑姆森究竟有着怎样恐怖的咒语？在迷雾中，两个孩子误闯了桑姆桑，发现了一根象牙质的奇怪的角，这究竟是什么怪物的角？当他们在凌晨去通知鸟人要防范别人的袭击时，却发现他在驱赶搁浅的独角鲸鱼，直到这时，桑姆森的咒语的由来才被真正揭秘。在解除咒语后，鸟人在大海上消失了，但他的预言果然成真，桑姆森曾经枯竭的水井又再次注满了水，这个结局依然充满了神秘。成功的冒险小说，首要之处就是设置悬念迭起、险象环生的情节来引人入胜。本书作者是一个善于编织故事的高手，通过源源不断、层层铺垫又环环紧扣的悬念性叙事来扣人心弦，故事形象生动、节奏明快，读此小说就如观看一部电影。

这也是一个温暖的故事。尽管大人们禁止孩子去接近那个被视为不吉的“鸟人”，可是格雷茜和丹尼尔凭着自己的眼睛和心灵发现他完全不像传说中那样可怕。鸟人友善地邀请他们留下来玩，还送给他们自己雕的鸬鹚当礼物。起初他们在沙滩上用贝壳互留信息来交流，后来当发现鸟人在风暴之夜出海未归时，两个孩子为他的安危担心，在寻找中终于碰面。丹尼尔为耳朵失聪的鸟人编了一套专门的语言，鸟人则悉心地向丹尼尔传授雕刻手艺。格雷茜的爸爸去打仗后，鸟人像父亲一样照顾她，悄悄地把食物送到她家门口。当得知格雷茜爸爸牺牲后，他为此而深深自责，特意登门去慰问格雷茜的妈妈。他的真挚赢得了格雷茜妈妈的尊重，在众人不听鸟人劝说、想要屠杀鲸鱼的紧急关头，她说服岛民们去理解了鸟人。作者着力于对温馨情感的细腻表达，两个孩子和老人之间彼此眷顾的友善、丹尼尔和格雷茜坚定不移的友谊、格雷茜一家的深情厚爱等，给这个不乏“冷硬”气质的冒险故事平添了“温柔”的情怀。当情节的浪潮跌宕起伏的时候，人世间弥足珍贵的友情、信任、关爱则是闪耀其间的朵朵美丽的浪花。

这还是一个发人深省的故事。作者把故事安排在第一次世界大战期间，格雷茜爸爸为了保家卫国而报名参战，而“鸟人”则反对战争，认为所有的杀戮都是错误的。他所反对的杀戮不仅是战争对人的杀戮，还包括人对动物的杀戮。笼罩桑姆森的诅咒其实是对桑姆森人贪婪而凶残地屠杀鲸鱼的惩罚。当初人们为了鲸鱼头上值钱的象牙质的角而肆意杀鲸，导致了一个又一个灾难的降临。鸟人一生都在致力于做一件事：想方设法解除这个毒咒。他常常冒着危险在风雨之夜去桑姆森点燃火堆，提醒过往船只不要触礁。为了不让发生在桑姆森的悲剧重演，他可以不顾正遭别人破坏的房子，毅然决然地要动员大家一起拯救鲸鱼。这个特立独行的鸟人是一个饱经沧桑、洞悉人性、充满爱心与责任感、富有牺牲精神的老人。他是小说中最具魅力的人物形象，不仅在于他的神秘，还在于他有一种孤胆英雄的气概。他深知鲸鱼来了，会面临搁浅而被杀戮的危险；他呼唤人们去拯救鲸鱼，其实拯救的是人类自身：让人们摒弃贪婪之欲、凶残之性，回归善良之心与正直之道。

总之，这是一个激动人心又温暖人心且能启迪人心的精彩故事。直到小说结尾，题目中的鲸鱼才终于出现了，它们是来自投罗网，还是来考验人心？如此巨大的独角鲸鱼究竟为何而来？当读者沉浸于故事、揣摩其神秘、体验其温暖并感悟其思想，最后掩卷回味时，对这个颇具神秘感的问题便会有自己的答案。阅读《鲸鱼归来》，尤其要体会小女孩格雷茜的处境和选择。格雷茜心胸宽广，满怀善意，不抱成见和偏见，有自己独立的判断和追求，能勇敢、坚定地维护正义。优秀儿童文学的一个品质，就是能让读者从中汲取心灵成长所需要的温厚而刚毅的力量。

第十章 “美丽童年”国际儿童小说新创

走向国际化是二十一世纪中国儿童文学创作与出版的一个重要目标。江苏凤凰少年儿童出版社在2016年底提出国际组稿项目，围绕“童年成长、异域文化、共同主题”三个关键词，在国际范围内邀约海外知名作者，以不同时代和文化背景中具有代表性的成长故事书写童年成长，呈现多元开放的文化情怀，表达善良、友爱、真诚、宽容等思想情感，展现当代世界各国儿童文学新鲜亮丽的风景。由此，“美丽童年国际儿童小说”系列应运而生，已出版三部：意大利作家圭多·斯加尔多利的《十四岁的旅行》、匈牙利作家裴特尔斐·盖尔盖伊的《裴多菲街8号》、新西兰作家凯伦·布林的《十一岁》。苏少社拥有作品的全球版权，数部作品已有版权输出，为推进中外优秀儿童文学的交流传播架起桥梁，用丰富多样的文化滋养世界儿童的“美丽童年”。

意大利小说《十四岁的旅行》的跋涉之义

在世界儿童文学史上，意大利的儿童文学作品有其深厚底蕴和特殊魅力，举世闻名的经典之作有科罗迪的《木偶奇遇记》、亚米契斯的《爱的教育》、万巴的《淘气包日记》、罗大里的《洋葱头历险记》等。而在当代，除了卡尔维诺的《意大利童话》、马斯克洛特拉的《小鸭》等屈指可数的几部精品之外，其他优秀作品尚未大量进入中国读者视野。“美丽童年国际儿童小说”系列的首部作品是曾获意大利安徒生奖的作家圭多·斯加尔多利的成长小说《十四岁的旅行》，这部作品带来了意大利的当代风情，也承传着意大利的经典文脉。

这是一部以旅行为核心的成长小说。旅行是成长小说的常用题材，如美国作家马克·吐温的《哈克贝里·费恩历险记》、巴西作家保罗·柯艾略的《牧羊少年奇幻之旅》、英国作家迈克尔·莫波格的《帆的孤独啊》等，少年主人公无一不是在漫长而艰险的旅途中经受考验而化蛹为蝶。《十四岁的旅行》的殊异之处不仅在于它以意大利博洛尼亚等地的风土人情为背景，而且还以少年主人公的谐谑口吻讲述一场波澜迭起、峰回路转的旅行，并对旅行之义做了逡巡，张力十足，别开生面。

“旅行”的主干题材往往具有“离家—出走—回家”的情节模式，而为何离家、如何出走、怎样回家，不同的故事会有不同方向、不同形态、不同质地、不同风格的呈现。在《十四岁的旅行》中，激发两位十四岁的少年踏上旅程的根本原因是要“撼动平淡的生活”以“自我再造”，给生命以新的活力。“生命是生命，物种是物种。”这句台词或将成为这部小说的“经典语录”之一，由少年加布里反复说出，而弗朗克不断品味，前者用这高深莫测的口头禅来刺激和怂恿后者跟他一起外出旅行。这是怎样的意蕴？发出怎样的召唤？这似乎与意大利杰出的思想型文学家卡尔维诺面对正在“石化”的世界发出的一句惊呼相通：“人几乎错过成为人，生命几乎错过成为生命，世界几乎错过成为世界。”《十四岁的旅行》中，这一对少年也先后察觉到了生活趋于“固化”的弊病。弗朗克一向喜欢“秩序井然”，把头埋在水下反复游泳，因为游泳跟数学一样“准确、有序、清楚”，可以逃避麻烦。他虽渴望有一天做些“出格”的事来以示反抗，但始终没有勇气打破陈规。他把时间分成“关”和“开”两种，发现无所事事的母亲常处于“关”的状态，生活麻木且情感淡漠，而身为总经理的父亲整天忙于接打电话，把工作看成唯一的自我表达方式，对加布里父亲那种自由随性的艺术家做派十分不屑，认为一个丈夫若不能养活家庭就是“灰尘”，但弗朗克认为那是“色彩”。当加布里向弗朗克指出：“我们的生活中充斥着液氮蒸汽雾，把我们固化了”，弗朗克才认识到现有的生活果真一切都在重复昨天，单调刻板：“在我的生活中，在我的家里，在我父母的话里，一切都在重复，一切都像事先编好了程序，没有预想到意外，也没有发生过什么意外。也许加布里是对的，这些就是固化了的东西、平淡的人生。”他怯懦地向父母提起想要去海边却被置之不理，直到借助加布里父亲的电话劝说才得以批准。加布里和弗朗克个性相异，两家风格也截然相反，弗朗克如此比较：“我家循规蹈矩，秩序井然，务实，爱安静，少色彩，一句话，沉闷而无趣；他家则恰恰相反，温和沉静，就连棱角都是圆的，而且有许多的奇思妙想。”这是两种人生态度和生活方式的分野。需要仔细区别的是，两个少年离家的目的和方式并不完全一致：弗朗克原本的目的地只是熟悉的度假海滨且由父母护送，然而加布里志在去往遥远的陌生之地，寻求真正的独立和刺激，经历一场“获得新生的战斗”。弗朗克虽然对此疑虑重重，但迫于友谊，只好跟随前往。

旅行的一大魅力在于会有许多意外的邂逅，两个少年在这一场冒险式旅途中邂逅了各色人等，也经历了诸多磨难。因为交通部门的职工罢工，导致他们只能搭车或步行。他们轻信了伪装成好人的退休老兵，老兵背信弃义地把他们扔在树林里，卷走了他们的行李。他们跟随少女马提尔德去她奶奶所住的养老社圈留宿，结识了一群个性各异的老人，其游戏、爱情、善意和生活态度都给弗朗克以启迪。青春期的弗朗克由于“肾上腺素”的作用，对马提尔德萌生好感但怯于表达而遗憾地离去。第二次搭车则遇上了一个正经历心理危机的中年男人，他厌倦了平庸生活而逃离家庭，关于卸下负担去重新寻找自我的人生独白让少年们忧惧，最终他带着对家人的歉疚而转头回家，把他们搁在了半路上。加布里在旅行目的地见到了他追崇的歌星，但因发现那偶像的傲慢而沮丧。而即便是失落，又何尝不是一种走向清醒的成长？

这些不期而遇让他们领略了多样的人生和各有善恶的人性，也不断引发他们关于生命和自我的思考。墓地中的死者让本来只关注此刻的弗朗克触及死亡，不由冥想过去和将来。险峻的“魔鬼桥”则是个象征，正如加布里所言：“这座桥是必经之路，你不能停在半路上，不能悬而不决。你要决定是继续前进，还是后退。”他要求弗朗克“在我们人生的这个时刻，就在一条路线面前，要做出决定……完成我们决定的事情就是意义。”弗朗克为了友谊而听从加布里的决定，冒险闯过这一关。他们在玉米地边的棚子里躲雨时，加布里袒露了他休学的打算，现实的窘困让他放弃当艺术家的梦想，也让弗朗克开始辩证地思考梦想与现实的关系：一个人究竟应该是通过自由的艺术去表现自我，还是通过务实的工作去获得自立？

两个少年的旅行中，还有一个无形的旅伴，来自他们出发前在博洛尼亚结识的少女卡洛塔，她常发一些手机短信来问候，也表达关于旅行的思考，比如：“旅行是一座门，走过去就走出了现实，进入一种像是梦境的未曾探索的现实。”“对问我旅行理由的人，我只能回答说，我知道逃离的是什么，但不知道寻找的是什么。”这些短信常给弗朗克以理智的提醒。这一场旅行多有劫难，但有惊无险，最终他们平安地回家。弗朗克意识到旅行让他们长大了：“我不知道我现在是一个孩子还是一个大人，也不知道我会不会永远都变不成一个大人。但我知道，每个事物都有自己的位置，每桩事情都需要时间，不同的事情有不同的时间。”他的总结性感悟是：“旅行很重要，不在于我们去了哪里，而在于我们去了那里。一切都和我们的预期不同，最终变成了我们所经历的。”卡尔维诺在其小说《看不见的城市》中也谈及“旅行”的意义：“别的地方是一块反面的镜子。旅行者能够看到他自己拥有的是何等地少，而他从未曾拥有和永远不会拥有的是何等地多。”的确，旅行的最大意义可能就是在见识世界的同时，也在“别处”照见自身，唤醒生命的勇气，探索人生的要义，即让“生命成为生命”，因为旅行是一种对于日常平淡生活的打破，需要放弃惯性，接受转折和改变。卡尔维诺在《如果在冬夜，一个旅人》中这样谈论“放弃”：“放弃一切东西比人们想象的要容易些，困难在于开始。一旦你放弃了某种你原以为是根本的东西，你就会发现你还可以放弃其他东西，以后又有许多其他东西可以放弃。”对于弗朗克来说，首先要放弃的就是他固守的“安全”和“秩序”，放弃僵化的旧有，而“放弃”是一场对旧有事物的“清洗”，同时也意味着对新的东西的“获得”。这场旅行不仅改变了旅行的当事人弗朗克，让他变得更加有思想、有勇气、有力量，而且也改变了旅行的局外人如弗朗克的母亲，儿子的外出唤起了她对孩子的关爱，重新焕发了活力和热情，从“关”的死寂走向“开”的生命。

作者以旅行为途径去实现人物的成长，助其化蛹成蝶，而少年的主体性确立往往也会在与同伴交往这一重要的关系中得到锤炼。在“成长”主题之外，“友谊”是这部小说的另一个浓墨重彩去表现的主旨。弗朗克和加布里的“友谊的小船”在旅行中经受了重重考验，从出发到回家，性质发生了变化，他们俩从“互为余角”转为“互为补角”。最初，加布里是弗朗克的拯救者和引导者，小说开头即交代了弗朗克因在流沙事件中蒙受加布里的救命之恩而对此“友谊”感激在心，他追随加布里：“因为加布里是我的余角，他清楚地知道我想做而没有勇气去做的事情。”加布里对弗朗克说话时常流露出“可怜的你有多少事都不知道”或“该是你长大的时候了”的表情。在车上邂逅的尼日利亚流浪音乐家叶旺德送给他们一对双胞胎娃娃当吉祥物，夸奖他们是“伟大的朋友”。事实上，弗朗克认识到他和加布里性格相反：“他散漫而我有序，他健谈而我寡言，他冲动而我理性，他常犯规而我守规矩。我俩是互为余角，加起来成了90度，大小不同，但都朝着同一方向。”这样相悖的性格潜藏了矛盾，作者以精妙之笔，将这对“伟大的朋友”之间的友谊所经历的大大小小的种种波折和危机一一呈现。

两人的关系随着旅途的波折而开始一点点地改变，从最初的无所顾忌逐渐变得谨小慎微，需要小心翼翼地维系。弗朗克对加布里的不满不断升级，从起初他不告诉自己旅游的真相时就生出了埋怨。他欣赏少女马提尔德对奶奶的亲密，转而批评加布里对他奶奶的冷落。在对待流浪狗以及选择旅行路径和方式等方面，两人的分歧越来越多，也越来越清楚地发现思想和性格的巨大差异：一个消极悲观，一个积极乐观；一个多虑而保守，一个务实而倔强。加布里对弗朗克的某些想法和做法不以为然，而弗朗克也不再处处信服于他。致使其忠贞友谊发生重大危机的转折点是走不走"魔鬼桥"的激烈争执，加布里执意冒险的顽固让弗朗克生出了复杂的恨意："我恨他。是兄弟之间的恨。"弗朗克因为顾念流沙事件中加布里的友谊而最终迁就了他过桥的决定，然而友谊的罅隙仍在不断扩大，甚至彼此讥讽和挑衅，但随即又反省和修复。弗朗克对友谊的认识逐渐加深："只是朋友之间，因为友谊，缺陷也要忍受。真的，如果不这样，一切就都会被抹掉。""友谊也是真诚，因此我接受批评，全盘接受。"频生的矛盾让弗朗克重新打量他们彼此："在这次旅行中，我们变得不再是我们，那个我一直认识的我们，那个在博洛尼亚共享或几乎共享一切的我们。"卡洛塔的手机短信有时也阐释友谊："友谊是一种存在，它无法让你摆脱孤独，但能让你的旅行更轻松。"

这一对患难与共的少年朋友面临了一大难题：如何在友谊中葆有自我又尊重彼此、相互理解、和谐共处？弗朗克痛苦地意识到："如果说困难让人变成兄弟，那么现在这句话显然不灵了，这次困难让我们正在彼此疏远。"消弭他们不断累积的夙愿的是失而复得的吉祥娃娃，提醒他们是"伟大的朋友"，让濒临破裂的友谊重又得到修补。当重归于好的加布里说出"咱们走吧"时，弗朗克想到的是"朝着无限与超越"。直至最后一晚在码头发生了加布里掉进湖里而弗朗克拼死相救的意外，才彻底扭转了原有的格局。这一落水事件终结了弗朗克心中的“流沙”，“好似多年前被打开的盖子终于重新盖好了”，他结了一笔情义之债。两人的角色发生了转换，加布里对弗朗克开始服软，而弗朗克意识到友谊到了一个岔路口，无论走哪条路都不再像这一刻之前那样了。他们之间的关系已经是互为补角，“在一起是180度，各自朝着不同的方向”。但这并不意味着友情的分裂，而是一种更为沉稳和成熟的关系，不是依附或命令，而是独立和平等。此外，弗朗克和树林里遇见的流浪狗“鹏哥”之间的情谊也是他和加布里之间友谊的一种补充和陪衬，流浪狗对他从起初的戒备到之后的亲近，也见证了彼此关怀和信任之于友谊的重要，这支草蛇灰线般嵌入的插曲丰富了蜿蜒奔涌的主旋律。

圭多·斯加尔多利行文机警而气势酣畅，笔致俏皮而笔力深厚，十分敏锐地捕捉人物心理，真切坦诚、细致入微地写出了少年对于何为成长、何为友谊、何为人生的种种感觉和认知，肌理绵密。阅读这部关于旅行的小说，常会忍俊不禁（典型如“异样的豌豆”一章），不由为其精彩而击节赞叹，不仅因为它有丰富的故事，还在于作者将故事“讲”得极为独特，叙事声调、节奏和方式相当迷人。卡尔维诺在《未来千年文学备忘录》（又译为《美国讲稿》）中论及他看取的几种文学品质，包括“轻、快、精确、形象、繁复”，这在《十四岁的旅行》中皆有呈现。阅读此作，无须正襟危坐，因其叙事调子本就谐谑，而在看似随意的调侃中又不时闪耀哲理的珠玑，令人莞尔的轻松之语中蕴藏耐人寻味的严肃之思。卡尔维诺主张文笔应该“敏捷而锋利”，他赞同意大利诗人莱奥帕尔迪把“速度”说成“风格”：“文笔敏捷和简练能得到读者喜欢，因为这种文笔能给人们的心灵提供许许多多几乎同时一闪而过的思想，能使人们的心情在众多思想、形象与感觉之中沉浮……诗的力量在于它的风格。诗的风格在很大程度上就是速度。”卡尔维诺认为“故事仿佛是一匹马，是个运载工具。它有自己的步伐，或疾走，或奔跑，依路标而定。但是，这里的速度是一种思想上的速度”。[①]小说叙事的速度往往对应其反映的客观生活或主观情绪与心理的速度，而最深层、最根本的则是思想的速度。《十四岁的旅行》的开头如电影序幕，速写两个少年的简短对白，交代了发生在八年前的惊心动魄的流沙事件，以简劲的笔致彰显患难友情之珍贵。随即转入八年后的故事主体时间，用缓慢的节奏细致展开博洛尼亚沉闷无趣的处于“关”的状态的生活。作为叙事者的弗朗克用不无谐谑的目光来打量和思考他身处的世界和生命的情形，在叙事的间隙延伸感思，即弗朗克父亲批判的“碎片”哲学，但弗朗克认为生活需要用上“大脑”。旅途中的遭遇起起落落，叙事的节奏也随之起伏跌宕，而“我”讲述的声音也亦庄亦谐，渗入反思、内省和自嘲。在整个故事中，两种调子时高时低、时疏时密地交织贯穿，总体路向则是由戏谑走向沉稳，这一渐变的形式也暗示了成长的意味。

这部关于少年旅行的小说外轻内重、外松内紧、外圆内方，深厚的思想内涵渗透于丰盈的细节之中，使故事润泽、光鲜而饱满。阅读这个饶有趣味的故事，也是在不知不觉中进行一场“到别处去”的内心旅行、一种探索人生和反观自我的再造过程，或许，亦可看作一场远在意大利的少年们的青涩旅行跨越国界、迢递而来的“蝴蝶效应”。

---

①伊塔洛·卡尔维诺：《美国讲稿》，萧天佑译，译林出版社，2008，第42页。

匈牙利小说《裴多菲街 8 号》的情理之美

提起匈牙利文学，我们大多会想起十九世纪匈牙利民族文学的奠基人、伟大的革命诗人裴多菲·山陀尔，他那首被广为传颂的《自由与爱情》映现了诗人胸怀天下的博大情怀和无私付出的责任担当。匈牙利当代著名作家裴特尔斐·盖尔盖伊的儿童小说《裴多菲街 8 号》，可以看作向匈牙利文学巨匠裴多菲致敬的一部作品，小说中注入了裴多菲式的精神和品质——对梦想的执着追求和强烈的责任感，这是儿童文学滋养儿童“灵魂发育”的“维生素”和促进“骨骼生长”的重要“钙质”。

就题材而言,《裴多菲街 8 号》是一部关于“留守儿童”的小说，这一题材在近些年的关于“农村留守儿童”的中国儿童文学中多有表现，所以中国小读者阅读此书会萌生亲切感——原来这样令人揪心的留守故事也发生在其他国家；而同时又会引发好奇心和新鲜感——“国际留守儿童”故事带来其独特的异域文化风情和思想底蕴。

这部小说的故事发生在 2010 年之后的匈牙利，挣扎在贫困线上的一些匈牙利人为了改善生活而去西欧发达国家打工。小说以此为社会背景，讲述了匈牙利的一个贫困家庭的动人故事。在这个普普通通的家庭中，所有成员都有自己的梦想：姐姐安娜梦想着成为画家，弟弟西蒙梦想着成为赛车手，年轻的姑姑克拉拉梦想着成为戏剧演员，而安娜的父母则梦想着摆脱贫困，给孩子们创造更好的生活条件。他们每个人都在为梦想付出巨大的努力，凭着顽强的意志去战胜一重重不期而至的打击，并在克服困难的过程中得到了情感的洗礼和理智的成长。

对于留守儿童题材的处理，许多作家会描述其沉重，裴特尔斐·盖尔盖伊虽然也毫不回避其苦涩，但同时又用一支温存之笔描绘其暖人心扉的深情厚谊。他还在现实主义的精细笔致中融入引人入胜的戏剧性，使得故事一波三折，耐读又好看。富有绘画天分的少女安娜想要在全国中学生绘画比赛中获得金奖，来给弟弟西蒙支付学习赛车的费用，但是她遭到了同学的妒忌和不正当的竞争，导致她蒙受了冤屈和耻辱。她默默地承受这些重压，怀着对绘画的纯粹的热爱而坚持不懈地追求。酷爱赛车的西蒙和两个朋友瞒着家人偷偷地组装卡丁车，他因为父母交不起学费而不得不中断赛车训练，转而发起组装车的视频比赛，却在试驾中因车祸而砸锅并受伤。克拉拉为了报考戏剧学院而从乡村来到城市，她刻苦地练习，却因过分紧张而在面试中落选。安娜的父母亲面临两难的抉择：是留在孩子身边继续过贫困的生活，还是离开孩子去国外赚钱？他们不得不向现实低头，痛苦地选择后者，这给留守的孩子们——尤其是情感细腻的安娜带来了挥之不去的忧伤。孩子们和大人们都面对艰难的取舍，构成小说中交叉并行的多个悬念，既扣人心弦，也由此辐射出对于人生、人性、社会、家庭、成长的多层面观照。

现实主义小说讲究典型环境的营造。小说中主要的故事地点有两处：一是安娜家居住的匈牙利首都布达佩斯，作者在城市故事的背景中描绘了这一东欧历史名城的景象；一是安娜爷爷奶奶所在的“裴多菲街”周围的乡村田园，作品以“裴多菲街8号”为题，可见这一地点的重要性。都市和乡村这两重世界，反映了不同的人文/自然景观、人生态度和价值取向。裴多菲曾经短暂居住过的“裴多菲街8号”，成为一个汇聚历史文化和民族精气的尊贵之地。爷爷每周都会在裴多菲纪念牌旁献一束鲜花，奶奶会精心地把纪念牌擦得一尘不染，而裴多菲纪念委员会每年都会派人来这里举办纪念活动，这些细节传达的是匈牙利民众对英雄诗人的铭记和敬意。孩子们也从生活在乡村的老一代人身上汲取人生的智慧。西蒙跟爷爷去森林里看动物，爷爷阻止偷猎行为，告诉西蒙“我们不能改变大自然的秩序”，要敬畏自然、尊重法律。爷爷介绍西蒙去修车能手斯蒂文大叔那里帮忙，斯蒂文大叔一步步把西蒙领进材料的世界，教他如何正确使用工具。西蒙学到了“对材料的敬畏”，“不仅我们有意志，物体也有自己的意图。我们首先必须学会与物体交流，倾听它的愿望，这样才可能把它改造成对我们有用的样子”。西蒙懂得越来越多，装车技术越来越内行。安娜得知了奶奶在小姑娘时开始刺绣的伤心往事，原来她刺绣是为了给死于二战的父亲绣一个天堂，用针线抚慰失去父亲的悲伤。奶奶告诉安娜：“只有美，才能拯救人类的灵魂……无论画画、唱歌、刺绣……不然世界是空虚的，没有意义。”这让安娜对绘画产生了不同的看法，对美也有了全新的感受，她觉得世界上的一草一木“似乎都是为了让她能从中找到灵魂的幸福”，对于绘画的领悟入其精髓。小姑姑克拉拉则在自由自在的乡村世界深入体察各色人等，表演技艺也更加真实自如。

孩子们暑期在爷爷奶奶家这样一个“世外桃源”度假，身心都得到了真正的“休养生息”。在那里，他们修复着在城市里受创的伤痛，不仅是美丽的自然风光滋养他们的眼睛和心灵，更重要的是乡村老一代的人生经历和精神气韵给他们春风化雨般的引导，让他们自然而然地茁壮成长，安娜、西蒙逐渐拥有了从体魄到心智的收获。他们不仅加固了自己的所爱和所长，而且对于家庭有了更真切的认识，尤其是懂得了对大人的体谅，并增进了责任感。懂事的安娜虽然在父母离家去德国打工时，鼓励弟弟要表现得坚强，但她在心底里对于爸爸妈妈为了挣钱而离开孩子的选择还是耿耿于怀："全家人在一起不比这些更重要吗？"这是所有被父母抛下的留守儿童的普遍"心结"。奶奶很理解她的想法，以自己经历的失父之痛来道出家庭亲情的真谛："我们能够彼此给予的最重要的东西，就是陪伴，我们一起度过的每一分钟都是珍贵的……世界上没有比这更有价值的东西了！"但是奶奶也让安娜认识到"贫穷是很残酷的"，大人有大人的不得已之处。比安娜年长几岁的姑姑也劝导安娜："生活的内容，并不仅仅是我们想要怎样……你要学会接受这个事实：生活总是有得有失，你的愿望不可能不打折扣地全部实现。"这些令人痛苦的事实，孩子们在成长中早晚都要去面对、去化解。也正是在这些历练中，孩子们不再一味抱怨和索取，渐渐学会理解大人的苦衷并且关怀大人的生活。他们给父母准备的圣诞礼物是一套戏票，让父母们享受他们从来不舍得的一种"奢侈"。懂得克制自己、理解他人、体谅他人、关怀他人，这是孩子进行社会化成长的一个重要课题，而与之相关的另一个成长要义是养成"责任感"。大人肩负养家、养育孩子的责任，孩子同样也要承担一份责任，不仅是共同维护家庭正常运转的责任，而且也须对自己的人生负责（比如西蒙从车祸中知道了对自己的生命安全负责）。此外，安娜还从绘画中意识到了一种"特殊的责任感"："世界上所有的艺术品，莫非都是为了让漂泊不定的游魂找到各自的家或归宿？"这个想法属于"艺术的责任感"，是艺术打动人心的力量所在，这也是她的绘画之所以能够脱颖而出的根本秘籍。

作者赋予“裴多菲街8号”以诸多含义，它除了承载民族历史的精神气息，也是一方情意温润、生机蓬勃、心灵通透之地。在暑假过后回到布达佩斯的家里时，孩子们感觉“好像一切都变小了”，而真正的原因是他们“长大了”。事实上，小说中的“精神导师”并不止于乡村老一辈，城市中也有一些睿智的灵魂，比如安娜的绘画老师皮埃特先生也给了安娜从艺术到社会人生方面的谆谆教诲。他不仅教导她“艺术由心而生”，也鼓励她要勇敢地站到与邪恶搏斗的人生战场上去经受考验，“一个人除了良好的价值认知和完好的自我意识，别的什么都不重要”。在这些来自成年人的精神能量的哺育中，孩子们找到了方向，也点燃了内心的力量。可喜的是，作者并非单向去写成人对于孩子的教导，而是也写了成长起来的孩子对于大人的“反哺”。安娜变得更为沉着、淡定，根据自己的准则行事，不惧流言，不怕威胁，在姑姑因挫败而几欲放弃之时给她鼓舞斗志，挺身而出为她争取到了复试的机会，显示了过人的勇气和顽强的意志。

作者对儿童的成长充满希冀和信心，但他并没有粉饰童心，而是用犀利之笔写出一些孩子的人性中潜藏的自私乃至阴暗（比如佐伊对安娜的嫉妒诽谤等），但即便是笔露批判，也依然渗透悲悯之心。作者在塑造为了保护妹妹而不择手段的考塔哥哥时，从多个角度写出了这一“可敬之人”的“可恶之处”，或者说这一“可恨之人”的“可怜之处”：他阻止佐伊欺负安娜，他帮安娜家修暖气而不收取费用，同为穷人而惺惺相惜，同样看重“家人第一”，但他的“家人第一”原则过于偏颇，以至于以损害他人为代价。这一形象虽然是次要角色，却颇为立体，并有其独特意味：不仅从不同的维度丰富了对于亲情的表现，也因其在故事叙述中草蛇灰线般的出没而给故事营造了神秘性和悬念感。

在这位功力深厚的匈牙利成人文学作家的笔下，儿童成长的故事充满时代和生活气息，洋溢着朴实而温馨的亲情。这个涉及家庭和校园的故事如一条曲曲折折的河流，时而分叉，时而合并，时而潺潺，时而翻涌。许多细节情味深长或趣味盎然，如鱼儿跃起，波光粼粼。当安娜丢掉了绘画获奖的机会时，原本承诺给弟弟交赛车学费的奖金落了空，西蒙虽然十分失望，但他没有埋怨姐姐，而是给了姐姐一个亲吻，并在门边放了一块自己省下来的巧克力。这一善解人意的举动令人心生酸楚，也心生暖意。满怀着对于留守儿童的关爱，作者为故事设置了一个“大团圆”的结局：安娜的父母在观看西蒙赛车比赛的视频时，强烈地意识到了陪伴孩子的重要，最终选择回到家乡。这个如意的结局响应了留守儿童的美好愿望，也寄托了作者对于改变留守儿童困境的热切呼召。

作者在后记中写道：“书写这个故事给我带来了莫大的欢乐，我在童年的记忆与感受中探险，过程惊险刺激。在写作过程中，我重新燃起了对家庭温暖和安宁的渴望，即便这些过往的记忆里也有危险和恐惧、竞争和对抗、失败和无奈。” 他以柔和而刚强之笔书写的这些挫折、感伤和抗争，会引起跨越国界的读者情感上的共鸣，也会带来理性的光照，就像故事中的“裴多菲街8号”那样，给孩子们的成长注入丰沛的元气，鼓励他们探寻内心的力量，懂得责任和担当，生活由此变得坚实且明亮。

这份来自匈牙利的辛酸和温馨并存的“美丽童年”，让我们领略异域童年的斑斓色彩，也思考成长的共同质地。长大，并不意味着抛却天真童心，而是给心“扩容”； 长大，意味着不再以自我为中心，而是懂得体谅与共情；长大，意味着不再“任性”，而是获得“韧性”；长大，意味着不再软弱退缩，而是坚强面对与承担责任。童年的天空不可能永远碧空万里，但是只要有对于美好的爱与梦的信念、理解、追求与付出，便可以云开日出。卡夫卡在谈信仰时认为，要“相信最近的东西和最远的东西”，而在裴特尔斐·盖尔盖伊讲述的这个匈牙利童年成长故事中，我们也可以去寻找自己所相信的“最近的东西和最远的东西”。如果找到了，请靠近它们，拥抱它们，并努力成为它们那美丽的样子！

新西兰小说《十一岁》的寻根之向

新西兰儿童文学中蜚声世界的是威提·依希马埃拉的《骑鲸人》。这位用英语写作毛利文化的先驱者将毛利的现实生活与神话传说相结合，在《骑鲸人》中展现瑰丽的毛利族文化画卷，讲述以其热忱和勇气成为族长继承人的毛利族女孩的美丽故事。无独有偶，同样有着毛利血统的新西兰当代女作家凯伦·布林创作的儿童小说《十一岁》，也将笔触伸向毛利文化的前生今世，讲述一个有着毛利血统的新西兰男孩回到毛利故土后的成长故事，立足于现实的叙事朴实无华、亲切诚挚，同样动人心弦。可以说，《十一岁》继承了《骑鲸人》的精神血统，既有对《骑鲸人》的遥遥致意，也焕发自身的熠熠光彩。

小说题为“十一岁”，是因为小说开头从男孩雪弗刚过完十一岁生日写起，到故事结尾则是走向十二岁，即故事时间聚焦于雪弗十一岁这一年。在这一年，雪弗经历了重大的家庭变故，和他相依为命的母亲患上严重的抑郁症，只能把他送到完全陌生的毛利奶奶那里去。雪弗被迫离开自己原本居住的城市奥克兰，被接到奶奶所在的毛利族人生活的偏远地区。他对奶奶毫不了解，而且还因妈妈和奶奶之间的某种“仇怨”而对奶奶抱有成见，他对承载了毛利祖先文化的毛利会堂，尤其是埋葬了他爸爸的墓地避之不及。在毛利，他起初是一个来自新西兰大都市的“外乡人”，一心只想回奥克兰，但随着和奶奶、表妹、枪叔等人的交往加深，雪弗对联系着他父亲一脉的毛利文化有了越来越多的了解和接纳。对于雪弗，十一岁，是从懵懂无知走向思考“我是谁”、寻觅“我从哪里来”的文化身份的确立期。

凯伦·布林在后记中说明自己的创作宗旨，她看到有着毛利人血统的当代人在远离祖先家园的地方长大，渐渐遗忘了自己的家族渊源，因此以这部儿童小说来“寻根”。“要想重新找到家族的根脉，唯一的途径就是重回故土，与了解过去的人交谈。没什么能比人与人的联系更有效的了，我们应该端坐倾听，敞开心扉。…… 追溯我的毛利祖先，不仅将我与先辈族人联系在一起，还将我和至关重要的、与我们休戚相关的故乡、山峦、河流、大海紧紧相连。”这一信念在小说中有着非常生动细致的体现。雪弗的成长发生于不同的地域空间，他从以欧洲大陆白人文化为中心的都市，走向保留着毛利土著文化的原住民山地。雪弗回归父亲的故乡，乃是一场文化身份的寻根之旅。他在不知不觉中发现他爸爸小时候的生活足迹，比如他和小伙伴们去河边的秘密水潭游泳，那正是年少时的爸爸和枪叔夏天常去的领地。清冽的河水洗涤雪弗的身心，也让他更近去触摸爸爸的文化和历史。他后来发自内心地跟随枪叔去看望他爸爸的墓地，标志其完成了对于爸爸所属的毛利族裔身份的认同。

小说落墨于毛利文化的追寻，多次提到死亡和葬礼，但是写这些不是为了展现异域风情或煽情，而是凸显人们的生活态度和价值取向。一次是插叙成年后到了奥克兰的雪弗爸爸为救友而死的往事，这不仅给家人们带来难以愈合的伤痛，并且婆媳因要举行不同方式的葬礼而发生了激烈的矛盾冲突，雪弗爸爸的遗体被奶奶派人抢回并匆匆埋葬，没能举行真正的葬礼，婆媳之间还为此生出嫌隙。另一则是一辈子都住在毛利地区的罗薇阿姨的病逝，她善良多情、乐天知命，备受大家喜爱，她的葬礼上吊唁者云集，连开始康复的雪弗妈妈也专程而来，并在这场真正的毛利族葬礼上，她和雪弗重建亲密的母子关系，和雪弗的奶奶彼此谅解，弥补了之前的裂痕。小说写死亡和葬礼，唤醒的是人们内心的新生和关系的和解，因此并不沉重。

成长，不仅与空间中的环境有关，也是一个时间性过程，要经历破茧成蝶的挣扎。雪弗从小就承受失去爸爸的缺憾，之后又要承受和患病的妈妈以及待他如孙子般的老邻居汤姆夫妇分离的焦虑，少年雪弗在经历一场“心理断乳期”的阵痛。他被抛向此前基本隔绝的毛利族群，突然要面对奇奇怪怪的各色人等：奶奶严肃甚至强悍，表妹凯拉古灵精怪，枪叔看上去面目狰狞，还有无意中发生了打斗的土著男孩……成长，是面临重重困难的考验。

成长，就是要接受时间的锻造，要给自己时间，去认识周遭的他人和世界。雪弗需要时间去适应和融入不同的环境，也需要耐心地等待妈妈的心理康复。

成长，更需要跨越自设的藩篱，鼓足勇气，打开心扉，去积极地沟通和真诚地交往。雪弗后来和凯拉惺惺相惜，和土著男孩化敌为友，开启了兴致盎然的新生活。

成长，还需要理顺代际关系，放下偏见和抗拒，倾听上辈人的往事，理解他们的痛楚，接受他们关爱的方式，也付出自己的真心实意。当雪弗对奶奶、枪叔和妈妈等人有了真正深入的了解，他对待他们的态度也随之改变，原本结冰的关系随即化冻回春，受伤的心灵在通达的爱中得以疗愈。

成长，不仅意味着解决冲突、达成和解，也意味着寻找榜样、树立方向。值得关注的是，这部新西兰儿童小说赋予代际关系和性别形象的文化深意，这里不妨比照《骑鲸人》和《十一岁》，二者都以代际矛盾为中心，也都彰显了毛利族女性的魅力。前者紧扣小女孩与重男轻女的族长爷爷之间的冲突，浓墨重彩地表现毛利小女孩对于自身民族文化和海洋的热爱，她以了不起的勇敢和智慧破除了由男性垄断的传统社会体制。这个女孩形象是解救鲸鱼的生态守护者，也是提升女性地位的开创者。族长爷爷对小孙女的信念、智慧、行动和意志的认可，是看到了新一代女孩的力量。而后者则从混血的毛利男孩的视角来看待妈妈和奶奶所代表的不同文化哺育中的对局：生活在奥克兰都市的白人妈妈神经脆弱、患抑郁症需要治疗，而年老的毛利奶奶（及其小影子凯拉）显现了毛利女性的顽强和睿智。奶奶讲述自己具有天赋异禀的祖母的奇妙故事，让雪弗惊讶不已。雪弗对毛利女性的敬重，指向带有未被现代文明异化的祖先原始力量的仰望。不过，《十一岁》对于男性文化并没有贬低，男性文化的浸润主要表现在雪弗对枪叔由戒备到亲密的交往中，这种交往对于雪弗来说是一种“寻父”的过程。在看到枪叔断然改邪归正、舍身救人的壮举后，雪弗对这个类似于“代理父亲”的成熟男人平添亲近与敬意。雪弗的成长沐浴于奶奶代表的宽厚博大的母性光辉，也得益于父亲和枪叔代表的勇武担当的男性气概，由此获得精神的历练和性格的完善。

儿童小说中描写的成长，往往是一个不断为儿童“赋能”和“赋权”的过程，寄寓着成人作家对于儿童在世界中安身立命的关怀。

走入了毛利族人的都市男孩雪弗，最后的去留选择，既是情感上，也是文化上的取舍。雪弗妈妈提出了一个“折中”的建议：她将带雪弗住在一个介于奥克兰和奶奶家之间的地方，方便雪弗常回奶奶家看望。这个类似于“中间地带”的文化空间的选择，意味着新西兰城市主流文化和土著文化的融会，尤其是对于被时代边缘化的毛利族祖先文化的尊重和悦纳。作者精心安排地域文化空间的居所，蕴含了她所主张的文化包容态度。在英文原著中，作者保留了雪弗在毛利地区接触到的一些毛利语，词语代表思想、文化和信仰。（中译本采用这些毛利语的音译，以保留原生态的文化气息。）

文化的何去何从，同个体生命成长一样，也是一个时间命题。正如雪弗奶奶引用的一句毛利谚语所言：“我们倒退着走向未来，双眼凝视着过去。”这个表述生动而玄奥，描绘了过去、现在和未来如何交织一起。尽管我们不知道未来会怎样，但我们会把过去带入未来；而当我们延续过去的时候，乃是让祖先的精神和我们在一起。因此，我们不能忘记自己的来处，要拿过去的良好经验给未来“赋能”。在过去、现在和未来的时间三相的自觉交汇中，由于各执一端的差异导致的裂痕得以弥合。小说中不同时空的交织，为十一岁男孩的成长注入了丰沛的民族风情和文化底蕴，让他汲取根系中的滋养，长得更扎实、更宽广。

在十一岁的尾巴上，雪弗欣喜地迎接十二岁的到来：“一切都在朝着意想不到的方向发展，甚至脱胎换骨。但改变不一定是坏事。他们都发生了改变，而且都变得更好了。十一岁已经改变了一切。更妙的是，十二岁也越来越近了。”《十一岁》的结局是令人欣慰的，作者在后记中诚恳地道明：“在这个故事中，雪弗和我一样逐渐意识到，知道自己是谁、从哪里来会给予我们难以想象的归属感与自信心。人生不会总是充满快乐并一帆风顺，但若寻回了根，一路上的波折与起伏就不再那么难以面对。我们需要认识到自己一直归属于某个集体，某个大于我们本身的集体——家庭、社区、国家，乃至世界。”

是的，成长还意味着我们要无所畏惧地接受前路上可能会不断发生的改变。能够无所畏惧，是因为我们深知我们有“归属”，我们拥有根系相连的集体和世界。在此意义上，情义相生的儿童小说《十一岁》，超越了单纯的族群文化身份寻找的书写，以其成长的矢量召唤更为普遍的共情。不管我们年龄几何，阅读这个关于十一岁的成长故事，会让我们去思索自己的归属，也打量当下和眺望未来。当我们深情地凝望过去的来处，就可能会更踏实地走向未来。因为，真正的成长——包含对过去的过滤与拾取、对现在的治愈和对未来的无惧。

看那路上的牵牛与荆棘（代后记）

世界童话大师安徒生写过《光荣的荆棘路》，以荆棘路形容志士仁人充满抗争而光荣的事业人生，慨叹殉道者的艰难和悲壮。中国当代作家王小波则在《我的精神家园》中以“宁静的童心”描述这条路:“它在两条竹篱笆之中。篱笆上开满了紫色的牵牛花，在每个花蕊上，都落了一只蓝蜻蜓。”从这两位作家本身的思想和审美倾向来论，对于人生之路的理解似乎出现了令人惊讶的“错位”：原本诗意的作家却揭示了锐利的真实，原本锐利的作家则表达了诗意的向往。若再细想，则会发现这种“错位”乃是缘于根本的“统一”。锐利和诗意，是人生硬币的两个面，一面是现实的价值，一面是精神的象征。几个世纪以来，由安徒生的脚印延伸开去的儿童文学之路越来越宽敞，但两边依然长着为人知或不为人识的荆棘，也开着为人见或不为人闻的牵牛花。儿童文学批评，是要发现荆棘和披斩荆棘，也要欣赏鲜花和繁衍花丛。我选择行走在这样的一条道路上，慢慢锤炼我的感觉、我的眼光、我的耐心和渴盼的慧心。

选择儿童文学这一领域，首先是缘于对儿童文学的喜爱与欣赏。儿童文学与个体童年相关，也与人类童年相关，而童年阶段如马克思所言是人类发展阶段的“最完美的形式”。由于对童年生命所包含的种种美好特质——如旺盛的好奇心、鲜活的感受力、丰富的想象力、对自然的亲近之心、对万物的同情之心以及无拘无束的自由之心等的激赏，转而对表现童年生命形态、追问童年人生秘密的儿童文学就会生发关切。阅读儿童文学，对于“长大”的成年人来说是一种生命的回顾和洗礼，是对生命来路的检视，知道“我是谁”，回望“我从哪里来”，进而更能明白“我向哪里去”，因为长大并不意味着斩断与童年的联系，而是在童年根基上的长叶、开花、结果。在成年后阅读和研究儿童文学，其境界是“却顾所来径，苍苍横翠微”，也会是“不忘初心，方得始终”，甚或是“狂风吹尽深红色，绿叶成荫子满枝”。之于我，儿童文学是心之所向，透过儿童文学再次看见那童心里的渴望和生命来处的秘密。我的文学创作也从儿童文学起步，写过儿童小说、儿童诗歌、童话，零零星星地在《少年文艺》《儿童文学》《诗林》等刊物上发表过。这种创作喜好和感性的写作经验，也促使我更直接地迈向儿童文学研究。

从事儿童文学研究和评论，也源于对儿童文学这一文学门类的价值和意义的理性认知。在中国现代儿童文学发生期，鲁迅、周作人、叶圣陶、茅盾、冰心、郑振铎等一代新文学先驱对于儿童文学这一文学类型大力提倡，因为他们发现了童年的独立价值，也洞悉了儿童文学的重要意义，不仅之于国家民族，更是之于“人”的养成。他们大量译介外国优秀儿童文学，并且多有身体力行的创作实践，创建现代儿童文学的理论，鼓励扶植儿童文学新秀。先贤们对于儿童文学的真知灼见和筚路蓝缕的开拓精神，也深深地震撼和感召着我。尽管在当下文学研究学术界，儿童文学常被当作“小儿科”而一直处于边缘地位，被忽略、被轻视甚至被歧视，但是我希望能秉持五四时期儿童文学先驱们的信念和追求，对于这一文学支流进行个人化的巡视，考察中国儿童文学发展中的成败得失，揭示其存在的困境，摸索其可能的方向。

任何文学评论都需要讲究立足的视野，儿童文学批评至少需要两重阔大的视野或范畴，其一是整体文学的坐标。我早期的儿童文学研究从中国现代儿童文学的发端开始，研究的是从晚清到五四中国儿童文学发生期的审美转型，因为发生期的一些根本问题往往以显性或隐性的方式贯穿在之后的发展进程中，这种源头性研究有助于把握儿童文学的发展面貌及其深层原因。对儿童文学发展史的考察也放入中国近现代文学发生发展的历史背景，发现其与成人文学的一致性和差异性及彼此之间可能产生的影响。对于成人文学或主流文学的把握是进行儿童文学这一文学支流考察的根基，儿童文学作为一种专门的文学类型虽然有其特殊性，但毕竟属于文学范畴，儿童文学创作和批评不能仅仅关注其“儿童”的一面而忽略其“文学”的本质，儿童文学评论要基于儿童性和文学性的综合考量。需要注意的是，在儿童性的层面上也不能仅仅看重儿童本位，同时还应基于生命原点，或者说是儿童本位和生命本位相结合的立场，既重视儿童本位的童心童性的真切表现，又深入探察作为生命个体与成人相通的情性，后者在成人文学的童年书写中较为突出。我后来的研究继而转向这样一块此前鲜有问津的“飞地”，通过对中国现代成人文学中童年书写现象的考察，从一个新的角度来映照儿童文学的特质和局限，这是从外围入手的对儿童文学的考察，能够突破那种画地为牢的就儿童文学论儿童文学的限制。

从事中国儿童文学批评，还需要另一种宽广的视野，即世界儿童文学的观照。因为中国现代儿童文学主要是沐浴欧风美雨而成长起来的，受到世界优秀儿童文学的影响，同时也向世界奉献本土背景和风格的原创儿童文学作品。立足于世界经典儿童文学的高度来看中国儿童文学，更能够发现中国儿童文学的独特成就、不足和问题。了解世界儿童文学的发展历史和动态，也更有助于考察中国儿童文学的位置。事实上，中国儿童文学虽然在二十一世纪以来硕果累累，不少作家作品已经被译介到国外，曹文轩获得国际安徒生大奖……但是中国儿童文学的整体水平和创作观念与世界一流作品之间还存在差距。我对英语儿童文学的翻译和在英语国家的留学经历，也带动了我对外国儿童文学的关注，我的儿童文学评论更多地青睐于外国儿童文学作家的经典之作和当代新气象，琢磨其卓越的成就和价值，如英国诗人爱德华·李尔的谐谑诗的造诣、英国儿童小说的战争书写、美国校园小说的少年主体性建构等。有此参照系，继而进行中外儿童文学的比较研究，包括主题研究和翻译研究，如比较母女关系在中外成长小说中的书写侧重之异同，比较关于特殊儿童的中外文学书写的着眼点和风格之异同，也考察欧美英语儿童小说的中译问题等。

也许是外国儿童文学养成的“眼界”，使得我在一段时期对于中国当代儿童文学的创作抱有成见而有所忽略，直到后来读到一些作家的力作，才发现本国的一些儿童文学作家的确也在进行有意识甚至有雄心的超越。作为中国儿童文学评论者，对于本国的重要作家作品必须要有所了解。我依然用挑剔的目光去阅读，秉持着审美、儿童、生命这“三位一体”的评价尺度，不因为是儿童文学而放低艺术的审度，也不因为是儿童文学而搁浅生命或人性的度量。于是，潜心阅读了一些本土作家的作品，领略其各自的人文和美学诉求，也在评论中抓住其成就之要义或问题之要害而有的放矢，力求这种评论能切中肯綮，给予作家作品深入而精准的评价，发掘其个性化魅力和原创性意义，甚至重估其创作的地位。

我的儿童文学评论经历了从外（外国）到内（本土）的过程，之后又关注我所处的地域儿童文学的创作。作为土生土长的江苏人，自然会留意家乡江苏的儿童文学，而江苏在全国儿童文学创作界本身也是一个成就斐然的区域，可以将江苏儿童文学当作一个地域案例来研究，包括对其历史的系统梳理和代表作家的评论。透过一个省的儿童文学创作发展轨迹的考察来见微知著，或可折射出整个中国儿童文学的发展路径。在撰写近几年的江苏儿童文学创作年度综述中，我尽可能多地搜罗相关创作，仔细鉴别各类创作的水准。对于别具一格之作褒扬其优长，也指出作家本身可能没有意识到的问题。儿童文学评论既要注重专门的儿童文学作家的创作，也要关注成人文学作家创作的、适合儿童阅读的作品，后者往往在题材、主题、艺术、格调等层面上都能丰富和提升单纯的儿童文学创作境界。领略后者的神采，也会多一份品评前者的参照。对于兼写儿童文学与成人文学的作家，还要注意其两类文学创作取向的关系，考察二者之间是否也会彼此影响，从中把握创作者的美学追求以及蕴含其中的整体文学观和儿童文学观。如关于黄蓓佳的小说，鉴于她在成人文学与儿童文学领域的兼重且兼美，在评论其成就时就要把握她这两类创作的共性，从而发现其儿童文学创作的底蕴和渊源及其旁逸斜出的特色成就。我也从黄蓓佳的创作中提炼对于文学的内在理解：作为精神滋养的文学，不仅需要锐利凛冽的寒光劈开人生世相的虚浮堆叠，也需要从素朴与感伤中结晶而来的光华、温度以及诚意，以此唤起对于一切本真忆念、美好信念的寻找和秉持。

在注意江苏儿童文学的地域研究之际，我还将目光看向海外的华裔儿童文学创作。华裔儿童文学具有更为复杂的文化语境，在故事背景、题材内容和主题选择上往往呈现出与中国本土儿童文学创作相异的风景。定居德国的江苏籍作家程玮是其中一位佼佼者，她近些年的创作体现出跨文化取向，形成独特的文化叙事个性和品格。我将其“聊天”系列的文化小说作为研究对象，探讨其跨文化叙事的宗旨和手法，并以西方优秀的哲学小说《苏菲的世界》做比较，来考察“文化小说”这一文类的格局和难度，从而将一个作家的一种创作研究扩展为一类文学现象、一种文体的研究。此外，西方国家还有不少用当地语言写作的华裔儿童文学作家，研究这类创作需要广阔的政治历史文化知识的积淀，同时也需要对外语写作精深之处的领会，这无疑是一个颇具难度的课题，但因其复杂也充满了挑战的魅力，但这一涉及民族与国际、涉及儿童文化身份认同的研究具有世界性意义。

儿童文学研究需要有开阔和新锐的视野，国外许多高校设有儿童文学研究中心，我在英国剑桥大学“儿童文学研究中心”的求学经历，给我打开了学术眼界，关注世界儿童文学创作的动向和西方的学术研究方法。在德国慕尼黑国际青少年图书馆和澳大利亚麦考瑞大学的短期合作研究，以及在国外参加的多个国际儿童文学会议，也坚定了我致力于推进中外儿童文学交流的路向。我尝试探索更多样的儿童文学研究层域，门类上拓展至少年小说、儿童电影、儿童戏剧和新世纪以来发展尤为迅速的图画书，在评价时自觉地以世界经典作品来做映照，肯定中国原创的探索成就，也发现其与世界一流作品之间的差距，寻找可能完善的路径。

相比成人文学研究，儿童文学研究有一个特殊的“用武之地”，可以避免纸上谈兵，那就是对于儿童阅读推广的助力。随着社会对儿童阅读的日益重视，如何指导阅读也为教育者们所关注，儿童文学的研究成果可以成为阅读实践的一个理论参照。儿童文学研究者不妨有时走出纯学术的象牙塔，走向语文教育的课堂，走向更为广阔的儿童阅读天地，在具体的教学和阅读实践中，可从接受研究的角度反观儿童文学创作，可为调整儿童文学批评角度甚至立场提供借鉴。

王小波评价维特根斯坦的人生是“从牵牛花丛中走来”，这是十分诗意的情境；而安徒生所言的从“荆棘中”走过，则是十分勇毅的境界。无论是诗意还是勇毅，都需要智慧，更需要情怀。我希望儿童文学研究能不断积聚智慧，养护情怀，与更多同道中人同赏共析那一路的牵牛与荆棘，为孩子们守护一个朗润而绚丽的童年，那里有牵牛花般盛开的梦想，也有荆棘拦截不了的思想！

写于 2016 年 10 月 7 日，扬子江畔

（此篇虽是多年前所写，但依然可代表如今的心声）